文学与人生

墨白小说研究与教学

龚奎林 著

文化发展出版社
Cultural Development Press

图书在版编目（CIP）数据

文学与人生：墨白小说研究与教学 / 龚奎林著. –北京：文化发展出版社, 2018.6
ISBN 978-7-5142-2224-1

Ⅰ. ①文… Ⅱ. ①龚… Ⅲ. ①墨白 - 小说研究 Ⅳ. ①I207.42

中国版本图书馆CIP数据核字(2018)第082540号

文学与人生：
墨白小说研究与教学

龚奎林 著

出 版 人 | 武 赫
责任编辑 | 肖贵平　　**责任校对** | 岳智勇
责任印制 | 杨 骏　　**责任设计** | 侯 铮
排版设计 | 辰征 • 文化

出版发行 | 文化发展出版社（北京市翠微路 2 号 邮编：100036）
网　　址 | www.wenhuafazhan.com
经　　销 | 各地新华书店

印　　刷 | 北京富达印务有限公司
开　　本 | 787mm×1092mm 1/16
字　　数 | 280 千字
印　　张 | 19
印　　次 | 2018 年 9 月第 1 版　2018 年 9 月第 1 次印刷
定　　价 | 68.00 元
I S B N | 978-7-5142-2224-1

本书为：

江西省普通本科高等学校专业综合改革试点项目《井冈山大学汉语言文学专业》综合改革建设成果。

江西省高等学校教学改革省级课题《基于大学生创新能力培养的文科专业实践教学改革》（课题编号：JXJG-13-9-1）成果。

江西省高等学校教学改革省级课题《新型教学伦理的构建》（课题编号：JXJG-10-15-18）成果。

目录

下篇 墨白小说与教学

代序

时光的甄别

《欲望》三部曲是很有分量的一部作品，不光在外在物质形态上拿在手里沉甸甸的，而且在读完之后也感觉这是一部很重的作品。

首先，《裸奔的年代》《欲望与恐惧》《别人的房间》这三部作品放在一起，有着特别的意味，三个同年同月同日生的从农村进入城市的男性主角，他们在城市里追逐欲望和实现自己欲望，从而构成三个人生悲剧。我把这三个人看作是一个人，那三个人是这个人经过作者美学分身术分出的三个人物。如果我们把整个《欲望》看作有关男性尤其是从农村出发走向城市的男性如何实现欲望这样的整套话语的话，那么隐含在这套话语背后的发言者，那个隐匿作者，就是这个人。我们把这三个男性看作小说的隐匿作者，是由这个隐匿作者发出的、塑造的一个语言形象，所以我说，这三个男性主人公完全可以看作是同一个形象，尽管在小说里，这三个人的身份、性格有所区别，这是我想说的第一个方面。在读这部书的后记时，我觉得有一个意象特别重要，至少在我看来是最重要的一个意象，这个意象就是“房间”。如果将来有时间，对《欲望》的阅读形成文字的话，我想用的题目就是《有关房间的叙述诗学》。在前两部里面，我们会经常看到这样的意象：“每一个漂亮女人都是一个房间，看到这个漂亮女人都想进入这个房间，去探索，去发现这个房间里面的秘密。”不光每一个漂亮女人都是不同的房间，在后记里面，直接用房间来隐喻：“有些时候，我们就是那些被贴了封条无法进入的房间。”所以我觉得，从这个“房间”出发，引发出来这部小说里面很多让我们思考的点，比如“孤独”，因为我们每一个人都是房间，但是我们对其他的房间都不了解不能得其门而入。比如红卷里的谭渔，他所追逐的几个恋人，对他都构成了各自不同的房间，实际上这些房间他是很难走进去的。比如小慧，那个在鸡公山上遇见的文学爱好者，他喜欢这个有着蓝色的牙齿的女孩子，就追逐她，他来到小慧的家里，却遇到一个名叫小红的女孩子，他顶不住诱惑和小红发生了关系，而自己真正要追求的小慧却没有见到，或者根本就没法进入这个叫作小慧的房间里，出现了自己想进去的没有进去，自己不想进去的反而在诱惑以金钱为交易的方式下完成了一种性关系，所以我说，这是一个得其门不能入的关于“房间”的隐喻。

第二部，我觉得是最有意思的，这个有意思我是从可读性上来说的。我觉得第二部从可读性、从故事性、从故事所描述的内容上，可能更容易读进去，但是大家读第二部的时候，你仍然会发现是关于“房间”的，关于这个房间不能进入以及人与人之间的隔膜、孤独、流浪，等等，这样一些主题，比如这个男性主人公，妻子是谁？妻子和他成立的家是自己最想逃离的一个地方，妻子的身体对他是关闭的，要和他的妻子有关系，几乎完全要靠一种“强奸”的方式来实现，那么，他就被妻子这个门关闭在外面了，不停地要逃离。逃离到哪呢？小说的主线，是逃离到伊琳这样一个未婚但是生了一个小孩的关系中，尽管伊琳在身体上是个很开放的女性，但是我们发现，他和伊琳的关系依然是一个悲剧，他走进的是什么？他走进的依然是伊琳的身体这样一扇门，肉体之门，他和伊琳在精神上并没有走在一起，依然好像是相邻但是不能通达的两个房间。这个小说很有意思，在诗学上，用了诗歌上的一种“顶针”的修辞，比如他上一节谈到的一个人物在结尾出现，然后下一个小故事的开头就是这个人物，写得很耐读。

就“房间”这个隐喻或者有关房间的诗学，在第三部里面达到了一个高峰，或者说在诗学上最讲究的应该就是《别人的房间》。最初这部小说的名字叫《手的十种语言》，但是我觉得现在这个名字比原先的名字更有意思，更能点到墨白先生这三部小说的一个宗旨。我觉得墨白先生对房间的发现，是他在生活里面通过文学作品探求到的一个核心的东西，我们都司空见惯又经常漠视的一个事实：我们每个人都很难进入到另一个人，无论这个人是你的亲人、你的朋友、你的妻子还是你的情人。所有这三部小说讨论的都是关于房间与房间的这样的一个关系的话题，就是墨白先生在后记里面提到的，我们每一个人都是一个房间。但是，我们都漠视它，但是这个人死了，我们却有一种奇怪的欲望想追逐想询问为什么这个人死了，他是个什么样的人。这最后一部蓝卷，就是关于别人的房间是什么的这样一个话题。小说在叙述形式上本身就是一个关于房间怎么进入的话题，从叙述视角的设计、从语体，等等，他使用了大量的和传统小说仅有的一个我们惯于接受的虚拟叙述人之外，还使用了虚拟叙述人不一样的大量的新的视角，大家看两个情人写的日记，日记本身，叙述者和主人公都是书写者自己也即是日记的主人，但是我们看两个日记的主人，都用非常煽情的语言来抒发对男性主人公的爱，但是我们读到最后，会发现男性主人公和这两个女孩子是一个什么样的关系呢？那种夸张的、极度抒情的这样一种张扬的语言恰恰表现的是你没有进入你爱的这个男人的内心和房间，如此狂热如此夸张的语言，却从反讽的角度表达了这个女性主人公和男性主人公之间的隔离，一种孤独感，最后我们发现，这个男性主人公真正爱的实际上是市委书记的夫人，语体越是狂热，所表达的孤独感就越强烈，所有这些角度加在一起，实际上就是如何进入这个被隐喻的房间，或者进入一个人的精神世界这样有关的一个叙述诗学。在最后这部蓝卷里，可以说墨白先生使这部叙述诗学达到了一个顶峰。

下面我想谈一谈关于先锋性问题。现在批评界或者是很多人，都把墨白先生放在先锋作家里面，而且也认为他是在很多先锋作家 20 世纪 90 年代转向之后仍然坚持先锋性的一位作家。但我的认识可能不是完全一样，我觉得他的先锋性，和我们所理解的比如 1985 年、1986 年之后的格非、余华的先锋性不是完全一样，他的先锋性不是完全体现在叙事上，他的先锋性更多地体现在他对这个世界的理解上，就像我刚才说的关于这个“房间”的隐喻，或者他把人与人之间就看作一个又一个房间，那么，我为了完成对这个房间的探索，我以什么方式进入这个房间呢？那么，这个方式本身就构成了他的先锋性。那么，这种先锋性就不表现在我在叙事上玩弄多少技巧，像小说的第三部，像引用史料、大量的日记，还引用了男主人公他的真正情人写的有关他绘画的评论，从文体上来讲，这些评论、诗歌、日记，完全不同的、各种各样的语体，单个来看，每一个文体本身并不先锋，但是放在一块就构成一个对人你怎么进去，或者对这个房间你怎么进去的一个诗学方式，这个诗学方式就是他的先锋性。所以我觉得，墨白先生不存在这个时候是先锋性另外一个时候不是先锋性的问题，他始终保持在一个先锋的一个探索的状态里面，始终是如此，至少我们可以把《欲望》三部曲看作是由墨白先生自己书写的文学史，从这个文学史来看，他从始到终都没有表现出任何另外一种不是先锋的东西，所以我认为，他的先锋姿态保持始终，而且这种先锋姿态不仅仅是一种叙述技巧上的先锋性问题，而是一个如何看人、如何看这个世界的眼光和诗学的先锋性。

最后再对刚开始谈到的话题做一点补充，我说到这三个男性主人公，就是一个美学分身术，就是一个语言主体，这让我想到了另外两部小说，一个是史铁生的《务虚笔记》，一个是格非的《欲望的旗帜》，我觉得对知识分子，对写作者这一代人的精神传记的书写，这部小说和《务虚笔记》和《欲望的旗帜》一样，我看作是墨白先生这一代人的精神传记，我不知道墨白先生是不是1958年出生的，但是《欲望》里的三个主人公是1958年同年同月同日出生的，他们先后从农村走出来进入城市，在各种各样的欲望的牵引下，在各种各样的被欲望挤压的空间里面是如何成长如何挣扎的，是一部这一代人的精神传记，一个20世纪50年代后期出生的男人在城市生活的精神传记，一部个人通过连续的红卷、黄卷、蓝卷构成的长篇小说，一部个人书写的文学史；我把房间读作是对这个欲望或者墨白先生对世界解读的一个入口，是他整个建构自己叙述诗学的核心构架。

以上是2013年10月12日我在河南大学召开的墨白长篇小说《欲望》研讨会上的发言，放在这里，一是表明我对墨白先生小说创作的认识和感受，二是我觉得这个发言所谈的和这部《文学与人生：墨白小说教学与研究》在内容上有着密切关联。

我们所经历的当代的文学，有价值和有意义的作品最终会经过时间的甄别留下来，成为文学的经典。而这种甄别，重要的是要依靠我们当下的阅读与筛选。在我看来，我的博士生龚奎林君2009年在河南大学中国现当代文学专业博士毕业后所做的工作，就是对当代文学的筛选工作，只是他的这种甄别更有新意，他把这种甄别和他的教学结合在一起，使他的教学方法具有了创新意义。在课堂上，奎林君带领他的学生们对中国当代文学进行文本解读和学术研究，这在一个没有硕士点的学校来指导本科生是很难的，但奎林是个勤奋的人，认定了的方向他会以自己的激情坚持下去。现在，摆在我们面前的这本《文学与人生：墨白小说研究与教学》，就是奎林主持的教改课题的成果，一方面，是他本人对墨白小说研究所取得的成果，另一方面，是他在教学中取得的成果，这些成果既有对墨白小说的理论分析，也有对具体文本的细读赏析，这种研究与教学相结合的教研方式，无论对中国文学的研究、对中国当代文学的筛选与甄别、对中国当代高校的中文教学以及对学生的精神成长，都具有积极意义。

当然，这种处于探索中的与网络、博客相结合的教学模式，自然难免谬误之处，但这种创新教学的勇气和师生的融洽互动是值得鼓励的。

孙先科

2016年6月

上篇

墨白小说研究

疾病的隐喻与人性的荒芜

身体不仅是人之所以为人的支撑体，也是任何一个文本抒写的核心所在。所谓文学即是人学，身体是人的主体之一。当社会文化产生问题的时候，也就是身体走向病态之时，或者抗争或者顺从，这就是人生的困境。因此，包括身体和精神的疾病往往是作者作为旁观者看透世界的文化隐喻的代名词，疾病成为作家的一种他者焦虑之后的想象关系，也就是说，作家始终是站在“医生”的启蒙或者拯救的立场，解剖此在的存在世界，以悲天悯人的人文关怀眼光不断地寻找药方拯救世人，传递出作者面对社会病态和外在压力以及生存困境之下的独立思考。“这种患病的经验或通过疾病表现出来的经验丰富了关于人类存在的知识。其次，疾病在文学中的功能往往作为比喻（象征），用以说明一个人和他周围世界的关系变得特殊了，生活的进程对他来说不再是老样子了，不再是正常的和理所当然的了。”[1]在古今中外的作品中，疾病成为作家创作的原型之一，尤其是肺结核、精神病、弱智、癌症、鼠疫、霍乱、梅毒等，如鲁迅的《药》、福克纳的《喧哗与骚动》、卡夫卡的《城堡》、加缪的《鼠疫》、阿来的《尘埃落定》等，这种书写自然呈现出作家自身的现实体察和文本想象。

作者墨白就在创作中创造了很多疾病意象，如《霍乱》《精神病患者》《梦游症患者》等，成为他思考社会、人生、历史与自身关系的一个

[1]（德）维拉波兰特．比较文学研究的几个方面——文学与疾病．北京大学文艺美学研究会主编《文艺美学论丛》第二辑．呼和浩特：内蒙古人民出版社，1987：226.

角度，也为我们读者提供了一个可以阐释的意义缝隙。这种疾病书写主要源于他的个体生存经验和对历史意识的独立思考，使得疾病成为他小说承载社会历史文化记忆的主要隐喻。纵观他的小说，那种死亡腥气的笼罩、暗红色的悲剧宿命、自杀的隐喻以及人性生存困境的主题一直贯穿在创作之中，其小说总给人一种历史苦难造就的尖锐的刺痛感和人性的荒芜感。

一、墨白个体经验与文本修辞的转化

中原土壤肥沃，本应物泰民丰；中原传统文化更是绵泽深远，本应民伦素朴。然而从古代到现代，她却一直处在权力争夺和腐败掠夺的旋涡之中。因为土壤肥沃可以养兵、可以缴付苛捐杂税；因为文化传承，可以被人利用狐假虎威，苦难总是伴随着这块多灾多难的土地。20 世纪的中原自然也充满了忧患与灾难，中原大战、抗日、内战、匪患不一而足，人民渴望和平、稳定。20 世纪 50 年代举世狂欢，然而浓重的压抑性悲剧在 50 年代后期以及文化大革命又再次上演，天灾人祸与生存大战让人欲哭无泪。生长在这块土地上的民众在城头变幻大王旗的中原悲歌和政治风云中经历了沉重的苦难与无尽的血腥。因此，苦难与死亡成为中原作家笔下的永恒母题和诉说愿景。徐玉诺、冯沅君、师陀、姚雪垠、张一弓、刘震云、李佩甫、阎连科、刘庆邦、墨白等出生在中原的作家，大都是这一次次苦难中的侥幸逃脱者，他们以笔为旗，通过文学还原历史的真相，对历史、苦难以及沧桑有着鲜明的诉说和批判，承担起批判与拯救的重任。正如孙先科先生所说："在中原这块古老的土地上，有一个不绝如缕、一以贯之的文学传统。那就是：在精神上，感时忧民的忧患意识和匡时济世的时代感和历史责任感。"[1] 这种文学传统显然是在区域文化价值概念和地域个体体验下的产物，自然也在深受中原文化熏陶的墨白的血液中蔓延。

1956 年出生的墨白，是一个生活在社会最下层的农村人，从幼小的童年开始就经历了中原当代史上惨重的一幕，饥饿与苦难肆虐着这些善良

[1] 孙先科．理性精神与乡村情感——河南近期小说创作透视．当代作家评论，1992（3）．

的民众，墨白的童年经验就是在这种苦难中逐渐丰富，父亲在 1966 年因为四清运动中的所谓经济问题，曾经被判过三年徒刑，这就决定了这个家庭被歧视的社会地位，其父亲以及这个家庭的每个成员都会被无言地宣判为“阶级异己分子”甚或“阶级敌人”，没有与家庭划清“界限”的墨白肯定受到同龄人或者周围人陌生、敌意甚或侮辱的眼光，而且这种看穿的眼光时时有意或者无意地“监视”着这一家人的言行举止，自然，文化大革命的阶级对立更加剧了这个家庭的风雨飘摇与无尽苦难。我们可以想象一下，这种生活环境会给一个孩童的心灵造成怎样的损害，显然，敏感、自卑、忧郁以及对世界充满敌意成为墨白认清世界后的心灵伤痛的自我保护之盾，这点我们可以从鲁迅的童年经验及其在《呐喊自序》中的告白作为一种互文观照，同时也可以在墨白的文学创作以及访谈之中进行镜像对照。墨白的少年时代正是文化大革命时期，中原的文化大革命时代可以说是一个极端黑暗的时期，面对离奇古怪的荒诞世事，墨白的价值观、人生观、精神观显然也是在混乱不拘状态中成形。在恐慌、劳苦、自卑、压抑甚至灰暗之中度过了童年和少年时代的墨白，高中没毕业就外出独自谋生，做过搬运工人、漆匠、石匠，烧过石灰，被人当成盲流关押起来。他自述道：“那个时候我身上长满了黄水疮，头发纷乱，皮肤肮脏，穿着破烂的衣服，常常寄人篱下，在别人审视的目光里生活。”[1] 墨白在师范绘画专业毕业后回到故乡小学教书十一年，通过文学创作一步一个脚印从底层的边缘进入中心，从而改变自己的底层生活状态。这种经历的曲折、磨难以及个体内心的敏感、自尊、压抑既形成共鸣的融合，又形成超越现实的决心。因为一个人在压抑中敏感，必然产生自卑情结，必然会对自己的缺陷进行补偿，从而摆脱紧张状态，追求超越；但是，在反方面来说，一个人越自卑就越自尊，当自尊的愿望未能实现，就更加自卑或者自戕，甚至毁灭自己。这点墨白有着切身体验，他是通过自己的超越不断弥补自己的童年阴影所构筑的自卑、敏感与忧郁以及外界生存的困境，而这又为他的文学创作才能增添了新的质素，因此，他几乎所有的作品里边的主人公都穿透着这种无形的自卑阴影，甚或疾病缠身，而他们的结局都是或者毁

[1] 林舟．以梦境颠覆现实——墨白书面访谈录．花城，2001（5）．

灭或者超越，这也正如精神分析学家阿德勒所说："由身体缺陷或其他原因所引起的自卑，不仅能摧毁一个人，使人自甘堕落或发生精神病，在另一方面，它还能使人发奋图强，力求振作，以补偿自己的弱点。"[1]

就这样，敏感而自卑的墨白通过自己的努力和超越，从乡村进入了城市。而对一个根在乡村的知识分子来说，城市又构成了一种压力，使得小说家墨白与此在的世界秩序产生了一种紧张的既对抗又和解的关系，这就促使他通过文学的创作和故乡记忆的寻找去舒缓这种紧张的焦虑与对抗的关系，但是，生存的困境总是如影随形地出现在他的经历阴影和周边的底层民众中，使得他以一个独立知识分子的承担勇气和人文关怀的眼光去观照每一个跳动的卑微的灵魂，甚至赐予他们温暖的亮色。因为"苦难的生活哺育并教育我成长，多年以来我都生活在社会的最下层，至今我和那些仍然生活在苦难之中的人们，和那些无法摆脱精神苦难的最普通的劳动者的生活仍然息息相通，我对生活在自己身边的那些人有着深刻的了解，这就决定了我写作的民间立场。我可能是这样一种人：对世间苦难的人类充满了同情心，或者悲悯之情。我想这应该是我的本质，一个作为具有人道主义精神的普通人应该具有的一种本质。但是当我作为一个作家出现的时候，我需要的是用另一只眼睛来正视人类真正的苦难和精神的迷惘，而不应该是一般意义上的悲悯和同情。这就是我必须从他们身边逃出来的原因。我希望世上的每一个人都生活得很幸福，正因为这一点我的写作才正视苦难，正视我过去的乡村生活。我应该记住人类的苦难，人类肉体和精神上的苦难，并且以文字的形式使这苦难固定下来，使我们已经麻木的心灵慢慢地觉醒。"[2]所以，个人记忆的痛苦、黑暗与阴冷的心理情态是墨白丰富的人生体验和经历曲折"往事"之后的个人性经验总结，因而痛苦、黑暗与阴冷一方面撕啮着他千疮百孔的心境，使墨白在作品中不断营造出这种阴郁而孤独的氛围；另一方面使他产生出想方设法决绝突围的勇气，他赋予了许多值得认可的主人公的意义和勇气，如文宝（《梦游症患者》）、秋雨（《最后一节车厢》）、蒙和锦（《某种自杀的方法》）等。

---

[1] （奥）A. 阿德勒．自卑与超越．黄光国，译．北京：作家出版社，1988：2.

[2] 林舟．以梦境颠覆现实——墨白书面访谈录．花城，2001（5）.

正是由于墨白的人格经验和个体生活体验的结合，从而实现了文本修辞的转化，但是，影响墨白创作的经验应该还包括绘画。墨白在师范学习的是绘画，即一种空间与时间交错的处理方式。莱辛在《拉奥孔》中专门谈论诗与画的界限，认为最突出的一点就在于诗（在古代，诗是泛指一切文学）是静止的，而画（当然，莱辛所说的画主要是指雕塑）是运动的，但现在看来，两者之间更重要的是具有相互之间天然渊源的联系，即跳跃动荡的思维方式和艺术共生性。尤其是西方的印象派现代绘画，不仅仅线条的跳跃，就是创作的主体——如塞尚、高更、凡·高等画家其自身的成长或者经历及其归宿都是凸显出与世俗不同的质素，神经质般的疾病成为这些天才画家的一个特点，我相信，绘画的跳跃与西方画家的人格特质也影响了墨白的文学创作，其作品中的多色调就足以证明。

于是，墨白通过疾病的刻画与书写来完善自己的人生感受和经验复制，从而实现个体经验与文本修辞的相互转化。“疾病不仅是受难的史诗，而且也是某种形式的自我超越的契机，……奥利弗·萨克斯利用灾难性的神经疾患作为素材，来描绘受难与自我超越，身体衰落与精神昂扬。”[1]也就是说，疾病隐喻是人性扭曲的反映方式，既是弱者的表现，也是受摧残迫害的象征，更是弱者摆脱自卑走向强者的方式之一。因为“疾病是通过身体说出的话，是一种用来戏剧性地表达内心情状的语言：是一种自我表达。”[2]

二、疾病书写与经验历史的复现

由上可知，通过个人努力在艰难中获得成功的小说家墨白根据自身的生存体验去聚焦底层人的生存困境和精神困境乃至死亡，那种灵魂的裂变和人性的扭曲总是在无奈中获得悲壮的认同。墨白希望通过自己的小说“显像管”还原生存本能中的人性异化：“我觉得对社会底层人的生存困境和精神困境的关注，我不能放弃。因为我和他们有着共同的经历和命

[1] (美)苏珊·桑塔格．疾病的隐喻．程巍，译．上海：上海译文出版社，2003：111-112.

[2] (美)苏珊·桑塔格．疾病的隐喻．程巍，译．上海：上海译文出版社，2003：41.

运……苦难就在我们的目击之处，绝不是作秀”“在现实里，在我们任何一个可以目击到的地方，到处都在生长着苦难和痛苦。”[1]存在主义哲学家萨特、加缪等通过哲学和文学更是印证了人类存在的荒诞性，在这个被现代主义技术文明异化了的世界，人类的本质也逐渐疏离、异化。而且，在前现代主义困境中，政治权力和话语权力加剧了世间的苦难，而在苦难中我们一方面能够感受到一种相濡以沫、分享艰难的温馨；但另一方面，当人的主观能动性无法超越苦难的困境和生存的悖论之时，人的兽性则开始膨胀，人性走向异化。因此，在个人化事件的时间秩序中，我们有痛苦，我们有艰难，我们更有悲哀和不幸，人活着其实是非常痛苦的，每一个人都面临着各种困境，无论你渡过还是没有渡过这种困境的艰难，你不得不把它们进行变形、修正或者隐藏，因此，从这方面来说，我们每一个人都是精神分裂者，都有双重人格。但问题不在于你有没有，而在于你如何表述，因为回忆原貌是不可能的，回忆只是一种历史阐释的方式而已。我们永远无法抵达事件的彼岸，我们只是在此在的世界中泅渡，获得生存与意义的可能。而小说则必须对此进行必要的观照与承担，从而照亮生活前进的路标，宣示一种正能量的方向。于是，通过疾病书写来实现历史的真实复现，如此才能使历史真正作为“人化的生命经验的对应物”，获得一种自然化事件的综合和“我们”对综合化了的事件进行的个人化叙述，于是在这种综合和叙述的过程中“我们”也就形成了个人记忆的时间修辞学，并利用这种修辞学去观照事件的过去、现在与未来。尽管往事记忆的不可修复性使得事件无法复原，但是我们的潜意识仍然自觉或不自觉地修复自己的个人记忆，而文学的创作似乎也成了作家修复历史和记忆的一种叙述方式。正如墨白所说：“小说应该创造一种生活，一种能使我们更加清晰地认识历史和现实的生活，因为他们的本质相同。……自然的神秘性，人为的隐秘性，还有生活的偶然性，才构成了我们现在所看到的历史。同时，也正是这种自然的神秘性和人为的隐秘性，还有生活的偶然性，又构成了我们认识历史真面目的障碍。”[2]因此，对经验历史的复现

[1] 刘海燕，墨白．有一个叫颍河镇的地方．莽原，2006（3）．

[2] 刘海燕，墨白．有一个叫颍河镇的地方．莽原，2006（3）．

则成为自由知识分子独立思考的目标。

由于中国传统文化的中庸思想和乐感文化往往会使国家机器出来掩盖真实的历史，报喜不报忧。克罗齐说，“一切历史都是当代史”，这不仅是说掌握历史话语霸权的史学家根据自身以及时代信息的变化而给以历史的不同的当下阐释，恐怕也说明了执政阶层总是根据自己优先使用的话语命名原则和宣教功能不断地重新“翻译”、净化和统一历史，使历史知识走向福柯所说的“知识型构”。但是，这种历史“共名”原则在社会民主化推进进程中逐渐走向“无名”状态，个人的话语叙述逐渐超越了政治和权力赋予的大一统特权，历史在艰难中向纵深发展，也在各种叙述中逐步恢复本来面目，或者根本就无法存在其自身的本真面貌，每一种叙述都可能是片面的。正如墨白所说：“过去的一切，都是我们的梦境，谁也没有办法回到像我们现实里一样的真实的真实，我们只能依靠记忆回到那些时光的某一刻，或者某个事件的片段，我们不可能复制过去真实的一分一秒，我们现在所看到的一些文字，或者图片，或者影像，都是那些我们无法复原的历史片段，也就是这些片段，成了我们所谓的历史。但我们知道，有时候记忆是靠不住的，有时候记忆会偏离事实的真相，太多的主观记忆把已经远去的客观世界切割得支离破碎，我们现在所看到的历史都已经经过了我们人类个体的主观意识的改造，这样的历史已经远离了客观事实。历史常常用一种假象来迷惑我们这些无知的人。”因此，如果采用正常的文本修辞方式就无法对历史进行复现，恰恰相反，作者的疾病书写与文本主人公的疾病眼光对所谓“正常”的世界与历史进行了无情的讽刺，尽管这是文本创作的冒险一着，但同时也是最为成功的方法之一，就像鲁迅的《狂人日记》通过疾病患者狂人的视点折射出千百年来封建礼教吃人的历史，而现代文学中的那些肺病意象也呈现出“五四”个性新中国成立的历史真实一样。

所以，墨白要在禁忌话语中寻找恢复文化大革命历史真相的方法，就必然采取独异的叙述策略——借用病人的眼光控诉文化大革命极端的“左倾”体制给人带来的伤害和身心的摧残，从而复现特定阶段的全民癫狂状态，尽管在20世纪70年代末80年代初，在中国文坛上出现了揭露文化大革命的轰轰烈烈的伤痕文学和反思文学，但问题的表面化和文学思潮的

“更替”使得这批文学作品并没有达到很高的思想、艺术水准，因此，很快就烟消云散，文学迅速遗忘了这累累伤痕而走向了深具乐感文化的“经济现代化”的美丽图景中。对此，墨白通过疾病书写复现被掩盖的历史，重新审视文化大革命：“在那个年代，我们的一切都是救世主给予的，救世主就是我们的精神，我们每日都是为救世主而活着，救世主的思想就是我们的思想，我们丧失了自我，我们没有了灵魂，我们都是一些没有个性的奴隶。”[1]

因此，无论前革命、文化大革命，还是后革命时代，墨白创造的疾病意象成为我们判断社会、理解历史和阐释文学的一个尺度，因为生理疾病和心理疾病都是来自于现实世界的心理焦虑、暗自抵抗和无奈救赎。可以说，疾病是一种暧昧的隐喻，在现代话语谱系中应该包括本义、引申义和隐喻义三个纵深层面。其本义应是指身体的机理失衡或不正常状态，是必须通过身体的健康免疫功能或外在的药物治疗来恢复其本能的健康。引申义可以指代社会学意义上的道德惩罚和过错归罪，在此层面上，疾病是对邪恶的惩罚，昭示出社会痼疾之后的道德腐败和整体崩溃的征候，具有了一种道德评判和心理评判的报应或者受难。因此，疾病很多时候被当作人类的软弱、死亡的意象谱系。那么隐喻义则是指代“众人皆醉我独醒”的疾病混沌下的人格独立和极限超越以及复现历史的真相。《梦游症患者》通过剥离历史的杂质而呈现那种原始、野蛮的人性癫狂和历史本身，从而透过癫狂的行为寻找掩盖历史的缘由。再如《霍乱》中青龙风借口村子流行霍乱，用子弹和大火灭了那个村庄，其实是为了得到一个女人，借用自然的霍乱遮住了人为的事件和历史真相，而作者把这种历史重新进行组合和演绎，颇具新历史小说之意味。更有意思的是，作者刻画出不少治疗疾病的医生。图姆斯认为：“医患关系是一种独特的‘面对面’关系，它建立在对于患者病情的体验基础上，并且这种关系具有一种特殊的目的需牢记在心（即病人的治愈），治疗的行动也许包括，但不限于疾病的治愈。然而，治疗显然是以治疗者对患者的生存困境的某种理解为先决条件，这样一种理解仅仅只有当医生（或治疗者）清晰地关注由特定患者所体验的病

[1] 林舟．以梦境颠覆现实——墨白书面访谈录．花城，2001（5）．

情时才能获得。”[1]在《局部麻醉》里，外科大夫白帆就像生活在梦境里，他对性和权力的恐惧来自现实社会的本质，所以白帆的梦境是真实而可怕的。白帆作为一个孱弱的生命的表征，被作者投放到了一个血淋淋的地狱般的世界，他一次次设法逃离这个压迫着他凌辱着他的世界，然而他却一次次又宿命般地回到这里。他无处可逃，最后，他只能将一些安定药液注入自己的肉体，将生命麻醉，才能得到暂时的安宁。白帆这个处处被世界挤压和折磨的孱弱的生命，却肩负着去拯救这个世界的生命的沉重使命。然而他的小小的手术刀要面对的却是这样一个无法拯救的世界。“现代疾病使一个健全社会的理想变得明确，它被类比为身体健康，该理想经常具有反政治的色彩，但同时又是一对新的政治秩序的呼吁。……疾病源自失衡。治疗的目标是恢复正常的均衡——以政治学术语说，是恢复正常的等级制。”[2]然而，现实社会的阴暗与生存的困境使得失衡成为一个显在的符号，在《白色病室》中，精神病医生苏警已深陷现实的各种烦恼难以解脱，最终将自己倾心的女人秘密害死，自己也在自虐和虐人中走向精神迷乱，在外部力量的挤压之下由一个精神病医生演变成一个精神病患者，生命存在的悖谬与迷狂在反方向的起点获得一致性。而苏警已和他的病人姜仲季成了一种互为镜像的复调叙述，苏警已变成了和姜仲季一样的病人。在这里，精神病已经成为一种负荆请罪的惩罚，但是，这种惩罚也是一种慰藉，用精神病的想象存在覆盖无可弥补的缺憾和已经消失的存在形态，从而揭示人类生存的痛苦和生命荒谬的本质，赋予现代生活以痛苦和恐慌的深度。

[1]（美）图姆斯．病患的意义：医生和病人不同观点的现象学探讨．邱鸿钟等，译．青岛：青岛出版社，2000：136.

[2]（美）苏珊·桑塔格．疾病的隐喻．程巍，译．上海：上海译文出版社，2003：68.

三、精神病的隐喻与人性癫狂之殇

上文已经提到疾病有本义、引申义和隐喻义，那么精神病自然也是一种暧昧的隐喻，被指称为对经历和情感的焦虑，对困境与压力的恐惧，对意志失败和情感强烈的焦虑偏执，既可以意指灾祸，也可以象征不同的独立与高雅，“疾病常常被用作比喻，来使对社会腐败或不公正的指控显得活灵活现。……疾病意象被用来表达对社会秩序的焦虑”，疾病隐喻“显示出个体与社会之间一种深刻的失调，而社会被看作是个体的对立面。疾病隐喻被用来指责社会的压抑。”[1]精神病（疯癫是精神病的一种）、傻两种生理疾病是小说家墨白在作品中反复渲染的人生悲剧，不管这种悲剧是天生的还是后天被逼成的，“人们在这些怪异现象中发现了关于人的本性的一个秘密、一种禀性。”[2]它们和人性的异化以及苦难的悲怆联系在一起，都是指向社会的压抑与焦虑的偏执。它们一方面呈现出主人公对自己身份的怀疑、对社会的焦灼、对秩序的嘲弄；另一方面却赋予了某种隐喻般的内涵，它们已经不再担负本原的责任问题，而是通过隐喻来揭示社会、自我、他者三者之间的复杂关系和人性黑洞。如《映在镜子里的时光》里变疯的田伟林、《重访锦城》中的锦，又如《事实真相》中的农民工来喜拿不到工钱，就在工地上偷了些不值几个钱的钢筋带回家。在车上他用一根钢筋袭击了威胁不给工钱的包工头弟弟三圣，并以为将他打死了。其实他打的是另外一个车上的旅客，当三圣再次出现在他面前时，来喜变疯了。变疯的最主要的原因是面对造成苦难的敌对方产生的憎恨，然而过失杀死另外一个毫不相干的人使来喜承受不了生命之重的负累，恐惧和焦虑如同幽灵徘徊在秩序和理性的边缘。所以，他的疯癫可以说是逃避现实的一种方式，也可以说是上苍对自己罪恶的惩罚。正如福柯所说：“疯癫是因对某种结局的幻觉引起的，但在实际上解开了真正的情节纠葛。它既是这一纠葛的原因，又是其结果。换言之，疯癫是对某种虚假结果的虚假惩罚，但它揭示了真正的问题所在，从而使问题能真正得到解决。它用错

[1]（美）苏珊·桑塔格．疾病的隐喻．程巍，译．上海：上海译文出版社，2003：65.

[2]（法）米歇尔·福柯．疯癫与文明．刘北成，杨远婴，译．北京：生活·读书·新知三联书店，2003：17.

误来掩护真理的秘密活动。"[1]

苏珊·桑塔格认为精神错乱是一种放逐的旅行，是对激情疯狂浪漫化的膜拜，"精神错乱，成了当今我们有关自我超越的那种世俗神话的表达。……它能把人的意识带入一种阵发性的彻悟状态中。"甚至可以说，精神病是一种激情与敏感相互交错、无处遁逃的病症。"对那些不被这么感伤地加以描绘的人物来说，疾病被看作是为他们提供了一个最终行善的机会。至少，疾病的不幸能够擦亮人的眼睛，使他看清一生中的种种自欺和人格的失败。"[2]文化大革命小说《梦游症患者》主要讲述了王老三一家三代和全镇人在文化大革命时期那种神秘的精神力量的裹挟之下，每个人从自己的不同的心情和欲求出发，疯狂参与了那场摧残人性的荒唐而残酷的政治运动，结果，王老三一家三代十余口人相互成了仇敌，最后全部死于非命：亲兄弟因为"政治派别"的不同而互相进行谩骂攻击；王老三亲手把在舱中通奸的三儿子王洪涛和二儿媳妇尹素梅的船沉到了颍河河底；一心要当革命小将的中学生文玉，在疯狂挖掘莫须有的"变天账"无果后，残酷地侮辱并折磨死自己的父母。这就是当时我们整个民族的一个悲剧缩影，文化大革命的残酷和荒谬凸显出生命本质中的幽暗与卑微，当生命走向疯癫与死亡之时也就是欲望终结或失落的最后归宿。一幅人性异化的欲望化图景出现在读者面前，墨白在此通过文本的冷酷叙述撕裂了历史内部自在的逻辑以及血腥游戏，并以此来思考那一段荒谬历史的背后缘由：人性的恶是如何起源的，在权力话语面前它是如何实施的，父权制神话的目的何在？这一切作者只是通过一个故事的叙述来解答，从而复现文化大革命时期社会生活的历史阵痛和集体悖谬，寻找人性沦落的原因，并表达出这种荒谬对民族魂灵造成的切肤之痛。墨白总结认为："《梦游症患者》不仅仅是一部描写个人经历的小说，也不单单是一部描写文化大革命的小说，这是一部关于民族苦难经历、关于人类的生存状况、对人类自身进行拷问又具有形而上的宗教精神的小说。"[3]也就是说作者是为了"真

[1] (法)米歇尔·福柯．疯癫与文明．刘北成，杨远婴，译．北京：生活·读书·新知三联书店，2003：28.

[2] (美)苏珊·桑塔格．疾病的隐喻．程巍，译．上海：上海译文出版社，2003：35-40.

[3] 林舟．以梦境颠覆现实——墨白书面访谈录．花城，2001 (5)．

实地再现那个年代人们的生存境遇，再现一个丧失精神自我的年代，是我的梦想。在叙述语言里隐含一种诗性，使整个作品隐喻着一种象征的主题，也是我的梦想。”[1]所以，他在文本中刻画了梦游症患者文宝，以此承载那个时代的反人类行为。

主人公傻子文宝如同福克纳《喧哗与骚动》里的傻瓜班吉和阿来《尘埃落定》里的傻子藏族土司一样，在病理学上是一个精神病患者，但在生活里却是一个洞察人性的智者。文宝不仅能读懂自然的眼睛，更能听懂源于自然的声音，正是这种自然状态使得他成为神人合一的精灵和智者，他用喃喃自语和粗野不羁的谵妄性言辞宣告了自身的意义，通过自己的幻想和谵妄说出历史的隐秘真理，其语言世界呈现为一种纯净的特质，这是对现实的抗拒，以这种痴傻消弭一切界限。与其说他是个傻子或精神病，不如说他是通过这种皮肉的外相来获取自由的可能，因为疯癫建构了一种新秩序，在新秩序中超越世俗地产生一种对历史的预感。所以，文宝他可以整天站在颍河边或者四处游荡，还可以活在自我精神里想着看似不着边际的事，说着谁也听不懂的话，这是疯癫给予他的权力，让他在自由中寻找解决问题的可能，他是颍河镇唯一一个没有参与那场躁动狂热运动的超脱者；相反，那些所谓的“正常人”却淹没在文化大革命非理性的癫狂行动中，最后自食其果，因此，文宝通过本真的疯癫与谵妄性的语言直面人的本性和生存处境，他用自己的诗性想象和哲性语言抵抗道德沦丧、人性毁灭和荒唐浩劫，从而超越此在的污秽世界而进入洁净的彼岸。福柯认为：“语言是疯癫的首要和最终的结构，是疯癫的构成形式。……这种话语既是精神用自己特有的真理自言自语的无声语言，又是肉体运动的有形表达。”[2]于是，在劫难之中，文宝通过喃喃自语的话语来表达自身的存在和感觉：“我不想睡了，”“我什么时候能醒？”“谁能让我醒来？”最后，他果然清醒了，但失踪了。这种清醒而失踪的结果本身就是对那个苦难的文化大革命社会的有力鞭挞。而多年以后那个熟悉而又陌生的神秘客风尘仆仆地回到小镇打听三爷显然就是作者的希望所在。在相反的层面，那些所

[1] 墨白．梦游症患者·后记．郑州：河南文艺出版社，2002：283.

[2] (法)米歇尔·福柯．疯癫与文明．刘北成，杨远婴，译．北京：生活·读书·新知三联书店，2003：91.

谓“正常人”以“疯子”的命名直接剥夺了文宝的社会地位和话语权，使文宝的话语内涵被策略性地悬置，但令人吊诡的是，这些所谓“正常人”最后却都走向了“不正常”的道路。这里，小说家墨白通过一个疯癫者的救赎与解脱以及人性的悲喜剧沉重地诉说了特殊时代的苦难本原以及解脱方式。如墨白所说，文宝“是用痴人说梦般的语言来消解着那个世界；可以说是他以一种纯净的心灵来与肮脏的现实对抗；可以说他是以清醒来校正人世间的混沌；可以说他是用痴傻来消弭人生现实与梦境的界限；可以说他是我们记忆里凝滞的时间。他是一个不可忽视的存在。可是，《梦游症患者》里的颍河人却偏偏忽视了他。一个忽视了智者对世界进行发问的年代应该是对人类精神自我丧失的事实的一个补充说明。”[1]

墨白曾这样阐述他对这部小说的创作动机：“1996年距离无产阶级文化大革命的开始已经整整三十年了，距离文化大革命的结束也二十年了，文化大革命那一年我还不满十岁。当噩梦在一个还不满十岁的孩子身边发生的时候，他用幼稚的眼光注视着梦境里的一切，他身不由已地去经历梦境中的一切：兴奋、向往、迷茫、恐惧……梦是那样的漫长，足足做了十年，或者更长一些，一直到他长大成人，那场噩梦几乎构成了他的血肉和精神……当他从梦境中醒来的时候，当他爬到一座山顶或者走到一望无际的大海边回头朝他的来路观望的时候，他受到震惊的灵魂很难用语言来表达。”[2]这段话其实表明，傻子文宝是作者寄语的某种精神幻象，或者说，文宝的遭遇与小说家墨白童年的噩梦经历产生了精神同构。因为整个社会都被一种极其荒谬和惨无人性的力量所整合，处于疯狂状态的人任其支配，丧失了独立的话语权，完全成了梦游症患者而盲目地存在于这个世界。这里似乎也有一种暗示：作者通过疾病的隐喻其实在劝喻当下，希望历史不再重演。

文学创作本身对作者和读者都可以看作是一种身体的治疗，但同时也是身体疾病和各器官隐忧出现的缘起，因此，对于一个作家而言，写作的感觉就是：痛并快乐着；对读者而言，文本的与众不同，让你在紧张的矛

[1] 林舟．以梦境颠覆现实——墨白书面访谈录．花城，2001（5）．

[2] 墨白．梦游症患者·后记．郑州：河南文艺出版社，2002：282．

盾张力中不得不去感觉那种“阴郁”性的文本想象；对我而言，读墨白的小说，自然是一段痛苦的旅程，但更是一段充满快感的阅读旅程，他把自己的知识经验、生存经验以及历史意识通过文本及其疾病书写来呈现，从而舒缓个体与世界的紧张关系和想象焦虑，这又恰恰抒写了芸芸众生中的历史犬儒主义和政治无意识的盲视，使我们不得不重新审视历史、审视当下、审视我们自身的每一处隐形的疾病。

疾病、自杀与信念的坚守

“疾病常常被用作比喻，来使对社会腐败或不公正的指控显得活灵活现。……疾病意象被用来表达对社会秩序的焦虑”，疾病隐喻“显示出个体与社会之间一种深刻的失调，而社会被看作是个体的对立面。疾病隐喻被用来指责社会的压抑。”[1]它和人性的异化以及苦难的悲怆联系在一起，都是指向社会的压抑与焦虑的偏执。它们一方面呈现出主人公对自己身份的怀疑、对社会的焦灼、对秩序的嘲弄；另一方面却赋予了某种隐喻般的内涵，它们已经不再担负本原的责任问题，而是通过隐喻来揭示社会、自我、他者三者之间的复杂关系和人性黑洞。小说家墨白在他的作品中创造了很多疾病意象，成为他思考社会、人生、历史与自身关系的一个角度，也为我们读者提供了一个可以阐释的意义缝隙。

墨白的文学创作与他的童年阴影、家庭变故、底层打工经历以及自卑情结有关，他是通过自己的超越不断弥补自己的童年阴影所构筑的自卑、敏感与忧郁以及外界生存的困境，而这又为他的文学创作才能增添了新的质素，因此，他几乎所有的作品里边的主人公都穿透着这种无形的自卑阴影，甚或疾病缠身，而他们的结局都是或者自杀或者超越，这也正如精神分析学家阿德勒所说：“由身体缺陷或其他原因所引起的自卑，不仅能摧毁一个人，使人自甘堕落或发生精神病，在另一方面，它还能使人发奋图强，力求振作，以补偿自己的弱点。”[2]敏感、自卑、忧郁以及对世界充

[1] (美)苏珊·桑塔格．疾病的隐喻．程巍，译．上海：上海译文出版社，2003：65.

[2] (奥)A．阿德勒．自卑与超越．黄光国，译．北京：作家出版社，1988：2.

满敌意成为墨白心灵伤痛的自我保护之盾和小说创作之源，作者根据自身的生存体验和人生感悟聚焦底层人的生存困境和精神困境乃至死亡，那种灵魂的裂变和人性的扭曲总是在无奈中获得悲壮的认同。

然而，疾病的失衡或者治疗往往都以自杀或者死亡作为人的生命存在或者消失的纽带。其实每一个人的日常行为都是在生存困境、健康、疾病、自杀或者死亡这四维一体的立体图景中循环往复，我们甚至无法知道我们明天将会走向何方。而且疾病并不仅仅是指个体自身的病症，它也可以指称为他者的病症、社会的病症，当社会出现病症的时候也就意味着生活于其中的民众也就具有病症的高发生率。这在文化大革命期间毋庸置疑，就是在文化大革命后也是如此。尽管改革开放以来我们一直津津乐道于 GDP 的高速增长，然而我们在奔向市场经济的路途中似乎已经遗忘了这些底层民众自身的生存状态以及个体权利，也忘记了作为人的道德底线和精神底线。而且，人性本善与人性本恶并不是矛盾对立的，而是合一的，从社会学角度来看，人是善与恶的性格组合体，或者说，人是徘徊于天使与魔鬼之间的动物，善与恶的偏向就取决于个体的刹那动机、知识层次、道德底线、人文素养以及对利益和欲望的渴求方式，所谓“万法皆由心生，善恶皆由心起”。这也就说，面对悖论与困境的时候，人性恶在合适的“培育”语境中开始驱逐和吞噬人性善的质素，并借助强大的霸权困境通过非法的侵害手段剥夺他者的合法性权力，使得他者感受到存在者的辜罔与绝望，自杀也就自然出现在我们的日常生活视野中。那么，对于小说家墨白来说，他的童年阴影带来的阴郁、孤独的性格是与对死亡的恐惧、着迷(尽管这是一种矛盾) 和生命的悲怜相联系的，他把自己这种切身体验融入到小说文本主人公的性格深处，从而在悖论与绝望中刻画了不少底层挣扎着的痛苦的灵魂，当这些灰色人物甚或多余人觉察到荒谬感和虚无感充斥于周边的生存困境中时，自杀与死亡将是他们唯一的出路。

因此，墨白创造的疾病意象成为我们判断社会、理解历史和阐释文学的一个尺度，因为生理疾病和心理疾病都是来自现实世界的心理焦虑、暗自抵抗和无奈救赎，而自杀往往又成为这种疾病主体生命中不能承受之重的最后归宿。墨白的小说给人一种扑朔迷离的悬疑梦境般的幻象，这需要读者与作者共同完成语言叙述的空白跳跃，建构起新的叙事逻辑，《某种自杀的方法》也是如此。这篇小说在意识流、幻觉、回忆性叙事基础上赋予了墨白温馨而纯净的诗意想象，主人公精神病医生蒙与被医治对象锦都是作者喜欢的对象，甚至他们为信念而自杀的方式也是作为诗人的作者所赞许的（我觉得墨白首先是个诗人，其次才是小说家）。很有意思的是，作者在另一部小说《白色病室》中也刻画了一位精神病医生苏警已，但他与蒙却是天壤之别。墨白的这种矛盾是否预示着作为医生的善与恶的镜像合一的隐喻呢？也许，意图拯救世界的墨白在隐秘层面赋予了自己“医生”的救赎角色和功能，但是这种拯救并不是一帆风顺或者马到成功，也许顺畅如蒙，也许不顺畅如苏警已。精神病医生蒙接触了一个女孩锦，在倾诉和交往的过程中他感觉到女孩的纯真，爱也在蒙蒙雨夜中生长，然而锦却不辞而别，留给了蒙一张纸条，故事的真相就在蒙的思念和追寻中逐渐浮出水面。

可以说，疾病是一种暧昧的隐喻。女主人公锦是小镇邮电所的话务员，在还不懂得爱情的时候被有妇之夫欺骗并被抛弃，在邪恶的世界中她感到绝望，这种沉重的打击给纯净的锦带来毁灭性的打击：“我恨，我恨……难道没有理由恨吗？”[1]也就是在这个时候，她又患了一种叫“面部神经收缩症”的疾病，这是一种能使美丽的面容迅速枯萎的疾病，这对年轻貌美的女性来说更是一种摧残，无论是锦的爱情被欺骗还是这种面部疾病，其实都是相通的疾病，即都是对美的毁灭，前者是对人性美的毁灭，后者是对形象美的毁灭，也就是说，“面部神经收缩症”只是疾病的本义，无处逃遁的困境则是其引申义，在隐喻层面则是对欺骗者的人性丑陋的控诉。当一个女性在面对这两种决定自己一辈子幸福的美的毁灭的时候，她的痛苦、悲愤、仇恨与绝望有谁能知？当她对世界充满绝望的时候，精神病医生蒙的出现改变了她对世界的仇恨，她感受到蒙的无尽爱意，当锦试图把自己自杀两次的事情告诉蒙时，作者是如此叙述的：“你就不想听听我昨天给你说的事？不，我不听那些不吉利的事儿，现在有我在你身边，一切都会好起来的。锦，我爱你。说完蒙把锦抱得紧紧的，

[1] 墨白．某种自杀的方法．墨白作品精选．武汉：长江文艺出版社，2007：106.

用舌头去吻她的脸，有眼泪从锦的眼睛里流出来。”[1]这是爱的幸福降临的眼泪，也是与爱离别的痛苦的眼泪，爱唤醒了她冰冻的心，但对爱的负疚感以及疾病的摧残使锦不得不离开爱人蒙。为了坚守这份纯净之爱的信念，锦回到小镇吃安眠药自杀了，她要让自己外表和内心的美丽永远镌刻在爱人的记忆里，自杀成为她与世界融合、保存美好信念的最好方式。这正如刘小枫所说：“一般人的自杀是向暧昧的世界无意义性边界发起的最后冲击，既然生没有意义，主动选择死就是有意义的，其意义在于毕竟维护了某种生存信念的价值。”[2]当生存困境的偏袒使得人类无处遁逃，必然对暧昧的世界感到绝望，尤其是受到邪恶世界和邪恶人性摧残的人，当他/她又重新得到世界的温暖的关爱，这个时候是最残酷、最痛苦、最矛盾、最分裂的时候，包括锦在内的许多人为了维护自己纯净的信念，如爱、自由的信念，不得不通过自杀来报复与人类的纯净想象脱节的暧昧世界，在他们看来：世界不应该这样，人类的邪恶也不应该如此，同时也坚守自己最温馨的爱与自由的家园。弗洛伊德认为生与死是人的两种本能，我们无法决定自己的尘世降临，但可以决定自己的死亡归属，当通过自杀的方式来终结自己的生命，那么自杀的主体一方面是诅咒邪恶，另一方面是坚守纯净的信念，自杀是一种勇敢的行为，一般人是不敢自杀的，因为惧怕生命的终止及与世俗的绝离。于是，有着宗教般虔诚的墨白为了实现对生存困境的超越，在文本中创写了在疾病与生存困境中不得不与世界决裂的自杀者——锦，这正如莎士比亚所说：“生存还是毁灭，这是一个问题。”

墨白的高明之处就在于他通过一组矛盾的镜像设置来昭示人性的困境以及面对困境人类的反应，受到欺骗的锦与被蒙爱护的锦显然就是这组矛盾之一，通过毁灭完成诗意的信念坚守，而那位有妇之夫与精神病医生蒙显然又是另一组矛盾的镜像，人性的善与恶、真与假、纯净与邪恶就不言自明地凸显出来。这点我们可以解读蒙的梦来论证：“他梦见锦用一把手术刀切断了自己的静脉，鲜血流了一地。他急急忙忙地给锦包扎了手腕，

[1] 墨白．某种自杀的方法．墨白作品精选．武汉：长江文艺出版社，2007：106.

[2] 刘小枫．拯救与逍遥．北京：生活·读书·新知三联书店，2001：40.

一口气把锦抱回了他的诊所里，给她做了一切应该做的治疗。”[1]梦的真假我们无须证实，弗洛伊德认为梦是愿望未达成的满足，也就是说，因为锦告诉他有过两次自杀，出于对爱人的保护动机，他渴望自己能够成为爱人的保护伞，从而拯救爱人，但同时也在缝隙深处透露出无法救赎的潜意识，因为在现实当中他确实无法拯救锦。锦不辞而别之后，蒙的思念与纯净的爱促使他做出寻找锦的抉择，当他到达锦上班的锦镇邮电所的时候，锦的母亲一直在那儿等着蒙的到来：“锦说你要是来了，就让我把雨衣还给你。……她让我替她在这里等你，我这一等就是两年。两年里我天天都为她打扫房间，现在你终于来了。”[2]至此，我们发现，锦的自杀在与蒙相聚的时候就早已决定了的，所以，她拿了蒙的雨衣，并把自己的雨伞交给了蒙，雨衣与雨伞是用来遮风避雨的，而在本文中显然具有了互为对方撑起一片蓝天和作为思念工具的隐喻功能，我们能够想象，当锦准备自杀面对这件雨衣的时候，她的心情是多么的复杂、沉重与温馨，而锦要求归还雨衣给蒙也具有了感谢、祝福、思念和保重的意味，那种爱情的忠贞与信念的坚守足以让人感动，这让我想起了舒婷《致橡树》里的诗句：“坚贞就在这里 / 爱，不仅爱你伟岸的身躯 / 也爱你坚持的位置、足下的土地。”

而这种对爱的坚守也在蒙的内心徘徊，我们可以假设，要是两年前锦离开诊所后他就去追寻，那就是另外一番景象，锦的母亲的叙述尽管没有抱怨蒙的意思，但在蒙看来，这一切都有他的成分，忏悔与救赎是无法挽救的，而唯一的方法就是与锦相会——自杀，一方面坚守纯净爱情的信念；另一方面对自己没有及时寻找爱人的忏悔。当蒙吃完所有的安眠药的时候，他恍惚间感觉到锦的到来：“锦朝他笑了笑。锦说，我是来接你的。接着她拉着蒙，一同走进晨光里。他们面前的田野被淡淡的晨雾所笼罩，淡淡的晨雾被红色的霞光所侵染。他们停住脚，他们的目光被一片灰红色的雾霭所弥荡。”[3]这种“晨雾”与“红霞”显然是两人相会、爱情交融的铺叙，在这里永远没有人性恶之后的生存困境，作者以抒情的幻觉笔

[1] 墨白．某种自杀的方法．墨白作品精选．武汉：长江文艺出版社，2007：106.

[2] 墨白．某种自杀的方法．墨白作品精选．武汉：长江文艺出版社，2007：108.

[3] 墨白．某种自杀的方法．墨白作品精选．武汉：长江文艺出版社，2007：109.

调赋予了蒙自杀的诗意的肯定，同时也给纯净的爱情坚守叙述了一种乌托邦的想象，而且这种想象随时都有可能破碎，因为诗意栖居于大地之上永远是一种幻想，人注定了在大地上做着无谓的行走。

总之，疾病和死亡是墨白小说一以贯之的主题，这不仅呈现出对生命的思考和人生的终极关怀，同时也展示人面对逆境与屈辱而不屈的生存状态和精神状态，更反映出灰阑中的无奈与沉重。《某种自杀的方法》给予我们沉重而又温暖的底色，对纯真爱情的信念坚守成为主人公面对疾病的隐喻修辞，而爱情主体间的人性温情弥补了人性恶之后的缺憾与怅惘，但是透过这被包裹着的表象，人类处境的苦涩与无奈还是不言自明。

人性的挣扎与欲望的蜕变

《裸奔的年代》是墨白“蜕变”三部曲的第一部，主要讲述了主人公谭渔通过自己的艰辛努力从农村走向城市的奋斗历程，然而却也在精神变异和社会嬗变的道德历史进化过程中产生了人性的变异，其道德底线和价值信仰在商品经济和市场消费中开始堕落，先后与9个女性发生各种关系，最后一无所有地回到作为人生起点的农村，命运的轮回与宿命不言自明。通观整部小说，它一方面展示出乡下人进城面对逆境与屈辱而穷且益坚的生存状态和精神状态；另一方面又呈现出人在社会变迁进程中无法承受生命之重而导致的精神蜕变与人性悲剧。于是，人生灰阑中的苦涩与沉重、人类处境中的孤独与无奈、人性命运中的悲凉与迷惘不言而喻。阅读这部小说让我想起了路遥的《人生》和《平凡的世界》，尽管叙述视角、叙述方式、情节安排以及结局各有差异，但是其主人公都是处于弱势群体的乡下人，他们在社会大潮的嬗变中从乡村进入城市，试图寻找幸福的生活，在冷眼和嘲讽的屈辱中历经艰难的挣扎，最后无法进入城市而败退乡村，这是现代化进程中无数民众逆境生存的精神镜像。如果说，路遥的作品传递了20世纪七八十年代计划经济松绑时城乡交叉地带底层人的追求与超越，那么《裸奔的年代》则是前者的现在进行式，传递出现代化进程中90年代市场经济瓦解后底层群体面对形而下的世界异化而产生的精神裂变与信仰困惑，其悲剧的意义更是直抵人心。

诚然，追求现代化一直是鸦片战争以来中国觉醒后的知识分子的己任，中国20世纪就是西方工业化进程视野下的现代性追求过程。但现代性是充满矛盾张力的，它一方面追寻自由与民主，发展技术文明，但另一方面它又借助权力的规训和人的欲望去压制、异化、摧毁人类的信心和精神。生活是文学的主要源泉，从古到今对于底层的关注一直是文人士大夫和知识分子的叙述核心，无论是最早的《弹歌》还是杜甫的《茅屋为秋风所破歌》，无论是五四以降鲁迅为代表的文学研究会延续至40年代的现实主义文学还是太阳社、左联、新中国成立初的工农兵革命文学，都一直通过底层叙述寻找意义拯救之路和人性救赎之途。但问题在于，从左翼文学开始，作家对待底层往往是一种悲苦同情的刻板印象，而不是真实体验的灵魂的痛楚牵引，因为这些作者没有完全站在底层民间或者边缘民众的角度来书写，而是以俯视的态度去观照草根群体，知识分子立场的优越性体验致使他们无法深入到底层民众的灵魂中去，他们进行文学创作更多的是一种无法抵达内心世界的表面同情。随着80年代改革开放开始，我们的欲望途径重新浮出历史的水面，曾经被遮蔽的底层也突然汹涌而来，带着辛酸与痛苦出现在权力的面前。高尚的集体的超个人的国家利益开始不再凌驾于底层的个体利益诉求上，现代性历史进程中的底层民众不再是“工农兵”，而是经济与权力规训下的“弱势群体”，在现代化的城市欲望面前，他们成为沉默的他者和精神贫乏的大多数。当他们通过自己的努力与挣扎从乡村进入都市的时候，他们淳朴的乡村文明在都市的经济权力文化下开始异化，都市的灯红酒绿也日益改变着他们的精神和灵魂。在这种两极分化下，他们的生存体验和底层经验迫使他们改变自身，以适应都市化的游戏规则，自然，精神也开始变异，这种两难的处境和人格的分裂也带来了深刻的痛楚与辛酸。于是，许多作家敏感地捕捉到这一时代底层人生的人性变异与精神裂变，尤其是出生在中原的作家。我曾在一文中写道:“苦难与死亡成为中原作家笔下的永恒母题和诉说愿景。徐玉诺、冯沅君、师陀、姚雪垠、张一弓、刘震云、李佩甫、阎连科、刘庆帮、墨白等出生在中原的作家，大都是这一次次苦难中的侥幸逃脱者，他们以笔为旗，通过文学还原历史的真相，对历史、苦难以及沧桑有着鲜明的诉说和批判，承担起批判与拯救的重任。”[1]可以说，作为一种不自觉的关注，

[1] 龚奎林．疾病的隐喻与生存的困境．莽原，2008（4）．

中原作家共同指向了底层的人性书写，这也许与作家的个体生存经验有关，但更与文学中原的整体文学层次有关。在我看来，在当代文学界，中原作家占有一个非常重要的地位。作家墨白从80年代先锋小说创作伊始就一直致力于底层抒写，但他的创作却比当下主流的底层叙述更为深刻、揪心。在《裸奔的年代》中，主人公谭渔一次次迷恋于情爱，却又时刻背负着对妻儿背叛的忏悔。情人象征着城市文明的自由、性感、魅惑，它和一见倾心、博学多识、善解人意、主动多情、精神共鸣一组词汇相对应，而妻子构成的是一种责任、良心、庸常、牺牲的文化意象，她代表的是“乡土”文化。作为底层人的谭渔虽然自卑但却满怀希望从乡村来到城市，通过自己的努力从“底层”爬向“上层”，但最后又绝望地从城市回到故地，妻离子散一无所有。这表面上看来是一种性的生活态度，实质上是一种个人的都市欲望带来的人格分裂，它冲击着传统价值体系，导致谭渔由积极进取转向颓废消极的精神状态和人生结局，这里我们似乎看到了现代性视野中的又一个骆驼祥子。

是的，90年代市场经济和消费文化的全面复兴摧毁了50年代建构的革命价值体系和80年代复苏的精神启蒙传统，人性的真善美逐渐弱化，与之相反，人性恶和国民劣根性却在娱乐文化的推波助澜中开始凸现与复活，自由、民主、信仰逐步被金钱、欲望、享乐所取代。尤为重要的是，固定在土地上几千年来的农民开始打破户籍管理的限制，走向代表现代化进程的城市中寻找自己的幸福生活和欲望想象。这既是一种进步，但同时也暗含着各种诱惑，就看谁有定力，谁能够在道德、伦理、欲望与责任之间进行抉择与坚守。谭渔在《裸奔的年代》通过自己的努力一步一步离开农村奔向都市，从颍河镇到锦城到都市，每走一步都要付出多倍的努力，朝着精神自由的方向艰难地行走。作品以及主人公的书写自然也融合了作者本人的生存体验，这部小说的写作时间也正是作者墨白“人生最为迷惘的时期，痛苦忧郁而孤独，这部小说装载着那个时期我对生命最为真切的体验。应该说，《裸奔的年代》是一部有着我的精神自传性质的小说。”[1]由于中国严格的城乡二元体系的存在，使得农村比城市低个层次，人格和

[1] 黄轶．道德的焦虑与生命的迷惘．广州：花城出版社，2009，2.

精神上似乎也不得不低人一等。自然，走向城市也就意味着艰难生存和人格坚守，因此，他们低弱的声音和身影、痛苦、无奈以及爱恨迫使他们去面对这个正在日益变得彷徨的世界。同时，社会的蜕变和欲望的诱惑又导致人性的蜕变，并冲击着储存于传统的价值体系和道德底线。这种格局也最容易导致人的痛苦、迷茫与彷徨。面对城市的不公与屈辱，谭渔低弱的声音和身影、痛苦、无奈以及爱恨迫使他产生了精神裂变而迷失在欲望丛中。这是一代人的精神影像，但在作者笔下却更有着悲剧的意义。无怪乎文化批评学者雷蒙德·威廉斯 (Raymond Williams, 1921 ～ 1988 年) 曾说："乡村汇合了一切关于自然的生活方式的观念：和平、率真淳朴的品质。城市则汇集了一个建设完善的中心的观念：知识、交通、亮光。强烈的厌恶的联想也同时发展起来：城市是一个充塞噪声、市侩、野心的地方，乡村则是一个满足、落后、无知、局限的处所。"[1]尽管较为极端，但也反映了现代性进程的一种真实状态，作为现代化进程当中的城市正以资本加速度积累向前推进，对利益的重视超越了对人情人伦的重视；而乡村则是一种圆满自足的人伦秩序。但是为了所谓的经济发展，不得不牺牲农村的传统。谭渔抵挡不了三陪小姐小红的性诱惑，导致与小慧的精神恋爱在物质文化和性欲中解构，谭渔的精神情绪由此走向迷茫、痛苦与彷徨，如果得不到合理的焦虑舒缓和引导疏通，其解决的办法也只能越来越糟，导致恶性循环而不能自拔。因为个体生命意识与社会异化现实的距离越来越远，生存与坚守之间必然处于紧张的矛盾张力之中，于是，精神蜕变过程中对人的自尊的放弃与维护成为一个分水岭。谭渔的女友锦为了自己的尊严，更为了报父母之仇，以毁灭自己的方式离开了这个世界。因此，人生灰阑中的苦涩与沉重、人类处境中的孤独与无奈、人性命运中的悲凉与迷惘在《裸奔的年代》里的欲望化表述中不言自明。

当然，历史作为"人化的生命经验的对应物"，更多的是一种自然化事件的综合和"我们"对综合化了的事件进行的个人化叙述，于是在这种综合和叙述的过程中"我们"也就形成了个人记忆的时间修辞学，并利用这种修辞学去观照事件的过去、现在与未来。尽管往事记忆的不可修复性

[1] (英) 雷蒙德·威廉斯．乡村与城市．伦敦：霍格出版社，1973，1.

使得事件无法复原，但是我们的潜意识仍然自觉或不自觉地修复自己的个人记忆，所以，不管往事是好是坏，在回忆的具体想象过程中我们却总是强化自己对于“往事”的美好情感和甜蜜记忆的亮色元素，而过滤或净化并不美好甚至给人带来创伤的记忆。因此，在个人化事件的时间秩序中，我们有痛苦，我们有艰难，我们更有悲哀和不幸，然而这一切在记忆中呈现的不幸通过潜意识的过滤往往转化成为一种坚强或者不屈的意识显现，或者作为记忆的资源隐藏在大脑深处，汪曾祺曾说小说是回忆。墨白在小说中努力去捡拾那一段段破碎的时间碎片，努力去呈现精神变异中的本真状态。而且这种人性的迷茫曾是一代人的墓志铭，谭渔作为历史对应物中的一个代表个体，他和大多数人一样通过底层挣扎，工作经历了一次次变化，一步一步进入理想之境，他人生的每一步都很沉重很艰辛，但付出的代价却是昂贵的，外在的欲望与内在的淳朴作为矛盾对立体，撕裂着每一个常人的灵魂，人的抵抗和坚守在色与欲面前显得如此不堪一击，因此，人性的蜕变也就成为欲望的俘虏所应有之义。

显然，对欲望以及人性变异的叙述，作者借助了“时间”的叙事技巧。时间也就成为作者创作和笔者解读小说《裸奔的时代》的一个切入点。墨白把日常的物理时间和个体的心理感觉时间相融合，于是使时间变成永恒的拟人化的代码，从而获得了个人经验叙述的强度和质度。物理时间是宇宙间不以人的意志为转移的单向性和一维性时间，而心理感觉时间是人与事物建立起感应关系之后的记忆时间。墨白对小说的标题命名为“漫长的三天”和“两个短暂的季节”，横跨了20世纪末的最后一个年代。具体的时间标识作为人生历程的一个回忆和纪念碑，成为作者本人和作品主人公精神交流的一个支点。而且很有意思的是，这五个物理时间支点都是在春和冬这两个冷暖交加的特殊时段，代表情感变化最为剧烈的春、冬的选择是作者根据文本内容而提炼的，这也为文本的情绪基调奠定了基础。时间改变一切，在强大的时间面前，谭渔显得无能为力，作者通过心理感觉时间呈现人性的异化与蜕变，五个时间段自然就成为谭渔从农村走向城市进程中成功、失败与困惑的精神展演，其情绪、人格、精神在异化与坚守的对抗中显得独立卓绝却又一筹莫展。因为谭渔是一个从农村走出来的青年，还没有建构自己的抵御策略就被世俗社会和欲望所诱惑与腐化，于是，通过征服生活中的女性来证明自己征服城市的努力，进而寻找自我生存的价值和意义。谭渔与项县的锦、信阳的小红和小慧、锦城邮局工作的赵静、从锦城调到省城的叶秋以及谭渔在陈城的结发妻子兰草等女性的关系成为小说的脉络，爱情、婚姻与性是谭渔精神释放的一个重要出口和征服城市的象征资本。然而，在时间的淘汰下，谭渔通过情爱进入城市并试图征服城市的路径只能以失败而告终。小说通过外在自足的叙述形式和膨胀相连的语言以及内在回忆式的现代个人经验胶着自洽，从而呈现出单元时间内的事件的反复和螺旋发展的个人记忆的痛苦、黑暗与阴冷的心理情态。谭渔满怀希望从起点奔向未来，又绝望地从终点回到起点。在北京下海改剧本没有做成，他带着失落和愤怒回到自己以前的工作单位，可是那间他在这个世界上唯一可以栖身的空间也被同事占去了，失落和愤怒的情绪在他心里转化成了凄伤和绝望。当谭渔一无所有地回到最初温暖的地方——与孩子和妻子在一起的家里，然而由于他自身的过错，妻儿早已和他恩断义绝，并决定和他离婚，而他那卖烧红薯的未成年儿子也不再原谅他，这猝不及防的打击让他异常痛苦，他失去了事业和家庭，以一个失败者面孔落寞地回到了生他养他的那片土地上。谭渔的命运凸显出无法抗拒的宿命感，人生的无奈如同从他脚下那片土地上散发出来的气息一样苍凉，于是，孤独一人的谭渔坐在人祖伏羲的墓前，望着灰暗的天空对自己发问："明天我要到哪里去"，如此得绝望而感伤。作为时间希望的"明天"在谭渔的内心安排中已经毫无意义。也许，我们可以说，这是善有善报、恶有恶报，但是假使这个主人公不是谭渔，而是我，我们又会何去何从，答案显然和本篇小说一样。谭渔茫然无助的凄凉、苦楚而孤独的精神状态无不让人唏嘘，文本在感伤的情绪中走向没有结局的结局，如歌的行板在飘逝的晚歌中变得郁郁而阴冷。我们无法猜测谭渔的最后宿命，其实结果并不重要，重要的是过程，这也是加缪在《西西弗斯的神话》中所阐述的哲学意义，在人生的追求中，谭渔抵抗不了现代化进程中的色与欲的诱惑。也就是说，谭渔不是一个成功者，他的忧伤、痛苦、孤独、无助、迷惘和绝望油然而生，似乎成为它的集体无意识，而作者把谭渔作为一代人的精神缩影凝聚在这一个时间点上，道德、生命以及存在的焦虑在庸俗的"活着"中失去了精神要义，其隐含的启示意义油然而生。一个中年男人从乡村走向城市，与九个不同年龄阶段的女性发生过各种关系，作者通过这样一个文学人生形象，深刻地折射出了20世纪末中国人的精神裂变和混乱的价值观。作品讲述的故事可以单独成章又血肉相连，漫长的三天和两个短暂的季节，横跨了20世纪末的最后一个年代。小说通过外在自足的叙述形式和膨胀相连的语言和内在回忆式的现代个人经验胶着自洽，从而呈现出单元时间内的事件的反复和螺旋发展的个人记忆的痛苦、黑暗与阴冷的心理情态，这种情态当然也是在物理空间与物理时间和心理感觉时间的纠缠迎拒中发展而成的时间修辞学，因为物理时间给予了作者以及作者精神自传的反传主谭渔太多的“往事”的痛，而他在心理感觉时间方面依旧执着于“未来”的美好想象，于是形成了一种矛盾，但更是墨白对于人生的心灵写照。

这部小说再次以一种个人私人化经验震撼我的灵魂，让我总想回味那种幽幽的暗淡的但却又倔强地行走于大地宁静的气息和氛围，尽管这种行走对于谭渔来说也许是一种不知所终的旅行，因为往事与未来之间总有一种宿命的“始终”相联系，这就是时间的修辞在起作用，物理时间和心理感觉时间一直挤压着谭渔而无法逃脱。小说中痛苦而阴冷的氛围元素是小说家丰富的人生经历和经历曲折“往事”之后的个人性经验总结，因而痛苦、黑暗与阴冷一方面撕啮作者的心境，另一方面使小说家产生出想方设法决绝突围的勇气，通过精神自传的方式无疑可以释放内心的焦虑和面对困境的孤独与无奈。因此，墨白的这种个人化经验融合了太多的生命体验和人生感悟，而这种体验透露的是一种痛苦、无奈、迷惘，甚至悲怆。可以说，墨白不同于当下主流小说的温暖和谐，他依然延续了一以贯之的先锋小说视角，显得色彩斑斓，冷峻犀利的语言慢慢剥开人性伪善的外衣，呈现出现代人的复杂欲望和精神匮乏。

总之，墨白的个体生存经验和对历史意识的独立思考，使他的小说《裸奔的年代》承载着社会历史文化记忆的精神变迁。他以内心感受为关注点，映射人物的强烈现场感，折射出时空转移中的人性百态与人情冷暖，其良知与利益的博弈、真爱与性欲的较量呈现出对生命的思考和人生的终极关怀，同时纵观他的小说，无论是小说语言、细节描写还是情节设置，处处蕴藏着智慧、玄机和冷峻的锋芒，那种暗红色的悲剧宿命以及人性生存困境的主题一直贯穿在创作之中，其小说总给人一种历史苦难造就的尖锐的刺痛感和人性的荒芜感。同时，对社会底层人的生存困境和精神困境的关注，传递出作者对社会苦难和人生痛苦的人文关怀。而这种穿透生命的人性良善与虚伪，更使笔者感受到作者语言背后阴冷的痛苦心境以及痛苦与迷惘的心态。

墨白的新历史主义小说书写

20世纪80年代，改革开放的国策使我国沉重的国门再次打开，西方的各种文化涌入这片沉重的土地，并与当时急于求变图新的大国氛围结合，整个社会出现了一股文艺新中国成立、人性新中国成立、思想新中国成立的文化热潮，先锋文学应运而生。我觉得，先锋文学并非仅仅在于叙事技巧的先锋，更多的是其与权力、与政治保持一种批判的距离，对传统历史和革命历史的异化烛照是其叙述的原点。当下许多学人认为新历史主义是在新写实小说基础上产生的，其实不然，新历史主义更早的是在先锋小说的叙述原点上展开的，然后借用了新现实主义对底层人生的烦琐视角。在文学史上，新历史主义小说则是作家根据“一切历史都是当代史”和“历史也可能是一种虚构”的原则对历史中的生活世界、人性世界与当下的现实世界及其西方新历史主义的历史解构观念相互整合，而想象、虚构出革命的历史世界，进而出现了一大批被广为关注的作品，如莫言的《红高粱家族》《丰乳肥臀》；陈忠实的《白鹿原》；苏童的《米》《妻妾成群》；格非的《迷舟》等。作为先锋作家之一的墨白在经历生命体验的荒谬与动荡之后，凭借对艺术色彩的敏感、对先锋技巧的偏好，在20世纪80年代中后期正式开始先锋文学的创作，尤其关于新中国至文化大革命阶段底层民生的新历史主义系列书写更是独具特色，不仅具有先锋小说的叙述技巧，更是对那段特定阶段历史的重新解读，其批判的锋芒直抵欲望的深处，这种书写目前还没有人提出。墨白的新历史主义小说把所描写的时空领域推移到历史之中，解构传统、历史和崇高，有意识地拒绝政治权力观念对历史的图解，尽可能凸现民间历史的本来面目，从而对日常世俗人生和生存境遇进行细微观照，因而，其最显著的特征就是以后现代的叙事策略去解构历史和传统，在野史中挖掘普通民众人性的异质性、复杂性和欲望本原性，进而以历史的文本性终结超个人的全能政治视角对历史的控制垄断。

无论是根据马克思主义社会形态和中国历史进化论观念确定的传统历史小说，还是根据革命政治意识形态所确定的所谓正宗历史的革命历史小说，抑或是追崇边缘视角重新解读民间历史的新历史主义小说，它们都是由不同语境不同观念制约下对历史理解的态度和视角所决定的。随着以斯蒂芬·格林、布莱特、海登·怀特等为代表、强调历史的非连续性和中断论、否定旧历史主义关于历史的整体性、未来乌托邦、历史决定论和历史终结说的新历史主义思潮传入中国，“何为历史”成为许多人津津乐道的探究话题。意大利哲学家、美学家克罗齐曾精彩地指出：“一切真历史都是当代史”，在他看来，只有在当代社会还“活着”的东西才可能被当成真历史，反之就是假历史，“一切脱离了活凭证的历史都是些空洞的叙述，它们既然是空洞的，它们就是没有真实性的。”[1]而在本雅明看来，历史永远是“现在”的历史而不是“历史”的历史，历史的作用表现为对自身的“唤醒”或“重组”并为“未来”进行“预期叙述”。而且，海登·怀特也反对传统上认为历史具有绝对的客观性和令人满意的稳定性、历史修撰能够用叙述体的形式真实地把历史事件呈现在话语里的观点。他指出，由于“过去”这个客体本身是不可再现的，人们只有通过“想象的”方式来使它再现于意识或话语之中，所以一切历史再现都不可避免地含有想象和虚构的成分。“历史”不等于纯然客观和中立的“过去”，历史联结和沟通了过去和现在。而且“历史”只有通过语言才能被人们接触到，人们的历史经验与历史话语是分不开的，所以历史“甚至从根本上是由一种独特的书写话语与过去相协调的一种关系。”[2]正是在这样的历史经验的烛照下，墨白在先锋文学书写中逐渐走进了新历史主义叙述，其中篇小说《雨中的墓

[1] (意)贝奈戴托·克罗齐．历史学的理论与实践．道格拉斯·安斯利，译，北京：商务印书馆，1982：6.

[2] (美)海登·怀特．后现代主义历史叙事学．陈永国，张万娟，译．北京：中国社会科学出版社，2003：292.

园》就告诉了我们：历史的真相和事实具有不确定性，纯粹客观的历史是不存在的，历史永远存在于叙述或虚构中。小说主要写了“我”在一个叫青台的地方所经历的充满离奇和梦幻的一段往事：在一个细雨霏霏的秋日的早晨，“我”来到一个叫青台的地方，在一片小树林里，“我”看见了一片墓地，埋葬着1966年9月7日这一天死去的一群修渠的城里干部和工程技术人员，他们是怎么死去的？从三个与这些墓主人有密切关系的人那里“我”听到了三个不同的版本：黑衣老者说他们是被伙夫下毒毒死的，因为渠首原是伙夫家的祖坟；而盲眼老人说他们是淹死的；但扳鱼的女人说，他们是被炸死的。黑衣老者、盲眼老人、扳鱼的女人都是事件的亲历者，然而，三个人对这些墓主人是怎样死的却有着截然不同的说法。他们究竟是怎么死的？小说最后也没有给我们答案。墨白通过这篇小说在告诉我们：历史的真相我们永远也不知道，同时也借此表达了对文化大革命的批判。我们所知道的历史永远是人们叙述或虚构的历史，而并非真实的历史。不仅我们这些后来者，就是事件的当事人、亲历者也不知道历史的真相，他们只是根据自己的个人化视角去阐述这种经验，这种经验的有效性随着时间的推移更是无法确认。它表现了墨白对传统历史观的颠覆和解构以及口述历史的不信任、怀疑甚至否定。

新历史主义小说产生于解构主义思潮涌起的年代，在创作题材选择上更偏重于“野史”的阐发，以个人化、民间化视野颠覆正史意识、消解崇高品格。英国著名的历史学家科林伍德认为：“历史的过程不是单纯事件的过程而是行动的过程，它有一个由思想的过程所构成的内在方面；而历史学家所要寻求的正是这些思想过程。一切历史都是思想史。”[1]新历史主义小说作家们从思想史维度尝试通过解构视角重新审视历史事件，特别是被历史教科书记载的绝对客观以及文本解读确凿的历史进行消解。正如余华所说：“一个真正的作家永远只为内心写作……只有当现实处于遥远的状态时，他们作品中的现实才会闪闪发光，应该看到这过去的现实虽然充满魅力，可已蒙上了一层虚幻的色彩，那里塞满了个人想象和个人

[1]（英）科林武德．历史的观念．何兆武，张文杰，译．北京：商务印书馆，1997：302．

理解”。[1]自然，新历史主义小说的言说主体是普通民众及其边缘人，作品也重在描写他们的“吃喝拉撒、婚丧嫁娶、朋友反目、母女相仇、家庭兴衰等生活的日常性、世俗性甚至卑琐性的一面”[2]，充斥其中的世俗生活体现了解构主义消解神圣、消解英雄形象、“悬置”政治话语判断的创作趋势，呈现出人类普世文化价值体系中所面临的文化、人性、生存的种种困境，更重要的是表达了人类对历史认知的绝望与虚无。因此，这种大历史中的小经验就显得格外重要。正如墨白所说：“真正的文学所应关注的应该是那些被历史和时间所遗漏的东西，那些被遗漏的生命之体验。对生命的最强烈最深刻的体验是不可能被临摹和替代的。”[3]可以说，《风车》就是一个在特定历史时期人的生命和灵魂的真实而扭曲的表现，描述了“人民公社运动”的历史其实就是一场闹剧的历史。队长、理论家的好色、滑稽与木匠的徒劳如同嘉年华般消解了政治权力话语的严肃。权力者公社党委书记要在麦田里建造一个浩大的池塘，竖起风车，将旱地改造成水稻田，如同堂吉诃德以长矛对风车作战，于是，盲从与胁迫、疯狂与愚昧一一登场。木匠为赶进度制造风车，几天几夜不合眼，最后残废。在火烧棚屋的时候，当权者想到的只是抢救风车，而无人去关注那些被烧死的右派或者地主婆。所有这些献身革命的个体在历史的荒诞中成了政治祭献的礼物，献祭者以及献祭行为（如制造风车）一旦被纳入国家意识形态的话语权力体系，就具有了崇高价值。所以，“风车”意象及“建造风车”过程在两部作品中都贯穿全文，都具有很深的寓意。 正如德国文化人类学家恩斯特·卡西尔所说：“一个人通过忍受某种肉体摧残，其目的仅仅为了加强他的超然力量、肉体——巫术的力量和效应”[4]。而这种力量已经为革命所用，于是，历史就在革命神话中走向了宿命的终结。种种叙事都传递出对权力体制和革命力量的怀疑，而这种怀疑无疑颠覆了革命历史小说中的英雄伦理与革命叙事，民间视角的“野史”意识逐渐占据了传统的

[1] 余华，余斌．真实地活着——访著名作家余华．青岛日报，1999 - 6 - 28.

[2] 孙先科．新历史小说的意识形态特征．当代文坛，1995（6）.

[3] 张钧．以个人言说方式辐射历史和现实——墨白访谈录．当代作家，1999 年 1 期．

[4]（德）卡西尔．神话思维．黄龙保，周振选，译．北京：中国社会科学出版社，1992：244.

"正史"意识。

墨白致力于建造一个属于自己的文学家园，其小说故事几乎都是以颍河镇为背景的，颇具思想深度和哲学内涵，作品中的主人公也大都是颍河镇苦苦挣扎在底层的卑微者，因此，"颍河镇"成了一个关于人类生存和精神的"隐喻场"。人性中的善与恶、劣与美在历史与战争的硝烟中总是如此不堪一击，而历史的进步与否也不被芸芸众生关注，他们垂目的只是日常生活、衣食住行与个体的喜怒哀乐。墨白发表在《钟山》1989 年第四期的短篇《寒秋》，体现了新历史叙事的先锋性探索。小说讲述了一个饥饿的小孩毛头被后娘村头嫂虐待致死的故事，因为毛头和自己同父异母的兄弟在饥饿的困境中争取生存物资，从一开始毛头的后娘村头嫂的行为就是围绕着一个阴谋的展开。她最初让毛头挨饿，而后又以过量的粉条把他诱往死地，整个过程都是在一个充满诗意的气氛里完成的：

> ……就在这个时候我突然听到有一种声音从天边传来，那曲子美妙极了，激愤的快板、伤感的慢板，那曲子的共鸣震得我的耳鼓快乐地跳动。我当时一点也弄不清这曲子从哪里来，一直到后来，到了第二天早晨我看到了小毛头那鼓胀得再也不能鼓胀的肚子的时候，我才明白那曲子来自小毛头的肚子，那曲子在他的肚子里奏了一夜把小毛头的肚子都鼓得像纸一样透明。我从来没有见过这样薄的肚皮，一络一络的青筋小溪一样画在上面，小毛头躺在那里呼吸已经没了那曲子。他鼓胀的肚子真像一个五线谱上的音符，像一个出色的黑墨的小蝌蚪。

饥饿是人类生存的基础，生存的竞争总是人之大恶的源头，毛头和村头嫂亲生子在贫穷时代谁吃得饱就意味着谁能够在这个世界上存活，用心险恶的村头嫂使无知的毛头充当了人欲泛滥的牺牲品。人生的辛酸与人性的扭曲及残忍莫过于此。虽然作者并没有直接点明故事发生的具体时间，但足以让读者遐想联翩，并将矛头指向"极左"时代。这些"野史逸事"无疑消解了"正史"的崇高性与唯一合法性，作者在民间化的"野史"中无所顾忌地披露着人类无尽的世俗欲望和人性贪婪。在《月光的墓园》里，老手的母亲为了填饱一家五口的肚皮而委身于柳根，母亲不得不通过性的交换换得孩子生命的存活，而掌管权力的队长柳根却利用了人民赋予的权力满足自己膨胀的欲望，这是何等的心酸与悖谬。笔者曾经对墨白小说如此迷恋文化大革命政治遗风和乡村民间文化及现代观念的冲突进行访谈，墨白认为："80 年代以前的新中国，应该是文学的一个重要话题，但这是一个缺少中国当代文学深刻关注的时代。这一点，西方文学对"二战"的关注是我们的一面镜子。关于"二战"，西方作家写出了多少震撼人心的好作品呀，可是目前关于我们那个时代的中国当代文学，所涉及的都是一些皮毛，没有进入到那个时代的本质里去。比如文化大革命。我认为文化大革命只有在中国的文化土壤里才会发生，为什么？就是说中国的皇权意识存在于民间，文化大革命之所以发生，和我们每一个中国人都有着直接的关系，和我们身上的奴性有关，和我们赖以生存的处处扼杀个性的文化土壤有关。存在于那个时代的每一个人都应该对文化大革命的发生负有不可推卸的责任。每个人对文化大革命都有责任，因为那个时候我们都不知道自己是谁。"[1] 是的，无论是《寒秋》，还是《风车》，抑或是《月光的墓园》，理性总是一种精神贵族高高在上，而本能性的欲望驱动人违背理性，走向魔的层面，于是人性本恶在反伦理时代走向一种恶之花。在文化大革命时期，一个社会和一个时代中的人，常常会被一种莫名其妙的神秘精神力量推动着，尽管这种力量是极其荒谬的和惨无人性的，可人们却完全丧失了理性辨别的能力，每个人被这种力量裹挟着和推动着，都盲目和被动地成为这种力量中的一分力量的构成，因而导致全民族和全社会的疯狂状态，那些全都丧失了精神自我的人一个个都成了光天化日之下的"梦游症患者"。文化大革命题材小说《梦游症患者》以主客观双重视角复现了文化大革命时期社会生活的历史阵痛和集体悖谬，从而寻找人性沦落的原因，并表达出这种荒谬对民族魂灵造成的切肤之痛。

而且，新历史主义小说主张把英雄人物当作普通人来写，或者以"小写的世俗人"取代"大写的英雄人"作为作品的主人公，进而描绘日常生活中的普通人的平民心态和世俗生活，反映平凡人的喜怒哀乐和我欲我

---

[1] 龚奎林．经验·历史·责任·创作——墨白访谈录．西湖，2010（2）．

求，以浑噩人生的卑琐欲望来颠覆崇高的英雄神话，达到非英雄化或反英雄化效果。正如学者孙先科所说："新历史小说正是在政治意识形态上出现裂缝和作家文学编码意识加强的前提下出现的，它直接的思想源头有三个：寻根小说对政治性重大事件的摒弃而亲和世俗性、'史'性题材的倾向和先锋小说的文本戏拟对意义消解的倾向以及新写实小说向世俗性价值妥协退让的趋势。"[1]于是，作家们剥开"英雄"的坚硬外壳，暴露出人物柔软的灵魂，人性中的卑微、低贱和丑陋作为底层民众的弱点和普通市民世俗生活中的个体生命、人性、欲望、灾难人生也就成为新历史主义书写的主要内容。因此，乱伦、私奔成为墨白小说的创作题材之一，如《红房间》喧嚣着人性的阴暗丑恶。父亲的私人秘书梅文婷是哥哥的恋人，十三岁失去母亲的"朋友"对她产生了自私的爱，而哥哥抛弃了梅，梅又成了父亲的妻子，复仇的火焰在朋友心中燃烧，父亲在结婚那晚莫名其妙地被楼梯上的铁丝绊倒，而梅不知何时被浓硫酸毁面致瞎。人性的善与恶、是与非、对与错相互纠缠，无法区别。《黑房间》中："为了争夺扬州客商的妻子，俺爷置客商于死地，俺大则打伤俺爷；俺爷欲杀老西灭口，反被俺大发觉并死于俺大枪下；俺娘和毛猴偷情被俺大捉住而惨遭毒打；俺大收养并占有了已故会计的女儿霜花；俺大搞大霜花肚子后转嫁给老西；老西有意虐待霜花流产但霜花仍生出胖孩俺大继续和霜花偷情，被老西打断腿骨；老西设计把胖孩诱入粪缸溺死；俺大失去胖孩后迷上赌博败光了家产；老南偷杀狗被捕；最后兄弟二人把俺大灌醉淹死在河里。"人性的疯狂与欲望的癫狂毁灭了亲情。《同胞》也同样如此，马仁义霸占了马仁文的恋人荷花，马仁武窥视马仁文和荷花的恋情，酝酿枪杀马仁文的计划；马仁义在马仁武和马仁文离家时夺走分给他们的一份银圆，又杀害了他们。父子伦理被颠覆：马仁义搞上了父亲马孝天的小老婆，又设计陷害马孝天于瘫痪。夫妻之爱也被颠覆：马仁义把他的原配妻子幽禁在一间陋室里，马孝天的小老婆则天天盼望着马孝天死去。这些欲望的原罪颠覆了家族伦理，也斩断了维系中国数千年文明的传统文化与道德纽带，人性迷失在原始欲望之中，这些生存图景和欲望想象被墨白在《黑房间》里残酷地

[1] 孙先科．新历史小说的意识形态特征．当代文坛，1995（6）．

剥离出来：

> 就在这时候老西听到了河边码头上传来了一声清脆的枪声，那枪声像一只好看的麻雀从老西面前飞过去，使他产生了一种想捉住那枪声的强烈愿望。俺妈领着老西抱着老南随着人群涌到东码头时，俺大正手里提着那支瓦蓝的驳壳枪蹲在俺爷的头边潜心凝神地看着他的头颅。俺爷像一头黄牛卧在雪地上，左胸上的鲜血浸红了他的棉袄。老西好奇地挣脱了俺妈的手跑过去，站在俺大的身后，他清楚地看到俺爷正头顶上有一道两寸长的伤疤，红彤彤的太阳光照在上面像一片黄铜贴在上面，老西小心地蹲下去，用他的小手在上面摸了摸，那伤口出奇地光滑。到后来老西和霜花第一次搂在一起的时候突然想起了那黄铜一样的伤疤，他很想知道那伤疤的来历，他曾无数次涌起问问俺大的念头，可是那念头一在他心里生出来他就浑身发冷。到后来他和老南望着俺大的尸体横在浑黄的雪地上时，心想，完了，一切都完了，那个黄铜一样的伤口永远再也没有注脚了……

所有的血肉亲缘、人伦关系、道德责任与死亡被零度情感所漠视和剥离，使得墨白的文本具备了荒诞感。

当然，墨白摒弃了革命历史小说中一以贯之的“民族利益高于一切”的人生价值观，使英雄俗人化，还原为有血有肉的活物，进而通过苦难的叙述呈现底层生命的脆弱与战争的残酷。《失踪》其实讲述的就是民众反抗日本侵略的故事。木匠抢救出的《大藏经》经版落入日军大佐山川丘手中，他的父亲就一把火把家连同经板都烧毁；三藏法师和觉生为了保护《大藏经》的另一处藏点而两次把日军引入死沼同归于尽，使这场复仇以死亡的结局告终：

> ……接着那三个村人在日本兵的刺刀逼压下开始往坑里填土，那土一锨一锨地填下去，许木匠的那颗头颅被憋得越来越紫，眼睛向外暴突着，这时有两匹白色的马拖着一具带钉齿的木耙从村子里奔出，朝这边而来。人群里一阵涌动，但被日术兵的刺刀逼住了。当那两匹

马和木耙从许木匠的头上抹过去的时候，一道紫色的血柱从地心里喷射出来，在太阳的照耀下如一朵盛开的鸡冠花。觉生的头像被什么撞了一下，他叫一声，倒在了地上。

……但那声音越来越响，他紧紧地闭上了眼睛，仿佛看到了那长长的墓道里和墓室里挤满了村人，那声音就是从那被封闭了的坟墓里发出来的呀！他睁开眼，那声音就从他的脑袋里爆炸开来，他撕肝裂胆地叫一声，就朝那封着的黄土奔过去。他一下子跪在了地上，疯狂地用手去扒黄土……

尽管是《大藏经》的寻找与反寻找，但却体现了作为中华民族子民对外族入侵的抵制和对自身生存空间维护的本能反应，佛曰：我不入地狱谁入地狱，他们以毁灭的手段实现对复仇本体的追求。与其说他们保护的是一部佛经，不如说他们保护的是民族生存的尊严，他们不是英雄却胜似英雄。正是这种底层细民的反英雄的人生书写，使得新历史主义小说以革命历史为“前文本”，从历史观、文学观和叙事话语等多层面上解构了历史真实和历史观念，运用“反英雄”的写作策略消解革命历史中“政治——道德”话语的垄断。

总之，墨白的新历史主义书写解构正史，强调野史叙事、欲望史的戏仿和底层细民形象的塑造，拆散神圣形象中的英雄情结，把人还原成人，不仅书写了人性中的卑微、低贱和丑陋作为底层民众的弱点和普通细民世俗生活中的个体生命、人性、欲望、灾难人生，也书写了人性恶之花中的乱伦、私奔，所有的血肉亲缘、人伦关系、道德责任与死亡被零度情感所漠视和剥离。从而通过苦难的叙述呈现底层生命的脆弱，丰富了中国当代文学多元化叙述的格局，建构起“颍河镇”这一个关于人类生存和精神的“隐喻场”。

荒诞无形与反抗绝望

改革开放以来，集体主义和公有制逐渐被打破，私有制开始盛行，“弱势群体”“三农题材”等社会主题不断突出，无论是权力阶层还是普通民众都非常认同这些主题，城乡差距的拉大和有产者的财富垄断使得“底层”弱势问题逐渐暴露在公众视野面前。面对这一新的社会格局，农民工书写的底层叙述也就成为当下文学领域关注的焦点。很多作家立足于底层生存的现实境况，关注农民工群体在城乡夹缝中的生存境遇，为他们的民生疾苦而呐喊。作家墨白就是其中一位，墨白曾公开表露过底层关怀的立场，认为它“不是由自己决定的，而是由命运决定的”。“我本身是一个生活在社会最下层的人，这决定了我的写作立场”[1]。在墨白的颍河镇系列小说中，农民和农民工是主要叙述对象，如反映农民工题材的作品《寻找乐园》《事实真相》《月光的墓园》《幽玄之门》等充满了沉痛的乡土记忆和不忍的底层叙述。对于底层农民工的关注是和作家本人的经历联系在一起的。墨白曾当过农民、搬运工、油漆匠，有着和农民工相似的生活，他把自身的经历投射和释放到农民工的叙事中，着重叙述民工所受到的伤害与侮辱。墨白的不少小说就通过底层叙述关注农民在成家立业过程中的艰难与困境，一方面展示出乡下人进城面对逆境与屈辱而穷当益坚的生存状态和精神状态；另一方面又呈现出人在社会变迁进程中无法承受生命之重而导致的精神蜕变与抗争中的人性救赎悲剧。于是，农民工的人生叙事和底

---

[1] 雷霆．对文本的探索——墨白访谈录．山花，2003（6）．

层苦难中坚韧生长的诗意生命在墨白的笔下成为一种意象，人生中的苦涩与沉重、人类处境中的孤独与无奈、人性命运中的悲凉与迷惘不言自明。而这又与作者本人的生命体验与人生经验有关，他的作品映射出一个出生于底层的作家在人生路上的挣扎与跋涉，因此，对农民工的底层书写自然也洋溢着作家本人的人文主义关怀与悲悯情绪。

何为“底层”？这是一个值得思考的话题。自古以来，“底层”就是一个挥之不去的存在，作为弱势群体的发言者自然是与权力集团的上层者相对立的。封建王朝中，权力官僚和文人士大夫垄断了底层者的话语；而晚清以来，没落王朝的无能与底层的命运作为一种宏大叙事被捆绑在一起，于是，我们一直渴望进入现代化生活图景和国家叙事中，我们一直致力于“驱除鞑虏，恢复中华”，一直在证明我们不是“东亚病夫”而是“东方雄狮”，我们一直寻找“中国人民站起来了”，我们一直渴求“人民当家做主”，就是在这样一种宏大叙事的现代性话语场中，我们忽视了权力的规训和收编，忽视了意识形态的询唤，激情成了主宰思维的主要方式，“底层”成了被忽视的名词，“人民”作为一种褒义能指已经统归了一切指称，也就是说，作为集体话语和公共话语的这种表述掩盖了个体性、差异性和复杂性，也就遮蔽了底层的存在。当 20 世纪末商品经济大潮席卷曾经被激情燃烧的大地时，“底层”这个称谓又重新回到了民间。当他们从新中国成立了的城乡体制走出以后，当他们的“铁饭碗”被敲碎下岗以后，农民和下岗工人气势磅礴地涌向城市，寻找自己的饭碗。可以说，“底层的一个重要特征就是缺乏话语权，具体表现为没有能力自我表述或者表述不能进入社会的文化公共空间，表述处于自生自灭的状态，参与不了社会话语的竞逐，没有发声的位置或管道，也就是所谓沉默的大多数。”[1]“底层”实际上是弱势群体的代名词，打工者在城市异化的现代性图景中面对的却是道德的卑微、生存的痛苦。洪子诚在分析“现实主义冲击波”的发生时认为“‘面对现实’仍是判断文学价值的首要标准。以这一标准衡量，90 年代前期文学（小说），确实并未‘有力’地回应现实的问题和矛盾；在社会问题、矛盾尖锐时期，曾经作为公众社会情感宣泄通道的文学不承担

[1] 南帆等．底层经验的文学表述如何可能．上海文学，2005（11）．

这一责任，便特别激起一些作家、读者的不满心理。”[1]于是，来自底层的墨白根据自身的生存体验和共通性的集合经验自说自话，通过文学叙述关注底层和自身的生活状态和精神状态，折射出人生、社会、话语和精神的变迁。墨白认为，对社会底层人的生存困境和精神困境的关注，是他不能放弃的，因为自己和他们有着共同的经历和命运。自20世纪90年代至今，他已出版发表多部长篇小说、中篇小说、短篇小说，绝大多数都是关注普通人命运和社会弱势群体的。墨白的作品写了太多的苦难，他曾自述道，“自从有了人类，苦难就从来没有离开过我们，过去没有、现在没有、将来也不会离开我们。所谓的欢乐世界，永远只有存在于我们的幻想里，因为生命的短暂，人生再大的欢乐背后，都存在着无奈和绝望。”

多年来，墨白都一直生活在社会的最底层，他的经历十分复杂。十几岁的时候就学会了耕地等各种农活，高中没毕业就外出打工，搞过长途运输，烧过石灰，当过装卸工人、石匠、油漆匠和民办教师，1978年考入师范学习绘画，毕业后回农村老家当小学教师，一待就是11年。在物质和精神生活都相当贫乏的日子里，受着大哥孙方友的影响，墨白在绘画之余开始了自己的文学之旅，通过文学创作一步一个脚印从底层的边缘进入中心，从而改变自己的底层生活状态。这种经历的曲折、磨难以及个体内心的敏感、自尊、压抑既形成共鸣的融合，又形成超越现实的决心。这也正如精神分析学家阿德勒所说：“由身体缺陷或其他原因所引起的自卑，不仅能摧毁一个人，使人自甘堕落或发生精神病，在另一方面，它还能使人发奋图强，力求振作，以补偿自己的弱点。”[2]墨白用自己的语言虚构着精神深处的真实世界，淋漓尽致地表达他对精神世界的追求，建构起卑微而宏阔的颍河镇世界，厚重的现实和人生的艰辛在文学的绚烂中治愈他那痛苦和孤独的心灵。这种诉说在墨白那里是一种自发的生存反抗，生存的艰难凸显出异化之后的荒诞无形，而作者便在这种荒诞中为底层的弱势群体抒发他们的孤独和不可抗拒的命运，进而反抗人性与生存的绝望。正是因为有着这样的底层者求生存的生活经历，墨白的写作才表现出对现实

[1] 洪子诚．中国当代文学史（修订版）．北京：北京大学出版社，2007.

[2] （奥）A．阿德勒．自卑与超越．黄光国，译．北京：作家出版社，1988：2.

生活本真状态叙述的写作姿态。因此，关注底层人的生存境遇和绝望反抗成了墨白写作的一贯主题和基调。墨白小说的许多主角通常是从乡村进城打工的贫困的青年，如《事实真相》《寻找乐园》等，这些青年因贫寒而向往“富足”的城市，但在城市里却遭到了来自各方面的挤压，像一群无家可归的城市老鼠，找不到现实生存的快乐感觉，聚结的却是遭受歧视的痛苦。所以，他们很少有人体面地衣锦还乡，更多的则像来喜、食堂、公社一样，作为一个被侮辱、被损害的人重新回到农村老家，他们的结局可想而知。在这里，墨白从不掩饰现实之中的不平等，也从不掩饰新的城乡冲突和不同阶层的对立以及两极分化差距的严重。

在人生旅途中，我们每一个人都会面临各种存在困境，为了应付这些应接不暇的困境，个体不得不发挥主观能动性去化解存在的困境，可以说，人活着其实就是一种折磨与痛苦。如墨白小说《裸奔的年代》的主人公谭渔，作为一位底层者通过自己的努力一步一步离开农村奔向都市，从颍河镇到锦城到都市，每走一步都要付出多倍的努力，艰难地朝着精神自由的方向行走。而这部小说的写作时间也正是墨白自己“人生最为迷惘的时期，痛苦、忧郁而孤独，这部小说装载着那个时期我对生命最为真切的体验。应该说，《裸奔的年代》是一部有着我的精神自传性质的小说。”自然，走向城市也就意味着艰难生存和人格坚守，因此，他们低弱的声音和身影、痛苦、无奈以及爱恨迫使他们去面对这个正在日益变得彷徨的世界。同时，社会的蜕变和欲望的诱惑又导致人性的蜕变，并冲击着传统的价值体系和道德底线。而墨白在小说中所反复描摹的阴冷色调，正是一个曾饱尝苦难、流浪和屈辱之苦的灵魂对于生活底色的本能感悟的条件反射。

墨白的小说创作不仅量大，而且风格独特，他以典雅的语言和梦幻般的意象表现人的心灵内部和外在生存环境的悖谬，他小说中的人物永远夹在城市和乡村之间，或出走，或回归，色调的阴冷神秘和情节的荒诞怪异使其创作充满了生存的苦难和沉重的文学使命感。而这种底层叙述中，农民工身上表现出来的苦难、哀怨、仇恨、愤怒通常是作家道德想象的结果。阅读到此，那种沉重和苦涩让我感受到乡土中国的底层世界的卑微和挣扎，然而坚韧的希望、顽强的生存以及分享艰难的悲壮与梦想依然顽强地留存于他们内心深处。作者对打工者群体的日常生活和底层世界进行细节般的观照，进而在灰阑中叙述打工者卑微的生活经验和人生乞求，以一种独立的民间立场表达草根知识分子对现实存在的经验想象、异化批判和哲理反思，这是值得我们赞许的，文学需要提炼现实经验，使其上升到一个理论问题。《事实真相》中的来喜是一个来到大城市郑州打工的农民，他像许多打工者一样辛辛苦苦干着苦力却拿不到属于自己的工钱，一气之下，便在回家时偷了点工地上的钢筋。在车上被人发现后，他先是受到同伴的鄙夷，接着包工头的弟弟三圣以此为借口威胁他，不给他工钱。来喜忍无可忍，用钢筋狠狠袭击了三圣，并自以为将他打死了。而实际上他打的是另外一个车上的旅客，所以当三圣再次出现在他面前时，他彻底崩溃了，他疯了。就文本的叙述来看，来喜的发疯好像是因为一个误会造成的，而实际上这个误会却是一种必然的结果。来喜在打工的半年里不光是没有拿到工资，还处处受歧视，没有任何作为人的尊严，甚至被降低到了不存在的程度。他曾亲眼看见一起凶杀案的始末，一个男人在大白天把一个女人给杀掉了。然而当警察来采集证词时，却根本不屑于听他的讲述，所有不在场的人好像都知道事情的真相，都说得振振有词，只有他——来喜这个亲历者，却无人相信他的话。因为农民工在公共话语中走向“失语”，农民话语是不存在的，而民工讨薪往往又被社会的异化眼光所追逐，来喜在都市人群中的生活处于一种不被看见和不被听见的隐匿的隔绝状态，他无法确认世界和自己感觉的真实性，任何处在来喜这个位置上的人都会发疯的。

因此，墨白在小说中倾注了对农民生存境遇的同情与关注，其作品呈现出社会最底层小人物的生活、命运，字里行间涌动着对底层民众的悲悯气质和人文关怀，表达出小说特有的思想质素和人生的生活细节，真实地还原出底层弱势群体的心理变迁、灵魂轨辙以及悲悯情怀，如《讨债者》。小说主人公讨债者与《事实真相》中讨薪民工来喜一样怀着阴郁而焦虑的心情来到颍河镇，渴望在春节前能拿到人家欠他的蒜钱回家过年，但作为弱势群体的讨债人无法理直气壮地去追讨本属于自己的物质利益，不仅没要到欠款，反而像条野狗似的被灌醉、冻死在异乡，一个卑微的生命就这样结束了。讨薪和追回欠款已经不是一个小问题，而是关系到社会稳定的大问题，但他们的追讨成功与否和生命的终结并不会受到社会的重视，反而在社会的异化和人性的欲望中被作为一种异端存在，因此，追讨者似乎作为一种不应该存在的被动方式而陷入无助和迷失当中。小说开头写道："由于大雪的缘故，讨债者在颍河镇的街道里迷失了方向。讨债者努力地回忆着他前几次来到颍河镇的情形，但那些已失的往事和经验不但没有帮助他，反而使讨债者越来越感到视线上和心理上的迷乱。"这其实就暗示了讨债者的结局，其卑微、凄惶的形象与索债身份的巨大落差一上来就造成了悖谬的感觉。讨债者在他数度造访过的颍河镇的街道里竟然不知东西南北，他的心中也十分迷乱，他遇到的每个人包括认识的人都表情暧昧，用近乎哑谜的言语回应他，使他不知就里。讨债者完全陷入了被愚弄和操控而自己又完全无能为力的境地，原本很熟悉的人和地方变得陌生、神秘，宛如在睡梦中。这既是讨债者所面对的生存实境，同时也发人深思地寓示着人类根本的生存困境。农民讨债者无疑是作家对农民存在处境的一种哲学寓示，更是当下社会农民工卑微命运的一种缩影。而结尾更是如此的辛酸："讨债者被冻硬的尸体蜷缩成了一团，他怀里抱着他的毛衣，毛衣里装着许许多多的雪蛋子。讨债者的头发上眉毛上胡须上都结满了晶白晶白的霜花，样子像一条无家可归的野狗。"读完之后不禁使人掩卷深思：谁把讨债者推上了不归路？作者并不想刻意进行社会法理的剖解与追问，而只是客观呈示悲剧的发生过程和农民无奈的生活境况。讨债者只是一个能指符号，喻指着一种孤独无助而又面临险恶的生存状态，底层弱势群体的悲哀在文本的阴冷中弥漫出控诉的气息，荒诞的异化社会扼杀了无数的无辜生灵，作者借此反抗绝望的人性之恶。

墨白在这些作品中用笔墨和泪水记录和表述打工者对乡土的思念，对打工城市的抗拒和对自身身份的自卑，对外出谋生不易的痛楚与无奈，其小说往往具有了面对底层独立而真挚的悲悯的人文关怀和忧伤的精神向度，不仅对打工状态寄予同情与悲悯，更以诗笔揭露艰难生存状态下的被资本和权力异化的现实处境。《寻找乐园》中民工食堂在城市打工，挣工钱，但最后却以被伤害、侮辱乃至死亡而告终。小说一开头，那个刚踏上城市土地的年轻人就遇到了一个大麻烦：他在"人间天堂"的城市里找不到厕所。这对于怀有"寻找乐园"憧憬的他无疑是当头一棒，在城乡对峙之间挣扎、动荡的身份感显得无所适从。苦难与愤怒成为墨白底层文学书写的想象性表述方式，作者通过存在经验的叙述表达个体面对异化生存的无奈与愤怒，“疼痛”或“苦难”成为作者拥抱着来自城市打工生活中种种躁动的现实时代心态的来源。正如米兰·昆德拉所指认的陀思妥耶夫斯基一样，存在是对“苦难”的自我崇拜。可以说，《寻找乐园》透露着强烈的愤懑与不满，那是针对城市的不乏偏激的想讨回公道的情绪。

墨白是以叙述那些忍受着生活苦难和精神苦难的底层人的生存状态和精神状态为创作初衷的，对世界的怀疑使他承担起解构历史的责任，而作家本人也承担着一种道义代言人的责任。因此，他的小说表现的是现代人在种种内在的（即人的无休止的欲望）和外在的力量（社会机制的与物质的）驱动与制约之下那种无奈的处境与命运，并通过穿透苦难、欲望、死亡和命数，最终穿透存在之谜。如果说《幽玄之门》叙述了想离开农村外出闯荡而最终被困守在农村的青年农民及其一家的苦难生活和悲惨结局，那么《寻找乐园》叙述的是本不想离开故土，但在父亲的刺激和城市生活的诱惑下进城打工的青年农民公社和堂哥一家所遭受的苦难，而《事实真相》叙述的则是主动离开家乡进城打工的来喜等人的经历及其不幸结局。通过作者笔下的来喜、明哥、公社、堂哥、粪堆、吴殿臣等小人物的命运，我们不仅看到现代都市文明对乡村文明的漠视与侵害，而且清晰地看到挣扎在生存苦境中平民百姓的苦难真相，感受到了新一代农民对城市既向往又犹疑，既爱又恨的矛盾心理和难以找到自己乐土的焦虑心情，普通百姓的生存本相在作者的笔下显得更为浓重，荒诞无形的“城市”社会和人性压抑给了他们太多的痛苦与无奈，面对这种人生困境，作者及其笔下主人公以各自的生命向社会的异化说“不”，反抗绝望的努力也显得更为艰难。

总之，对生命人权的尊重、对民生进步的企盼都成为当下作家关注的潮湿之处，因为在那里，人道主义的光芒和人文关怀的温暖总是如同诸神降临般存在于每个作家的灵魂深处。墨白把握了农民工进城后所展现的异质化生存状态和痛苦的精神状态，从而在隐喻层面打开了一扇沟通现实、心灵与诉求的精神之窗。那种艰难、那种痛苦、那种悲哀还有那份坚韧的希望、顽强的生存以及分享艰难的悲壮与豪情直抵人心的深处。可以说，墨白的底层叙述小说往往贯穿着一种暗红色的悲剧宿命以及人性生存困境的无奈选择，从而给人一种历史苦难蜕变造就的尖锐的刺痛感和人性的荒芜感，进而传递出作者对生命的终极思考和人文关怀。

人性的异化与历史的宿命

“从生命的终极意义来说，人永远是一个思路清晰的梦游者。我们都清楚自己将走向哪里，可是我们还是尽可能地使梦做得长一些。基于这样一种认识，我虚构了颍河镇这个‘隐喻场’。所以，我的小说里大都是一些挣扎着的痛苦的灵魂。”[1]人活着就注定了痛苦，这是上天考验人类意志的法则，墨白以自己的苦痛经历在文本中虚构了“颍河镇”这么一个生命诞生与结束的宿命之地，卑微的灵魂在此中痛苦地挣扎，而挣扎的结果却往往是一种宿命的沉沦，所呈现的本质和乖张是悖谬的。

一、人性的异化

新世纪以来的小说一反原有的宏大叙事和日常生活叙事，在反思、反讽的基础上思考当代中国的苦难根源以及生命不能承受之重的毁灭。于是，剥开苦难的外衣我们能够发现人性深处的残忍与荒凉。那些既得利益者为了保障自己的权力，借用一种集体主义式的神话话语霸权机制，以非常态的权力机制压抑和扭曲常态人的自然本性、生存权利和日常生活愿景。因此，在墨白的笔下，文化大革命以及后文化大革命给底层民众所带来的苦难总是那么荒诞与怪异，一旦苦难与困境接踵而来，人的生存本能和命运竟逐使得人性走向了真相的末途，因为人性本善与人性本恶永远

[1] 张钧．以个人言说方式辐射历史与现实——墨白访谈录．当代作家，1999（1）．

是相对的、即时的，伪装的皇帝的新装永远欺骗不了穿透灵魂深处的善与恶。在前现代主义困境中，政治权力和话语权力却加剧了世间的苦难。在苦难中，一方面能够感受到一种相濡以沫、分享艰难的温馨，但另一方面，当人的主观能动性无法超越苦难的困境之时，人的兽性则开始膨胀，人性就走向异化。

因此，通过个人努力在艰难中获得成功的小说家墨白，根据自身的生存体验去聚焦底层人的生存困境和精神困境乃至死亡，那种灵魂的裂变和人性的扭曲总是在无奈中获得悲壮的认同。饥饿是人类在生存困境中面临的最直接的威胁，从50年代中后期到70年代后期，饥饿如同噩梦般的阴影萦绕在中原大地上，这就成为墨白小说中的一个关键词，因为饥饿是直接以生存的艰难、求生的本能、人性的恶为背景呈现的，所有的努力都只是为了能活着，能为亲人活着。是的，我一直认为，人不是为自己而活，父母从孩子出生起就成了孩子的奴仆，而人从成年起就注定了为别人而活。一切的存在都只是固在，而人的存活更是为了亲人的存活，在《月光的墓园》中老手的母亲为了填饱一家五口的肚皮而委身于柳根，母亲不得不通过性的交换来让孩子活下去，而掌管权力的队长柳根却利用了人民赋予的权力实现自己膨胀的欲望。《寒秋》则讲述了一个饥饿的小孩毛头被后娘村头嫂虐待致死的故事，因为毛头和自己同父异母的兄弟在饥饿的困境中争取生存物资，后娘就以过量的粉条把他诱往死地。人生的辛酸与人性的扭曲及残忍莫过于此。

而小说《梦游症患者》主要讲述了王老三一家三代和全镇人在文化大革命时期那种神秘的精神力量的裹挟之下，每个人从自己的不同的心情和欲求出发，疯狂地参与了那场摧残人性的荒唐而残酷的政治运动，结果，王老三一家三代十余口人相互成了仇敌，最后全部死于非命：亲兄弟因为“政治派别”的不同而进行谩骂攻击；王老三亲手把在舱中通奸的三儿子王洪涛和二儿媳妇尹素梅的船沉到了颍河河底；一心要当革命小将的中学生文玉，在疯狂挖掘莫须有的“变天账”无果后，残酷地侮辱并折磨死自己的父母。这就是当时我们整个民族的一个悲剧缩影，一幅人性异化的欲望化图景出现在读者面前，人性在被毁灭者之被毁灭时已经完全被扭曲，墨白在此通过文本的冷酷叙述撕裂了历史内部自在的逻辑以及血腥游戏，并以此来思考那一段荒谬历史的背后缘由：人性恶是如何起源的？在权力话语面前它是如何实施的？父权制神话的目的何在？这一切作者只是通过一个故事的叙述来解答。文化大革命的残酷和荒谬凸显出生命本质中的幽暗与卑微，当生命走向疯癫与死亡之时也就是欲望终结或失落的最后归宿。

二、历史的宿命

历史包括两种：一种是各种事件构成的自然发展的历史；另一种是由某些人叙述出来的历史。无论是哪一种，都离不开人的作用，人的终极目标是走向死亡，因此，历史在秩序与混乱中具有无法解脱的宿命。当革命成为一个政治的噩梦消失之后，我们步入后革命、后社会主义时代，开始关注日常生活和消费叙事，我们有意忘却曾经那段难以名状的悲哀的历史，然而，作为一个固有的存在，历史的阵痛所造成的苦难永远是无法忘却的，这是我们的宿命，更是我们的责任。于是，墨白有意重返历史现场，审视那巨大的苦难所在，缓缓诉说自己悲悼的痛楚、尖啸的无奈以及绝望的情绪，那种犀利的奇异的感觉总是直刺人的灵魂深处的痛楚，人性的恐怖一览无余，一种中国人与生俱来的宿命感和虚无感便油然而生。《风车》就是一个在特定历史时期人的生命和灵魂的真实而扭曲的表现，队长、理论家的好色、滑稽与木匠的徒劳如同嘉年华般消解了政治权力话语的严肃，木匠为赶进度制造风车，几天几夜不合眼，最后残废。在火烧棚屋的时候，当权者想到的只是抢救风车，而无人去关注那一个个被烧死的右派或者地主婆。所有这些献身革命的个体在历史的荒诞中成了政治祭献的礼物，献祭者一旦被纳入国家意识形态的话语权力体系，就具有了崇高价值。于是，历史就在革命神话中走向了宿命的终结。

一切历史都是当代史，这种历史的宿命也呈现在当下的生活语境中，因为历史的宿命就是人的宿命，《七步诗》就讲述了这么一个凄楚、绝望而疯狂的故事。福柯曾根据环形监狱建筑以及监视效果创造了一个词——全景敞视主义（Panopticism），即通过权力机制的运作，对被监视者进行监视、规训与惩罚，“他能被观看，但他不能观看。他是被探查的对象，而绝不是一个交流的主体……在被囚禁者身上造成一种有意识的和持续的可见状态，从而确保权力自动地发挥作用。”[1]这其实也告诉我们，生活中的每一个体都处于权力的监视中，这是历史和权力赋予人的宿命，这种权力可能是政治的权力、经济的权力、爱情的权力、伦理道德的权力、秩序的权力或者他者的权力等。墨白的长篇小说《欲望与恐惧》就是这样一部被规训与惩罚的小说，作者采用了关键词叙述方式，如“第一部：序言”由对“欲望”“恐惧”“隐私”“爱情”“婚姻”“神秘”“牌局”7个词语的解释构成，每个词语作为一个标题，每个标题都直逼人性的最深层以及最隐秘处。文本对“欲望”解释为：“这是一个如同海洋一样辽阔的词语。”全书由此开始剖析一个农民的儿子——那个叫作吴西玉的“我”——赤裸裸的灵魂以及充斥其中的欲望、恐惧与无奈。主人公吴西玉用婚姻作为赌注换取城市的立足之地，妻子牛文藻成了一生的克星，其近乎变态的性惩罚，使吴西玉处于性压抑状态，然而不可遏止的欲望使得他得不到满足时，借助于极端的心理和行为（如找情人、手淫、意淫、兽交等）来获取，然而这在知识分子吴西玉看来这是一种永远摆脱不了的原罪与宿命，因为各种规范时时在监控他，于是导致他不断产生内心的恐惧，而文本也就以此来解释“恐惧”：这是一个寄生性的词语。“恐惧因欲望不能实现而产生。”因此，吴西玉一直处于被政治、伦理、道德等权力运作的监视中，最后主人公不得不希望借助两次大“逃离”来实现：一次是从情人的床上和肉体上“逃离”，但他却挣脱不了内心与情欲上的枷锁；另一次是从自己家庭中的“逃离”，主人公在妻子的威逼和监视下跳楼而逃，但他又无法挣脱许多外在的枷锁。妻子牛文藻的那双眼睛似乎时时在监视他，那句经典名言：“吴西玉，你的今天是怎么来的？”更是剥夺了他作为男人的所有尊严，道德伦理权力使主人公吴西玉无处遁逃。吴西玉的命运其实是每一个生活在历史当中的个体的宿命。作者通过文本的压抑，无情地挤压着读者的心理承受能力，甚至逼视着人们面对这种黑暗的情感深渊。

[1] 福柯．疯癫与文明．北京三联书店，2003：226．

三、叙述的意味

墨白从先锋写作开始显露山水，但他的创作本质显然是指向批判现实主义的，这种批判现实主义的文本创作技巧又是走向现代主义和后现代主义的，正如墨白自己所说："在我的小说里，历史与现实、现实与虚构、虚构与梦境，它们之间的界线往往是模糊不清的。这些特征都有后现代的意味。但我的作品里往往又呈现出现代主义的东西，比如我比较注重叙述的崇高感，注意建立作品的深层结构等。可以说我是一个介于现代与后现代之间的写作者，无论前者还是后者都做得不彻底。"[1]因此，我们很难说，墨白的作品是属于哪一个派别，他有他自己的写作风标——熔现代主义、后现代主义和批判现实主义于一炉。在这种技术主义的个人性引导下，意识流的心理独白、喃喃自语的叙述、对形式技巧的偏爱、对神秘氛围的营造、梦幻境界的凸显、死亡场景的交接、语言选择的敏感就构成了墨白的艺术特色，然而这种特色却在墨白的多元化叙述背景下又沉淀出浓郁的诗意。所以，墨白就是墨白，他的苦难叙事与人性的异化、疾病的隐喻、历史的宿命纠缠融合在一起，然后又通过独特的叙述技巧增加了扑朔迷离、梦幻组合的文本阅读，勾连起读者的阅读期待与陌生化想象。

墨白曾经说他的小说创作从一开始就非常重视形式和技巧，"你只有先注重形式和技巧，才能更好地表达你的思想。当然，一个作家在写作之初他可能很注重技巧，到了成熟的时候他可能不太注意这些了，但你不能说小说里形式和技巧就不重要了。我认为形式和技巧是一个作家认识世界的方法，形式的不同就是视角的不同，一种新的形式就是为人类提供一种新的认识世界的方式。"[2]《梦游症患者》采取的是主客观双重视角，七个以文宝为第一人称的喃喃自语的叙事章节与颍河镇的文化大革命故事平行进行并相互交叉，从而在"对话"与"互动"中获得历史奥秘的缘由以及距离产生美的可能，形成诗性和理性、秩序与无序、癫狂与疯狂互补的效果；而《光荣院》也颠覆了线性叙事传统，在历史、现实和未来的叙述迷

[1] 张钧．以个人言说方式辐射历史与现实——墨白访谈录．当代作家，1999（1）．

[2] 张钧．以个人言说方式辐射历史与现实——墨白访谈录．当代作家，1999（1）．

宫中感受那种扑朔迷离。小说通过虾米对老金磨鱼钩的回忆和老金淹死的可能性进行平行交替，意识流的心理独白使文本的叙述变得更加暧昧，语言也充满了阴郁的颜色和死亡的气味。由此可以看出，作者通过反讽与对比的技巧，一方面对国家意识形态和公共话语建构的叙事话语（政治神话、时代神话、人性神话）进行祛魅，另一方面则对个人化的叙事话语（人性、生命、尊严）进行建构。在《映在镜子里的时光》中，墨白对上面的形式与技巧的探索则更进一步，小说主要讲述一个电视剧组前往颍河镇寻找外景地，剧本根据两部小说改编而成，其中《风车》反映大跃进时期的多种荒谬，《雨中的墓园》则描写了文化大革命时期一起神秘的多人死亡事件。然而在他们的寻找过程中，小说中虚构的环境、事件和人物却在现实生活中意外出现，历史的沉重和命运的神秘怪异地交织在一起，一种感觉、情绪和生活现实有机融合而形成的艺术性，融入了超现实与超感觉的情绪化、幻觉化、现在与过去、剧组中现实的人事同剧作脚本中的人事进行“对话”与“互动”，从而形成了荒诞、反讽和神秘的艺术效果与复合式结构，使得这部小说的整个情境充满怪异和神秘。而叙述视角和聚焦方式也不停地变换，小说完全打破了传统的闭幕式与向心式的结构方式，开创了一种发散性与开放性的非闭合结构的小说样式。这种叙述的意味更显得独特而意味深长，表明了作者对自己的创作的不满足，而致力于孜孜不倦对作品叙事策略的不断探究。

总之，墨白通过文本的语言暴力获得内心创伤的补偿，以平抑历史给予自己的孤独和虚无，于是，梦魇般的阴暗、恐惧与压抑、死亡的探讨、疾病的蔓延、血腥的偏爱以及痛楚的感伤夹杂在文本的梦呓中，而故事与人物也在离奇的叙述中抵达悲剧的宿命。墨白是以叙述那些忍受着生活苦难和精神苦难的底层人的生存状态和精神状态为创作初衷的，对世界的怀疑使他承担起解构历史的责任。因此，他的小说表现的是现代人在种种内在的（即人的无休止的欲望）和外在的力量（社会机制的与物质的）驱动与制约之下那种无奈的处境与命运，并通过穿透苦难、欲望、死亡和命数，最终穿透存在之谜。自然，人性的异化、疾病的隐喻、历史的宿命和叙述的意味也就成为墨白小说的叙述核心，所有这些都标志着墨白已经成为中国当代文学进程中不可忽视的一个独具个性的成熟的作家。

下篇

墨白小说与教学

研究性学习与创意教学

研究性学习的理论与实践

一、研究性学习的必要性

研究性学习，是指学生在教师的指导下，从自然、社会和生活中选择和确定专题进行研究，并在研究过程中主动地获取知识、运用知识、解决问题的学习活动。而“90后”及“00后”学生思想活跃、求知欲强、对学业和未来有着强烈关注，他们渴望进步，但自我约束能力较差，对大学里相对宽松的环境、学生自觉学习、自主管理的形式感到无所适从，致使学习陷入被动。他们非常需要正确、及时的引导；非常需要以研究性学习为抓手，端正学风，提升学习能力。笔者正是在专业教学中以研究性学习为抓手，经过多年的实践探讨，效果显著：学生发表了多篇论文，并参加了学术研讨会，宣读了大会论文，还获得了院级、校级、省级和国家级大学生创新性试验计划项目，进而构建起由“教学引导”“参与教师研究”“提供平台”三部分组成的大学生研究性学习体系，突出了研究的实践性和创新性。

研究性学习是为提高大学生的素质，调动大学生学习的主动性和创造性，激发学生的创新思维和创新意识，提高学生实践能力而开展的活动。

随着我国教育改革的不断深入，大学生研究性学习能力的培养成为各高校提高教育质量的新思维和新举措。但是，由于我国大学生开展研究性学习才刚刚起步，运行过程中存在着教师忽视学习方法的传授、被动学习成了学生的思维定式、学生信息素养普遍偏低等问题，需要不断改进提高。因此，专业课教师引导学生研究性学习就显得尤为必要。与传统的学科本位的学习方式相比，研究性学习是一种以探究为本位的学习活动，它尊重每一个学生的现实生活，着眼于培养具有完整人格、善于实践、自主学习、勇于创造的适应新型学习社会的人才。它体现了教学改革的大方向、大趋势。我国教育部在评估本科高校教学水平时，都把学生专题研讨活动作为考查学生综合能力的主要方法之一。对于中文系同学而言，研究性学习主要是引导学生撰写以学年论文、毕业论文、课程作业为依托载体的文学评论、研究论文、研究报告等，这不仅符合教育部重点培养大学生学习能力、创新能力、实践能力的要求，对于提高学生研究水平和写作水平也是大有裨益的。

研究性学习不仅有利于培养创新性人才，还可以激发高校教师科学研究的积极性，从而有力地推动高校教学改革，使高校教学真正体现高等教育的特点。教学改革，如果只有教的改革，而没有学的改革与之配合与协调，教学改革很难成功。因此有必要加大大学生学习改革的力度，而建构大学生研究性学习体系是推动学习改革的重要举措，在大学生中开展研究性学习是深化高校教学改革的有效途径。该研究为深化高校教学改革提供了重要参照，具有广泛的应用价值。

研究性学习的重点是“研究性”，其核心是改变学生的学习方式，旨在让学生改变长期以来一直恪守的被动接受教师知识的学习方式，即偏重于机械记忆、浅层理解和简单应用的学习方式，在帮助学生开展有效的接受性学习的同时，将学生置于一种主动探究并注重解决实际问题的学习状态；改变学生只是单纯从书本学习知识的传统，让学生通过自己亲身体验来了解知识的形成和发展过程；改变学校教育始终围绕着考试转的局面，真正把教育的重心放在培养学生的创新精神、实践能力和终身学习的能力上。通过研究性学习活动，使学生形成一种积极的、主动的、自主合作探究的学习能力。笔者以研究性学习为抓手，引导学生进行“依托教学渗透式”和“独立形态的实体式”两种模式的研究性学习，构建了由“教学引导”“参与老师研究”“提供研究平台和载体”三个层面组成的大学生研究性学习体系，突出了研究的实践性。

二、研究性学习的实践应用

首先，教学引导研究性学习。长期以来，高校多只在研究生教育中推行研究性学习，并常常流于形式，并没有把握住研究性学习的真正内涵。至于本科教育，多半还是以知识灌输形式为主。这种状况，导致教师缺少创新探索的精神，教学内容陈旧，教学方法刻板。通过探索研究性学习，不仅有利于培养创新性人才，还可以激发高校教师科学研究的积极性，从而有力地推动高校教学改革，纠正长期以来的满堂灌和注入式的填鸭教学，使高校教学真正体现高等教育的特点。笔者把实践与研究融入教学课程，教学中提倡学生做课题或项目，积极鼓励设置课题型、讨论型课题，以知识的传授为根本，注重同学生的沟通与交流，让学生拥有更多的自由学习空间，加大学生人文素质培养力度，促进学生创新意识的形成。近年来给我班同学讲了《中国现当代文学运动与思潮研究》《中国现代文学》《中国当代文学》《中国现当代文学作品精读》等课程，每次开学第一堂课我会布置作品阅读鉴赏和演讲的任务给学生：要求学生在每堂课准备 5 分钟的演讲，阅读的作品必须与课程相关。为了把自己最佳的形象展示出来，学生们非常尽力，认真阅读作品，做好读书笔记，撰写研究性读后感，并反复演练脱稿演讲。学生通过上讲台的脱稿演讲与同学分享阅读作品心得，不仅锻炼了学生的演讲能力，也深化了学生学以致用的研究性思考能力。此外，每个学期末我还举办诗歌朗诵、文学剧本表演、文艺展演晚会等各项活动，增强学生的实践表演能力，深受学生的喜爱。

同时，我在课堂上鼓励学生积极申报大学生创新实验计划项目，并积极指导他们撰写申报书，2010 年，井冈山大学第二批立项建设的大学生创新性实验项目申报，我指导了我班 8 个课题 40 位同学的课题申报，最后收获了方晓瑛的《吉安灯彩现状》和徐青梅的《中国古代书院教育对现代高等教育的借鉴意义——以白鹭洲书院为研究中心》等2项校级课题。目前，已经指导丁向阳、王瑾、施彩霞、王雨恬、鞠发、罗玉旭、涂序团、杨盼盼、孙地祥、邝芯荧、廖庄杰、柯思贤、陈丹、李玮璟等同学分别获批国家级大学生创新项目1项、省级大学生创新项目2项、校级大学生创新项目5项、学院级大学生创新项目多项。选题以地方文化为主，重点探讨庐陵文化，吉安非物质文化遗产的保护、传承与传播和开发。

其次，学生参与教师研究。要培养大学生研究性学习的能力，必须让学生参与教师的科研。科研是教学的基础与保证，笔者成功获批主持了2010年教育部人文社科研究青年项目、2011年江西省社会科学研究规划项目、2011年江西省教育规划项目、2013年国家社科基金项目、2013年江西省艺术规划等多项课题，其中都有学生参与。如洪霞、李秋萍、魏文超、郑丽金、杨璐、姜志辉等同学参与我主持的国家社科基金和教育部课题的研究，在笔者的指导下撰写了相关论文。而吴军、罗文斌等同学参与了我主持的2011年校级课题《江西非物质文化遗产资源融入井冈山大学教育教学研究——以校公选课〈非物质文化遗产保护研究〉为中心》(课题编号：XJJG-11-3)，并于2011年暑假参加我指导的暑期社会实践，到非物质文化遗产资源丰富的乡村——青原区富田镇陂下村，搜集民间文化传说和非物质文化遗产故事。通过参与课题，提升了同学们的研究能力和田野调查的实践能力。可以说，研究性学习培养了学生的创新意识和创新能力，提高了学生发现和解决问题的能力，进一步养成了学生的科学态度和科学精神，使学生学会合作与分享并引导学生关注现实和社会等。

总之，研究性学习渗透于教学过程，并紧密结合课程，从而使理论来自实践，又指导实践，切实有利于教学改革和人才培养。笔者在教学过程中，以研究性学习为抓手，引导学生进行“依托教学项目渗透式”“论文撰写实体式”“大会发言体验式”三种模式的研究性学习，构建了由“教学引导”“参与老师研究”“提供研究平台和载体”“主持项目研究”四个层面组成的大学生研究性学习体系，突出了研究的实践性，对深入开展研究性学习提供了实践参照和借鉴意义。

文学博客教学与创意学习

随着多媒体与Internet等新信息技术的普及，平面化、仪式化的传统教学模式在素质教育的背景中面临新的转型，无论是教育方式、学习方式、师生关系还是教学目的、研究范式、教学情境等都开始进行立体化的现代转换。网络的自由性和包容性在虚拟空间赋予了教学双方平等自由的话语权及对话权，基于新信息技术的新型教学理论呼之欲出，重塑教育方式、思维方式、学习方式和交流方式。基于博客信息传递的教学模式无疑是新型教学伦理建构中的重要维度，它与Email、BBS、QQ等网络交流方式一起开创了无壁垒的交流环境和无边界的交流平台，更具有专业性、公开性和个人性。目前，越来越多的教育者不仅认可还身体力行博客教学，如著名的e-Learning学者Jay Cross认为，Blog是个人的写作空间，可以交互链接形成学习社区。中国Blog倡导者毛向辉、庄秀丽、丁俊杰等认为，个人Blog实现了书写者的整体呈现和自我表达以及信息海量的最大化。大多数研究者探讨博客在中小学教育教学中的作用与应用，笔者结合自己多年的高校博客教学经验，以中国现当代文学课程、非物质文化遗产课程、公选课《文学与人生》等教学为中心，探讨教育博客在大学教学中的应用问题，进而建构平等、自由、互动的新型教学伦理。可以说，网络的自由性和包容性在虚拟空间赋予了教学双方平等自由的话语权及对话权，基于博客信息传递的博客教学以其独特内涵、有效应用和重要价值建构起“教研创学用一体化”的新型教学伦理，摆脱了传统教学对学生个体本真意愿的遮蔽与过滤，展现了学生创意学习的有效过程，我们在教学中应予以推广。

一、博客创意教学的内涵

博客（Blog）是指个人或团体将事件、意见和信息等发布到网络上的一种文章记录形式，简称“网络日志”或在线日记。作为一种个性化的知识仓库和私密化的想象表述，博客非常适应于高校教学，已经成为一种继课件、资源库、教育主题网站、精品课程网页等信息化教学模式之后新的网络应用模式。教学博客是指老师和学生利用博客(Blog)技术建立自己的博客，并辅助以文字、图像、符号、多媒体等载体，将自己日常的文艺灵感、生活感悟、教学心得以及课件、教学资源、课堂实录等上传博客发表，自己掌控电子文本，记录师生教学相长与个体成长轨迹，进而获得他者的阅读评价，享受文稿发表的优越感与成就感。而且，在老师的引导下，根据主授课程的性质，教师博客和学生博客相互链接，组成教育博客群，不断辐射，无限延伸，进而形成了在场累积无限循环的信息海量数字资源库。

博客教学就是通过老师和学生建立的博客及其衍生的数字资源库，进行在场式或离线式的网络课堂教学与互动，实现教师与学生相互提供知识、不断更新知识的循环过程，进而形成了在场累积无限循环的信息海量数字资源库，达到信息共享、思想成长的目的。笔者主授“中国现当代文学史和非物质文化遗产保护与传承”课程，自2005年以来就相继创建了新浪博客（http://blog.sina.com.cn/gongkl）、江西博客（http://blog.jxcn.cn/u/gongkl）等，并把自己的授课计划、研究心得、备课资料、课件、问题以及想法在博客中发表。而且，把很多作家的博客也加以链接推荐给学生，如小说家墨白的博客，同学们则可以转载到自己博客中学习，也可以在博客中留言提问互动，还可以在他们自己的博客中就老师的这些内容进行自我回答、表述。同时他们也可以进行博客写作和资料转载链接，当文思泉涌的时候，在博客上发表自己对社会人生个人感悟的想法，还可以在博客上发表文学创作和评论写作成果，遇到好的资料又可以转载、链接或上传。而老师则可以去阅读学生博客，了解他们的即时心态，给他们以鼓励，并阅读新资料获得新信息，同时指导他们文学创作，推荐学生撰写的优秀作品到相关报刊或纸质媒介发表。如此相互循环、信息互通，博客也就成了教学媒介载体，不仅是师生共享的电子备课本，也成为课堂的拓展延伸、师生交流的园地与师生自身反思的平台。

因此，博客教学是一个动态的循环过程，它把课堂无限延伸和膨化，知识点不断链接与拓展，突出学生在各个环节中的主体地位，进而提高学生的学习兴趣和参与度，实现学生进行自我管理的欲望和自我表达的倾诉快感。这种教学方式实现了抽象教学过程的具象化、主体化、网络化和及时化，不仅形成创新色彩较强的研究型课程形态，而且成为师生互动的“教学、研究、创作、学习、应用一体化”（简称“教研创学用一体化”）的课程平台，进而建构起网络虚拟空间中的教学共同体和现实世界中的新型教学伦理。所以，作为中文系师生，通过课堂安排、博客教学、博客写作的系统训练，使学生掌握文学写作、评论的知识与理论，提升学生听说读写背的师范技能及专业实践能力，进而提高学习者的鉴赏、写作、研究、教学等各种文学专业化能力，强化其知识基础和专业技能；同时通过非物质文化遗产等传统文化资源形态及内涵价值的介绍与传播，让学生愿意去保护和传承祖国最为优秀的民族文化遗产，培育学生在高科技时代的人文素质和创新能力。反过来，学生的睿智明达又促进了教师的学习成长，正所谓“活到老，学到老”“人无完人”，老师也有自己的弱点与盲点，这种双向互动自然也让教师能够更加深入地思考问题，激活教师心灵深处的个性表达。

二、创意教学与研究性学习

博客教学的应用价值显而易见，但如何将其更有效地运用到教育教学中，怎样更有效地发挥它的教育教学作用，是我们需要解决的问题。笔者通过自己博客的教学展示，引导学生创建博客，利用博客与学生互动，这种基于学生博客的学习大大增强学生的自我意识，给学生的学习、心理和人格等方面带来了很大的影响，不仅培养了学生主动学习和协作学习的能力、激发出了学生的自我诉求欲和求知欲，而且提高了学生的表达交流能力，增强了学生的学习兴趣。

第一，通过博客阅读讲授资料是学生学习的基本前提。课堂时间短暂，专业探究往往具有一定的深度，很多问题在课堂上无法深入交流，笔者把自己的授课提纲、问题、自己的想法和征引的论文资料上传到博客，学生可以转载到自己的博客，也可以根据老师的指引进一步查阅资料，并把想法写成博文。如此经过“预热”，课堂教学不仅开展顺利，还可以在课后通过博客进行接触和讨论，大大延伸了课堂学习的有效性。如“非物质文化遗产保护与传承”是一门新兴课程，学生对非遗不了解，更谈不上如何保护。为激发学生的学习兴趣，笔者在博客里补充进大量的知识和非物质文化遗产图片，例如非物质文化遗产的分类、各种范例以及国内外继承方式等，重点介绍口头传说和表述，表演艺术，社会风俗、礼仪、节庆，有关自然界和宇宙的知识和实践，传统的手工艺技能等地方本土非遗，要求同学撰写自己家乡和自己亲身接触过的非物质文化遗产文章。学生搜集故乡的非遗后撰写成介绍文章，发表在自己的博客上并在课堂上进行讲演，不仅增加了学生对非遗的兴趣，而且还提高了学生的演讲应变能力。于是博客作为一种无壁垒的交流环境和无边界的交流平台，在非物质文化遗产的保护、传承及融入教育教学中发挥了重要作用。因为非物质文化遗产是人类口耳相传、世代传承的无形的活态流变的文化遗产，是每个人终其一生必须经历的各种文化遗产，但却极易忽视，如此，非遗融入高校教学是保护民族传统文化的最佳方式，这样不仅促进非物质文化遗产融入教育教学的载体改革，也促进了非物质文化遗产在大学生群体的传播，有效地促进非物质文化遗产的文脉延续。

同时，通过阅读我博客上的讲解，每个同学对博客上的课程内容进行点击、评阅、留言，或单独撰文发表自己的看法，可以和其他同学的观点发生碰撞，产生争鸣，从而达到相互促进、相互提高的效果。因为博客最重要的是知识共享，可以使学习者都能进入到自由学习中，能够进行平等的交流。博客也是教师个性化的个人知识管理系统，通过它可以将工作、爱好和学习有机结合，把日常看到、得到和想到的思想精华及时累积，在交流和共享中达到思想的碰撞。例如“中国现当代文学史”课程理论性强，较为枯燥。上课前笔者在博客上经常上传与文学相关的各种资料，如作家的生命体验、成长语境、命运遭际以及创作背景等，作品与文学外部的社会学、文化学上的各种关系，出版、市场、经济和各种社会制度对文学与作家作品的推动，以及中国现当代文学的研究现状，这不仅培养学生的“问题意识”，也是开阔学生眼界的一种方式，客观上加强了学生的自学能力和研究能力。而且根据老师的要求，学生在自己的博客上撰写作家作品评论，学以致用，体验作品中的人性力量和理性价值，从而检验现代文学教学的优势和文学创作中的问题，让作家作品在学生群体中复活，重新获得更多的意义，正如意大利学者克罗齐所说："一切历史都是当代史"。可以说，博客教学促使学生充分利用网络博客的方式，通过查阅资料深入学习。例如讲郭沫若专题，一般只讲新中国成立前的郭沫若，而对新中国成立后的郭沫若，很多专业老师都不讲，不讲的原因是不少研究者认为，新中国成立后郭沫若的文学成就不高，且多是迎合时政而作，但我对这一问题没有下定论，而是和学生在博客上探讨，让学生在中国期刊网和网络上搜索新中国成立后郭沫若的各种文艺资料，并上传自己的博客，了解作家在十七年（1949 ~ 1966 年）和文化大革命时期的文人心态，并上传了新中国各种报刊如《人民文学》《诗刊》《新中国成立军文艺》《文艺报》《人民日报》文艺副刊等刊载的郭沫若诗文目录，让学生自己去查阅原始文献了解作家的文学心理，从而让学生在理性和感性上去理解郭沫若，去理解一个时移多艰、高处不胜寒的文学形象，从而还原郭沫若执着于新中国激情的书写和民族共同体建构的努力，呈现一个作家在过渡时代文化语境中的必然选择。

第二，通过博客进行文学创作和课程实践是学生学习的重要载体。作为一种专业选择，文学创作是中文系学生的一种基本技能，但当下知识泛化的时代，中文专业学生的写作能力日益一般。因此，笔者在教学中指导了刘理海、罗文斌、吴军、张经洪、徐小琴、陈慧、黎江、刘美芳、李斯琴、陈丰华等 20 多个学生创建个人博客，在博客上创作诗歌、散文等作品，并进行编辑美化，把博客当作发表、交流的电子文集来经营，学生们还可以把自己满意的文学作品通过博客交流与一些作家和报刊编辑进行交流，从而获得写作的喜悦感和成就感，老师对学生优秀作品进行博客转载，推荐到相关刊物发表，其他同学则可以在博客上跟帖、留言和发表评论，建立起新型的教学关系，如陈丰华同学一直坚持在博客上写作和发表诗歌，通过训练，形成了一定的写作技巧，迄今已经创作了数百首诗歌，编印了一册诗文集，作为大学毕业的礼物，而且指导学生刘理海、李路平进行诗歌创作和评论，分别创建博客 http://blog.sina.com.cn/u/1677144665 和 http://blog.sina.com.cn/u/1627344201，《诗选刊》《散文诗》《绿风》《中国诗歌》《文学与人生》《青年文学》等刊物编辑从他们的博客上选取了不少诗歌作品和诗歌评论在纸媒发表，入选《中国新诗年鉴》《21 世纪江西诗歌精选》《21世纪吉安诗歌精选》等选本，现刘理海和李路平同学已经成为90后诗人中的后起之秀，从而形成线上网络与线下纸媒的双向互动，实现共赢。

笔者通过博客教学与课堂教学结合进行课程实践，在笔者的中国现当代文学和非物质文化遗产保护与传承课程讲授中应用了话剧表演、背诵、朗诵以及课堂五分钟演讲等学生自我表达和学生点评相结合的方式对学生进行考核。每学期开课前在博客中把本学期课程的教学方式、课堂实践教学方式、考核方式、阅读书目以及相关要求告知学生，尤其是在博客中把话剧表演曲目、背诵篇目、朗诵晚会方案、学生课堂演讲形式等具体方案通知学生，让学生提前进行准备。同时，笔者把话剧表演技巧、朗诵技巧以及演讲技巧撰文发表在博客上，并上传相关视频范例，请同学进行点评，让学生通过观看和学习进行自我训练。例如笔者在非物质文化遗产保护与传承课程中改革考核方式——每节课前五分钟由学生来讲台上演讲，可以做PPT，也可以脱稿讲家乡流传的非物质文化遗产以及自己从小经历过的相关遗产，期末考试则是通过学生参与的文艺展演方式来进行。笔者在每学期上课前把这些策划方案公布到博客上，由班长负责落实，如此，极大地提高了学生主动学习的积极性和参与性。而且，在期末的时候举办非物质文化遗产项目展示展演文艺晚会活动，学生成立展演节目演出组、宣传组、节目主持组、道具保卫组、摄影摄像录音组等非物质文化遗产项目展示展演活动工作组，进行具体操作，编导评书、谜语、相声、民歌、戏曲、曲艺、朗诵、小品、武术、舞蹈、扭秧歌、剪纸、二人转、编织以及非物质文化遗产知识竞答等具体节目，老师则根据这种组织、做事、参演等表现进行打分。通过学生的自编自导自演自讲，进一步激发大家的积极性和创造性，增强大学生对非物质文化遗产保护与传承意识。这种改革主要侧重课程资源的开发与利用，因为中文专业学习的重要方式是拓展视野、自学研究与阅读写作，在博客上可以以一种崭新的方式实现，而使传统课堂教学与博客教学相互促进，使学生了解到祖国传统文化的美丽，增强民族自豪感，且博客是一种新的课程资源的集聚点，博客教学将促进专业课程资源的优化、整合与传播，促进传统课堂教学与博客教学结合，建构起立体化的新型教学伦理。

第三，通过博客进行论文写作和学术研讨是学生学习的必要手段。笔者的研究博客催生了文学批评和学生研究性学习的系列文章和写作成果，学生纷纷模仿研究，笔者把相关资料和文学作品分给每个同学，对同学的研究成果进行指导修改，最后推荐发表，如罗文斌同学通过博客对《望江诗选》进行的评论写作，笔者从纲目到标题多次进行指导修改，最后写成《桃花源式的精神构建——试论〈望江诗选〉中理想社会的构成》，发表在博客 http://blog.sina.com.cn/u/1961197904，被阅读了上百次，多人评论，并转载 5 次，最后在《特区城市管理》2012 年第 3 期发表。指导张经洪同学研究 80 后江西籍打工诗人池沫树和广东女诗人杜青的诗歌，数易其稿，写成了《城市边缘人的无根意识与生命焦虑——池沫树〈活着〉组诗诗歌论》《日常生活语境下的诗性光辉——关于杜青诗歌的“私人化”写作》，发表在博客http://blog.sina.com.cn/u/1966025242 上，很快就被诗生活网站首页发表，并发表在纸媒《蓝风》诗刊上。吴军同学撰写的《青铜调》研究论文吸引了很多人阅读并得到关注，还受邀到《青铜调》学术研讨会，其发言受到学会学者的肯定。在笔者指导和推荐下，林辉、陈丽、叶静、彭文英等同学阅读博客上的作品，在博客上写作的文学评论还在《韶关日报》文艺副刊、《中州大学学报》《广安文艺》《韶关日报》等报刊发表。

笔者在教学过程中，把作家的博客介绍给同学，例如当代作家墨白的小说是非常富有意味的，我在课堂上把墨白的作品博客 http://blog.sina.com.cn/u/1602362187 和研究墨白创作的学术博客 http://blog.sina.com.cn/u/1908918742 介绍给同学，指导同学了解作家现场，分析作品文本，许多同学被墨白的作品所吸引，纷纷以之为课程作业、学年论文、毕业论文的关注焦点。在笔者的指导下，同学们精益求精，从作品语言、人物形象、艺术特色、思想内涵等角度挖掘墨白小说中的独特之处，撰写课程作业、学年论文和毕业论文，其中优秀的作品相继发表在报刊上，例如指导学生叶静写的学年论文《苦难精神世界折射下的人性关怀——浅析墨白小说中的“紫霞”意象》，创新性地研究其他学者从未关注的墨白小说中的紫霞意象，新颖独特，思路清晰，后来发表在《中州大学学报》2012 年第 5 期上，且指导王升满同学写的学年论文《小说“反文体”跨界写作的“建构”

与“解构”——墨白小说〈手的十种语言〉解读》和林雪同学写的《时代变革中蜕变的人性——墨白中短篇小说解读》也富有新意，被《中州大学学报》选择刊发，指导毛元平同学进行研究性学习，创建了博客 http://blog.sina.com.cn/mypkkk，该同学选择墨白小说为研究内容，撰写了论文《“落叶归根”的中国文化传统与现代“空心人”——墨白小说〈回家，我从清晨一直走到黄昏〉的主题浅析》，发表在自己的博客上，后来被纸刊《牧野》刊发。这些优秀的学生研究性习作也一一呈现在本书中。正是通过老师的宣传和博客的实践性指导，许多学生纷纷撰写研究性论文，推动了学生考研的激情。

同时，笔者建立“井大中文论坛”博客（http://blog.sina.com.cn/jdzwlu2012），开展网上与现实互动的“作家作品研讨读书会”，主要是针对某一位作家的作品进行研讨，笔者在博客中上传作家的优秀作品，然后组织同学开展现场研讨和博客研讨。同学们登录博客选择学习内容，借鉴老师和其他同学的研究方式和研究成果，撰写研究论文，并经由笔者的反复指导和修改，最后独立自主地开展研究性学习活动或参与相关的研讨读书交流会活动，并把论文在博客上发表原创性质的学术表达，使课堂内教学和课堂外研究相互补充和延伸。笔者组织了一系列井大中文论坛研讨读书会活动，主要开展了作家安然、胡刚毅、曾绯龙的作品研讨读书会，同学们在博客上阅读作家作品，在老师指导下进行研究性学习，罗文斌等 16 个同学积极参与研究性学习，写出了多篇研究性论文，如罗文斌的《风行水上，自然成文》、叶静的《胡刚毅诗歌的美学经验》、吴军的《当代文人的孤独空间》、张经洪的《生命最深处的吟叹——论胡刚毅诗歌的情感表征》、吴婷燕的《山光悦鸟性，潭影空人心》等研究习作发表在自己的博客上，受到好评，提升了学生研究性学习的动力，而且让他们参与研讨会的大会发言，锻炼了学术演讲能力。今年主办了吉安诗歌研讨读书会暨《21 世纪吉安诗歌精选》首发式，指导谌雪花、罗玉旭、王青、涂序团撰写论文，并针对吉安诗歌发展的现状、特色、不足做大会主题发言，发表了自己的看法及感受，受到热烈反响。现在正在筹备“墨白小说研讨读书会”，如此，不仅利用地方相关资源，助推中文系发挥师资雄厚优势与地方文艺、地方文化对接，还提高了学生分析作品的能力和学术演讲能力，促进研究性学习和自主创意学习的学风形成，提升高校中文系文化传承和服务社会的能力，进一步促进了地方文学的繁荣与发展。

三、博客教学的意义

综上笔者在博客教学中的实践探讨，博客教学有效地解决了高校教学中的一些重理论、轻实践的难题，尤其在如下三个方面凸显出博客教学的独特价值和优势。

第一，博客教学以及博客传播改变了大众传播的受众学习模式，优化教学主体的关系。博客首先是老师展示教学资源、学生学习资源、学生作业等资源的工具。博客是学生学习记录的电子档案，是学生间协作学习和家校沟通的平台，学生通过参与的自主创意学习，体验到学习与研究成功的喜悦，自然会有一种成就感。而且通过博客平台真正和老师之间实现零距离对话，教师能即时把教学内容传送给学生，学生也能把自己对授课内容的理解和相关内容即时反馈到教师那里。这种双向互动的教学方式增进师生之间的感情，促进学生信息素养的提高。因此，博客教学的开展拓展了教学的时空、增强了教学的针对性、提高了学生的学习兴趣，有力地解决了教学中师生缺乏交流、课前课后缺乏监督等问题，切实可行地推进我国大学中国文学教学。跨越时空的博客信息技术支撑起零壁垒的学习环境和教学教研平台，优化教学改革和质量工程建设中的师生关系和沟通方式，使得师－生、生－生、师－师交流突破时空壁垒，实现师生互动、教学相长的目标。

第二，博客教学以及博客传播提高了专业信息的共享能力，促进知识点的吸收。加拿大媒介预言家麦克卢汉在《媒介即讯息》中主张媒介是人的延伸，他认为“任何媒介（即人的任何延伸）对个人和社会产生的影响，都是由新尺度（new scale）引起的，这种新尺度是被我们的每一次延伸或每一种新技术引导进我们的事务中的。”[1] 也就是说，博客这种媒介本身就是信息的延伸与共享，因为博客不断链接，无限循环，进而促使信

[1] 麦克卢汉．媒介即讯息．纽约：新美国图书馆，1964：23.

息海量不断累积，无限更新。如此，通过博客教学有利于促进教学工作和专业课程资源的优化与整合，提高教学质量，深化教学改革，打造高校质量工程的新高地。教学博客在提供专业教学信息的同时也可以从学生博客那里获得相关教学信息与资源链接，从根本上说，正是博客教学传播的平等性使得教学主体从信息资源分享变为共享。

第三，博客教学以及博客传播促进教学效果的全球化传播，促进主体意识的能动。师生通过博客自由书写、学习，在博客上创作、发表和出版个人作品、心得以及研究成果，共享各种资源。在提供他人作品阅读、接受评论的过程中，提高了学生话语表述的自信心和增强了成果发表的成就感。可以说，通过博客教学这种形式，每个人都成为信息的发布者、知识的建构者和话语的掌控者，不仅有利于学生的创新以及优势信息及资源的全球化传播，还促进个人主体意识的觉醒，真实地展示学生知识积累和认知提高的轨迹，反映智慧的成长过程，而且通过博客教学共同体的互动重构学生的生活态度与人生价值观，提升其认知能力和创作水平。

总之，博客教学以其自由抒写的开放性、海纳百川的包容性、即写即发的便捷性、探讨交锋的互动性、传播方式的时效性提供了伦理启蒙意义，建构起“教研创学用一体化”的新型教学伦理，帮助我们摆脱了传统教学对学生个体本真意愿的遮蔽与过滤。在学习、研究、创作等方面，博客教学提供了与传统教学不可比拟的优势，展现了学生组合学习的有效过程，其意义与作用不可低估，我们在教学中应该推广。

中国现当代文学教学形态改革

经过多年的中国现当代文学教学，尤其是以当下作家的文学作品探讨为切入点，笔者在研究性学习和博客创意教学的基础上进行了教学研究与课程改革，获得了不少经验，总结如下：

一、中国现当代文学教学改革内容

（一）形成了“审美型阅读、研究式学习、创造型写作、快乐型表演”的教学理念，提出了熔写作理论与实践于一炉的“教学—研究—创作—表演”的新型教学方法。“教学—研究—创作—表演”以典型作品文本为写作研究示范，重视学生的个性特长，要求学生把它当作研究人生、研究社会的案例，并用自己的理论语言进行表达；以典型问题为启迪思维标本，鼓励学生在写作过程中善于发现问题，在解决问题过程中学会写作，并通过表演的方式完成理论知识和专业实践的双向融合，进而培养大学生知、情、意、行融会贯通的才能，实现教育空间开放化。

（二）构建网络教学实践平台。在现代教育技术支持下，构建了“井大中文论坛”QQ群（230844076）和博客群（http://blog.sina.com.cn/jdzwlu2012）、“井大校园作家”QQ群（324852499）、井大微博群、井大博客群和“龚奎林的创意小屋”微信公众号等写作训练“教学实践平台”。运用信息化教学手段和技术，借助网络教学、博客教学进行探究式学习、讨论式学习、体验式学习、合作性学习、研究性学习，鼓动学生的参与热情，提高教学质量，改进教学效果，进行网上教学资源库建设和建立开放性、动态性的人文通识教学网站，从而培养学生创新思维和创新精神。

（三）创新学习方法，构建了“博客写作—老师指导—报刊发表”写作训练三阶段的教学模式。第一阶段要求学生创建个人博客和个人微博主页，提倡学生每天写一篇网络日记，每个月写一篇研究性小论文或者读书报告；第二阶段由学生将博客的文章择优汇集到“群组博客”，由专业老师进行指导；第三阶段则由笔者和相关专业老师择优推荐在相关报刊发表，同时按照专题把博客文章编辑成书，交由出版社出版。

（四）建构“第一课堂—第二课堂—社团活动”技能训练，打造出以学术研讨会、专业实践文艺晚会、学生社团活动为实践载体的特色教学品牌，走出了一条“产学研用”良性循环的教学改革与创新型人才培养之路。一方面通过指导校级社团雨丝文学社、井冈剧社开展演讲比赛、背诵比赛、说课讲课比赛、话剧会演、诗文朗诵创作大赛等，切实提高每个学生的心理素质和从教技能。另一方面指导学生进行大学生创新创业项目训练和科学性研究，开展作品研讨读书会，组织学生演讲自己的学术研究和教学研究成果。

二、中国现当代文学教学改革的创新点

（一）形成了具有创新色彩的研究型人才培养形态。教师积极吸收学生参与到自己的科研与教研项目中，为开展“以问题为本的教学法”奠定坚实的学理基础。学生参与教师的科研与教研项目，并在教师的指导下，以课程论文、学年论文、毕业论文的形式去研究教师布置或自选的课题，产生了一批有一定水平的学术成果。师生的共同参与、教学的多向互动，形成了具有创新色彩的“教学共同体”。

（二）构建了“创新写作训练三阶段”的教学模式。“博客写作—老师指导—报刊发表”是一种有教学目的、实践计划、教研成果的写作实践过程，它使写作课堂教学与社会文化事业得以“无缝连接”，就如同“产学研用”一体化之后的社会实践检验，从而使学生的写作能力、鉴赏能力、研究能力在“实战”中不断得到提高。通过文章发表的铅印化，不仅圆了学生多年的梦想，而且激励起学生立志学习的热情。

（三）创设了有创新意义的写作实践平台。改革和创新了教学方法和教学手段的现代化，突出多媒体、互联网的运用，建设供学生写作训练的“博客群组”，实现网络授课，资源共享。其重要意义是为学生体验写作快乐、激发写作兴趣、激活言语智慧创设一个前所未有的发展空间。

（四）提炼了大学生研究性学习的范式。通过大学生创新实验计划项目来评论文学作品，挖掘和研究庐陵文化、非物质文化遗产。在老师的指导下，丁向阳、王瑾、施彩霞、徐青梅、王雨恬、鞠发、张经洪等多个同学获得国家级、省级、校级、院级等各个级别的大学生创新实验计划项目，其中丁向阳、王瑾、徐青梅等同学主持的国家级、省级和校级大学生创新训练项目已经成功结项。

（五）提出了“教研创演”一体化人才培养模式。通过教学、研究、创作、表演打通第一课堂和第二课堂，实现了课堂内外衔接与互补，增强了教学的综合效果，适用性强，学生受益面大。

选修课："文学与人生"

选修课的设立

我在教学中开设了一门选修课——"文学与人生"，所选作品均出自中国当代文学运动中经过时间检验、具有文本价值和社会意义的作家。

自20世纪90年代始，墨白的小说创作就得到了国内批评界和众多高校的广泛关注和研究，批评家们普遍认为：墨白的小说堪称中国当代文学"良知的声音"，其价值体现在如下几个方面。

一、叙事学：由文本建构及其叙事迷宫，对叙事语言的探索，形式与伦理的关系，民间叙事与诗学记忆，文本的荒诞性、象征性、隐喻性和虚构的颍河镇所构成；

二、社会学：由城乡二元对立、人性异化、精神疾病、历史观，对文化大革命的反思，对国民性的批判，对人类生存困境和精神苦难的剖析等构成；

三、思想体系：由对人生意义的寻找、现实即梦境、生命的神秘性、人生的游离性、命运的偶然性、对自我的审判，以及底层人物的失语、自卑、梦游等精神特征所构成。

墨白改变了人们看待生活的方式，他的小说以丰富的隐喻性揭示了这个时代的本质和特征，并给当代人的惯性思维和混乱的价值观带来了颠覆性的冲击。墨白是新时期以来通过对现代叙事的探索来深刻反映中国现实社会生活的少数成功范例之一。由他创造的文学意义上的"颍河镇"是一个极其丰富的感性世界。他的小说无论在精神层面还是在文体实验上，都为中国当代小说的叙事学提供了研究的母本。

更有趣的是，在我的选修课中，参与阅读的学生多来自理工科，而非中文系。我无法要求他们像受过专业训练的文学研究者一样来写出批评文章，也不能保证像夏敏先生在他的《光荣的隐退与生命的责问》中所说的："初读墨白的小说，他那看似直白的叙事背后隐含着对生命意义的相当严峻而深刻的思索。不能保证普通读者透过时空倒错、几近魔幻的文字表面能够领悟到的这种思索，但是经过细心的阅读，我们并不难看出，小说推出的人物群像面对生死的各种反应，的确隐含有对现实人生的强烈的反讽，叙述沿袭着并不张扬的冷幽默路子，但是给人的感觉是文义指向每一个自我。"[1]

现在，我确实从下面这些通过阅读而产生的文字里，感受到来自青年一代对文学作品的不同理解，并通过他们的阅读，来考察这个时代的价值观和道德观，彰显"文学与人生"选修课不同寻常的意义。

墨白作品赏析

寻找一道光

——小说集《怀念拥有阳光的日子》解读

人文学院学生　王雨恬

《怀念拥有阳光的日子》，这个充满阳光、爱与温暖的书名深深吸引了我，探索欲望油然而生，待到细细去品读，一遍遍咀嚼，尝到的似乎却是另一番难以言说的滋味。

这是一部小小说集，作者墨白先生将它们划分为三辑：1984 ~ 1990；1991 ~ 1996；1997 ~ 1999。每一时期都有其鲜明的时代色彩和气息，描绘了那些年代里在颍河镇上演的一系列人、情、事、物。这部小小说集从初始到末尾向读者展现了一种推移前进式的时代变迁，文化变转的动态大背景，与此同时，在语言和叙事方面，作者随之做出精巧微妙的渐变，带

[1] 夏敏．光荣的隐退与生命的责问．山花，2005（5）．

领读者从一个时期过渡到下一个时期。

它所富有的空间感与厚重感，仅仅借助直白的语言，寥寥几页跨越时空，就展现了一个饱和世界。第一辑，浓浓的乡土地域气息和民俗色彩，带着淡淡忧伤；第二辑，生活现代化节奏展现，乡村气息渐渐淡化，悲情接连上演；第三辑，20世纪的尾巴，现代化进程脚步加快，文字乡土气息骤减，较普遍的城市生活情节开始融入，可是悲剧似乎仍在发生。在这里，关押着人们被时代奴役的魂灵，一个个肉体自始至终都被时代铐着枷锁、牵着运作。

灰暗念头的互相撕咬，酒精开始在人们的生活中作怪，麻痹着神经去退缩逃避（《结构》）；一堵墙隔出了邻里间的冷漠、疏远与虚伪（《门》）；情感危机，心灵空洞以致出轨，爱情失去忠贞，第三者插足（《米兰》《阳台》）；现代物质文明对纯粹民俗工艺、乡土文化的扼杀（《赤脚医生》《锔匠》《自来笑》《陈祥云》《二叔》《剃头匠老梅》《恩舅》《染坊》）……各种社会弊病层出不穷。

小说本是虚构故事情节的体裁，采用编排一系列的巧合、灰色幽默、夸张和戛然而止的留白艺术以揭露折射现实生活的真善美、假恶丑，成为社会现实面的放大镜，而在此又有种虚中带实、实里透虚的味道。正如《偶然》一文中，小男孩一个小小的淘气举动，经作者对故事情节进行全盘操控扭转处理下达到某种目的，引出了两位哥哥的先后溺亡，读者眼睁睁看着这荒唐偶然性的悲剧发生，将美好的生命摧毁，欲呼不得。作者驾驭着文字，将一幕幕已浅浅流过远去的岁月光影，像透点儿悬疑的影片一样活生生地呈现于读者的脑海，读者的眼前，在读者的内心刻下印迹。其间，《画像》塑造了一位典型的乡村孤寡老木工形象，没有亲人，少言寡语，性情古怪，吐又脏又浓的痰，因其形象好常给“我”当写生模特儿。寒冷的冬夜“我”给他送点热饭，但拿回碗又嫌脏拿热水烫好几遍。他把舍不得吃，一直放到快生了虫的果儿饼儿送给“我”儿子，果儿饼儿最终被“我”偷偷丢进粪池，不久被老人发现。小说的结局，“我”在粪池边看到了“我”送给老人的画像被烧剩的纸片。细想，在介入了物质和精神世界的鲜明落差后，这中间真正还能包含真情真意吗？“我”的所给只是对弱势者的同情，夹杂着对老人的嫌弃；而老人所还的是从一片好意到后来的精神上的报复。两方到最后都是感情上的受伤者，寒意阵阵，“我”感到疼痛，卸不下的缺憾和内疚。这是一场内心上的较量，最后却没有赢家。该反省的似乎不仅是几个人而是整个时代，而每个人彼此都成为受害者。

在这形形色色的动态发展中，不变的是作者穿透社会和生命表层而直达社会本质和人物内心驻足处的强大文字力量。众小小说普遍给出了浓郁的线索性和压抑感，细节上作者注重特色环境的烘托描写，情节多样但主题凝聚，色调阴郁沉闷灰暗，人物语言对话描写多简短深刻，引读者陷入文字塑造的氛围中去，心情也随之沉降下来，而后一个恍然大悟，发人深省。小说不乏诸多猛烈精彩片段，内心特写，紧绷的神经，精神冲击，病态思维，展现不一样的视觉系统（《现实的颠覆》《老鼠》《恐惧》《号叫》）。人情世故，以小见大，反映社会各方面物质文化制度压抑下人物感情的变形与扭曲，营造人物内心的空洞与孤寂，操控着肉体伴随灵魂所受的逼迫，走向灭亡。

多是悲剧，多剩叹惜。阴霾笼着不散，于是如此，便有了作者对拥有阳光的日子的怀念，踏上路途，只为寻找一道光。

怀念，拥有阳光的日子。

读《映在镜子里的时光》

艺术学院学生　李鹏飞

我本人比较喜欢阅读一些科幻、悬疑类的书籍。当我拿到这本书时，就在想，又可以开始一个惊险的历程了。

我怀着些许激动和紧张开始阅读此书。可当我读完几页后，发现此书并不像我想象的那样惊险刺激，倒是有点像在描述我们现实生活发生的事情。我甚至开始怀疑这是否是本悬疑小说。（难道是作者标错了？还是……）我怀着猜疑的心情继续读下去。

当我读得越来越多时，才明白了作者的意图，才深深被此书所吸引。也开始由衷地敬佩作者。

从宏观上来看，本书通过描写一个电视剧组去外地（颍河镇）寻找拍摄电视的外景地，也是寻找剧本在现实生活中的还原。这就构成了这部小说的骨架，为小说打下现实生活的基础，增加了本书的现实性、可信性。

由细化来看，作者将人物的回忆、人物的心理活动、人物间生活化的对话，还有小说里加入的《风车》《雨中墓园》两部小说的描述，使人物出现了似真似假的幻觉，这些元素，都为此部小说加上了血肉。

作者这种用现实的方法写悬疑事件的做法，让小说活了起来。我阅读的感受是，这本小说是头怪兽。表面上看它是只绵羊，但却会让我在不知不觉中有种被吞没的感觉。

下面我就分析一下我是如何被它吞没的。

第一部分：丁南对时间和历史的认识，引发了每位读者对时间的认识和思考。丁南对往事有些伤感的回忆，更是引发了读者的情感共鸣。

第二部分：是有关《风车》的作者及其评论。《十字架下的方舟》(方舟，一个我们只能在别人的文章里见到的人物，这个人物的出现增加了小说的神秘色彩。) 小说中丁南对方舟是谁的猜测，更引发了读者的遐想和小说的吸引力。

本部小说通过写丁南阅读《风车》这部小说，将这两部小说巧妙地结合在一起。让这两部小说的衔接显得更加自然。

《雨中墓园》的讲述：扳网，一个神秘的黑衣老者对我讲述的第一种死亡方式的经过；渠首，一个陌生的盲人对我讲述的一群人第二种死亡方式的经过；活动的白房子，守扳网的女人对我讲述一群人的第三种死亡方式及其作者仿佛梦境之中的经历……

这些更让读者兴致大发，更想了解事情的真相。仿佛读者也被卷入了这场事件中，使读者迫切找到答案，来拯救自己。直到守林子的老女人说这些人死于多年前的一场伤寒，当我终于从现实生活中的人口中得到这个答案时，心里才稍稍松了口气。可当《风车》中的那个医生老田讲述多年前的一场大火时，又让我增加了对过去历史真实性了解的渴望性，也增加了读者内心感情的矛盾。

这部小说中也有爱情的元素：小说通过丁南与夏岚的类似爱情的情感，以及丁南与其他人的暧昧关系，与从文化大革命时期就存在的浪子、小草、小草的外甥女、田伟林之间的那种更加专一的爱情做比较，来引发人们对现代情感问题的思考。

故事里的我们怎样行走

——读《来访的陌生人》有感

人文学院学生　黄珍珍

看完这本书后，老许的那句话让我铭记于心“看上去这个世界上的一切是我们熟悉的，实际上我们知道的仅仅是一些皮毛而已”。在这个世界上，到底谁是幕后者？又是谁在谁的游戏里行走呢？看完这本小说以后，我的心情沉甸甸的，一如现在低沉的空气。

墨白是以三个人物的主观视觉来构建事件的。他们的叙述独立成章，既相互渗透同时又留下了旷阔的想象空间。以瑛子的暑假期间来事务所搞社会调查开头，渐渐引入陌生人——孙铭来事务所叫他们帮忙找寻当年的恋人，引发一连串的具有神秘色彩的故事。在事务所的那班人马的找寻和孙铭的生活为中心线索层层深入，将我们带入到故事当中去，就如文中瑛子表达的某句话一样：虽然我没有多大兴趣踏入那条河中，但是我仍想看看这条河能溅起怎样的涟漪。

随着故事的发展，神秘的故事隆重登场，事务所的人和孙铭究竟落入了谁的圈套里？谁才是真正的幕后主使人？快到故事的高潮时，我们仍认为冯少田是主谋。可是谁会知道，在大千世界里面，所有人要找的陈平才是导演。所有的人都成了她的棋子，无论是自作聪明的冯少田，还是苦苦寻找她的孙铭。总以为我们所认识的就是事物的本身，可是谁能看透面具下的眼神呢？

当孙铭和杨玉送孙恒德到医院，孙铭回来找到爸爸的收音机时，故事再次推向高潮，孙铭是一个老板，可在故事中的他却也如此凄凉。自己辛苦找寻的她竟然是如此痛恨自己的亲人，自己的亲人又是如此的不堪。心中伟岸的父亲啊！爱了一辈子的恋人啊！最后孙铭在濒临疯癫的边缘挣扎，这算什么？父债子还吗？可是世界上的事情哪有这么多可以补偿，可以偿还的事情，有些事伤害就是伤害，再怎么补也补不回来。本来故事到这已经结束了，可是作者又以瑛子的视角，道出生活的真相：我们生活在神秘中。当看到小说的最后一句“那本《而已集》就是那个夏天我所有经历的见证！”我很无奈，这个故事本是由这本书引发的这一连串的神秘，最后的终结，最初的事物却成为了别人的见证。

故事里的每一个人都戴着面具存活。孙铭一个老板与那么多的女人有纠结，还道貌岸然地寻找那抹最初的心动；孙恒德年轻的时候是个干部却又那般的不堪；冯少田叔叔坐牢；陈平的父母亲的冤死；陈平被玷污。那么这超越历史的文字，现实的世界呢？现在我们经常听闻明星的绯闻，谁和谁突然结婚，谁傍大款……一系列的视觉听觉冲击着我们的心灵，这世界到底是怎样的？会让我们的心不禁发问。还有故事里的冯前生，在北京一直以收破烂的身份在故事里串跃，抱着封建社会的封建思想与贪钱的私利情欲，他又是扮演着怎样的角色呢？

人是矛盾的结合体，从这本小说中我也看到了极端的矛盾。女人在那个年代到底是以怎样的角色活着？有自我吗？当初那个美好漂亮的陈平成了所有事情的开端，故事中的苏南方、小梅、杨玉在孙铭的眼中又是什么？通过他的内心独白，我们看到了她们所处的地位是那么的不堪、甚至嘲讽，真是悲哀。女人真的要么是祸水，要么什么都不是吗？不，其实所有人的命运都在自己手中，女人同样可以是强者，甚至比任何事物都强大。大到闻名世界的武则天，每一位女诗人、女词人，小到每一位孩子的母亲。

当陈平的报复行动一步一步浮出水面的时候，所有人的嘴脸逐渐被撕破，像躲在无底深渊里的洞。罪恶在故事的空气里蔓延……这是一个怎样的世界，这是一个由什么样的人构成的故事？当初的“清新”与现在的“污浊”相比，这空气又得罪了谁？为何会让人呼吸都如此困难。这个故事时刻在提醒着作为读者的我们该怎样看待身边的世界，是我们看到的阳光般的微笑吗？树叶遮住的阴影下又有怎样的世界呢？诚然，每个人都有自己内心的世界、美好与罪恶，都有。话说好听点，就是内心有魔鬼也有天使。但都不可能全剥出来，因为每个人都又戴着一张可爱的面具。其实话说回来，这并不是谁的错，身边所有的人不是用熟悉与否来定义。我们很难找到与自己心相交的朋友，所以害怕伤害，只能用面具来保护自己。情感是所有故事的起源，情感多了真是件麻烦的事。

读《梦游症患者》

商学院学生　陈梅

读完这部小说感觉很纠结，看了哭也哭不出来，伤心也不是，不知道该怎么办，简直快崩溃了！这部小说的作者说他写完这部小说大病了一场，我想我看完了这部小说也应该病一场，即使不是大病……

《梦游症患者》以文化大革命为背景，通过对一个小镇上各种人物的变态描写，展现了文化大革命的祸害之深。这部小说以王三爷一大家子为中心，展示了当时人的生活状态。王三爷家祖祖辈辈都很穷，都是捡粪的，到了王三爷这一辈，特别是到他儿子这一辈，他们家可是彻底翻身了。大儿子王洪良是校长，二儿子王洪民是厂长，三儿子王洪涛是营长，家里还在镇上分到一处小院开了一间茶馆。用王三爷的话就是“这都是托了毛主席的福，打倒了地主，让我们翻了身，所以毛主席叫我们往东我们绝不往西，毛主席叫我们干啥就干啥！”

要说这里面的人物都挺悲剧的，但最悲剧的还要数王三爷的女婿刘嘉生。他的父亲一辈子勤勤恳恳卖烧饼，最后用女儿换来几亩地，同时送儿子也就是刘嘉生去上了学，让他长了见识，后来刘嘉生在一所学校里当了老师，也娶了媳妇儿也就是王三爷的闺女英子。刚开始日子过得挺美满的，每天回到家还给儿子文玉讲故事。可是因为文化大革命一切都变了，刘嘉生被打成了“地富反坏右”，他教不了书了，他改了行，他给人剃头去了。可最可悲的还要数他的二儿子不认他做父亲，因为在文玉眼中他父亲是右派，是很丢脸的，是为世人所不容的，所以他家也不回了，在他心中他不知道他的家在哪儿，在他大舅的帮助下他住校了。最后，更荒唐的是，刘嘉生竟然是被他二儿子给活活地折磨死的。在他死之前他受尽了屈辱，那都是他儿子所赐，准确地说应该是文化大革命！

王洪良，跟刘嘉生类似，是个知识分子，但他幸运点儿。他一直都当着他的校长兼体育老师。他整天拿着他的半导体听国事，但他的妻子儿女他几乎从没关心过。

这里面还要提到一个人，那就是王洪民的媳妇尹素梅。之前是个戏子，很遭王三爷的鄙视，人长得挺漂亮的，但是一个典型的变态人物。她跟王洪涛有私情，更恐怖的是她竟然对一个傻子，王洪民的外甥，文宝做那种事情。当然这都是让她丈夫给逼出来的！

这里面有很多荒唐至极的事，让人啼笑皆非！王三爷因为鄙视尹素梅，所以关注她的一言一行。有一天晚上跟踪到一小巷子，尹素梅和身旁的一女的解开裤子，蹲在那撒尿。王三爷看了感觉脸上火辣辣的，可又忍不住不看。最后，他竟然在那俩女的走后，用手过去沾那两泡尿，放到鼻子前闻一闻，看哪泡尿是他儿媳的，最后在那撒上自己的一泡尿以避晦气。可是令人想不到的是：有一天，这个镇的男女都在一条河里洗澡，男的在东边，女的在西边，这里面包括了王三爷和尹素梅，洗着洗着，不幸的事情发生了，在他们洗澡的时候刮起了一阵大风，把他们的衣服都给刮走了，同时还交杂着闪电和大雨。吓得这群男女光着身子回家了。在王三爷很无助的时候，文玉从远方回来了，给了他一件衣服遮羞，结果这是一件挂了20枚毛主席头像的衣服……第二天，渔夫去打鱼，鱼没打到，反而把昨天那些被吹走的衣服都给捞起来了。这渔夫也真好心，把那些衣服都晾在鱼竿上，挑到镇上去了，让他们自个儿去认领，结果却把尹素梅的衣服晾在了王三爷的衣服上，看得王三爷咬牙切齿，这衣服当然没人去认领啦……

这里面还有些很残忍的画面。文玉和一群少年带着王洪良给的推荐信踏上了去远方当红卫兵的征程。他们冒着生命危险拦了一辆能带他们去有火车的地方的货车。下了车之后，这伙人之中产生了分歧，一些人说要去北京看毛主席，另一部分人说要去韶山。因此，文玉他们就分开了，文玉带领几个女孩儿准备去韶山了。可是，介绍信给另一批人拿走了。文玉他们就上不了火车了。结果，文玉用一颗在山上捡到的人头骨刻了一个章子，用自己的血做印泥，伪造了一份推荐信。

最后，闹革命，闹的不是别的，而是王三爷他一家。他的二儿子在游行的时候，用铳打死了自己。剩下的大儿子和三儿子又各自为派，一个是“二七派”，一个是“八一派”。以王洪良为首的“二七派”干的是做红袖章，贴大字报，以学校为基地。以王洪涛为首的“八一派”一上台就把那些所谓的“地富反坏右”给抓起来，以镇上的酒厂为基地。第一场争斗发生在茶馆前，两派的人互相对骂，用王洪良的话说就是“理论”，两方的人骂着骂着就累了，最后就剩下两个为首的人在那儿对骂了，王洪良骂得都说不出话来了。最后，发动革命的人对王洪良说，闹革命要用暴力，要把右派分子抢过来，把他们弄去批斗，王洪良就说要先造舆论，但是王洪良那边的人在那个人的鼓动下向“八一派”发动了进攻。“八一派”这边的人退回了酒厂，锁紧了门。“二七派”这边的人就拿着一根木头使劲儿地往那门上撞，那门最后还是被撞开了。那些人像猛兽一样冲进去了，而迎接他们的是一个个装有酒的从楼顶上砸下的玻璃瓶。但是他们没有退却，即使头上被砸得鲜血直流。在关键时刻有人出主意了，把那些酒坛子打烂，点把火那不就行了。可是，谁去砸酒坛子呢？这时从后面爬出一人，因为他腿断了，这人叫丰收，也是个少年，顺便说一下，他的腿断了也是因为革命给闹的。那么他出来干什么呢？他当然是出来砸那些酒坛子的，他一步步地爬向那些酒坛子，用砖头将它们一个个砸烂，身后的人在后头放了一把火，把酒厂烧了，也烧死了两个少年，其中一个是丰收，另一个是小明。小明是“八一派”的，因为脚被卡在楼板里，出不去，所以被烧死了。他俩都是三爷的孙子。那场火之后，搜出了两个右派，文玉的爹妈。最后，批斗的对象就是这俩人。文玉因为是地主右派的儿子，被剥夺了红袖章，为了证明自己革命的决心，他就把他父亲给活活地折磨死了，他母亲因为受不了也在自己家门前上吊自杀了。

小说里面的人物最后死的死，疯的疯，走的走。总之，文化大革命期间发生的事情就是很悲惨。

而至于文宝是个什么样的人，担当的是个什么角色，我始终没明白。他只是一直站在河边，自言自语，对风对河流说话，对河里的鱼说话。大家都说他是个傻子，而他弟弟文玉却说他只是没睡醒……至于文玉，他只是个少年，应该是祖国的花朵，是祖国的希望，可是因为文化大革命，因为他接受了文化大革命的洗脑，他已经不再是一个人，他已经没有了灵魂，没有了良知，在他心中已不存在是非。因此在他眼中他不知道谁是他父母，成了一具躯壳。而最后他与老鼠、蛇共同生活，而他也已然听不懂人类的语言……至于王三爷，原本子孙满堂，可最后只剩下他孤零零的一个人，而他也一直在寻找文宝！

这部小说通过写一个镇上的人的无理取闹的所谓的斗争，展现了一个人性荒芜的物解时段，一个越过了道德的底线的物解时段，一个不存在亲情、友情和爱情的物解时段，一个扭曲了人格的物解时段。在这样的社会里生活是一种悲剧，想象那种生活场景会让人窒息。也许这只能用来警醒后人吧。我也明白了，一部好的小说不应该只有悲伤和纠结，它应该还有希望；不应该只有黑暗，应该还有阳光。

读《事实真相》有感

建筑工程学院学生　黄奇强

也许是对生活没有亲身的深刻感受，说实话，这本书我是耐着性子看完的。也许是语言有些粗俗，故事性不够强的原因。但毋庸置疑，这本书能引发我的思考。首先，它有独特的写作方式。以第一人称向第三人称叙述方式写来。既有第一人称的亲身感受，也有第三人称的旁观感。它也有深刻的目的：揭示我们人类自身的孤独和痛苦，揭示对现实生活的恐惧感和对未来的迷茫。叙述身边的那些忍受着生活苦难和精神苦难的底层人的生存状态和精神状态。

这本书从农民进城打工开始说起。

在他们想来城市是美丽的天堂，是美女和金钱的积聚地。它是一块巨大的磁铁，它把日益生长着铜臭味的乡下人的心吸得一刻不停地颤抖着，他们像蜜蜂和苍蝇一样开始涌进城里。可现实是残酷的，这城市不光有鲜花还有粪便。劳作时，他们目睹了一场命案，而后来这些亲历者却听到四种不同的版本。

首先，铁匠自称目睹那男子开车拦住骑自行车的女子把她杀害。什么原因呢？那女子给他戴了绿帽子。也许你不相信吧，人家可在现场，还是他报的110，还帮忙把女子抬上车呢。这下你该信了吧？

拾破烂的老头也说是亲眼看见这次案件的。他看见那男子骑摩托车拦住开车的女子（真行，摩托车拦汽车），要求分合作挣到的钱，可那女子要独吞不给，一言不和，男子拔刀杀人。可能你要提出一点小质疑，可老头不仅目睹，还和那女子是老乡，不久前女子还给老头买了一条烟。这怎么有两版本呢？而且都有证据，该听谁的呢？还早呢，还有版本要你分辨呢。

还有一喜欢抬杠的青年人，说两骑摩托车的男子见那女子从银行出来想抢她的钱，那女子死死地抓住了，没抢成那两男子就把女子杀了。有人想和他争辩两句，他霸道地说他姐夫是公安局里专调查这案子的，你有他懂?

至于歪嘴那版本只为当故事说，显示他有多能，当不得真。

可有上面三个版本也够你分辨了吧，关键是他们都有看起来牢不可摧的证据，更关键的是他们说的都不是事实。

傻眼了吧，若在生活中你听到那三版本中的一个，你一定会相信吧，相信那虚假的表面事实。

回想往事，你是否也被蒙骗过，被那些所谓的亲眼所见亲耳所闻蒙骗。其实很多事就是这样，说法一大堆，可事实的真相只有一个，在没确信前决不能妄下结论。

这本书还揭示了很多现实问题。比如农民在城里的地位问题。不说城里人对他们的鄙视不顾，不把他们当人看，就是那些比他们先到城里的农民对那些后到者也有一层优越感，好像他们比那些后到者有多高贵有多了不起，却往往忘了自己的悲哀。更可悲的是，那些农民自己也有深深的自卑低人一等的感觉。其实这完全没必要，都是靠自己劳动生活，就如他们自己说的，城里人吃的都是他们辛苦种的稻谷蔬菜瓜果，养的鸡鸭鱼。又有什么了不起呢?

这还揭示一个很大的问题——农民工工资问题。辛辛苦苦几个月到头来一分钱也没有，连老板都见不到。争取又无法（老板都见不到，所谓的负责人也推说老板没给）又狠不下心强硬地鱼死网破的要求，最后只能无奈地悲哀地忍受，希望老板发发善心。悲哀啊，累苦了自己，养肥了别人。那些所谓的老板真是无心无肺之人，拿着别人的救命钱去潇洒快活。唉，社会的法律制度要完善啊！农民应好好用法律保护自己的利益啊！社会的道德素质要好好提高啊！

这书有个悲剧人物——来喜。因为想给女友个交代，就偷偷地带了些钢筋回家，不料被发现。被朋友说成吃独食，被鄙视，成为议论对象，更为可悲的是给了三圣不给他钱的借口，甚至影响所有人的工资。在巨大的自责鄙视不公平待遇压力下，他冲动地用钢筋敲打三圣的头，在黑暗中他误以为打死了人，最终发了疯，一切都完了。

在现实中也是这样，被全体抛弃鄙视，受到不公平待遇时，往往会因为冲动而犯错。所以既然在一个团队就必须互信互助公平对待，这样才能使团队团结，发挥团队的力量。

生活就是这样充满着艰辛与困苦，可是比起那些生活在底层的人来说，我们又是何其的幸福。既然他们都能坚强地克服种种困难不畏任何艰辛并相信未来会更好，我们又有什么理由什么资格抱怨生活的不公呢？努力吧，学习他们的吃苦精神。

《欲望与恐惧》读后感

政法学院学生　余太旺

欲望如秦王手中六尺剑，序八州而朝同列，包举宇内，并吞天下，一扫六合之雄心。欲望如勾践卧薪尝胆志，三千越甲可吞吴，不杀夫差定不休。欲望可以成就一个人，但是又令无数风流人物竞折腰。

恐惧如成功之路上的拦路虎，行动的绊脚石，失败的生死之交，但是正是有了恐惧，人们的欲望才不至于无限地膨胀。在一定程度上，恐惧也可以帮助一个人。老子曰：祸兮福所倚，福兮祸所伏。相生相克。从古至今，天人之道，其实一也，万变不离其宗。

那股在吴西玉心中对尹琳的欲望，同时怕被牛文藻发现，及那份因当初和一老寡妇正行苟且之事而被牛文藻抓了个现行，而泣血而书的悔过保证书，那种恐惧，在吴的身心中构成了阴阳两极，不断地变幻。

因为欲望而产生恐惧，因为性的压抑而丧失了尊严和自我。

吴西玉回忆道："现在已经记不清在青少年时代我有过多少次手淫的行为，但第一次手淫的经历却常常回到我的眼前，那个夜晚的柳树丛在我的耳边发出了一种就像初春里颍河的冰凌解冻时的声音，那声音不停地割着我的心。在夜深人静每当我的手伸向双腿之间的尘根的时候，那尖厉的声音就会在我的耳边呼啸而起，那海浪一样的声音从某个地方刮过来，使我感到恐惧。"

“那个时候，在我的脑海里一定有一个魔鬼，那魔鬼引诱着我一步一步走向黑暗，我在黑暗里挣扎，可是最终我还是被黑暗淹没了……当我在黑暗的泥潭里平静下来的时候，我突然感觉到了羞耻，就像一个做了错事的孩子，我不敢去看身边的那头母牛，那头母牛的目光像尖利的针芒刺着我，我想，我和身边的这些牲畜有什么差别呢？我躺在那里不安地反转着，我被一种羞愧和不安折磨着……”

通过对吴的心理描写充分反映了在欲望冲击下、引诱下的悔恨及那种充满恐惧的茫然，读完这本书发现作者对人性剖析是那么透彻。同时感觉人生就是这样，我们会将某些事永远埋在心里，最终带入坟墓中。

人的欲望在不断地增长，当它到了一个无限的时候，那它也就接近了死亡。恐惧也会不断地增长，当它也到了无限的时候那就也接近了死亡。我惊叹在几千年前的老子就已经洞悉了那人性，主张清心寡欲。天下皆知美之为美，斯恶矣，皆知善之为善，斯不善矣。上善若水水利万物而不争，处众人之所恶，故几于道。居善地，心善渊，与善仁，言善信，政善治，事善能。

也许是那对欲的追求，让吴西玉在尹琳身上找回了男人的感觉，同时在牛文藻的压迫下，他不得在她面前狗一样地活着。

同时反观现实生活中，吴西玉式活着的人是那样多，我喟然叹曰：人生而知之者，未尝见也，活而不知者，亦鲜矣。在现在的物欲横流下，不受其染能有几人矣？我在电脑前唱一曲，秋水时至百川灌河。

读《怀念拥有阳光的日子》有感

教育学院学生　胡盼

我是一个不太爱看小说的人，这是我第一次接触墨白的小说。书上对他的简历写得很简单，这让我对他产生了很强的好奇心，真的很想一口气把这本书看完。但打开目录竟发现它是按时间分的，共三辑。原来这些是1984年至1999年作家墨白的作品集。十六年啊，肯定花了作家不少心血，得抓紧时间慢慢品。花了半个月的时间终于把它看完了，感触还是挺深的，下面就和大家一块来分享分享我的心得吧。就按其时间段来讲述吧。

1984 ～ 1990

20 世纪 80 年代，我还没出生的年代，对这一年代发生的一切都非常好奇。很期待能透过墨白的小说读出这一年代的一些东西来。其开篇一章是《画像》，看到后记你会发现作者对其评价很高。它是作者的处女作，给了作者很大希望。而我看完竟感觉很亲切，就像九十年代发生的一样，也许是这篇小说让我想起了一位老奶奶。有些作品、情节总是那样，情不自禁地就勾起了读者的回忆，情不自禁地就让读者很想看下一篇。随后几篇有点时代特色又有点捉摸不透，也许这正是作者想要达到的效果吧，给予我们想象和思考的空间。可能这也是所谓的 80 后与 90 后的代沟吧。里头《红月亮》写得很煽情，平淡真切的话语竟有一股力量把你感动得仿佛自己亲身经历一样。这就是语言的魅力，作家的魅力吧。在《吃大户》里，让我耻笑那些吃大户的人，可笑过之后，想想身边，想想老家，这样的现象在今天不是依然存在吗？ 80 年代距今已有二十多年了，但封建思想、小生产者意识在某些人脑中依然根深蒂固，这也许正是中国贫富差距为什么这么大的原因吧。看着《尘根》里毛猴生了一儿又一儿，反思他说的话，仔细分析村长、乡长等人的反应，这不正是中国腐败的一面吗？中国在 60 年代就提出计划生育政策，但到现在中国人口还是噌噌地往上涨。进入一些贫困地区，你依然能看到一大群一大群的。这么久了，中国竟还是人口这顶桂冠的拥有者！

作家的目光是锐利的，语言却是温柔的。从社会底层的一些小人物，一些小现象，作者竟让读者读出社会的一大层面。作者花了七年时间去表达这一年代的一些事，可我却只用了不到五天的时间，便了解到这么多，这也正是作家的伟大之处啊！

1991 ～ 1996

我的童年时代，美好的童年时代。虽然家中没有很多同伴，但是呢，却有一位超龄儿童一直陪着我——我奶奶。翻开这一辑的第一篇《风景》，原本以为会是写的什么山水，但继续看下去竟发现是个很感人的故事。奶奶，天底下的奶奶似乎都是慈祥可爱的！带着这份还没退去的感动和这份温情，我一口气便把这一辑看完了，愈到最后发现这份感动愈是强烈。这一辑都是有关情感的，有亲情、手足情、师生情、爱情等。本书的名字《怀念拥有阳光的日子》便是里头的一篇，可想而知肯定是一篇有关情感的。是的，那是一个悲惨的爱情故事。美好的东西失去了总叫人恋恋不舍……

读完这一辑你的心是无法平静的，也许此刻的你也变得多情了。其实里头描述的事都很细微渺小，但却……终于明白写作教程老师说的那句话了，一个好的作家，情感肯定非常丰富！最喜欢这一辑的文章了，看完之后心里的感触很多很多，却又不知该怎样把心中的话语写出来，也许这份感动只能深埋在心里吧，当你看完这一辑，你也许也会和我一样！

1997～1999

1997年，我已经在读小学二年级了，已经开始懂事了，这时候发生的一些事，我还依稀记得。但看完这一辑，竟变得陌生起来，也许是那个时候还小，接触的人和事并不多。

这一辑，里头的《自来笑》最让我记忆深刻了。众人的哄笑声总是回荡在我耳边，吵死了。自来笑成了他们娱乐的牺牲品，就像一个小丑。他是无辜的。这个社会上有太多像他这样无辜的人了，但却仅有极少数人站在他们这一边为他们……个个都像队长袁鳖，仗势欺人，令人作呕。这些是社会上泛滥的现象。看完这一辑你会愤怒的，当然里头也有叫人拍手叫好的地方。矛盾的米兰最后终于选择自立了，当今也有很多像米兰这样误入歧途的女孩，希望她们能像米兰一样，女孩当自立！

透过这一辑，可知道作者是想揭示一些社会现象，这些都是自己不曾发现的，也许是自己少了一双慧眼和一颗善于观察的心吧，以后得像作家一样，做个有心人！

不愧是作者花了十六年的心血的精品，细细品，慢慢品，你能读出作者的不同心声。读完这本书，突然发现自己竟慢慢喜欢上小说了，竟怀念起拥有小说的日子！

《迷失者》读后感

人文学院学生　吴明

文中的主人公雷邦士是一个老实、厚道、一心一意为家庭着想的人，得到的却只有大家的白眼、冷语和叫骂声，甚至自己的儿女都可以像对待牛狗一样对待他，不，应该说，还比不了牛狗呢，牛狗至少还有一段时间被人宠着送去给养，可他呢，从头到尾都在像一只被拴着任劳任怨的盲驴，只能吃苦受累，享不得福。

年轻的时候，为给孩子挣饭吃弄断了手，为给女儿补营养摸了几个月的鱼鳖，为给儿子看病跑了几十里的路，可到头来却只能以一个外人的身份在家里住着。当儿子当上镇长以后，他的生活就更可悲了，不能有半点儿自由说话、做事的权利，儿子儿媳说西边那他就不能去东边，好不容易有个不会骂他“老龟孙”的孙子会跟他聊聊天，可又是个“痴儿”，也没有半点儿自由。老了的时候，尽心尽力地伺候着瘫了的老伴，想好好地陪她走完这剩余的时光，可就因儿媳的一句诽谤，他就被赶出了家门，结果老伴三天后就去了，他没见到老伴的最后一面，可能她自个的亲儿子儿媳还有女儿也没跟她见过最后一面吧（可叹，可叹啊！）。后来，不幸的是，他自己也残了，只能躺着，吃不着饭，下不了地，起不了身，身上长虫了都没人来看看他，帮帮他。那只能是晚上未醒的时候……最后怎么样？最后他就只能孤单地离开了这个冷漠的世道了，而且是被葬得远远的，好像是怕他又会回来似的，从此孤单的河沿边更少人问津了，直至他孙儿的误入，故事也就有了令人痛斥淋漓的发展和高潮了。

故事写到他附身于孙儿的身上，然后马上动身进村去见他的儿子，因为好久没见了，怪想他们的。进村后，因为他的身体是孙儿赵中国的（因为他只是个小小的继父而已，所以没能让当官的儿子跟他姓，自然孙儿也不可能跟他姓了），可思维却是他自己的，一次次地说出了只可能他知道的事情之后，人们终于开始信他就是雷士邦了，可即使他变鬼了，和他们不一样了，人们还是不怕他，想骂的、想打的，还是照样骂他、打他，特别是想了这么久，思了这么久的儿子儿媳，还是下手那么狠，骂得那么毒，可这回他觉得不怕了——他的胆也因为死亡变得大起来了，他不仅骂他的儿子儿媳没良心，还骂村里的官儿都他妈是些脓疱孬种，只会巴结奉承陪酒吃饭，从不干点儿正经活，鬼“撞人”了，这些个官都来瞧瞧热闹，上司的儿子病了，这些个官就勤着个赶紧地问寒问暖、送礼送票，以前活着的时候咋就没见到过有哪个官给他这苦命的人问个冷暖呢？想着就憋气儿！于是他借孙儿的口尽情地骂了起来，（而作者也就借着他的口痛痛快快地骂了起来）骂官“像条狗似的”“真的像一条被剥了皮的狗”，骂儿和媳“你没良心呀”，骂女儿“要不是我你会有今天？你现在竟敢指着脸骂我，你没良心呀……”，还有说卑鄙的，说吝啬的，说无情的，笑愚昧的，笑因公假私的，骂得痛快淋漓，说得淋漓尽致，笑得尽尽爽爽，把整个儿人世间的百丑都给揭了出来，直令人拍手称快！

可也许是想着故事总得贴近些真实的现实吧，作者最后选择了用一个很悲惨的结尾作为结果，而且还保留了鬼神色彩来结束一个苦命人的控诉，也没有选择用那个伪君子那个医生的解释当作结尾和解释（虽说那应是更科学解释和说法的），可能，现实生活的人们只有在文章里才能说得那么痛快，写得那么尽情吧！

作者也许是在以悲惨的故事情节抒发一种感叹，一种凄凉吧！

希望，这样的故事永远都只是故事！

苍白的人
——墨白小说《狂犬》解读

人文学院学生　郑丽金

墨白的短篇小说之《狂犬》写的是黑儿这条狗在主人的误会下如何被穷追猛打，最后悲惨地死去的结局。小说以冷淡的笔调描写一条忠诚的狗的悲惨命运，其实何尝不是在写我们人类自己。有卑鄙无耻的人，有忘恩负义的人，还有忠肝义胆的人等，形形色色的我们都在不遗余力地“演好”自己的角色。

一个高颧骨吸脸腮的瘦男人当他听到众人都在骂那个把黑儿的主人的六只老母鸡偷去的人时，他也咋咋呼呼机械地骂着。他的卑劣行径被黑儿发现时，却恬不知耻地以人的资格骂黑儿是疯狗。心虚的他站在刘群的身后说，刘群，你打不打他？你不打我们可是下手了。他是那样迫切地想要消灭知道他罪恶行径的证人，总是领头要把黑儿赶尽杀绝。黑儿四肢立地，就像它平日逮住猎物不肯松口一样，等着它的主人。他的主人却愣在那里而人们却惊叫黑儿是疯狗，犹如社会中的弱势群体，即使他说出了事情的真相，可是寡不敌众，而且人们内心排斥赤裸裸的事实，更倾向于接受华美的谎言。刘群怎么会想到跟他站在同一战线的高颧骨吸脸腮的瘦男人竟然会在自己的背后动手脚。真是“画龙画虎难画骨，知人知面不知心。”

只要一声口哨，黑儿会毫不犹豫地奔向主人。从黑夜到白天，黑儿总是不离不弃地跟随主人去寻找猎物，即使是一口浓痰也不放过。当黑儿发现“大猎物”时，却没有得到主人平日的赞赏，反倒是挨主人脚踢。虽然刘群的眼角里深藏恐慌，左手轻轻地抚摸黑儿，可见主人对黑儿昔日的情分还是有丝丝的眷恋，但是刘群终究抵挡不住众人的引诱，提在他右手的菜刀狠狠地向黑儿的右腿砍去。难道这刀意味着刘群和黑儿间的情分一刀两断吗？是的，黑儿还没接受这个事实，那熟悉的枪声打到自己的身上。主人毫不留情的又向黑儿开了数枪。刘群人性的弱点最真实地暴露出来了，他自认为黑儿伤害了他的同类，为那个高颧骨吸脸腮的瘦男人主持的所谓的公平正义。这是多么荒唐可笑——黑儿与主人朝夕相处的情分在黑儿那里是比海还深，可在主人刘群那里却比纸更薄。

黑儿总是单纯地追随自己的主人，从不生二心。他总是尽心尽力地帮助主人寻找猎物。当他咬着那个高颧骨吸脸腮的瘦男人这个“猎物”时挨主人的脚踢，他还是包容原谅了主人。即使黑儿听到人群里的不友好的喊叫声时，他依然像平常见到主人那样轻轻地摆着尾摇着头，亲热地迎上去，没有丝毫的敌意。纵然主人伤害他，把他弄得伤痕累累，黑儿还是始终如一地帮主人抓那只黄鼠狼，直到死神的降临。我们总是习惯性地眺望远方的那道风景，忽略了身边像黑儿这样的亮丽风景。停下匆忙的脚步真心真意地走进我们像黑儿这样的人的内心，好好地珍惜我们身边每个人的“黑儿”。

文章的结尾作者用省略号，为狂犬的一生做了最完美的诠释。在许多粒铁丸击中黑儿的头颅，他还是挣扎着去追黄鼠狼，你说主人刘群看到这幕，是会麻木不仁、无动于衷，还是会黯然伤神、热泪盈眶呢？

在虚实相生间造境

——墨白《重访锦城》艺术解读

人文学院学生　施彩霞

我国清代著名画家笪重光曾说“虚实相生，无画处皆成妙境。”其大意是指虚实结合，化实为虚，化景物为情思，无画的地方也含有美妙的境界。由此我们可知，虚实结合这一写作方法可以说是中国古典美学最基本的表现方法和重要法则，在诗境、画境中我们都可以捕捉其曼妙的身影。虚实结合几乎成了中国式的艺术辩证法，正因如此，其在小说领域也成为一颗璀璨的明珠。我国清代著名长篇小说《红楼梦》，其小说意境就是作者用虚实结合的方法创构出来的。

墨白作为与格非、余华、苏童等齐名的先锋小说家，其小说一个突出特征就是虚实结合。在墨白的小说《重访锦城》中，我们就可以看到虚实结合这一写作方法在文章中的妙用。

一、颓废的现实主义书写

在19世纪末文艺思潮的分类里，人们通常把“颓废”与“唯美”捆绑在一起，唯美追求的是为艺术而艺术，其形式华美，过于流丽。而作为20世纪作家的墨白，其在《重访锦城》这部小说中为我们展示的是一个颓废而又带有些许凄凉的现实主义世界。恩格斯曾说，所谓的现实主义是“除了细节的真实外，还要真实地再现典型环境中的典型人物”。在《重访锦城》这篇文章中，故事一开头就是“冬季里一个大雪纷飞的日子，一个名叫谭渔的男子重访锦城，去看望曾经和他相爱过的女人锦。”大雪纷飞，一个人孤独地在街上寻识初恋女友的背影。这个开篇就为我们展示了一个空白无力和略显凄凉的画面。当主人公谭渔来到锦当年居住过的街道时，发现那里所有的房屋都已经被拆除了。随后他从锦的三个女同学那里得到了许多关于锦的情况。并知道锦由于儿子在一次意外中死去，导致精神失常，最终喝药自杀。整篇文章充满着阴郁、颓废、焦虑和迷茫的气息，从他的作品里，我们可以真切地感受到主人公绝望的气息。

同时，在墨白的《重访锦城》中，我们也可以看到作者对人物心理真实而又细致的描写。他擅长用形象的语言来表达人物心理细微的变化。当主人公谭渔下了火车后，文中是如此描述的，“他站在满是被寒冷所冰冻住的脚窝的广场上，他十分渴望锦从某个饭铺里朝他奔跑过来，这是他迟迟不动的唯一原因”。从这里我们可以看出主人公的渴望，但作者还是延续其颓废的色彩，并没有对其施之以光明，最终他只能是徒等无果，终究还是一人。此外，在故事的结尾，作者也有精彩的心理描写。当谭渔知道锦和自己的儿子死亡的消息后，“满世界都是朦胧的白色和被这种白色笼罩的朦胧的灰色，他听到整个锦城都在喘息，喘息中的锦城显得异常疲惫”。

在《重访锦城》里，作者还用了大量的笔墨去描写经过岁月的沉淀后，“我”，锦，还有曾经的那几个女同学各自的命运。在谭渔看来，她们曾经是那么优秀，那么美丽，可是随着岁月的流逝，她们全都变得让“我”认不出来。这其实反映的就是我们现实生活中真实的存在。墨白在一次访谈中也说道“用这种虚幻缥缈来涵盖人们的现实生活和真实的精神面貌，就是我在小说里努力要做的。”从这段话可以看出，墨白想通过小说来向我们展示现实生活中的本质。

现实主义的这一写作方式始终穿插在文章中，使得小说更具真实性。同时，这篇文章中，作者在进行现实主义的描写时，还带有颓废，绝望的个人主观色彩，让我们更加感受到故事的真实存在和凄凉，由此引发我们的惋惜和思考，这是作者的一大高明之处。

二、想象与虚幻的交缠

在一次访谈中，墨白说道“我一直在努力使自己的作品呈现出它的多主题性，使读者有建构性的参与。在我的小说里，历史与现实、现实与虚构、虚构与梦境，它们之间的界线往往是模糊不清的，这些特征都有后现代的意味。”其所谈的这些在墨白的小说《重访锦城》也有所体现，从中我们可以看出现实与梦境、想象与虚幻的交缠。小说在描写主人公谭渔去寻找初恋女友的过程中所出现的一系列的想象和虚幻的画面，成为墨白小说的一种特殊的叙事风格。

比如在《重访锦城》这部小说中，谭渔在与吴艳灵见面之前，文章中是如此描写谭渔脑海中的画面的，“她穿着一身白色的衣裙，细细的身条如同梨花仙子在众多的目光里游动”，而在见到吴艳玲后，“他看到一个身穿白色衣裙秀色可餐的女子唱着他熟悉的曲子随着某个春季的轻风翩然远去”。他已经完全认不出站在眼前的女子就是吴艳玲，这就是作者叙事方式的独特性。通过想象与现实的对比，给予读者强烈的感情冲击，这无疑是作者较为成功之处。

小说在描写谭渔对锦的寻找过程中，也将“虚幻描写”这一描写方式表现得淋漓尽致。文中写道“ 谭渔独自探访了锦后来的住处。并在汪丙贵的指引下看到了他儿子的相片，且在恐惧之中逃离了那里”。到小说最后，谭渔似乎遇到了汪丙贵的鬼魂，又似乎遇到了锦的鬼魂，但是其时他所见到的一切不过是其梦境的体现，一种虚无的气象笼罩了整篇文章，其结果也就不得而知了。对此，墨白曾说道，“在这个虚无气象的后面隐藏着更让人心酸的真实”。作者试图用一种虚幻的气息来躲避现实的残酷。

墨白的小说用其独特的叙事结构，突破了传统小说的写作框架，将虚与实完美地结合起来，实现了叙事风格的突破，其在小说创作上的功绩是不可抹去的。

泥土的仰望——读《事情真相》

人文学院学生　杨盼盼

能用笔杆子谱写出劳苦大众的真实生活不易的篇章，低吟出最淳朴的农民工在内心啜泣、痛哭节奏的乐曲，墨白绝不是光有着一颗悲天悯人的心的有情人，也绝不会是只知道一些可怜之人可怜之事的有心人。本着自己的一颗良心，凭着自己做过农民、搬运工、油漆匠等在底层浑水里蹚过的经验，墨白挥动笔杆，用最简单的辞藻，最生活的言语，细腻又真实地把民工生存在城市的真相，贫苦大众的精神灾难像热泪一滴一滴，挥洒在纸上，晕开一滴滴的血泪。

《事实真相》题材大致可分为两类。第一类是民工生活，像《事实真相》《寻找乐园》。《事实真相》从民工来喜的角度展示了工资拖欠问题和言语权的丧失问题。《寻找乐园》则主要描述了食堂哥的不幸。来喜，小杜、食堂哥他们来城市寻找乐园，惨遭物质精神上的双重打击后绝望地发现事实真相。从根本上来讲，民工引发的一系列社会问题都是历史遗留问题。自古以来，农民地位低下，这便决定了他们坎坷的悲剧人生。 第二类是农民生存问题。《幽玄之门》则是反映农民艰难疾苦的典型小说。臭一家为了维持生计做被明令禁止的危险的活——裹摔炮。民间艺人狗眼在小说开头出现是为了他那个死于裹炮的大爷的周年来的。在结尾的再次登场却是为了臭、他弟粪堆和他爹做丧礼。

《幽玄之门》像墨白大多数小说一样，运用了暗示和象征的艺术手法。小说开头狗眼出场时由于他不打实的眼看到的特殊景象，灰白的土道，几株呆立着的秃秃的杨树，一两片在寒风中舞动的干死的树叶，在阳光照耀下依旧灰色的麦田，呈现着各种不同的灰色的村子里的树和屋子，除了渲染了毫无生机的氛围，奠定了压抑沉闷的基调，还暗示了这吴庄注定是一个没有光明没有活力没有前途的坟墓。灰色便象征着吴庄人暗无天日的命运。臭和粪堆辍学帮家里裹炮更是侧面暗示了吴庄年轻人没有出路，把未来断送在这无限循环的贫困中。而且明明才过了十天，狗眼便以为上次来的记忆当成是许多年前的往事了。可见，这关系着臭一家生死的大事在他人看来只是举无轻重的小事，甚至，根本没在意过的小人物的屁事。此外，小说还在两处埋下伏笔，开始时说十天后，狗眼再次回到吴庄，还有一处是十多天后难闻回到家。含蓄地交代了结局，使小说结构严密、紧凑，读到下文内容时，不至于产生突兀怀疑之感，并且深化主旨。读完后回味便有一种悲从心来的感受。小说具有一定的荒诞性。开头明确点明时间——接近腊月的一天，可是狗眼认为这是炎热的夏季。而且结尾中明确交代腊月初八，狗眼却把积雪反射的光误认为夏季炽热的阳光。可是没看到一点绿色，让狗眼迷惘这应是寒冷的冬季才出现的。荒谬的思维，荒诞的言语，无形中更是加重了悲剧色彩。

墨白在自序《我为什么动容》里面说到过，回忆使时间丧失了秩序。小说《事实真相》采用倒叙，看似紊乱，却达到了意想不到的效果，使读者进入了回忆之中，迷失在偌大的一座时间和历史的宫殿里。仔细一想，回忆的杯子里却是满满的完整，也没有一滴水漏出来。此外在大量心里对小巧的抱怨和诉苦中，我们见证了一个民工内心深处难以排解的愤懑、失望，以及孤独中对远方的家和爱情的美好思念，带着对城市的畸形仇恨。通过大量的人物对话和动作描写，墨白形象生动地刻画出了明哥的胆小、黄狗的急性、二圣的圆滑、来喜的忠厚、城市人的复杂等的形象。小说因为人物形象的饱满而显得内容更加丰富。

不得不提墨白小说中两大明显特色，一是他的颍河镇情结。小说大多以颍河镇为背景。这也与墨白的经历有关。每个作家只有在他最熟悉的地方才能让其文学作品自由成长。墨白以其故乡为蓝本建筑了一个叫颍河镇的小说王国。但也正是这颍河镇使墨白的小说始终具有一种浓郁的自传色彩。二是他独特的语言特色。平民甚至是粗劣的语言非常接地气，这使得小说接近大众口味，容易理解。这种语言特色在《幽玄之门》表现得淋漓尽致。此外，墨白还喜欢形式的创新，不局限于一种写法，从《夏日往事》《红房子》中都可以看得出来。

读墨白的小说，总感觉像是在看连环杀人案件的侦探小说，不是说内容的类似，而是那种无法言语的步步紧逼的内在紧张。同样是生命的威胁，同样是恐惧，但这是为生存在泥沼中苦苦挣扎的恐惧。不得不说，墨白渲染氛围得心应手，有时是通过有条不紊的放慢式叙述方式。像《事实真相》，有时则是通过运用了大量比喻的环境描写。

墨白不断进行对人性精神的探索。用他的文字告诉我们多一点点理解，多一点点人性，不要让泥土的仰望变成绝望。

欲望的纠葛

——读墨白小说集《霍乱》

人文学院学生　朱剑东

《霍乱》是一本小说集。分别收入了《霍乱》《雨中的墓园》《光荣院》《告密者》《母亲的信仰》《同胞》《父亲的黄昏》《黑房间》八部中篇小说。

小说《霍乱》的小标题有新颖之处，每个小标题都是以文中的主要人物命名的。分别讲述了发生在每个人物身上的故事。米陆阳一个尽职尽责的军医，同时，对故乡怀有深深的感情。林夕萍忠于亲情和爱情。而表弟谷雨，因不幸的身世和爱情受挫变得有些精神变态。青龙风，一个不俗的名字，有军人的勇敢和豪情，同时又有很重的嫉妒心。为了自己想要的东西，他可以不择手段。甚至杀死自己昔日的朋友。三个男人同时爱上一个女人，这其中穿插了许多感情纠葛。

整篇小说似三个相套的圆。青龙风、米陆阳、林夕萍被命前去颍河镇调查霍乱，为了保证军队的安全驻扎。这是一个大幌子。但酒后从青龙风怀里遗漏出来的书信表明他们此行是为了保证十五军和第七军的和平谈判。这是一个小幌子，大圈套。目的是为了让米陆阳看到军事机密，进一步为除去米陆阳而占有林夕萍找个借口。最后一节写道：一个营的军队开了过来，原来前面的一切都是假的。军方想利用颍河这个有利的地形，掘开黄河，通过天堑黄河来阻止日本人的进军。为了掩人耳目，就打着霍乱的幌子，把这个小镇消亡在悄无声息之中。同时青龙风也得到了林夕萍。

《雨中的墓园》，开篇就用了一首诗做导语，韵味深长。它并不是以故事情节发生的先后顺序来写的，而是通过文中主人公“我”的意识活动和自由联想来组织故事。这是按照意识流的写作手法来创作的。文中先写与自己的情人在一块谈及自己的“苦涩旅行”。什么是“苦涩旅行”？似乎和现在“我”的生活没有必然的联系。从自己与老婆吵架而离家出走，到稀里糊涂地坐上去往墓地青台的大巴，并且当时下着雨，试图制造混淆视听的气氛。在那里他看到都是死于1967年里同一天的坟冢。他想弄明白为什么这些人都会死于同一天？于是在追究原因的途中，他遇到了三个人：一个打鱼的女人，一个老医生，一个盲者。从三个人的嘴里得出三种不同的答案。一个说人们因为刨了当地人的祖坟被毒死了；一个说乘客与司机不和，在回城的路上，车开进了河里，所有人都淹死了；另一个说人们因文化大革命发生械斗而死。文中采用蒙太奇手法，时不时地将现实与所讲故事相互穿插。让人感觉云里雾里，文章结尾主人公自己也分不清是梦还是现实。

与《霍乱》不同，《光荣院》的小标题是线索而不是关键人物。通过这些小标题（声音、棺材、库房等）一个个地演绎出小说中典型人物的典型性格。退伍军人老金直爽略带一些驴脾气；被视为怪胎的“虾米”猥琐并带有一些小狡猾，为了独占一个大房子竟然编出闹鬼的瞎话；不管正事，日夜打牌，占公家便宜的院长。同时这是一篇黑色幽默的小说。例如：一个没病时你总能见到，有病时却怎么也找不到的医生，因为把别人的子宫当阑尾割了，结果被“贬”到光荣院。老天兴因为打牌赢了九块钱，兴奋过度突发脑溢血死了。“虾米”为了和已死的老金争最后一口棺材，自己躺到棺材里自杀。偏偏人们埋他的时候，并没有让虾米睡在那口棺材里，人算不如天算。

《光荣院》与《告密者》，都不同程度地反映了执政者的一些有待改进之处。具有一定的讽谏作用。与以往歌颂农村的题材相反，《告密者》《母亲的信仰》转而批判农民的自私和愚昧。因赌博被抓的农民为了出狱甘愿沦为告密者，这是自私，也是愚昧。《母亲的信仰》则唱响了一曲愚昧农民的悲歌。叙事者“我”片尾的哭泣不也是在警醒决策者吗？你的一些小失误，可能会导致小人物的终生悲剧。

《同胞》的情节安排略带模仿《雷雨》的痕迹，只是矛盾冲突得很安静，轻描淡写，一笔带过。大儿子和自己的后母发生关系，间接地导致父亲的瘫痪。老二和老三喜欢同一个女人——荷花，但她却成了大嫂。老三为她曾经杀过日本人，老二为她曾经想杀老三，可毕竟没下手，关键时刻甚至救了老三。老大却为了钱财，害死了老二和老三。贪欲之下的手足之情，竟形同陌路。

《父亲的黄昏》运用了现实写作手法，反映出亲情在现实面前是那么无奈和脆弱。做父母的为子女可以做牛做马；做子女的，面对父母的责问，却是一句“想办法”搪塞过去。写出了老年人的悲哀。钱虽不是万能的，但没有钱是万万不能的，在这么一个金钱地位在不断攀升的社会，亲情将何去何从？

《黑房间》的叙事运用了意识流，又带有黑色幽默的色彩。黑房子里的是什么？是欲望，欲望导致了一系列人性的扭曲，做父亲的爬灰，做母亲的偷情，做儿子的打老子……人性在哪里？你何时回归？

整本小说反映了人的贪欲、情欲，凡事都是人的欲念在作祟。与此同时，也反映了当今的一些现实问题：廉洁执政问题，农村落后问题。总体上给人一种含泪的笑的印象，具有一定的思想性。

寻找
——墨白《来访的陌生人》解读

人文学院学生　李梨

《来访的陌生人》是墨白先生的一部长篇悬疑小说。这本书的主题浓缩为一个词：寻找。这整本书讲的就是一个神秘而复杂的寻人过程。故事的主要内容是这样的：孙铭是一个公司的老板，他因一个偶然的机会在旧书摊看见一本他的初恋情人的旧书。这本旧书记录了他和他的初恋的珍贵的故事。重拾这本书让孙铭重燃对初恋陈平的爱情之火。他决定要寻找他的初恋。25 年前陈平在一个风雨交加的早晨离开了他，他全然不知她为何要离开，她也从来没有告诉过他，这 25 年来他毫无陈平的音讯。这次因重新得到这本《而已集》孙铭决定要找到陈平，想看看她现在过得怎么样，所以他不惜花大价钱请私人侦探帮助他找到陈平。刚巧实习生瑛子来到这家私人事务所来实习，她对孙铭因书寻找初恋情人的事情很感兴趣，所以她也跟着另外的两个侦探来寻找陈平。但是出乎意料，很多事情扑朔迷离，像很多层厚厚的迷雾将他们罩住，常常令他们不知所措，死亡一次次地降临，让神秘和悬疑的气氛越来越烈……

这部小说和我以前看过的很多小说不同，也和很多悬疑小说不同。墨白先生以特殊的结构来写这部作品。其他人的小说大多数是以一个人的视角来结构整本书，而《来访的陌生人》是从三个人即孙铭、瑛子、冯少田的视角来写这部作品。而且这部作品有很深刻的寓意。

这部作品的结构很特殊，给读者耳目一新的感觉。为什么呢？刚刚也说过作品是从三个人的视角来写的。我们都知道这是一部悬疑小说，这样的结构是作者在寻找一种在读的过程中被一种神秘悬疑感觉笼罩着的读者印象。以不同人的视角写一件事，三个不同身份的人对同时发生的事件的看法和感受都是不同的，这部小说以这种方式来写，让读者在读这部书的时候常常让自己在脑海里根据情节来想象一些事情的原因、过程和结果，这还让读者自己在脑海里自编自导了一些悬疑视频，虽然这些是在大脑里面虚幻的东西，而且和作者写的全然不同，这就充分调动了作者思考的积极性。

墨白先生写《来访的陌生人》这本小说有着他的深刻的寓意。这部悬疑小说看似和我们的生活毫无联系，但其实只要我们仔细地读一下这部小说，还是会发现这和现实有着千丝万缕的联系。这本书中透露着悬疑与神秘、复仇、权力、爱情、金钱、人性、弱者、伤害和侮辱……这些都和我们的现实生活息息相关。

《来访的陌生人》整本书分为 16 章，作者以孙铭的视角写了 6 章，以冯少田的视角写了 3 章，然而以瑛子的视角写了 7 章。可能我们都认为这部作品的主角是孙铭，但是我自认为主角是瑛子。不知我们是否发现这本书的开头第一章是以瑛子的视角写的。为什么不是孙铭呢？当时我也想了很久，后来我觉得这也许就是作者的寓意所在。我们都知道现在的社会是怎样的，现在的社会过于现实，找工作都很难，很多大学生毕业就等于失业，但是不乏有些大学生还是很有能力的，却依然会遭到不公平待遇。

也许作者一直在寻找某种机会想为现在的实习生申诉，想寻机会来呼吁这过于现实的社会，想寻着机会唤醒人性的良知。在墨白先生的这本书中，瑛子作为实习生其实是很自由的，她可以和正式员工、老板开一些小玩笑，还可以和他们一起做事情，还可以获得同事和老板的支持和理解，并且这些人还会教授一些专业知识和社会知识给她。相比较现实社会中的实习者是怎样的呢？实习生在公司里面吃苦耐劳，扫地、打水、擦桌子、端茶倒水……只让实习生干清洁工的活，不让人家干正经事（与自己专业有关的事），实习生每次帮他们做完了事，他们还一副理所当然的样子，不给实习生做正事的机会，实习生主动向他们请教一些问题，往往正式工和一些所谓的有素质的老板无视他们，有时还会辱骂他们。

也许这就是墨白先生寻着了这种方式来含蓄地呼吁大家都关心和爱护实习生整本书的故事内容就是寻找陈平的过程，总结出来也就一个词：寻找。我认为墨白先生写这篇小说也是在寻找，他以一种独特的小说结构和神秘的故事情节来吸引我们，其实他的目的也很简单，也只是“寻找”而已。他在寻找社会的平衡，寻找社会的和谐。

一株生长在角落的曼陀罗

人文学院学生　柯思贤

生长在角落的曼陀罗，看似一株平淡无奇的野花，遗失了争艳的斗志，本以为她就此终老，却不料她依然保持着毒药的本质，直至凋谢在地，消逝在风中。那消逝了的，不是别的，是她那颗自尊的心。小说《来访的陌生人》在我看来就如一株曼陀罗的复仇记，而且已然是一株变异了的曼陀罗。

初读这篇小说，似乎没有太多的新奇感，顾名思义，小说无非就是讲述了“我”遇到了一个陌生人，之后便围绕着这个陌生人展开了一系列的故事发展……

一间私人事务所，精明而稳重的老许，富有逻辑推理能力的周景林，初来乍到不经世事的瑛子，办事果断、见过世面的陌生人，揭开了故事的序幕，接着就开始了他们的奇妙旅程。

因为一本书——《而已集》而想在一个大城市中找到当初的恋人，而他们分别了二十五年，且他已成家，更无奈的是这本书是在一个路边书摊找到的。很显然，读者是绝不会满足于四个人的故事的，而墨白先生更明白这一点，于是随着故事的慢慢开展，一个又一个的人物被牵扯进来：收破烂的老万，怀孕的小梅，一心复仇的冯少田……我们愈发地感觉到真相即将大白，可故事远没有那么简单，就像被困在一个山洞里，当你隐约感觉到前方有熹微的光线，可就是无法走出去。当故事接近尾声，人物的底细被慢慢挖掘出来，故事开始明朗，一株倔强的曼陀罗——陈平，最后登上了台面。

再回头细细品味，不得不佩服墨白先生的能力。首先，他改变了我从题目获取的信息中对于“我”的定义，在这部小说中，“我”具有多重身份，作者通过赋予不同的人第一人称，让他们来讲述事情的发展，不同于大多数小说只有一个“我”的格式，让小说的人物具有很强的生命力，同时，故事人物的叙述之间联系密切，自然而然地就能从一个人转向另一个人，从而使文章在叙述人物的转换下还能自然流畅。

与初印象相反，小说的题目——《来访的陌生人》成为我最欣赏的一点，初读时，很自然地就理解为这个陌生人指的就是“孙铭”，但事实远不只这么简单。斟酌之后，我倒觉得这个陌生人指的是两条线：一条是很明显的“孙铭”来到事务所；而另一条也是我认为更重要的——“陈平”寄给“冯少田”《而已集》。二十多年未见面，对于冯少田而言，陈平就是一个熟悉的陌生人，虽然她并未亲自到冯少田处，但很明显，那本《而已集》就代表着“陈平”，这次“陌生人”的来访，打破了冯少田平静的生活，勾起了他藏在心底最黑暗一处的怒火，而这种怒火是一旦爆发就会让人迷失自我、无法再被控制的。之后才有了“孙铭”来到事务所等一系列事情，对于他们而言，这些都是不可预知的，小说中老许就说了这样一句话：“这是一个不可预测的世界，我们不知道在即将到来的那一刻会发生什么，一些我们意想不到的事情随时都会出现在我们的生活里。”

对于他们来说，“陈平”就像一株生长在角落里的曼陀罗，他们本可走稳自己的道路，但他们停下了脚步，转入了她的领域，侵入了她的生活，那么，他们只能付出惨痛的代价。有些东西，我们注定触碰不得……

痛苦与荒诞的人生

——墨白小说集《事实真相》解读

人文学院学生　王友粮

在墨白小说中，总是探索民工在当前社会现实条件下的生活状况，墨白似乎特别钟情于民工的苦难及其悲惨命运的控诉的分析，把民工纳入广阔的社会现实当中。

民工，是墨白这部小说集中的主角。民工是当代中国社会所特有的产物，这个特殊的群体集中地体现了当下中国社会生活中的特性及其基本矛盾。在墨白的这本小说集中有好几篇小说都与民工生活有关。这无疑与作者本人的经历有关。墨白曾经当过搬运工、油漆匠，有过与这些民工相同的经历。也许，墨白是从这些民工身上看到了自己的影子，只不过今天的民工的相对贫困程度和社会的地位劣势，恐怕比墨白本人当体力劳动者的时候还要严重。

这些人是在传统农业文明崩溃后，从贫瘠的土地走出来的底层社会的小人物。为了生存，他们不得不转入城市，靠出卖自己的劳动力为生。在他们中的许多人看来，城市无异于天堂。但实际上城市对于他们完全是一个异质的世界。从小说《寻找乐园》开始，就让那个刚踏上城市土地的年轻人遇到了一个大麻烦——他在这个“人间天堂”里找不到厕所。这是一个警告，他们连生存的最基本问题都难以解决。

墨白在本书的自序《我为什么而动容》一文中的开头谈到“挑战者”宇宙飞船失事给他带来的震惊，并列举了一系列灾难性的事件。这些事件完全是偶然地却改变了人类的命运，给人类带来了极大的痛苦。墨白提及这些重大灾难，在我看来，是为了表达他对人类痛苦命运的关注。墨白接着写道：“我可能是这样一个人，对世间苦难的人类充满了同情心，或者悲悯之情。”

不过，底层生活的痛苦有时并不在于有多少灾难降临，也不一定就是他们注定要忍受必然的痛苦，而在于底层生态的脆弱性。他们是无助的；一个偶然性的事件就可能彻底改变他们的命运。比如，日常生活中的某个细小的疏漏和错误，都会给主人公带来无尽的烦恼和厄运，甚至有可能是致命的。

《夏日往事》中写了作者记忆中少年时代的一个生活故事：一个调皮的男同学经常以恶作剧捉弄老师，同时也给同学们带来了欢乐。有一次，他无缘无故地露出下体在课堂上睡着了。年轻的女教师一气之下鞭打了男生的下体，进而导致男生的生殖器受伤。人物的命运就这样偶然地被决定了，无可挽回地走向灾难的结局，接下来两个人及双方家庭为此付出了沉重的代价，断送了他们终身的幸福，甚至生命。这似乎是作者所见到的底层生活的一个反映。欢乐总是那样的短暂，痛苦却是长久的。

《模拟表演》的故事与《夏日往事》有相似之处，却更加荒诞。生存的痛苦与它的荒诞性联系在一起，却有着更加令人震惊的效果。小说讲述的是一位少年的记忆，一桩强奸案就发生在他身边，而还有更加恐怖的事情他将亲眼看见。赤脚医生给人们进行性教育，打算用模型给大家作“模拟表演”，结果，他本人及其情人却成了这场模拟表演的道具，疯狂的人群强迫这对情侣公开进行性交。残酷、疯狂、荒诞成为这个少年最初的人生经验。而且，影响到他未来的命运，成为他记忆深处难以摆脱的噩梦。不管这些是不是我们生活的全部，至少来自我们内心的隐痛。

在墨白的小说中，“颍河镇”无疑是一个值得提及的概念。“颍河镇”坐落在颍河边上的一个小镇，虽然是个虚构的地点，却是一个典型的中原地区的镇子。墨白笔下的故事大多发生在这个地方。颍河，一个古老的名字，它与我们这个民族一样古老，在传说中他是老子的故乡，而墨白的故乡也在这里。他有理由为此而感到骄傲，也许正因为如此，墨白才选取它作为自己小说世界的原型。事实上，任何一个成功的作家都希望建立一个属于自己的文学世界。

死亡像阳光一样明亮

——墨白小说集《怀念拥有阳光的日子》解读

人文学院学生　曾渊

我不能明白墨白的书中怀念拥有阳光的日子中“阳光”是什么，但我能够感觉到：拥有的阳光，是那个时代农村人民的纯朴、善良，闪耀的人性的光辉在这充满利益争斗的现代社会，保留着一片世俗的阳光。

这本小说集里的小说大多是写农村的饥饿，作者写出了农村人民的悲、苦、哀、乐。有亲情的感动，世俗的无奈，生活的琐碎，爱情的悲剧，人情的温柔，还有对那罪恶的无声控诉。这是对农村的真实写照，因为我自己也来自农村，所以感受颇深。墨白并不是一味地赞扬或是批评，而是写出了农村的方方面面，让读者自己去评判，这样的农村到底是好还是坏。但总的来说，始终体现了农村人民深入本质的纯朴，即使在写农村的黑暗面，但在那黑暗中也闪烁着人性的光辉。

在他笔下的人物事件，他从来都不做出自己的判断，只是很平淡的，用那朴实的语言去描述。但在那平淡语言的背后，我们可以感受到那一颗火热包容的心。他写脾气古怪的木匠，父爱的伟大，狗的忠诚，老人的宽容等，但最最让我感到震撼的是他对死亡的描述。死亡，在他看来，似乎是一种额外的解脱。

顺子被人误解，但在最后时刻救人后，不小心滑倒，撞到石碾上，滚入河中，只剩下河水的一片嫣红。

清明，一个沉默寡言的汉子，被人从倒塌的窑子里拖出来，从他紧衣口袋滑落出他一生所欠债务的清单。

劳累一生的洗产包的老人不小心跌进河水里，河中出现一片红色波纹后，河道变得很静很静。

孤寡老人在大过年的时候，修理窗户时，被寒冷吞没，在房屋檐下堆起了高高的积雪。

从来没有一个"死""过逝"等词眼出现，死亡，或许在那拥有阳光的日子里，也会变的阳光一点，纯朴一点，善良一点。我相信在写死亡或者整本书的时候，作者都有很大的情感波动，因为书是作者灵魂的寄托，它能引起读者的共鸣。我们读这本书的时候，清楚地感受到了作者内心的不平静。但他却用那朴实的语言，真实的叙述，克制了自身感情的波动，给我们展示了一个真实的世界，让我们的心灵在那拥有阳光的世界中，得到沐浴和升华。

人，到底怎么了？
——墨白小说《狂犬》解读

人文学院学生　郑丽金

在寒冷的天气里，主人都哈着气暖手，冻得脚感觉大头靴似乎有千斤重。可黑儿还是如影随形地相随主人，它忠心地用鼻孔嗅寻着让寒冷空气消散的浓烈的鼬臭。此时主人对黑儿信任有加。当黑儿闻到门口的墙壁上的那口浓痰与河洼里柳墩边的没有两样时，"呜呜"地叫了两声呼唤它的主人。主人发现证据确凿，就八辈祖奶奶地叫骂，以此来发泄对偷他六只老母鸡人的愤怒。

忠于职守的黑儿不经意间发现那个高颧骨吸脸腮的瘦男人就是偷它主人野兔和六只母鸡的人时，顿时怒火中烧，毫不犹豫地咬住那个高颧骨吸脸腮的瘦男人的腿，呼叫主人。主人愣在那儿，黑儿却成了人人惊恐的疯狗。人们的喊叫声惊了纠结的主人，同时动摇了主人对黑儿的信任。忠心不贰的黑儿从天堂跌到了地狱的刹那还是依然固执地相信主人。

当主人的眼角里深藏着对黑儿的恐慌之余，黑儿何尝不是怵怵地望着主人，主人和黑儿彼此间是那样熟悉而又陌生。但黑儿还是对它的主人信任有余，主人仗着黑儿对他仍抱着信任的筹码用菜刀砍向黑儿，剧烈的疼痛惊醒了黑儿的幻想。它拖着受伤的右腿拼命地逃。在八里长的河洼里，寒冷、饥饿、哀愁、伤痛裹挟着袭向黑儿，它不由自主地朝着主人的家走去。黑儿何曾知道主人的家已没有它的容身之地了。一到主人的家，它成了人人喊打的疯狗，主人眼中的猎物。可怕的枪声再次响起，黑儿不得不再次逃命。它明白了人就是可怕的刽子手。在眼前纵然是坟地，黑儿还是义无反顾地向前走去。因为人比坟地更恐怖。天生的神圣使命让黑儿只要一闻到老鼬的气味，还是要“忘乎所以”的去抓老鼬。即使头颅身中数枪，它还是挣扎着去追老鼬。黑儿用生命证明了自己对主人的忠心，还残留一丝怜悯的主人刘群看到这幕，是会麻木不仁无动于衷，还是会黯然伤神热泪盈眶呢？也许这是黑儿的命运，也是千千万万个像黑儿那样有共同遭遇的人的命运。

相比之下，那个高颧骨吸脸腮的瘦男人被黑儿咬住腿时，聪明的他立刻意识到自己偷刘群野兔和六只老母鸡的事快要败露了。他赶紧以无辜受害者的特权大声申诉。心虚的他竭力掩饰自己的卑鄙行为，对知道真相的黑儿赶尽杀绝。当主人残存的怜悯之心不忍伤害黑儿时，那个可恨的高颧骨吸脸腮的瘦男人说，刘群，你打不打？你不打我们可是下手了。他借着“我们”为自己消灭证据披上合法化合理化的外衣。蒙在鼓里的众人还在犹豫是否要对黑儿下手时，害怕揭露真相的高颧骨吸脸腮的瘦男人抓住时机大声吼叫——“打呀。”盲从的众人不约而同地加入了刽子手的行列，深深地陷入了罪恶的深渊。

你也许会嘲笑众人的愚蠢，主人的无知，这明摆着的事实，怎么就看不明白呢？其实，在我们的日常生活中何尝不是如此？我们总是看到表面的真相，而舍不得牺牲自己一点的脑细胞去深入探索挖掘真相。像高颧骨吸脸腮的瘦男人这类人还是有很多。他们能迅速地进行客观冷静的分析，抓住时机用美丽的谎言来麻痹他人，采取迅雷不及掩耳的速度在揭开真相之前把真相深深地埋葬。浅薄的人何曾知道生活中的很多事情是在人的预料之外的。因此带着满是伤痕的赤裸真相站在众人的面前，已经于事无补了，反倒被人们认为是可怕的谎言。也许事情真相要为人所知道，只有人付出一定的代价来做等价交换。

相对于人，傻傻的黑儿就可爱多了。它只知道为主人搜寻猎物，哪怕是在寒冷的天气里它也伴随在主人左右。可黑儿最终也没能逃出命运的魔掌。倘若黑儿在主人伤害它时与主人一刀两断，主人走那阳关道，黑儿过那独木桥，不再帮主人抓老鼬，那么黑儿的命运是不是会从此改写呢？倘若黑儿不再用自己的生命去赌主人跟自己的“深情厚谊”，可不可能不再有悲剧的发生呢？可这一切都是不可能的，天真的黑儿太忠诚于自己的主人了，太相信主人对自己的感情了，是该庆幸还是该悲哀呢？

《狂犬》中的主人刘群，黑儿，高颧骨吸脸腮的瘦男人，还有那普通的众人之间的关系是那样得错综复杂。在物欲横流的今天，浮躁的我们不也在其间苦苦地挣扎吗？莫名的伤感向我席卷而来，似乎有一种悲凉在我的心间久久地飘荡，怎么也散不开！一个自始至终从头到脚都在为主人着想的黑儿，怎么主人就是不解其一片良苦用心呢？我深深地在为黑儿扼腕痛惜之余，也在默默地反思我们人到底是怎么了？

我想，在建设美丽中国和谐家园的今天，以火箭般的速度在一心一意的发展经济时，是不是在转身之余也向文化建设进行一番深情的凝视呢？我们在享受物质财富的盛宴时，也别忘了享用一下精神文化的大餐。这样可以让我们的国家更加繁荣富强，人与人之间更加相亲相爱。

墨白《映在镜子里的时光》解读

人文学院学生　廖庄杰

我拿到这本书的时候，认定这本书是一本神秘悬疑系列小说，封面设计的十分诡异，给人一种阴森恐怖的气息。因为平时钟情于悬疑小说，便带着浓厚的阅读兴趣，翻开了这本书的第一页。内容简介：书中的主人公们前往一个叫颍河镇的地方取景拍摄电视剧，而书中采用的剧本是作者先前创作的两篇中篇小说改编而成的。《风车》反映大跃进时期的多种荒谬，《雨中的墓园》则描写了文化大革命一起多人死亡的神秘事件。然而在他们寻找外景的过程中，小说里的场景、人物、事件却在现实生活中真的存在，多种虚构的场景和生活的意外的交织，使得情节更为动人。

而谈到这本书就不能不提一个地方——颍河镇，这个在物质层面客观现实存在的地方，正如书名中的那面镜子一样倒映着过往回忆的碎片，但是在这样的环境下一切都显得模糊，模糊得就像完全没有存在过。任何人都不会怀疑自己是否真实的存在，因为一次一次的呼吸就会彻底打消你的疑问。但是在小说《映在镜子里的时光》就恰巧是通过人物和故事的叙述，以及人物对往事的回忆，全面动摇了小说人物的存在根基，无论是叙述者或是转叙者还是隐藏在故事里的一个或其他几个人物。

《映在镜子里的时光》顾名思义就是过往的回忆被倒映在镜子里，说明一切都是真实发生过的。故事的叙述却像是迷宫，人的记忆和现实发生的事情有着相似之处，却在关键点上截然不同，这样的冲突不禁让人怀疑到底哪个才是真相。就像《雨中的墓园》一书中提到了三种死法，同样是在描述同一死亡事件，却有着毒死、淹死、炸死三种不同答案。这种种不同说法让人困惑，到底谁说的是事实，谁说的才是谎话？时过境迁，这些都已经不重要了，逝者已逝，无论是死于哪样的死亡方式，都是让人痛心疾首的，因为这不仅仅是个惨案，更是关系到几十个人的性命，那一个个的宝贵生命就在那一瞬间、那样的意外当中从这世上消失了。心中顿时感觉压抑许多，感叹着生命的脆弱，感叹生命是如此不能承受之轻。而随着小说的进行，书中的不确定性也在逐渐加大，事情也变得更加扑朔迷离，连人物的真实性都存在疑问。这时读者才发现自己已经走进了迷宫的中央，这抽象性的时间让人无法去定义，让人对事情的本质产生更大的困惑。这无法捉摸的线索让人对书有轻微的阅读障碍，复杂的结构和或虚或实的情节更坚定了对书中人物和过去的记忆的怀疑。

俗话说：可怜之人必有可恨之处，这件最可悲的事情背后也有着最可恶也是最残酷的现实。那个死亡事件的真相不断浮现在眼前，就是那个整日口中喊着无产阶级理论的李伦嘉，他盲目地在给黄豆加火解冻时连着棚屋给烧了，这是多么愚蠢的行为。但是就因为这样的愚蠢，害得那些被病痛折磨到无法下地的人们被活活烧死。我可以想象得到那个场面是多么惨不忍睹，哀号遍野。

作者在给我们讲故事一般叙述几十年前的一桩意外死亡事件，是不是在提醒我们更要珍惜生命，珍惜这样的来之不易，把握住手中所拥有的东西？但是作者也知道，现实总是残酷的，它会不断地给我们创造麻烦。小说中的主人公们，他们不同的结果就像是在解释这个道理。艺术家小罗受骗被杀，这是多么的可笑。如果他当时还存有一丝的戒备就不会是这样的结局，作者对小罗的死亡进行了详细的叙述，还原了整个过程。导演的突如其来的死亡，田伟林在一夜之间莫名其妙的发疯，作者只用了一点笔墨就将其带过，用其他事情来烘托，这样的结局让剩下的人怀着无比的遗憾和怀念。

我想会有一面很大的镜子能够容纳整个世界，倒映着真实存在的物质，却无法容纳我们进入其中。镜子里的世界显得那么神秘，而神秘的原因就是由于事情发生于人的认知之外的不确定。而这样的神秘不只是故事情节，更需要在自身的感觉中找寻。故事中的全部细节，在其整体的叙述过程之中，都各自具有独立的意义。在整体的叙事结构上，这本小说完全改变了我对传统悬疑小说创作方式的理解，而这样的写作手法也让小说更具有可读性。

民工来喜的权利缺失

人文学院学生　罗玉旭

评论界的众多人士普遍认为，墨白的小说也像福克纳笔下的“约克纳帕塔法”一样在众多的小说里创造了一个属于自己的文学王国，那就是在墨白笔下频频出现的颍河镇。而在颍河镇中，墨白又塑造了一批形形色色的人物形象，如“农民工”“教师”“学生”“渔夫”“医生”等。

农民工是墨白中篇小说《事实真相》的主角。也许是跟墨白本人有很大的关系，墨白本人曾务农多年，是一个地道的农民，加之从事过装卸、搬运、长途运输、烧石灰、打石头、油漆等各项名目繁多的工作，有着和农民工很多相似的经历，或许是墨白从这些农民工的身上看到了自己曾经的影子，因而墨白很钟情于写关于农民工的小说。但是可能连墨白自己也想不到的是，如今农民工的生活、境遇会是这样地和“所谓的城里人”的差距越拉越大，不断遭到“城里人”的白眼，甚至遭受非人的待遇。

墨白的中篇小说《事实真相》讲述的是：来喜，一个年轻农民，为了挣钱过上“好日子”和同样来自颍河镇的明哥、黄狗等十余位民工一起来到郑州城，一起去同样来自颍河镇的包工头三圣的工地上挖下水管道。来喜等人在三圣的工地上挖了几个月的下水道，他们和众多的打工人一样干了活却拿不到属于自己的工钱。气不过的来喜瞒着所有的人在工地上偷了一袋钢筋带回家，可是在车上不小心被同行的人发现，这时候同伴们都向他投来了白眼，连为人老实平时待来喜很好的明哥都在埋怨他，三圣的哥哥二圣还以此为借口来威胁来喜不给他发工钱。忍无可忍的来喜在二圣下车解手的时候趁其不备用一根钢筋把二圣“打死了”。当“死了”的二圣出现在来喜的面前时，来喜终于承受不了巨大的压力疯了。而事实上，来喜在路上打死的是另外一辆车的一个乘客。

来喜疯了，他为什么会疯？难道就是因为看到“死而复生”的二圣？寻找其中的事实真相，答案是否定的。

来喜，他只不过是千万个受害农民工中的一员而已，而就是这普通的一员，把许多农民工的共同境遇展露无余。来喜和颍河镇的十几个民工在郑州打了半年的工，不仅没有拿到一分钱，反而还处处受到歧视，不光是城里人的歧视，还有部分同样来自乡下人的歧视。没有尊严，没有任何权利，还几乎被当作是一个事实存在但却被看着不存在的人对待。来喜只有一个倾诉的对象，那就是在乡下的未婚妻小巧。小巧从未在文中正面出现过，所有的出现都是在来喜的相思的倾诉中，她似乎成了来喜唯一的寄托。也因为长时间的压抑和没有尊严造就了来喜抑郁的心情，让他走到了崩溃的边缘。

来喜曾和民工们一同目睹了一起凶杀案，一个男人光天化日之下在他们眼前把一个女人杀了。但是作为这个案件的目击者，没有人愿意听他讲述，警察不愿意，驼背鞋匠不愿意，收破烂老头也不愿意。也似乎在同一个时间开始，所有不在场的人都好像知道了杀人的真相，他们都能够讲得有条有理，绘声绘色。而他来喜，真正的目击者，却没有一个人愿意相信他的话，甚至遭到那些讲述者的排斥、侮辱。遭遇这样的事情，处在这样的世界，让他丧失了自我的准确认知，感觉不到自己的存在，这样众多的事情压在一起，来喜不崩溃、不疯反倒奇怪了。

虽说最后导致他疯了的是“死”二圣的出现，可是没有前面众多事件的“铺垫”，来喜就不会杀二圣，也就没有疯掉这回事可言。因而，归咎来喜疯掉的原因是，在城市化、现代化、工业化下和农村土地资源不断丧失，部分农民迫不得已外出打工造成的。但要说的是，城市化、现代化、工业化本是一件促进社会发展的大好事情，可是过分的照顾城市而忽视农村，加之快速城市化下而导致的基础设施、社会道德水平等跟不上经济发展的步伐。久而久之，各种社会问题就滋生了。而农民工，这些为城市化做出过贡献的人反而在道德缺失的城市里面受到种种不公待遇。

来喜的现象是千万个农民工处境的一个小小缩影，是当今社会存在的一个严重并且亟待解决的问题。来喜这种现象，甚至比他更差的现象，在现实的社会中不难寻找。然而，要解决这些问题不是说解决就能解决的，这也需要较长的时间才能办到。

纵观《事实真相》这篇小说，农民工在城市里缺失的是什么？缺失的是自己的权利，包括话语权、人身保障权等；缺失的是城里人对他们和气一点的眼神；缺失的是社会对他们的关注和忽视他们为城市做出的贡献。这似乎又是什么年代，养蚕的没有绸缎穿，盖房子的没有房子住……然而，只不过这是另一个年代而已。

以上文章其中有的分别被《大河文学》《河南经贸职业学院学报》等刊物选发，同时，选入《文学与人生》选修课并写出读后文字的还有很多井冈山大学的同学，如：

《读〈裸奔的年代〉有感》：医学院学生，彭亚芳

《有感于〈来访的陌生人〉》：数理学院学生，乐建建

《读〈过程〉有感》：电信学院学生，龚小攀

《读〈重访锦城〉有感》：医学院学生，徐蓉

《读〈裸奔的年代〉有感》：医学院学生，高马丽

《〈重访锦城〉读后感》：医学院学生，高剑娣

《读〈裸奔的年代〉有感》：医学院学生，傅雪

《可叹吴西玉——〈欲望与恐惧〉读后感》：政法学院学生，何长清

《读〈梦游症患者〉有感》：电信学院学生，曾燕

《读〈爱情的面孔〉有感》：电信学院学生，何俊楠
《事实的真相——读小说集〈事实真相〉》：工学院学生，李正冠
《读〈怀念拥有阳光的日子〉有感》：教育学院学生，汪春燕
《读〈霍乱〉有感》：工学院学生，江明欢
《读墨白小说〈风车〉有感》：教育学院学生，魏燕
《读〈梦游症患者〉之感》：商学院学生，朱群
《读〈航行与梦想〉有感》：政法学院学生，吕胜
《读〈母亲的信仰〉》：数理学院学生，黄凯
《读墨白〈母亲的信仰〉有感》：生命科学学院学生，徐野崽
《读〈爱情的面孔〉》：数理学院学生，祝鹏林
《读〈霍乱〉有感》：工学院学生，李金波
《人脉后遗症——〈欲望与恐惧〉读后感》：政法学院学生，朱海江
《读〈怀念拥有阳光的日子〉有感》：教育学院学生，刘云凤
《读〈梦游症患者〉》：商学院学生，陈梅
《〈父亲的黄昏〉读后感》：政法学院学生，曾佳鹏
《〈事实真相〉小说集读后感》：教育学院学生，童璐娟
《〈一夜风流〉读后感》：体育学院学生，吴求
《读〈爱情的面孔〉有感》：数理学院学生，刘荣锋
《读〈事实真相〉有感》：工学院学生，余晨
《〈光荣院〉随感》：教育学院学生，聂川云
《读〈来访的陌生人〉有感》：陈和俊
《〈父亲的黄昏〉读后感》：曾佳鹏
《读〈爱情的面孔〉》：祝鹏
《读〈映在镜子里的时光〉》：陈言完
《读〈映在镜子里的时光〉有感》：蔡小乾
《读〈来访的陌生人〉有感》：陈和俊
《读〈映在镜子里的时光〉》：陈姗姗
《读〈风车〉有感之论“人民公社”》：胡文亮
《读〈霍乱〉》有感：邓小林
……

这是年龄在二十岁左右的青年人对中国文学的阅读。我相信，只有这些像选修《文学与人生》的学子一样的普通读者的阅读，中国文学才会有生机，只有通过这些普通阅读者的参与，才能改变中国文学生长的已经板结的土壤结构。尽管这些小文章未必具有学术的深度，但对于大学生而言，通过阅读获得知识的增长，不也是一种快乐吗？而通过选修课的方式，进行作品讲解，撰写作业，加深学生对社会的认知，更是他们成长过程中的一种宝贵经历和体验。

毕业论文：墨白小说的人性书写与“颍河镇”情结

大四学生撰写本科毕业论文是教育体制中人才培养计划的重要组成部分，是教学过程中理论指导应用的重要实践性教学环节，尽管现在有论者呼吁取消毕业论文的撰写，但显然不符合目前的国情，不能因一小撮人的论文抄袭而一棍子打死撰写本科论文这种制度。对于学生而言，通过论文的撰写，一方面深化对基础知识和专业理论的理解，完成教学培养方案要求的基本理论、基本方法和基本技能的综合训练；另一方面撰写论文不仅能够反映自己四年积累的综合知识水平，更是自己独立见解的表达、分析问题解决问题的能力以及创新能力、实践能力和创新精神的重要体现；还有一方面就是可以培养学生严谨探索的科学态度、实事求是的学术作风。可以说，毕业论文是考查学生运用知识分析问题的能力测试通行证，是人才培养质量高低的一种全方位的扫描和检验。因此，我在学生毕业论文的选题中，有意引导同学对墨白作品进行阅读和分析，并以之作为选题进行论文写作。

墨白建构了颍河镇这一精神原乡和图腾空间，使其成为“乡土中国”的原生地，墨白在其中种植了人性、苦难、忧郁与悲愤，并以此隐喻半个世纪来在铁屋子的人们所面对的生存荒诞、宿命、苦难、反抗以及觉醒。但对一些初读墨白小说的同学而言，会有点不适应，那种残忍、血腥、人性丑陋与恶让人不寒而栗。而肖　、郑凯等同学克服这种“水土不服”的不快，对墨白小说的思想内蕴进行文本细读，抓住人性和颍河镇两个核心关键词分别展开了论述。尽管没有达到很好的创新效果，但他们通过自己的阅读、分析和细节的感悟使论文也有独具特色的地方。肖昉同学对墨白小说中的人性书写进行了较为细致的分析，把小说文本中呈现的人性善与人性恶剥离出来，呈现在读者面前。但是论文的各个部分不连贯，逻辑上缺乏统一，有堆砌之嫌。郑凯则以墨白小说的颍河镇情结作为切入口，把作者的生命体验、叙事经验、精神寄托、故土情感全部加以整合，来分析作家之所以厚爱的原因。但文本分析不够深入，浅尝即止。

墨白小说与文学插图

人文学院学生　王升满

在日常生活中阅读是我们掌握技能方法和习得知识的重要手段，而书籍则是我们时常阅读选择的主要对象，其书籍的内容和表现形式对我们的选择的影响显得尤为重要。俗话说“书籍是人类的精神导师”，它是与人类的发展史紧密相连的。随着时代的进步、科学技术的发展，书籍的表现形式也越来越趋向空间化、元素多元化、形式超文本化。而与之相伴随的书籍插图、文本插图表现形式也随之不断丰富起来，书籍和文本插图在信息化图文时代已是大众读者必不可少的一部分阅读内容，插图不但丰富了书籍内容，它还通过图片与文字相结合的表现手法丰富了书籍的表现形式，从而给读者带来了审美感受，开拓了传统图书单一文本文字形式，是书籍文本文字以外的图画的艺术天地。书籍文本插图表现形式多元化和插图元素组合多样化的发展，在现代图书文化的发展进程中占据着十分重要的地位。随着新的读书时代的到来和阅读者欣赏水平的不断提高，现代的书籍首先需要借助图像的视觉冲击力来取得大众的关注，而文本插图因其本身具有文字所赋予的寓意，与文字内容相互融合、相辅相成而变得更加亲切，也更加容易被人们所理解，被大众读者所接受。插图是图书设计和文学生产的一种重要途径，随着视觉媒体的不断发展，人们对图像的依赖越来越凸显，小说的创作、图书的装帧和出版社的印刷需要等都在插图上做文章，来满足读者的视觉需求。新时代的文本插图作为图书的服务对象，除了在内容上带给人们各种知识以外，同样也能带给读者以愉悦的感受，使读者以愉悦的心情徜徉在文本中不但习得知识还能乐于阅读小说文本。新形势下的文本插图突破了以往的单一存在形式，不再仅仅是静止的阅读对象，而是使文本成为一部形式多样的可供欣赏、品味、收藏的静态艺术品。墨白小说在突出小说故事内容的同时，通过多元化的艺术表现形式为读者构建了一个立体的、丰富的、多元化的小说阅读空间，让读者在领略小说故事精华的同时得到连续畅快的精神感受和审美化的精神享受。

一、图像与文学文本的结合

《辞海》对“插画”的解释是：“插附在书刊中的图画，有的印在正文中间，有的用插页方式，对正文内容起补充说明或艺术欣赏作用。”这种解释主要是针对书籍插图做出的定义，是一种狭义的定义。[1]插图，指插在文字中间帮助说明内容的图画，包括科学性的和艺术性的。[2]根据《汉语大词典》对“插图”的解释可以得知插图的基本形式和基本功能：插图以其线条或色彩把想象或者现实中的物体形象描绘在纸上或底子上。插图艺术在我国有一千二百多年的历史，其中最早出现于《金刚经》的扉页插图，中国也是插图艺术的发源地，相比欧洲早了五百多年。

文学文本的文字作为一种视觉符号，具有传达信息的作用，同时我们也可以把文字看作是图形的特殊形体，具有图形的一般属性和美感。图像绘画是人们表达情感时喜欢运用的形式之一。图形和文字结合在一起组成插画形式更是一种很有趣的文学形式，我们可以把这种形式简称为图文结合。图文结合的插画可以使插画主题更深入，能使文本的主题更加鲜明，也能使插画更具有创新性和趣味性。每一种不同形式的插图都能让插画形成独特的视觉效果，给人一种别具一格的视觉盛宴。在生活中常见的插图形式有：书籍封面、书籍内页插图、报纸杂志插图、广告海报插图等形式，随着网络媒体的出现，微博、微信、QQ等社交媒体中图文结合的形式也蔚然成风，常说的“有图有真相”，发表文字内容的同时附加一张或

[1] J. 现代插画设计运用．中国社会科学 .155

[2] 中国社会科学院语言研究所词典编辑室编．现代汉语词典．第五版 140.

多张的图片来加强文字内容的真实性，展现事物的形象性，这也是现代科技媒体下的图文结合形式。这种形势下的图文结合多因看中图画的视觉冲击力和独特的商业价值。插图在我们学生时代接触最多的便是教科书中的插画，如人民教育出版社出版的《语文》教科书多采用彩印插图，课文文字浮于插图之上，在学生阅读文章的同时也在识图，代表课文:《雨巷》《再别康桥》等。小说插图在教科书中也不少见，普通课程标准实验书必修3教材中《林黛玉进贾府》在课文小说文本中插入了三幅图画：一、接外孙贾母惜孤女；二、林黛玉画像；三、贾宝玉画像。鲁迅小说《祝福》中也有两幅插图，一、范曾创绘的“我真傻，真的”的画面；二、范曾绘“你放着罢，祥林嫂！”等。生活中的图文结合实例举不胜举，报纸、网页、杂志、广告，等等都是活生生的图文结合实例。

16～17世纪插图主要是版画形式，形态单一，大多以说明文本故事性的插图为主。19世纪以来迎来了插图文化发展的黄金期，新的印刷工具激光照排等技术的发展，丰富了插图印刷技术，平面设计技术的不断完善，给书籍插图的出现奠定了物质基础。新型媒体的不断发展，网络媒体、数字媒体等不断地涌现，引发了世界范围内的阅读大变革，引领着“读图时代”的到来，书籍的创作形式也顺应而变，出版社和书籍的装帧都注重迎合大众的视觉冲击，新形势下文学插图应运而生。先锋派小说家墨白便是代表之一，墨白的小说多借助自己和朋友的绘画做插图，和小说文本的有效结合使得小说的形式有了新的探索，小说的文体形态构架是以散体书面语所讲述的虚拟人生的故事，在长期的发展过程中，从各种精神文化形态中吸取丰富的营养，内部融合着各种叙事元素，其任何一种元素的变化都可能使人生画卷呈现的绚丽多彩内容，插图也不例外。墨白小说的图文结合形式，以插图的方式将图片与小说文本相融合，以达到独特的艺术魅力。墨白小说插图共30多幅图画，多以朋友帮助绘画或自己创作为主，形式上多以人物绘画为主，绘画手法主要为简单的素描、版画等，艺术形态多以抽象写意为主，这种小说模式给人一种连环画的感觉，但在文体上保持着小说文体的基本要素。墨白的小说保持着以文字叙事为主的传统小说主基调，采取图文结合式的新形式，文字叙事和符号、图像叙事的新手法，开创了小说创作形式的先锋典范，也孕育着绘画艺术的独特审美和艺术魅力。

二、插图在小说中的叙事

1. 插图的“语境”还原

图像是空间的艺术形态，叙事是时间的艺术形态，插图作为空间的艺术体在叙事上有一定的局限性，在墨白小说的插图艺术上，图像则突破了叙事上的限制，把以时间延续的叙事定格到一点上，再通过图像把这一点呈现出来。著名的摄影艺术家莎拉梦说过：“我一直觉得摄影是可以被安排的，可以用画面来告诉一个故事，我想以我选择的素材，叙述性或暗示性来创造画面。”[1]图像不是一个事物的本身，它的存在是对事物本身的形象或影像，这使图像有一个非常重要的特征——去语境化 。现实生活中的事件发生都会以一定的语境、时间为背景，在一个特定的空间里发生，文字的叙事就是将发生在现实生活中的事件用形象的语言文字陈述出来，插图的叙事在于将瞬间定格的画面融合到语言文字所创造的“语境”当中，通过时间和空间的结合让图画的场景延续开来。约翰伯格对图像叙事做了形象的说明：在现实生活中，一个事件总是表现为在时间中的进展，它具有持续性，并有时间的方向性，时间进展中的事件在某一点被定格，这个点毕竟是以空间化的图像形式被定格下来，在以时间为直径的范围内，这一点又是无限信息的延续。单个图像表现出来的是被“去语境化”的空间事件的横截面或斜截面。[2]插图通过还原语境在时间的序列中提升了图像叙事的能力和水平，人们在影视发展初期接触到的无声电影和现在图像清晰、声画俱全的影视作品相比较，现代的有声电影更容易被大众所接受，在情节上也更易懂，这正是由于现代的影视不光具有图像系列化，还能直接地将图像回还语境，构成叙事元素。例如《父亲的黄昏》起初在没有读到小说关于父亲的插图，我的思维还停留在文本不紧不慢、不温不火的故事叙述中，在插图中我第一眼看到的是父亲的沧桑面容，回还小说的文本叙述后，结合插图的影像我仿佛读到了父亲的满头灰发，消瘦蜡黄的面孔，也使我想到了被三轮摩托车带走时的一脸灰黄的父亲，这

---

[1] 龙迪勇．图像叙事：空间的时间化．江西社会科学，2007（9）：39.

[2] 傅修延．叙事丛刊（第一辑）．中国社会科学，2008，7：176.

相比于那幅简单线条直接传递的信息和文本语境的结合让我对父亲的形象和父亲经历有了新的认识，内心有了新的感触。

2. 插图对小说的人物重构作用

叶圣陶先生说过："插图艺术与文学的有机结合，不是徒然的点缀。"作品文本中图文相互补充、相互渗透往往会使其信息量增值，文本中有效的插图所传递的信息，往往要超过文本单纯的图片或文字的简单并列或单独出现时所传递的信息量，鲁迅先生也曾分析插图艺术，他说："书籍的插图原意是装饰书籍，增加读者的兴趣，它的力量能补文字所不及，所以也是一种宣传画。"这说明插图能弥补文字所不能展示的一面，为文学锦上添花，给人以美的享受，潜移默化地给人以思想情感上的启迪。[1]图像在展示人物、事物方面有着文字不可比拟的效果，文字陈述出来的人物是一个虚的形态，读者要通过文字和图画的转换在大脑皮层中形成人物形象，相对于具体可观的图像有一定的滞后性，插图通过文字和图像的结合使得人物形象的塑造形象可观，所以插图在小说人物重构方面也有重要的功用价值。墨白小说《父亲的黄昏》《母亲的信仰》《谋杀者》《风车》等文本中的插图多以人物形象为绘画题材，在小说文本以文字叙述的基础上渗透着形象的图片，使得文本中的人物形象从文字描述"扁平化"过渡到图像展示的"立体化"，在小说文本的解构过程中留给了读者思考和展望的空间。《母亲的信仰》《父亲的黄昏》《手的十种语言》等小说中，对小说人物的正面描写都比较少见，多以人物心理、动作行为的描写为重点，这使得小说中人物形象呈现一种"扁平化"的现象。在小说《母亲的信仰》中的三幅插图，分别以1962年、1964年、1968年这三个不同的年份呈现出母亲不同的形象特点，对读者阅读小说文本，了解文本中母亲形象起到一种很好的补充和辅助作用。插图的形式虽然简单但富有深厚的文化内涵和历史内涵，三幅插图能给读者展示清晰的背景特点，让小说叙事有一定的真实感和历史感。三幅图像以简单的线条勾勒，简单朴素，但表现出来的却是具有坚定信念的母亲形象，图像一以1962年为时间背景，从母亲和三个孩子的微笑中我看到了母亲对生活的坚定信仰，这种信仰就是插图在小

[1] 龙迪勇．图像叙事：空间的时间化（J）．江西社会科学，2007（9）：39．

说“解构”中的历史和文化内涵的展现，插图在一定程度成了历史文化的聚焦点。《母亲的信仰》讲述了信仰带给母亲幸福，同时也讲述了信仰在母亲身上留下的伤和痛，母亲在家庭利益与集体利益、党员职责和母亲的职责之间的艰难抉择，同时还叙述了献身者被掠夺，忠诚者被愚弄。在这一切一切的背后，母亲没有放弃信仰，它使母亲苦难的一生熠熠生辉，使得中国千百年来被压抑在最底层的社会劳动妇女悲凉的生活变成了“红红火火的日子”，在那些“火红的日子”里母亲依旧英姿勃发，端庄美丽。小说《父亲的黄昏》讲述了一个上有七旬老父、下有七个儿女的农村贫困家庭的农民的生活，他用一生的辛勤劳作，为儿女撑起一片爱的天空，最终却因为他买卖生姜欠钱还不上而被抓进监狱的故事，小说中多以散文化的手法、行云流水般的文字来引入人物和情节，许多年前父亲满头青丝，腰杆挺立的父亲形象。读者心中高大的父亲形象在小说《父亲的黄昏》的文本中却是少有叙述，仅有的描写：他常常气度非凡地走在春天的街道上，他的潇洒曾经赢得了许多女孩的春心，走了很多年，那个腰板挺直的青年与这个有些驼背的身影重叠了。再如在我的印象里，父亲的面孔就是这个家庭的权力，父亲长久以来威严的形象矗立在我们的面前，父亲的话在这个家庭里历来都是不可篡改的法律，可是现在，我面前的父亲却显示出一种颓败来。“在看守所里，父亲一夜变老了，颧骨高高地耸着，精神是那样颓唐，父亲的声音有些哽咽，不能把我丢在这儿不管呀……”。小说中对父亲的外貌体态和人物形象的刻画也是一些侧面的描写，在小说开头对父亲的形象有少许的描写：阳光从我的头顶上倾泻而下，把一条长长的街道弄出许多霉烂的辉煌，就在这个时候，我看到了满头灰发的父亲从街里走过来，父亲消瘦的面孔在阳光下一片灰黄。这段仅仅是通过环境渲染下对父亲的形象简单的映象，相比较外国古典小说和我国古代小说的人物形象刻画而言都比较简略，甚至说是一笔带过。小说中的插图是一幅版画风格的人物画像，这对小说简略的人物形象描写是一个很好的补充，也是读者文本人物形象重构和人物性格的重要辅助工具。

三、文本插图与文学生产

文学生产是指以文学创作者的内在心理意象上形式存在的观念形态在文本创作和出版家时通过一定的物质载体，把作家的这种观念形态的文本变为文学读物的形态。文学文本的出版、图书的销售和读者的消费等都是文学生产的范畴，如今在“读图时代”强大的视觉冲击之下，文本的插图艺术和图书的装帧等都在一定程度上促进了文学的生产。文本插图的创作和选取要以文本内容的某一情节或某一背景为源，插图要以服务于文本为原则，把握图文结合的整体协调和艺术相容。基于这样的原则，作者在创作或选取时需要积极针对自己的文本进行深入的思考与分析，体现插图艺术中要特别注意与全书的关系、情节展现、情感传递、人物刻画、高潮体现、主题明确等原则，以及具体的插图创作中在选择艺术形式、强调外轮廓、近景与远景、情绪表情、场景背景等方面处理好自己的理解。优秀的文本着重在图文结合选取时深入图画创作实践的各个细节，同时又不要放弃对插图创作在精神情感内涵层面的宏观把控，这既是一次文学的创作，同时也是对艺术图画的创作。“插图”为文学文本服务的同时它也饱含自身的艺术内涵，保持自身特有的生命力，所以在创作插图和选取插图时要展现插图的“整体性”，把握好这一原则就能使得图文结合的文本内容丰满，使得情感传递真切，文本主题的揭示明确有力，人物的刻画丰满有血有肉。作者墨白，1978 年就读于淮阳师范绘画专业，正是他自身具备着专业的绘画基础和良好的理论知识，所以作者在将插图和文本结合方面做的浑然一体，插图的角度选取、画面裁截、表达的突出点等都能很好地和文本相结合，《父亲的黄昏》的插图作者选取父亲的画像作为插图，虽然绘画只是简洁地线条勾勒出父亲的面容轮廓，但一双炯炯有神的眼睛让父亲的形象尽显，也把父亲的沧桑和坚毅刻画出来，留给读者深刻的印象，同时也通过插图的视觉冲击力来吸引读者，促进小说文本的生产。

艺术源于生活，又高于生活，插图画家在对插图进行创作时，也要注入创作者自己的情感，在熟读文学作品，感悟文学作品的同时，渗入自己丰富的想象，优秀的插图脱离文本内容依旧能展现其独特的艺术魅力，作为艺术有着独特的欣赏价值，与文本的结合，能使他的独特艺术魅力放大、放宽，贴切地与原著融为一体，相得益彰、增辉添彩。先锋作家墨白从事过装卸、长途运输、搬运、农活、烧石灰、打石头、油漆工等各种工作，这造就了他特殊的情感认识和人生感悟，使得墨白在文学生产中插图的选择和创作中情感的融入贴切，符合大众读者的欣赏水平，一定程度上促使了小说文本插图的可读性，促进作品的出版数量。例如王可炜的《战争》、古元的《祝福》、俞晓夫的《星光啊、星光》以及《西游记》《水浒传》等优秀的插图，都是基于一定的艺术功底和文学情怀，既有形象又有细节，发挥艺术的特长，融于文学的情感，给读者留下深刻的印象，所以插图不是单单的将绘画夹插在文学作品文本中，而是作家、读者、艺术家在文学和艺术上紧密结合的一种创作形式，二者相互补充，相互说明，而不相互对立。插图不是文学作品的附庸，如果仅仅是文学的补充，它本身也就失去了艺术价值和生命力。[1]插图是表现文学作品的媒介，但它也不是单纯的用线条符号“翻译”文学文本，插图艺术不等同于连环画、漫画的艺术，插图不能表现文本的内容的全部细节，只能概括地、集中地、综合地反映文学作品中的重点情节、重要人物、特殊情感、典型生活场景等，所以在选取插图素材时要展读作品的全部内容，赋予插图生命力，使得插图真正成为文学作品整体的一部分。然而优秀的插图在脱离文本后仍具有自身的独特艺术价值，墨白小说插图多是在脱离文本发表过的优秀作品。墨白小说《谋杀者》插图由高歌创作，原载于《传奇故事》2001 年第 12 期；墨白小说《母亲的信仰》插图由牛育民创作原发表于《清明》1992 年第 4 期；墨白小说《父亲的黄昏》插图由吉子创作原图载于《清明》1993 年第 4 期；墨白小说《琳的现实及其以后的生活》插图马仲强创作原图载《回族文学》2011 年第 2 期；墨白小说《油菜花飘香的季节》插图宗淮民创作原图刊于《淮河》1986 年第 3 期，图像绘画家、小说主题、插图艺术和读者往往是多位一体相互依存的。优秀的插图可以增加读者阅读书籍的兴趣，使可读性和可视性结合起来，加深对原著的理解，同时又得到充分的美的享受，小说等图书的出版装帧需要选择有代表性的插图来吸引大众读者的眼球，博取视觉冲击，促进文学的再生产，图书装帧上插图的选取要有艺术感，要有灵性，还要符合小说文本的内容，有生命力的同时必须忠实于小说创作的主题，与小说文本的内容紧密结合。如若不从小说作品出发，插图选取只片面强调绘画特质，那就不是小说插图，而是简单小说图像附属。所以，绘画作为不同符号的插图与文字，其功能与目的都是相同

[1] 马芳华 . 用画为文学作品增辉——插图艺术浅谈 (J) . 甘肃社会科学，1995.

的。绘画者在选取绘画主题之前，一定要熟悉文本中所描绘的具体生活环境和故事主题，深刻理解小说中人物形象和性格精神状态，仔细揣摩小说作者的思想情感和分明的爱憎，根据自己的创作经验和感受进行选取插图主题和素材形式，尽力让其还原文学作品的精彩情节，如若不然，插图则会成为文学作品的累赘和可有可无的附属品。

插图的选择除了融于文本外，还要有表现形式和手法的选择，如诗歌、散文插图形式和手法的选择不但要易于读者接受，还要赋予诗歌和散文的意境情感，做到量体裁衣。同时鉴于文本插图的叙事功用和生产功用，插图的形式应随着影视媒体和现代科技的不断发展而丰富多样。墨白小说的插图多是版画的创作形式，在风格形式和体式上略显单调，同时在文本的插图中缺少对插图的阐释性文字，鲁迅作品《祝福》中的三幅插图编者在插图注时以简短的旁白加以阐释，增加了读者的阅读连续性，绘画和文字对于读者是不同的视觉模式，从文字的视觉模式转入图画的阅读模式是一个间断的过程，加上文字注释的插图，读者的阅读一定程度上会保持较好的连续性。

总结：插图经历了上千年的发展历程，在新世纪科学技术和大众媒体的不断更新发展的过程中，插图在艺术表现形式上，叙事功用和文学再生产方面都越来越重要，只有文字没有图像的文学文本不是完整的文学作品，插图的艺术效果引领着大众读者的阅读选择。在我们的日常生活中插图扮演着越来越重要的作用，它已经不再单单对书籍中文字的解读起辅助作用，现在文本中插画已经实实在在地融入了我们的生活和我们的视野，插画已成为书籍、报纸、刊物中不可缺少的组成部分。它已不再是单单的欣赏画，更多的是将其审美艺术融入到文本中。插图起源于对文学作品的服务，为读者服务，为生活服务，而发展到今天它已成为一种独立的艺术形式，成为能够直接表达人的精神境界的一种艺术语言。先锋作家墨白的小说插图是新时代图像叙事的新探索，也是自古至今图文结合的再发展，随着“读图时代”视觉冲击的不断加强，新的插图艺术值得期待。

欲望与焦虑的复调并置

——墨白小说《裸奔的年代》人物解读

人文学院学生　张悦

一、引言

在墨白的小说《裸奔的年代》中，叙述语篇的叙述方式至关重要。作为20世纪的先锋作家，墨白通过他的文学作品，将一种新的叙述方式展示在我们面前：在这部小说的叙述语篇中，作家透过独特的“叙述视角”“功能性”的人物观和“心理性”的人物观对主人公的形象做了深刻的分析与理解。而这种新的叙述方式成功地向我们描绘了国民人性的劣根性，向我们揭露了现实世界的诱惑与丑陋，并且明确地阐释了20世纪末的底层中国人对于生命的思索、对于存在的焦虑。

“视角”或“叙述视角”原本是修辞学和文学中的常用术语，指叙述时观察故事的角度。自18世纪小说诞生到19世纪末，第一人称与第三人称之分几乎是区分小说不同叙述方式的唯一标准[1]。在这部作品中，墨白通过谭渔这个人物的自述，为我们展现了一幅幅生动的性爱画面。这些画面透过主人公的内心独白，以内部视角出发，用第一人称的叙述方式表达主人公的生存焦虑与生活欲望。在这个主人公身上我们可以看到20世纪末的、影响谭渔的、影响墨白的，同时也是影响那些贫苦大众的崩溃的精神状态以及与之相伴的扭曲的价值观、道德观。

“功能性”的人物观将人物视为从属于情节或行动的“行动者”或“行动素”。情节是首要的，人物是次要的，人物的作用仅仅在于推动情节的发展[2]。与“功能性”的人物观相对立的，是“心理性”的人物观，即人物的心理或性格具有独立存在的意义，认为人物是作品中的首要因素，作品中的一切都为揭示或塑造人物性格而存在。[3]虽然这两种人物观有着各自的侧重点，但是我认为在这部叙事小说的整体构建中，墨白其实是

[1] 宫英瑞．叙事语篇人物塑造的认知文体研究．北京：中国社会科学出版社，2012.9：90.

[2] 申丹．叙述学与小说文体学研究．北京：北京大学出版社，2004.5：55.

[3] 申丹．叙述学与小说文体学研究．北京：北京大学出版社，2004.5：64-65.

将“以事件为中心”的“功能性”人物观和“以人物塑造为中心”的“心理性”人物观紧密地结合在一起形成良好的互补关系。

在《裸奔的年代》中，我们明显可以看到主人公谭渔的情爱之旅是充斥着欲望与焦虑的，处处可见谭渔的性欲追求，处处可见他的人性挣扎。在他的内心独白中，我们听到了他同欲望与焦虑的对话。那些对话是谭渔说给他自己听的，也是说给他那些情感上的女性听的，更是说给当时那个充满无奈与彷徨的社会听的。

二、欲望与焦虑的复调并置

可以说，墨白塑造的这个人物是一个复杂的存在物，他在面对生活中的人、事方面总是偏执的看待，他的内心充斥着太多太多的情绪。这呈现在种种的内心欲望与焦虑的对话与复调并置中。

（一）遗憾与不甘

项县的锦对于谭渔而言，应该是他一生中最美妙的音符。初恋对于我们每个平凡的人来说无论何时回忆起来应该都是美好的，然而其间肯定也会夹杂着许多的遗憾，更多的不甘。正如墨白在小说中所引用的：“我会找到自己的方向 / 从夜晚到白天 / 因为我知道我不能留在 / 这个天堂里 / 时间可以让你屈服 / 时间可以破碎你的心”[英]艾力克·克拉普顿：《泪洒天堂》）[1]。是的，时间是治愈伤口的良药，对于谭渔甚至是我们而言，时间真的可以让我们淡忘曾经的伤痛。可是锦这一人物的存在，仅仅是推动了故事情节的发展吗？她只是一个可有可无的次要人物吗？答案自然是否定的。作为小说中第一个开始着笔叙述的对象，锦有着当仁不让的地位。锦作为这部叙事语篇中出现的第一个女性人物，她有着特殊的意义。而谭渔是小说中的第一个行动者（行动素），作为行动者必然有着些许属于自身的特点和思想。作家一方面极力塑造一个个行动者的性格特点，一方面又自然地利用这些行动者为小说的故事情节发展铺平道路。谭渔在重访锦县看望曾经和他相爱过的锦时，他的脑海里不断地回忆着初恋与他之间发生的点点滴滴，他用个人的内部视角自述着这段属于他们的浪漫故事。其不

[1] 墨白．裸奔的年代．广州：花城出版社，2009，1:2.

断涌现的个人独白在我看来显得那么苍白、那么伤感:“锦，他在心里暗暗地说，你真的这样拒绝我吗？现在他重新闭上眼睛来回忆锦的相貌，可是无论他怎样努力，锦的形象在他的记忆里总是模糊一片。他想，锦，你现在怎样？你的面容还是多年以前那样总是有些忧伤而动人吗？这些年过去了，你会发生什么样的变化呢？”[1]或许对于谭渔而言，锦是纯洁的所在，是他向往的自由之路，是他永远渴望却无法触及的天堂。在这其中，一方面，我们可以看到主人公站在他的视角看待他与锦之间的感情问题时显得相当不冷静。他情绪的变化受到了周遭环境影响，同时他又反过来影响了环境。这个低微到尘埃的草根，他在内心充满激情与斗志的年华第一次真真切切地经历了失败，他感受到了个人力量的渺小，感受到了身为蝼蚁的自卑感与怯懦感。锦的失去对他来说是残忍的，曾经的青春岁月匆匆流逝，他变了，他的锦也应该变了，这个社会也变了。他该怎么办呢？面对这个陌生的世界，谭渔感到害怕，他害怕他无法再拥有那些美好，无法与锦永不分离，他被这个可恶的社会束缚住了身体，捆绑了思想，他无所适从了。他该怎么办呢？当来到了锦生活的城市，了解到她的悲惨与执念，谭渔灰溜溜地走了，离开了那座像锦一样是个谜的小城，他或许有点想明白了，或许仍旧云里雾里不知所以。然而在我看来，谭渔经历锦这件事，应该开始变了，开始自我膨胀，努力向上层生活奋斗，一方面更加自卑，一方面更加自大。早逝的锦是鞭笞着谭渔积极进取、努力向着繁华城市前进的不竭动力!

(二) 欲望与忠诚

在那年冬季的一天，谭渔开始了一场奇妙又怪异的旅行。虽然一路上奔波劳碌，可是他心里是甜甜的、暖暖的、幸福的。因为他即将要见到那个等待着他的少女小慧了:“小慧，你那些隐藏在红色的嘴唇里的淡蓝色的牙齿像一颗子弹把我给击中了，我几乎感到了眩晕，如果不是那片绿色的竹林，我真的会倒下去。我的心在你目光的撞击下发出了经久不息的金属般的颤音，你听到了吗，小慧？”[2]这样的一个令谭渔一见倾心的美丽少

[1] 墨白．裸奔的年代．广州：花城出版社，2009，1:2-3.

[2] 墨白．裸奔的年代．广州：花城出版社，2009.1:37.

女，就这样悄无声息地迅速地走进了谭渔的内心，然而这个时候锦的模样从他的脑海里渐渐地淡下去了，他的思想已经被小慧占有了。这是多么可耻的行径啊！曾经的你情我侬到了此刻却化为乌有，这是我无法接受的。难道在性欲面前，谭渔所谓的忠诚，所谓的初恋竟变得一文不值，淡如空气。这多少让人有些许气愤。可是作家塑造这样的一个人物形象应该无可厚非，毕竟，如果身为主人公的谭渔的形象是一位面对感情专一、坚定，面对生活逆来顺受不知反抗的话，作家又如何通过谭渔这样的行动素牵引出像锦，像小红，小慧等一位位女性出场呢？小慧和小红这两个行动者在谭渔的情爱之路上肯定有着独立存在的意义：她们的存在不仅很好地塑造了主人公的性格特点，为我们揭露出主人公多情花心的特征，而且也在一定程度上推动了这部小说的情节发展。“我毕竟是个凡人，我的身上充满了七情六欲，这种欲望使我心急如焚，她折磨得我昼夜难眠呀我的上帝，请你赶快把我带到她的身边吧，我要见她，我要拥抱她，我要和她……”[1]这么一段独白是谭渔此时此刻内心最真实的想法。无可厚非，初恋已逝，谭渔的精神世界面临着崩塌，此时出现一位美丽的年轻的情人，这对于谭渔而言，作为男人及时地抓住她并渴求相见，本身没有什么错，只是接下来的小红的出现让我对于谭渔的看法产生了巨大的改变。抛开小红与小慧姐妹俩的关系不说，谭渔兴致勃勃地来到信阳渴望与他的新恋人小慧见面，可是小红的出现打乱了他的本来计划。这个小小的意外对于谭渔而言不知是福是祸。不管起初是何原因，过程和结果证明了一切。作为旁观者，我读到此处突然产生了一种想法：“男人都是没有感情的下半身动物”这或许是事实而非诽谤。谭渔薄弱的意志力以及内心对性欲的急迫需求使他失去了完美善良的小慧，也暴露了他自身的弱点。他面对小红的诱惑做不到心如止水，反而浮想联翩，最终精神上与身体上都背叛了小慧，这不得不使人恼怒。或许人在面对某些欲望的时候，内心原本的忠诚都会消散，固守的防线都可能会破坏。可是透过谭渔的内心独白，我们可以看出他的内心也有过纠结，有过反抗，只是最终现实击败了理想，就像他所生活的那个社会，生活的不如意一次次地打击着他原本就自卑的心灵，他除非强势反

[1] 墨白．裸奔的年代．广州：花城出版社，2009，1:37.

抗，极力说不，否则只会在下层的贫苦生活中慢慢消失。这样的小说情节发展轨迹其实是我相当喜欢的。你看到了开头，却猜不到结尾，因为作家想的不仅仅是简单地叙述主人公的移情别恋。透过锦这一人物的次要描述，作家还在小说中加入新的行动素，小红和小慧的出现让我们更加深入地了解了谭渔的形象。可以说，小红和小慧这两个行动者的存在，其实是作家为塑造谭渔的性格特点而存在的。小红的出现是谭渔开始追求刺激、追求突破自我、改变现状的一个转折点。她象征着谭渔在面临安于现状与创造未来的选择中最终还是选择了依靠一切可能创造未来，抛弃过去陈旧的无价值的生活，从此走上一条光明的、充满名与利的道路。

(三) 愤懑与迷惘

谭渔是一个矛盾的存在体。作家将他所着力塑造的人物谭渔这一复杂形象当作从属于悲伤情感道路的“行动者”或“行动素”，就是使被利用的谭渔重新走一遍他的人生历程，再一次追忆他的情爱故事。在这一悲伤情感的回忆中，一方面，我们可以认为曲折又平缓、痛苦又快乐的故事情节是处于首要地位的，至于人物，像锦、兰草、小慧等，她们都是次要的存在。另一方面，我们可以认为像锦、兰草、小慧等，她们都是作家刻意描述的，重点突出的对象，作家在刻画谭渔的性格特征的同时也刻画了她们的心理或性格，使之具有独立存在的意义。对待兰草和儿子他可以表现得非常冷漠、绝情，然而在面对赵静的时候他又是那般柔情、体贴。这种嫌弃发妻、在外爱慕新欢的男人无论是在当时还是现在的社会似乎处处可见。墨白似乎一心想要塑造一个感情世界虽波澜动荡却甘之如饴、现实生活虽稳定和谐但是却不甘平庸的反抗形象。“谭渔像电影里那些遇着了烦心事的人一样，在屋里来回地踱着步，赵静，我现在真的无法向你陈述我当时烦躁而愤怒的心情，怎么会这样呢？这些可恶的官僚主义老爷们！这些只会坐享其成的寄生虫们！他们凭什么就这样白白浪费掉我的一天时间呢？”[1]透过这段独白，我似乎感受到了些什么：谭渔他是个愤青，他仇恨这个势利的社会，仇恨比他高贵的那些有钱有权势的人，因为这些，他的内心变得扭曲，变得阴暗。当他用敌视的目光看待这个世界，看待这个

[1] 墨白．裸奔的年代．广州：花城出版社，2009，1:72.

世界的人时，赵静的出现对于谭渔来讲或许并不是所谓的男女之情，或许在谭渔的心里，赵静只是他发泄仇恨、打击报复这个世界的工具而已。正如墨白在小说中引用的："两个寂寞的陌生人眼睛瞬间交流 / 在夜里漫无目的地走 / 在夜晚结束之前 / 我们分享爱的机会如何 / 你的眼神透露出邀请我的信息 / 你的笑容里流露出兴奋之情（[美] 法兰克 · 辛那吐拉：《夜晚的陌生人》）"[1]，多么直白大胆的言语，多么令人感到不平常的邂逅啊！也许赵静是真心的、自愿的，谭渔也有些许真诚，可是在崎岖的道路上谭渔面对生活的压力与内心的焦灼，他所做的应该是拼命向上层社会爬，而那些沿途的花花草草似乎不该是他欣赏的风景，可是他居然一一染指。他总是在抱怨，抱怨这个世界，抱怨世界的不公，可是他是否有想过：如果自己真的是足够努力，如果自己真的足够拼，那终究有一天自己为什么不会成为那万恶的官僚主义老爷们、那只会坐享其成的寄生虫呢？他在一味的抱怨，执着的愤懑中泄欲，通过无辜的赵静发泄自己的私欲，表达他对这个世界的不满与愤懑，我在构想这该是一个多么卑鄙的小人呢？不诚实、不努力、不追求丰富自己的粗劣的人物形象立刻跃然纸上。试想一下，即使真的有那么一刻谭渔产生了迷惘，产生了困惑，后悔了，晓得自己这么做是错的，他会认错吗？他会停止报复这个世界吗？还是继续执迷不悟，继续用这般消极的应对之法回馈社会，表达愤懑之情。我想，或许他的不成功归根结底都在于自己的不自信，在于自身的极端反抗行为，而不是社会的残酷无情，没有伸出援手吧。

（四）努力与绝望

如果没有这些女性的存在，作家想要勾画的复杂混乱的情感道路可能就无法显现，那么作为读者我们也就无法真切地感受作家想要表达、传递给我们的一种人生观和精神面貌。可以说文本中的每一个或浓墨重彩、或轻描淡写的人物其实都有着他们存在的必然性，我们无法忽视他们的存在，因为是他们之间的故事在这部作品中呈现，同时也是他们的最终归属问题引发我们的深思。

谭渔在而立之年终于进入了城市，面对华灯初上的大城市，谭渔内心

[1] 墨白．裸奔的年代．广州：花城出版社，2009，1：72.

充满了无助，同样地，他也万分激动。“许多衣着漂亮、穿着入时的女郎和潇洒的男士骑着摩托车或者轻便车如水一样在阳光里流动。这一切都使谭渔感到亲切，这使他想起了颍河镇。那座肮脏的小镇在他的记忆里突然变得是那样的猥琐，在城市人的眼睛里那小镇如同一个身穿破旧棉袄蹲在阳光里取暖的老农。是有点像老农。谭渔长长地出了一口气，我现在也是城里人了！”[1]此时此刻，谭渔的内心变得严重扭曲了。他在追求自己向往的美好前程的同时竟将自己的故乡、那个充满回忆、住着他亲人的小镇丑化了，他在诋毁他生活过的过去，诋毁养育了他的“肮脏的”颍河镇。他的内心开始加剧异化了，这是多么可怕的心理变化过程啊！在繁华的都市，谭渔遇见了叶秋，遇见了他认为可以相伴长久的爱人，可惜如同他所做的题为《独坐》的诗：“我坐在窗前／渴望着灿烂的阳光／遥想着你那双眼睛／轻轻地哼着伤感的小调／轻轻地哼着／一遍又一遍／没有文字能表达我的忧伤……”[2]，他们终究还是曲终人散了，最终所有的情人都纷纷与他分离。他彻底地一无所有了。他在这条追逐成功、追求幸福的道路上走得好累，好累，好累……

作为“行动者”，谭渔在回忆曾经的情爱故事的同时也对他所遭遇的不公平的社会进行了抨击，他用实实在在的行动表示，他对他所处的社会是不满的，对他的人生轨迹是迷茫的。一方面他努力地追求爱情的滋润，一方面又竭力忏悔自身所犯的错误，虽然很纠结，很矛盾，但是谭渔依旧不肯低头，不肯向这个社会低头，不肯满足于现状。有时候我们作为社会的和平使者极力去维护社会的和谐与稳定，仿佛这就是我们与生俱来的一种追求安逸、缓和生存环境的习性。然而有些时候我们又会化身为愤青或多或少地对这个生活环境加以报复来表达我们的愤懑与痛苦。不论是前者还是后者，作为行动者的我们其实都是谭渔，都是那个在欲望与焦虑中徘徊、踟蹰的“行动者”。努力拼搏的结果却是一无所有，这对于谭渔似乎是个无法估量的冲击。原本心心念念的城市生活、上层社会、荣耀名利终究还是随风而逝，他什么都没有得到，相反，他失去了一切他曾经本该

[1] 墨白．裸奔的年代．广州：花城出版社，2009，1:109.

[2] 墨白．裸奔的年代．广州：花城出版社，2009，1:128.

拥有的幸福。这是人心欲望的可怕之处，它会让你心想事成，更会让你一败涂地。彻底一无所有的谭渔回到了故乡，可惜风景不再如伊始，人亦不再如旧。在他终于一无所有之际，他在想些什么呢？“睡吧，睡着了什么都忘记了，孤独，眼泪和疲劳，睡吧，那么明天呢？明天我又要到哪里去呢？我真的不知道。靠在温暖的石墩上，谭渔望着夜空这样想着，我真的不知道。”[1]是的，他迷惘了，困惑了，开始反思了，希望他能够在那个寒夜真的想明白：生命存在的意义！

三、结语

在《裸奔的年代》中，墨白所塑造的反抗人物谭渔的精神世界变得异化了，他的道德观和价值观在卑微生活中异化了。在这充满压抑、阴暗的光线下我们似乎可以感受到属于谭渔的同时也是属于墨白的、更是属于那个时代的中国人的焦虑与欲望。世纪末的感伤情绪一直萦绕在每个人的心间，这是人生命存在必经的精神折磨，也是渴望成功的卑微的人们的人性的挣扎。透过墨白的作品，我们可以看到这位20世纪新生代的先锋作家在用他的文字企图唤醒人们内心世界的良知，呼吁人类的精神新中国成立以及表达他的人文情怀。这“良知的声音”需要我们透彻地解读他的作品，了解其更深的思想层面才能感受得到。我想，不仅仅是世纪末的中国人需要这样的“良知”，现在的我们应该更加急迫地需要吧。在人性的异化，对人类生存困境的真实呈现的道路上，墨白走得很坚定，很真实，我们也应如此。在《裸奔的年代》中，墨白向我们勾勒出一位内心自卑却又渴望改变自身命运、渴求得到别人认可、希望自己能够在艰难的生活中显示自身存在的反抗形象。这个形象是平凡的中国农民普遍相同的卑微面貌，是20世纪末的中国人的精神层面和人生价值观层面的凸显，也是墨白身处在当下面对时势与社会巨变的真实感受。

“那枯黄涂满秋日水渍的叶子/就是你暮途之中苍老的面容/那叶子翻卷着的焦躁的边缘/就是你渴望表达心迹的嘴唇”（墨白《向风诉说》）[2]。在

[1] 墨白．裸奔的年代．广州：花城出版社，2009.1:189.

[2] 墨白．裸奔的年代：序言．广州：花城出版社，2009.1。

这部作品中，作家真实地表达出一种世纪末的情绪，在那泛黄的秋叶上，一丝丝细细的脉络似乎在向我们倾诉着属于那个时代的中国人的悲伤、焦虑，还有欲求。他们渴望改变自己的命运，改变家庭的命运。在这部作品中，作家透过文本中的人物，为我们真实地呈现了人类生存的困境，人性异化的加速，以及人内心对这个社会，对这个世界的欲望与焦虑。

可以说，在这条沿途布满荆棘与岔路的道路上谭渔一步步地艰辛走过，纵使沿途有众多的鲜花与甘露可以欣赏，纵使一路的风景吸人眼球，然而结局却是残酷的存在。悲剧式的结局对谭渔是一个沉重的打击，它敲醒了谭渔以前执着追求的不真实的生活，唤起他内心深处最柔软的一处。不管那个颍河镇多么破旧肮脏，不管他的发妻多么土气丑陋，毕竟那里才是他的归宿，毕竟那里除了自卑、懦弱、压抑，还有记挂他的亲人，还有属于他的记忆。在他无法忍受生他养他的肮脏故土之际，他所做出来的选择将他彻底地推向了孤独、寂寞与虚无。结局无可厚非，肯定会是一个悲剧式的收尾，或许只有这样的一个曲折人生过程，在我们读来，这部作品才会有它的灵魂，有它的意义。

总之，在这部叙事作品的整体构建中，时间和记忆是它的核心要素。通过时间和记忆，透过那些或独立或牵连的行动者们，我们可以清楚地看到主人公内心深处的挣扎：是放纵地追求身体上的欲求满足？还是竭力争取在而立之年实现从下层卑微生活辗转到上层名利场所的精神上的以及物质上的欲求满足？或者两者都想实现？这不仅仅是谭渔的个人焦虑，也是无数的中国人的生存困境。在欲望与焦虑的对话中，谭渔的欲望得到了极大的满足，然而焦虑却只增不减，这不只是谭渔悲剧人生的结果，也是因果缘由。

墨白小说的人性书写

人文学院学生　肖昉

墨白的小说以对人类精神的探索和文体的叙述试验而著称，他是新时期以来在中国本土成长起来的既具有现代先锋意识又包含着古典忧患意识的当代作家。初看“墨白”这俩字，觉得十分矛盾，“墨”与“白”，一对矛盾体。不过在看了墨白的作品之后，他文章中关于人性的书写又何尝不是一对对的矛盾呢？他写出了人性的丑恶的同时又憧憬着人性的美好。阅读墨白的小说，能给我们生活中那些蒙昧的心灵带来强烈的震荡。墨白的小说总是通过极其朴实的语言把最真实的人性展示在读者面前，没有一点遮掩，欲望被赤裸裸地摆出来，从而达到对人性的书写，使读者对人性有了理性的判断，精神境界便得到升华。

一、苦难书写

墨白的童年、少年和青年时代都是在痛苦和磨难中度过的。1958 年，墨白出生于豫东平原上的一个滨河小镇——淮阳县新站镇（也就是墨白在他的小说中常常描写的颍河镇），那是一个饥荒和动荡的年代，更加不幸的是，1966 年他的父亲因为所谓的经济问题被判刑入狱。我们知道，在那个年代，一家之主因为经济问题被判刑入狱对一个家庭意味着什么。墨白说：“为了生存，我幼小的年龄就学会了许多农活。我的童年和少年时代是在恐慌和劳苦之中度过的。”1976 年，高中没有毕业的墨白独自外出谋生，墨白说：“在我出外流浪的几年时间里，我当过火车站里的装卸工，做过漆匠，上山打石头，烧过石灰，被人当成盲流关押起来。那个时候我身上长满了黄水疮，头发纷乱，皮肤肮脏，穿着破烂的衣服，常常寄人篱下，在被人审视的目光里生活。”[1] 正是这苦难的生活让墨白看到了很多人性中恶的部分。

墨白通过小人物的卑微与苦难来揭示人性丑恶的作品有很多，虽然作品很大程度地描写了人性丑恶的部分，但是也不乏对小人物温馨的小幸福

[1] 墨白．事实真相：自序．成都：四川文艺出版社，2001：1.

的描写。这类作品有《讨债者》《事实真相》《局部麻醉》《欲望与恐惧》等。

在《讨债者》中，我们看到了普通农民——讨债者的悲苦人生：讨债者来到颍河镇，渴望能拿到人家欠他的蒜钱回家过年，为了蒜钱去了不知道多少次，从来都没拿到过钱，这一次抱着死的心去要钱，碰到一大堆事，一大堆人，做了很多努力想要回钱，但结果却不仅没能要回欠款，还被莫名其妙地灌醉继而冻死在异乡。这里描写了普通农民的苦难和卑微，不论如何，就算是死，也无法完成这一点小小的愿望，死了也只是贱命一条，没人关心，而这些讨债者遭遇的事就是那些昧着良心赚钱的有钱人，比如赖渣、比如院长经常耍的伎俩。墨白在此为我们展现了底层生活中自私、冷酷和残忍的一面。

在《事实真相》中，我们看到了来郑州打工的农民来喜、黄狗的自卑和苦难：从事繁重的劳动，遭受人们的白眼、干活拿不到工钱，甚至没有话语权。文章以回家和来喜的心理变化为线索，一群一起出来打工的农民却被二圣、三圣骗了，不给工钱，还抓住来喜偷的一点钢筋不放，想因此而克扣掉来喜的工钱甚至所有人的工钱，因此使来喜遭到排斥而心生恨意，多方面的原因使来喜起了杀心。这又让读者看到了社会对农民工的不公，把人往死里逼，没有活路。来喜的悲剧命运有他愚昧的自身原因，可残酷的二圣、三圣之类的人更可恶，他们使来喜如此朴实的人变成这样，他那小小愿望都只是一种奢望。

在《局部麻醉》中，白帆原本是农村人，后来通过努力和奋斗成了颍河镇医院里的一名外科大夫。有稳定的工作、稳定的收入，还找了一个颍河镇上家境富有的女人成了家，表面上看起来是不错的，但白帆无论在单位还是在家里，他都感到深深的压抑、痛苦和自卑。在单位，院长把他像玩偶一样玩弄于股掌之中；在家里，常常受到妻子的无端指责和谩骂。他的妻子柳鹅说："你指啥指，挣钱人家一个杀猪的顶你几个，要权你不如你们的院长，夜里连你老婆都伺候不了，你还像个男人。"权力的压抑、家庭的折磨、贫穷的家庭背景，使他感到深深的无奈、痛苦和自卑。为了获得灵魂的解脱，最后他不得不给自己注射麻醉剂来麻醉自己。白帆的苦难在于内心的煎熬，它不像农民那样单只是物质上的苦难，知识分子的心灵煎熬比肉体煎熬更难受。

墨白从物质和精神两个层面的苦难写出了人性中最丑陋的部分，残忍、金钱、肉欲都赤裸裸地呈现在读者面前，一切不堪入目的污秽都在引发人们的深思。但我认为墨白写了这么多的负面精神，并不是想给人以颓废感，只是他有一种家乡情结，我想他是想颂扬他的家乡人民在这样的时期与社会环境中所表现出来的对苦难的顽强抗争的精神。如在《事实真相》中，来喜始终都不忘小巧，一直都思念着小巧，他那种平淡却很纯朴的感情令人感动，小巧其实也算是他人生苦难中的一个精神寄托，小巧使他有对未来、对美好生活的向往。这种精神是值得称颂的。墨白也许就是想告诉我们，即使在绝望的境地仍然需要有一个信念让我们不倒。又如明哥，他面对那么多不公，面对二圣、三圣，他总能以宽容的态度对待他们，他拥有的品质是我们在看到这么多污秽过后感到欣慰的地方。

二、欲望书写

在80年代中后期，由于经济的发展，人逐渐被物化，人对欲望的追逐，使人变得灵魂扭曲，变得畸形。作家的作品也侧重写扭曲的人心、变形的灵魂、深沉的创伤等。因而，这一时期中，墨白作品的“性爱”主题，主要是对“人性恶和动物性”的揭示。

《爱情的面孔》中，谭渔怀着美好的憧憬去与小慧见面，他们之间的爱情纯洁无瑕，只是精神层面的交流。可是谭渔到小慧家时并没有见到小慧，见到的是小红，于是他陷入了小红对他的考验中，但最终他没能通过考验，在诱惑面前不堪一击，他只得羞愧地离开。

小说《黑房间》中，“俺大”与“俺爷”希望占有同一个女人，于是两人不约而同地想在这个女人离开颍河镇时，把她从“南蛮客商”手中强行夺过来。“俺爷”先得手，被后来的“俺大”打得落荒而逃，那女人自然成了“俺娘”之后，“俺娘”与毛猴通奸，“俺大”夺取了无知乃至傻气的霜花的贞操后，又设下圈套，使她成为自己的儿媳，可笑的是他们已是公公媳妇的关系了，“俺大”仍然贼心不死。在这里，人类尊严中占很重要地位的伦理关系，被无情地消解了。人与人之间剩下的，只是动物般的赤裸裸的占有与被占有的关系。

《黑房间》中“俺爷”“俺大”“俺娘”、老西、老南、霜花等都是作者精心设计的人物。正是这些变态的人物形象充斥其中，“黑房间”才成其为“黑房间”。其中最突出的形象，恐怕还要数“俺大”。他简直就是罪恶和欲望的化身，伦理和廉耻在他身上已不复存在了。“俺大”的欲望主要是性欲的追求，不顾廉耻，不择手段，而“欲”的追逐，使人良心泯灭道德伦理丧失。墨白的这类小说，从一个侧面反映出人生存状态的愚昧、麻木甚至蛮荒和原始。

在《欲望与恐惧》中吴西玉的种种行径就更加淋漓尽致地暴露出人在欲望面前无法自制的丑恶一面，吴西玉所有让人作呕的行为的最后，也是悲剧。

上面都是性的欲望，墨白还描写了很多因为金钱欲望而导致的悲剧。

如《黑房间》中，老南则一直做着发财梦 ，倒卖银票偷鸡摸狗，什么都干 ，最后在梦幻中，将月光也当作“银花”了。

在《告密者》中，老毛和派出所的人勾结，为了钱出演了一场又一场的抓赌戏，为了掩人耳目，他也被抓，从中得奖金，而老郑则利用这个冠冕堂皇的理由——赌博，罚款，捞钱。全成却成了他们逐利的替死鬼，是最大的受害者。他们造成了他人的悲剧，为了金钱不择手段。

在《事实真相》中，二圣、三圣等人也是这样一批为了金钱不管他人死活的人，即使是同村的人也没有一丝情感，最后把来喜逼得走投无路，从而导致悲剧的发生，无辜地死了一个人，来喜疯了。可恨的是真正该死的人却仍活得自在，没有受到任何惩罚。墨白的结局总是这么让人愤怒，可怜的人总是十分悲惨，可恨的人却逍遥法外，让人很不解恨。也许墨白就是想写出这份无奈吧。

在墨白的小说中，欲望是他人性书写中很重要的部分，金钱与性几乎贯穿于他的每一部小说，充满绝望感。我想就是这种绝望让读者悟到了这样一个观点，也许也是墨白想要告诉我们的：过分地追求欲望必定会产生悲剧。

但是，在这些令人无可遏制的压抑中，我们仍然能发掘出其中的小小幸福，底层人民小小的满足。

三、女性书写

女性在墨白的小说中给人的感觉要么美轮美奂，要么恶俗不堪。墨白的《蜕变三部曲》的前两部中的女性应该属于墨白心中理想的女人，它是通过女性反映人性的。虽然这两部作品主要突出的是男性，但他们身边都有几个女人围绕。这些女性看似女主角的地位，实质只是用来侧面衬托男性的人格。墨白自己也说了："一个男人想了解这个世界，一个重要的途径就是通过女人。"[1]这两部作品都通过描写主人公对各个女性的不同情感来展现男性的人格与心理。

《裸奔的年代》原来分为两部：第一部是《漫长的三天》，通过描写三天里发生的事情写出谭渔与三个女人的情感纠葛；第二部是《两个短暂的季节》，通过描写这两个季节发生的事，写出谭渔与叶秋的情感纠葛和他最后的结局。

初看这本书，有种整个顺序混乱不堪的感觉，各种场景、各种人物、各种画面纷繁交错，如梦境般。其实不然，墨白是以一种回忆的笔调书写过去，因此总会有复杂交错的场景。整本小说看似分割开来写的五个不同的女人，但在其中经常会穿插兰草和叶秋这两个女人，这两个女人应该是谭渔生命中最重要的女人。从这一点就可以看出，谭渔很看重家庭，即使他与兰草并没有感情，也很注重爱情中的精神系统，这是他人性中闪光的部分。可是最终因为叶秋，他抛弃了家庭，因为控制不住欲望与小红的出轨行为又与叶秋结束，这些又是他人性丑恶的一面，在他身上人性最初的欲望战胜了人性美(他作为一个男人本该具有对家庭的责任感和道德感)。

《漫长的三天》分别写了三个女人：锦、赵静、小红。锦是谭渔的初恋，在谭渔的回忆里锦美丽脱俗。赵静和谭渔则由读者与作者的关系转变为一夜情，并在第二天醒来以前就消失了，充满神秘感；小红则是谭渔柏拉图爱情对象小慧的表妹，一个小姐，谭渔抵挡不住最原始的诱惑使他无颜面对小慧，一场柏拉图式的爱情，最终告吹。锦、小慧以及与她们之间的爱情是美好的，应该是墨白心中理想的女人与向往的爱情，这些都展现了人性之美，纯洁美丽的女人与柏拉图式的爱情是令人向往的，墨白也不例外。而赵静与小红的出现很快就使他突破了道德底线，这犯下的错留给他的只有自我谴责与遗憾。《两个短暂的季节》中《1992 年春天》写的是与叶秋相识、相知、相爱。叶秋对于谭渔算得上是红颜知己，在精神层面上

[1] 雷霆．对文本的探索——墨白访谈录[J]. 山花，2003 (6)．

他们有很多共同语言，他们有心灵上的交流，从而发展成互相爱慕的恋爱关系。叶秋可以说是一个几近完美的女人，成熟美丽又知性，有内涵，谭渔爱上他无可厚非，但从后文中可以看到他因为叶秋抛弃了自己的妻子和儿子，如此就算了，如果与妻子离婚后和叶秋好好生活叶算是他找到了一段真正的爱情。可是谭渔又一次出轨，他却一点也不为此感到羞愧，只是当时自责一番，好了伤疤忘了痛，毫无自制力的精神缺陷使他一步一步地走向灭亡。

《1998 年的深秋》是谭渔的结局，走到城市的希望发达可是被骗，回去寻找叶秋却只得到冷冷的语言，冷冷的面孔，唯一可以落脚的地方也已经被占去了，最终只好落魄地回家，可是家已不再接纳他，妻子和儿子都不认他，众叛亲离，孤家寡人是他最后的结局。这虽然很让人同情，换个角度看，谭渔不过是真实地面对自己的欲求，面对真实的自己，不压抑本性，但在现实生活中他的行为不符合道德，这是人性与道德的冲突，但既然生活在现实中，就要遵守道德的约束，所以谭渔在最后只能面对现实，作者只能给他一个这样的结局。

在《蜕变三部曲》的第二部《欲望与恐惧》中，主要讲述了与吴西玉有关的两个女人：他的妻子牛文藻和他的情人尹琳。吴西玉是一个天生欲望比较强烈的人，就是青年时期在红薯地里翻秧时天上偶尔滑过一架飞机他都会幻想突然掉下金钱美色之类。他说："人类的历史就是一部欲望史、生与死、地位与权势、金钱和女人…… 我们谁能逃脱了干系？"然而另一方面他卑微的出身、内向的性格、耳濡目染的传统伦理教育，以及他不排除功利、目的的社会性别定位却让他在鲜活的生命欲望到来之时恐惧、焦虑、绝望、退避，并用各种方式恶作剧甚至恶意地作践着压抑他的人或事，同时也卑鄙地践踏了自己的尊严和人格，比如上大学时他因挑逗性的语言而被暗恋的女同学打了一巴掌，而中年以后得知当年的女同学离婚后，他一边对她曲意逢迎，一边又在关键时刻运用最污损的方式和语言旧事重提来加倍地侮辱她，然后狠狠地离开了她。而他在老婆和情人间摇摆辗转的过程更是一幅现代人因欲望不能满足而旁逸斜出，却又因承担不了责任而畏首畏尾的绝妙画像。

牛文藻是一个在童年时期因姐姐被强奸而留下极大的心理阴影的女

人，并且现在的工作——总会不断地做人流也让她痛恨男人，从而沦为一个性冷淡的女人。而吴西玉在她这里无法得到满足而和尹琳好上了。

尹琳是一个充满激情、感情奔放的女子，她与吴西玉相爱，但吴西玉有把柄在牛文藻手里，没胆跟牛文藻离婚，所以他和尹琳永远都只是地下情，无法光明正大，最终结局也很悲惨。

吴西玉因为性压抑做了丧失尊严的事情，比如兽交，比如与洗产包的老女人做爱。这样的事情吴西玉也知道是不符合人类道德规范的，但他就是无法控制住。尤其是与洗产包的老女人之间的事情还被牛文藻当场抓现形，并逼迫他写下悔过书，那张悔过书又给他带来更沉重的压力，让他更加无法在牛文藻面前抬起头来。这些都是人性中极其丑恶的一面，墨白揭示这些应该与其所经历的苦难生活有关，虽然这并不是写文化大革命时期的事情，但是写出了和那些描写文化大革命时期作品一样的人性丑恶。

现代文明的婚姻和通奸是一对孪生姐妹，这是恩格斯的观点。在世俗的眼睛里，通奸往往与丑陋和肮脏的内心世界联系在一起。通奸似乎不符合人类的道德规范，但除欲望之外，实际上通奸是当代人对自身的婚姻状况不满而又对现实生活无可奈何的一种无声的反抗。吴西玉大概就属于这种情况，他无法摆脱与牛文藻的婚姻关系，所以他就在黑暗之中默默地反抗，他和尹琳的关系就是我们普遍认为的通奸关系，尽管他们也爱得死去活来，但我们大众还是不能接受这种事实。这可能就是吴西玉面对现实生活感到恐惧的重要原因。但就我本人来讲，我十分同情吴西玉的遭遇，我认为这是事情的两方面，是唯物主义。表面符合法律，但实质上却不符合人道的婚姻是当代人内心焦虑的精神根源之一，当然这也是吴西玉精神焦虑的根源。人性在现实家庭生活中常常处于一种很尴尬的地位。[1]所以吴西玉最终的结局是死亡，并且近乎身败名裂。

前面所讲述的女性有美丽的，也有平常的，墨白还塑造了另一种女性：恶俗不堪的女性。在墨白的文化大革命小说《梦游症患者》就塑造了这样一个人性沦落的女性形象，即尹素梅。她强烈的欲望要求原本也是其生命力旺盛的一种表现，但在克制、内敛的礼教观念和公公、丈夫的压制

[1] 墨白．欲望与恐惧：序言．武汉：长江文艺出版社，2002：1.

下，并且借了动乱年代狂热思潮煽风点火的点拨，她从追求身体的快感逐渐变得寡廉鲜耻甚至丧心病狂起来，不但与小叔子通奸，而且在为丈夫守孝期间，连外甥文宝也不放过。当她反将一只破鞋挂在文宝母亲的脖子上时，我们会发现她做人的起码良知都被她这灾难性的欲望之火吞没了。这是一个人性在欲望的无限放纵中沉沦的故事。

在这么多的女性角色中，墨白塑造的都个性很鲜明，他梦幻中的女子给人带来希望，墨白塑造这么完美的女性，虽然在现实中未必找得到，但这些女性身上的某些品质仍然能给我们美好的期待。

四、道德书写

在墨白的文章中，道德问题无处不在。从上述苦难、欲望、女性书写分析中，我们可以看出在关于苦难、欲望、女性描写中都穿插着不少道德问题。

在《讨债者》中，讨债者来到颍河镇，渴望能拿到人家欠他的蒜钱回家过年，但结果却不仅没能要回欠款，还被灌醉冻死在异乡。这则故事中我们也能看到欠债的人赖渣常年在外躲债，欠债不还，丧失了做人的诚信，甚至一点道德都没有。而老秃头给他想的招却使讨债者丧了命。讨债者找院长拿钱，却被院长忽悠并一拖再拖，不管他死活地想把他打发走，看讨债者如此执拗，只好又想了个损招，一杯一杯地把讨债者灌醉，最终讨债者不堪酒量，冻死在街头。讨债者的悲惨经历实在令人难以想象这是个多么毫无法制、杂乱不堪的社会。

在《黑房间》中，占有欲让“俺大”“俺爷”失去了理智和尊严，冲破了伦理道德的束缚，良心泯灭，只剩原始和蛮荒，没有一点文明社会的影子。

在《白色病室》中，苏警己由于快要升副院长而被人陷害，而他本身又是一个尊重客观事实的人，不会为了求自保而撒谎的人，于是他陷入了沸沸扬扬的风言风语中，背后被人说是杀死秋霞的凶手。背后毫无根据的谣言如同一把无形的刀子把苏警己逼到精神崩溃。陷害苏警己的那个人在权欲的诱惑下做出如此无耻的事，还散布谣言，完全把道德抛诸脑后。于是在如此沉重的压力下，苏警己失去了理智，利用白冰雪对青霉素的过敏杀了她。至此，苏警己也没有了原则和道德。白冰雪送进停尸房的那一刻，苏警已也成了一个精神病患者。这应该是作者对他杀人的惩罚。

在《局部麻醉》中，白帆的妻子由于丈夫无法满足她，就与屠户出轨，并且还在其被发现时对其进行一番讥讽，毫无愧疚之感。其妻仗着自家的权势什么事都不怕，经常羞辱白帆，白帆作为一个男人失去了本有的尊严。柳鹅在性欲的驱使下，在权势的靠山下，做出这等触犯道德的事。最终她需要截肢，袁屠户得了阴茎癌，都没有好下场。这是上天对他们的报复。

院长承诺麻醉师和白帆会给他们好处，结果却是一场骗局，他把科技拔尖人才的名额给了自己，欺骗也使他得到了报应，他老娘的丑事被传得满城风雨，六十六岁了还生小孩这种混乱了的伦理道德的事简直是不堪入耳。

在《白色病室》和《局部麻醉》中，苏警已和白帆都是专攻医术的高级知识分子，他们医术高明，并且不论发生什么都尽其所能地医治患者，这一点与当今社会很多医德不行的例子相比，让我们感到欣慰，他们没有势利眼，很本分地做自己该做的事情，这也是我们所要学习的品质。

在人类社会中，人类的行为都是在道德规范之下，一旦失去了道德，行为游离在道德之外，就失去了做人的尊严，悲剧也会连连发生。

总之，墨白的作品大多数都是他的个人经验，经历了太多的苦难以至于他的作品中无处不充斥着苦难和丑恶的人性，所以从他的作品中总能感受到一种压抑沉闷的氛围，压得人喘不过气来。但从墨白的作品中我们能够更加深刻地感受到人类的痛苦和孤独，更深刻地读懂人性的另一面。但在我们看到如此绝望颓废的人性的同时，墨白并没有把所有的人性都否定，有时候还是能在文章中挖掘出很多人性的闪光点，让人在抗拒这些负面的东西的同时遵守道德，从而更加珍惜人性的美好。因此，墨白的作品是值得肯定的。

墨白小说的“颍河镇”情结

人文学院学生　郑凯

“写作需要的是全副的心灵，而不是趋附时尚，不应该在文学中寻找地位，而应该从中寻找自我。”阿斯塔菲耶夫的这句话墨白非常欣赏，他自己的文学创作也一直遵从这一原则。初看墨白的作品，很难集中注意力将一篇小说完整地看完，没有跌宕起伏的情节，而且感觉晦涩难懂。创作题材也是严肃而冷峻的，同我过去看的小说，娱乐休闲性相差甚远。其创作文本也是陌生的，具有新颖性或颠覆性，他同时尝试去表达一种他对于生命和世界的独到的见解。这些因素，限制了他的作品的大众化，但正如开篇所说的，在现今的社会文化中不为商业化所腐蚀是难能可贵的。

在墨白的作品中，常常有一个他设定的属于他的精神家园抑或文学家园——颍河镇。墨白通过自己的感受和体验，创作出了镇里栩栩如生的各式各样的人物，颍河镇的儿女。在其笔下，可大致将这些“儿女们”划分为两类，一类是生于并成长于颍河镇的乡土族群，他们时时刻刻都力图走出颍河镇。另一类是从艰难忧患的颍河镇得以走出去，但精神上却仍苦难贫瘠的知识分子。对于这些“儿女们”，墨白都是给予同样的关注和同情，因为这个小镇，这些人，无时无刻不牵绊着墨白的情感，承载着这位苦难的知识分子的人生历程。

一、墨白的生存体验与童年阴影

1958 年正是大跃进浮躁风盛行、人民食不果腹的年代，墨白就是在这样一个社会环境下出生在豫东平原的沿江小镇上，在其童年，他的父亲因所谓的经济问题被判入狱，即使在现在这对于一个家庭而言在经济上精神上都是难以承受的，何况在过去那种社会环境下。因此，为了生存，幼小的墨白就必须学会干农活，为家里减轻负担，丧失了一个孩童应有的童年。这样的成长生活境遇，可以说墨白的童年和少年时代都是处于恐慌和劳苦的双重压力下的。

所以颍河镇最早出现在墨白笔下的并不是美好、文化底蕴深厚的一个镇子，而是一个贫穷、落后、毫无生气的败落的年轻人都想离开的镇子。

这个镇子的原型让墨白经受了太多的苦难，也让他受到了充分的磨砺，四清运动、家庭变故、世俗白眼……这些都是墨白写作的民间立场选择的一个重要因素，因为童年的成长经验是一个人心理发展不可逾越的，并在人生的经验和知识积累中占有很大分量的一个阶段，这对于一个人的个性、气质、思维方式等常常有着决定性的影响。所以墨白童年的苦难的成长经历，势必会在一定程度上影响着他的创作感情和情绪基调，也是他日后创作的重要经验来源。正如一位英国作家所说，未曾哭过长夜的人，不足以语人生。

颍河镇虽是以墨白童年成长的镇子为原型所构建的，但它代表的不仅仅是现实中的颍河沿江的新站小镇，而是豫东平原上以颍河为血脉的村镇。颍河镇拥有着豫东平原上这些村镇的共同点并融合了它们各自的特点，具有强烈的地域代表性。从这个角度来讲，颍河镇便不仅仅是墨白构建的一个文学家园，也是属于豫东这片土地的，属于颍河的。

“在颍河镇，有着高大的城墙，青石板街道，街道的两边都是木制的两层阁楼，下雨天从街头走到街尾也不会淋湿。在镇子里，有供着孔子牌位的私塾，有山陕的会馆，有道庙，佛寺，甚至还有清真寺。”[1]这样一座镇子，拥有着完善的商业文化设施，可以想象得出往昔她的繁华与荣耀，以及深厚的文化积淀。就如墨白所言，这片土地，是老子的故乡。比如在墨白的短篇小说《太阳》里，就能说明颍河镇所拥有的深厚复杂的文化底蕴。

这个商业设施齐全，杂合了儒、道、佛、伊斯兰等各种文化学派和宗派的小镇，也为墨白的小说创作内容的构思、情节的设定提供了场景的便利，犹如一片有着完善生态系统的森林。

作为生命之河的颍河，对于童年，甚至青少年的墨白来说都是陌生而又熟悉的。这条江河哺育着颍河镇一代又一代的人。如墨白自己所言，童年的他却不知道这条河流从何而来，也不知道她将流向何处。颍河在那时对于墨白来说是一个很大的谜团，让他对外部世界充满幻想，可以说颍河是一根在墨白的精神躯体里流动的血管，为墨白提供着精神

[1] 刘海燕. 有一个叫颍河镇的地方[J]. 郑州：河南省文联，2006:3.

养分。这也就决定了颍河在墨白后来的小说创作中成为小说与外部沟通的一个渠道。在墨白的小说里，河流上在丰沛的雨水季节总是漂着很多挂着白色帆蓬的商船，不知从哪来的望不到边的顺流而下的木排，以及那些回荡在河道里的水手的号子。在小说里，许多人物沿着这条生命之河走出颍河镇，或者回归。许多日夜想出去的人同童年的墨白一样，在岸边眺望。这条河流承载的历史，将外部现实同小说串联起来，构成一个没有清晰边界的世界。

二、墨白的精神场域与颍河情结

在墨白的作品中，苦难的叙事没有过多的文笔修饰，痛苦、压抑平直地以生活本来的状态展示给读者。墨白曾如此阐述《梦游症患者》的创作动机："文化大革命那年我还不满十岁，当一个噩梦在一个不满十岁的孩子身边发生的时候，他用幼稚的眼光注视着梦境里发生的一切：兴奋、向往、迷茫、恐惧……梦里那样的漫长，足足做了十年，或者更长一些，一直到他长大成人，那些梦几乎构成了他的血肉和精神……当他从梦境里醒来的时候，他受到震惊的灵魂很难用语言来表达。"[1]这段话足以让我们理解为什么墨白的作品都是一种创伤性的文本叙述，一个个以颍河镇为隐喻场的有着宿命感的冷峻的故事。

日本作家水上勉在其《土俗之魂》一文中说"生活在某一块土地上的人们的本质性的东西，将由诞生在那一块土地上的人们保持下去。大多的艺术性较强的作品，是以作家本人诞生的土地或长期居住的土地为背景的。"[2]水上勉的这一说法可以在墨白这里得到很好的印证。

颍河镇，墨白笔下的这个虚构的地点，是一个重要的地域精神符号，一个墨白自己创造出来的天地，一个让读者更能直观地感受到他的精神家园的场地。墨白的多部小说围绕着颍河镇这一地点来表达阐述，不断地给它添加血肉和筋骨，让它的生命、性格、思想更加完善，更加趋近于墨白的理想之文艺家园。这个镇子墨白细心地经营，把自己的生活成长经历注入进去，就如对自己的小孩一样，不断地呵护完善，形成自己独有的特

[1] 墨白．梦游症患者．后记．郑洲：河南文艺出版社，2002:3.

[2] 李少咏．构建一座精神的小镇．河南社会科学，2003:11.

色。正因如此，墨白的文学创作在以颍河镇为背景的叙事模式中，文中的人物、风情描写细腻，各种写作手法在这里应用自如，从而达到颍河镇这个精神家园与作者血脉相通的境界。

如前面所说的，颍河镇是豫东平原上的各种小镇集合的一个影像，因此可以说在客观上它是存在的，它所拥有的在现实中一样能找得到。但同时它也是墨白艺术创造的一个隐喻及象征，一个包含着生存和灵魂的隐喻场。在墨白的小说里，这个隐喻场里的人们生活是困窘而痛苦的，生命在伤痛和挣扎中将其矛盾的本源表现出来，人们在精神上逃离，但最终又回归的一种逃无可逃的悲剧境况。颍河镇便犹如一个舞台，一出出乡土文化浓厚的剧目上演，一个个或悲或喜的人物的精彩表演表达着作者的美学观点及其艺术价值。

颍河镇作为一个古老的存在，有着其深刻的历史意义和文化缩影，这些特质将与人文、政治、民族、宗教等方面紧密地联结起来。虽然这个镇子不曾真正是谁的故乡，但读者往往能在其中发现似曾相识的东西，有时会出现读其文，阅己心的感触。墨白自己则更是凭借颍河镇为背景，创作顺畅，发挥如鱼得水。这种有着深厚的历史的事物同自身的文学素质得以有机地结合起来，可以把过去、现在，甚至未来的情景交织在一起。墨白用他的这个创作特点，为读者展现了一个从现实中拔高的精神人文小镇，读者可以从中切身感受到作者倾注心血构建的一个庞大完善的隐喻之场。

三、墨白的民间立场与边缘叙事

立场是个人性的，是对一种精神价值的明确认定，并成为对自己价值认定背后的依据。大抵说来，立场的有无、立场的基本指向乃至坚定与否决定了一个人的生存感受与生存姿态。写作是作家立场的显示，是作家在创作中所持的文化态度、文化选择，是作家的价值定位与文化操守，是作家在写作中的自我定位。

所谓民间立场，我想应主要是强调脱离官方话语、意识形态话语之意。严格地说，一个真正的知识分子，如果真有立场的话，那就是个人立场，这种脱离了官方，也脱离了民间的流行话语，以个人的思想，来表达民间这个群体概念的一部分，即自己所处的那部分。但其始终站在民间的立场上，对现实进行批判，与芸芸众生甘苦同受，冷暖相知，虽无法代表民间，但却能以自己的方式为民间发出诉求的声音。民间是真正的作家的生存土壤和其作品生命力的源泉。如果把文学比作人类社会的精神之花的话，那么只有植根于最深最深的民间土壤中，才能开出最美最璀璨的花朵。

以民间立场所创做出来的作品，应该是抱有最纯粹的目的、最纯净的理想的。一直追寻灵魂指引的方向，没有功利性，从而最大可能地接近文学的本质。墨白就是这样一位基于这种立场的作家，在他的作品中勾画出富有特色的底层人民的生活景象。展示人的生存状态和精神状态，为什么读者提供一种在精神上的寄托。充分体现了墨白对于社会、民生关怀的人文精神。亦如墨白自己所说："那是因为我们孤独和寂寞的内心需要安慰，在我们没有宗教的现实生活里，在我们这些唯物主义论者的生活里，真正的文学就是我们的教堂。在这个充满功利的现实世界里，那些产生消费品的匠人到处都是，我们缺少的是那种具有创造力的写作，之所以我们的写作缺少创造力，是因为我们的内心世界并没有达到自由的境地，我们还没有达到自由表达精神的境界，是因为更大的困境存在于我们的灵魂深处。"[1]

墨白的叙事形式同其他一些同样处于民间立场的作家有所不同，他既注重于现实社会层面上所暴露或隐藏的问题，也注重文体意识的叙事，兼顾着文学观点。"从文学的角度出发，去对这一部分人群的生存状态和命运进行关注，而不是从社会学的角度出发，去给他们讨个公道，这种理解才是准确的。我认为底层的苦难远远没有结束，我们需要加深对这种苦难存在的认识，而不是去淡化这种苦难。也就是说，我们文学家要真正地关心他们的存在，就要从文学的角度来正视他们苦难和痛苦的存在，而不是去俯视他们的存在。"[2]墨白这种观点的形成，去"正视"而不是"俯视"是因为他所经历过最底层生活，感受过底层的生存和精神的双重压迫，因此他对于底层人民有着一般作家所不具备的深厚情谊。墨白在他的作品中、情感上始终充满了对弱者的同情，对社会矛盾所产生的挣扎着的痛苦的灵魂的悲悯。墨白关注民间困难的文学创作，其目标"以文字的形式使这苦难固定下来，使我们已经麻木的心灵慢慢地觉醒。"

[1] 黄轶."形"的执着与"思"的独立[J].河南：平顶山学院学报，2008-23-3.

[2] 龚奎林，于昊燕.人性的异化、疾病的隐喻与历史的宿命[J].河南：平顶山学院学报，2008-23-3.

在“先锋作家死了”的今天，墨白仍坚持着他那原先就另类的“先锋”思想，不追求名利，不为商业化的文学屈服，他仍以他那独特的叙事文本关注着人类的灵魂，对人们精神匮乏的苦难进行深入的剖析。

四、墨白的城市怨恨与故土情结

在现今城乡分配日趋不合理，矛盾日益深化的社会情况下，要对这一问题进行深入而本质的了解，最好的场所就是城乡的结合部——镇子。中国的小镇，大部分是农业人口和城镇人口混居的，对于一个农村而言，镇子是城市的边缘；而对于城市而言，镇子是农村的边缘。这种情况下，一个镇子的人的生存和发展的矛盾，便是中国城乡矛盾的缩影。它让人近距离看到体验了农村的苦难贫瘠，也让人目睹了城市部分的体面而想象它的繁华。

在农村人的眼中，城市生活就如墨白《事实真相：寻找乐园》中所描述的：“这城市的缤纷曾经无数次出现在我的渴望里，我在乡下那个偏僻的家乡中学里读书的时候，我就下决心考入这座城市的某一所大学，而后在这里定居。在早晨，我乘上电车迎着朝阳去单位上班；在中午，我走进一个清静的餐馆，叫上两个小菜，要上两杯啤酒，我坐在那里，看着一位穿着红色上衣的侍者，手里托着我所需要的食物饮料款款而来；在黄昏来临的时候，我胳膊上挎着一个美丽的女郎在法国梧桐的阴影里浪漫；或者和一两个知心的朋友走进影院，一边嗑着瓜子一边通宵达旦地看着电影。”[1]这种生活对于物质匮乏、精神压抑的农村人来说，就是梦想中的天堂，所以他们会拼了命的以一生甚至几代人的奋斗不顾一切地冲进城市，以寻求一种有尊严的，精神、物质上都能够充实的体面的生活。但他们一旦进入了城市，那个在他们眼中堆满金钱、满大街美女的地方，却是以另一种面貌等待着他们。自 20 世纪 80 年代以来，城市的确开始接受农村人口，但他们所拥有的劳动权却是城市最底层的工作，那些城市人不愿意做的工作。他们为城市的建设奉献着自己的热血，但却从未获得他们所梦想的体面自尊的生活，甚至还不如在农村的生活。过去在未进入城市之前，还只是幻想城市的富庶，而现在进入城市甚至过着更为底层的生活，

［1］ 墨白：事实真相．成都：四川文艺出版社，2001．

近距离地同城市接触，城乡的贫富分化便更加清晰地彰显出来。

墨白是一个生于农村、长于农村、生命之根在农村的地地道道的农村人。农村的愚昧无知、贫困落后于他有着深刻的体会。同时在他青年时期来到城市闯荡、流浪的几年里，他多次经历的受人鄙视的底层生活让他更为清楚城乡差距，社会财富资源的分配不均衡，及由此引发的城市对乡村的冷漠和唯利是图。也大概是由此而使墨白在小说中关于城市的印象都是一种反感、厌恶的反面情绪，这也是为什么墨白的小说以叙述城乡对立来批判现今的社会不公现象的原因。

在墨白论述城乡二元分化的笔下，主要是通过描写两类人的生存状态来表达文章的主旨，一类是为城乡所接纳的，同样享受着城市优裕的物质生活条件的由农村来的知识分子；一类是进城务工的农民工，这是绝大多数的进城的农村人。这两类人进入城市的方式不同，前一类人通过知识成功地进入城市阶层，并获得接纳，获得了他们之前所要追求的物质条件的改善，甚至超越了普通的城市阶层。而后一类人，则是单纯地进入城市，通过卖自己的劳动力，往往是廉价的，来获得一些生活所必需的物质资源，他们所处的环境是城市最底层的，甚至还不如在农村的处境。这两类人虽然在物质生活上相差甚远，但他们的本源是共通的，他们的灵魂，无论是知识分子还是农民工，都仍处于城市文明的压迫之下。这些知识分子，对于乡村和城市的态度往往是矛盾的，他们恐惧乡村的贫穷艰难，但却又惧怕城市的冷漠无情，这种对立的情绪便造成了墨白所说的知识分子“无法摆脱的痛苦”。[1]比如《局部麻醉》的白帆，虽被城市所接纳，但在工作和生活中都一直受到压抑、折磨。同样，《欲望与恐惧》的吴西玉，更是羞愧于自己的农村文化血统，放弃自己的幸福所换取的城市立足之地，带来的却是没有尊严的生存，精神上时刻遭受重压。由此可见，在现今城市文化为社会主流的时代，乡村文化的被歧视和压抑，是压在这些奋斗得筋疲力尽的快窒息的知识分子身上的一根无法去除的稻草。看似轻，却足以致命。

那些进入城市的知识分子相较于农民工而言，他们是幸运并完全可

[1] 米学军．创伤性体验对墨白小说的创作影响．河南：平顶山学院学报，2008-23-3．

称为幸福的。以马斯洛需求层次来划分，知识分子所面临的自尊是自我实现的问题，而农民工面对的则是人最基本的生理和安全的需要。他们为了生存而奔波劳作，无暇去考虑精神上所遭受的压抑，他们的呼声没有人能听见，处于城市边缘，除了在城市的建设上他们不可忽视外，其余的诉求都被剥夺。墨白的流浪经历，使他对城市底层农民工的生活状态、精神面貌有着十分深刻的体会，这促使他在小说中将这部分描写得十分逼真，观察透彻，对农民工的生存和仅有的不算高的梦想淋漓尽致地展现在读者面前。这类小说中的代表作当属《事实真相》，这些乡村里出来的主人公们进入城市只是简单想通过出卖劳动力来改善自己的生存状况，不再像农村那样窘困，这便是他们的乐园，但这样的目的通过自己的努力，辛苦的工作仍难以被满足。工钱被包工头侵吞，使他们的生存艰难，但这种状况却无人出来帮助他们伸张，完全被忽略。这种状况一直出现在我们的身边，农民工做最底层的工作，为城市提供服务，为城市建设出力，但他们的权利遭到剥削无人给伸张也无地诉求，他们被忽略，他们的疾苦好似同城里人毫不相干。这何尝不是城市文明的悲哀。

在墨白的小说中，这些闯荡在城市中的农村人，无论是知识分子还是出卖劳动力的底层农民工，饱受城市的冷漠和压迫，便常常想起他们的根源，温馨而宁静的乡村——

城里的泥土为什么这样黑呢？城里的土层为什么这样结实呢？它都快把我的筋骨拧散了；这里的土为什么这样的肮脏？相比之下家乡的黄土层是多么地干净呀！你用铁锹削过去，光滑而松软的土壁就能用手指写字，在那里的土地里你就是挖口墓穴也让人感到心里舒坦。可是你看看这里的土……我都挖了这么深了它还散发着一种臭气。——《事实真相》

我也在高高的货台上躺下来，我看到了天。天淡蓝淡蓝的没有一片云彩，没有一只飞翔的小鸟，没有一丝凉爽的风！这个时候我突然想起了家——这个时候我一准在颍河里洗澡，那该是多么痛快呀。我像一只鸭子在水里畅游着，然后坐在河岸上的柳荫里，看着白色和黄色的蝴蝶在绿色的草滩上飞舞，听头顶的知了唱歌，看远处河道里小渔船悠悠地荡，那个时候，我就可以在绿草地上，在柳荫下躺着睡一觉，然后在远处飘来的歌声里，在对岸姑娘的洗衣声中安然地进入梦乡。家，我的乐园。——《寻找乐园》

这种情节的设置富有深意，这些人进入城市是为了梦想，为了寻找一个乐园。而当他们在城市里遍体鳞伤的时候，才感悟到真正的乐园还是那个自己出生成长的贫瘠的土地，但那土地仍是贫瘠的，给予了他们精神上的满足，生存上仍是艰难。所以与此同时，也让读者领悟到，这种生存的挣扎的出现，其消除的根源在于城乡一体化，于当代中国，是一个有着非凡意义的重大事件。

五、结语

墨白的小说对历史和现实有着深刻的意味深长的认识和思考。比如说他选择颍河镇来作为一个隐喻场和精神家园，这与文化素养，历史传统有着很深的关联。墨白对人生和社会的深刻体验和认识，注入他的文学创作中，构成了他小说叙事中的重要因素，成为他创作的基础。其作品中充满的宿命感，不可思议甚至不合理的荒诞情节，却能引发读者进行深入的思考和判断。他的作品是平行于现实的，因为真实，所以更为触目惊心。希望这些作品能更为人们所关注，从而有更多人更为关注人类内心的精神的匮乏和弱势群体的生存压力。

学年论文：
墨白小说的文体、意象与意蕴分析

为了发挥教师的主导性和学生的主体性，提前让学生进入论文写作现场，去体验运用理论分析问题的过程，学生从大三开始，就根据自己的科研兴趣选择学术导师，在学术导师的指导下进行以科研为主的学习，撰写学年论文，从而实现因材施教和个性化培养这一创新点，提高人才培养质量。学年论文旨在引导学生尝试论文写作，了解论文撰写规范，引导文本解读思路。我在引导学生进行学年论文的选题时，有意识地从墨白小说的文体、意象与意蕴书写角度去指导学生进行论文写作，培养学生的创新精神、创新能力和实践能力。

墨白的作品构建了一座座由苦难、人性、道德、原罪、死亡构造的叙事迷宫和精神城堡，一方面反思国民劣根性的原罪意识，叙述精神奴役创伤后的记忆，另一方面呈现个体在欲望与真善美中的博弈和精神成长，尊重底层个体的梦想追求和生命尊严。王青、涂序团、林雪等撰写学年论文的同学围绕墨白小说中的人性与苦难展开。王升满同学从先锋小说的文体和墨白的“反文体”跨界进行切入，认为《手的十种语言》的结构模式和文体模式就是其新的探索，观点非常新颖。毛元平同学沉湎于内心的思考，一如他不苟言笑、孤独读书的姿态，他认为墨白小说《回家，我从清晨走到黄昏》是一篇对中国民族的传统文化的找寻和现代“空心人”铸成找寻的虚无性的悲剧色彩浓郁的小说。叶静同学是个认真学习、安静读书、勤于思考的学生，获得了国家奖学金，考上了研究生，该论文从女性的细腻心理去感受文本的独特魅力，认为墨白小说中的紫霞意象被泼上了暗红的血色，给原本灰暗的空间布上了阴郁和惧人的阴霾，这是作家书写底层人民苦难生活、精神苦闷、欲望压抑、生存困境在环境中折射的一个影像。这些论文经过多次指导和反复修改后，均已公开发表。

小说“反文体”跨界写作的“建构”与“解构”

——墨白小说《手的十种语言》解读

人文学院学生　王升满

小说的本体形态构架是以散体书面语所讲述的虚拟人生的故事。它在长期的发展过程中，从各种精神文化形态中吸取丰富的营养，它内部融合着各种叙事元素，其任何一种元素的变化都可能使人生画卷呈现得绚丽多彩：既可能保持远古神话的神奇瑰丽，也能贴近生活追求新闻般的真实；它可能呈现宏伟不凡的史诗结构，也可能是轻松愉悦的小夜曲；它的人物、情节、环境、语言都是极富灵性的精灵，可以千变万化、仪态万千。小说就是一个筐，一个由故事编织的筐，创作者尽可能地把自己的人生体验、生活积累、审美追求统统放进去，由自己的心性将它编织为一个流光溢彩的花筐，小说的本体形态不仅仅是由散体书面语所编织的故事，而更在于小说家是怎样去编织故事，所以小说创作形式也就成了小说家们的选择。先锋精神下的小说创作以其不同的散体形式选择诠释着小说的创作的现代性诉求。

作家墨白数十年来一直致力于通过跨文体写作模式进行文体革新实验。《手的十种语言》就是其中的代表，该小说借助对小说、诗歌、绘画、书信、日记、评论、新闻报道、案件调查手记等诸多文体的融合与拼接，推陈叙事形式和叙事手段，进而呈现作家墨白对欲望的解剖展现、异化传统小说以情节为结构中心的范式转向小说“反文体”的多种融合、多重图式，追求写作手法的移植与联姻。可以说，《手的十种语言》的结构模式和文体模式都是对小说新的探索。

一、墨白小说中的跨界写作

“跨界”一词源于英文“cross”一词，原意是交叉与渗透，在不同的领域含义不尽相同，小说中的跨界叙事指的是主体对各种文学及非文学的有效整合，形成一个统摄的整体，这种叙事形式都服务于历史事件的多棱角呈现或者服务于人物内心世界多维度影像上，最早提出跨界写作的是河北师范大学的郭宝亮先生，他认为“小说创作不存在单纯的技巧，而是整体性的观念，一部优秀的小说，绝不是单方面的优秀，而是完整的构造”[1]。而这种整体性就是一些作家所采用的文体跨界写作，使得小说语言、文体等出现跨界的渗透。墨白小说的跨界写作是小说写作的文体跨界也是语言的跨界，小说《手的十种语言》中各种文体的融合渗透，并不热衷于划清文体、文类的界限，作品中语言、形式、风格独异，将小说、诗歌、文学评论、新闻报道、绘画等相互融合拼接，超越了传统叙事小说以情节为主的文体理论的界定。绘画，是指用笔、板刷、刀、墨、颜料等工具材料，在纸、纺织物、木板、墙壁等平面（二度空间）上塑造形象的艺术形式。相比较于文字所塑造的艺术插图更具有形象生动的特点，形成与语言文本互为补充的符号文本，如文本图一命名为：“性欲之手，性欲是一种临时性的精神病，可以用婚姻治愈，可以使患者远离病源的方法有多种，婚外恋，自慰。这种疾病和癌症一样，只在灰暗无光的房屋里传染，那些呼吸纯净空气，吃食简单的野蛮人从不受它的侵扰，”绘画加上文字图解，一个用形象的线条语言展示性欲之手，一种用书面的文字语言展示着性欲之手的象征体，让绘画融于文本，形成文本文体和语言符号上的双向跨界。书信是一种向特定对象传递信息、交流思想感情的应用文书。“信”在古文中有音信、消息之义，小说中书信体的插入传递着黄秋雨的生活信息和他的私人情感，在小说中从人物生活细节和情感思想上刻画人物，这使得小说中的人物实现了，形象模糊而精神情感世界饱满的效果，小说中黄秋雨的书信是命案调查的线索，从情感层面深层次地揭示着主人公的精神世界，小说文本中大量的书信体写作，黄秋雨复杂的情感生活在文本书

[1] 郑丽娜．世纪之交汉语小说实验论稿．中国社会科学出版社，2010：64.

信的揭示下显得清晰有序，这使得小说命案的调查一步一步深入，又一步一步扑朔迷离。书信体的插入不仅仅是文本主人黄秋雨情感和精神的完美描写，也是小说情节建构的重要环节。

《手的十种语言》文本语言中也包含着小说文本的“十种语言”，小说在传统叙事语言中掺杂着诗歌、书信、新闻报道、历史事件、回忆录、调查手记、绘画等十余种不同体裁的文本语言以及河南颍河的独特乡土语言的融合。文本以画家黄秋雨的死因调查为主线，在不同文体语言的融合下形成独特的语言跨界。文学是语言的艺术，“文字的基本材料是语言，是给我们一切印象、感情、思想以形态的语言”，各种文学作品都是凭借语言形象地反映社会生活[1]。小说语言是用语言描摹人生的幻象，小说语言的基本功能就是描摹性地再现生活，但不同体裁的文学作品其语言功能并不一致，诗歌语言经过高度凝练和格律化，而且有很大的跳跃性，抒情功能得到异常发挥。文本中穿插的诗歌使得小说语言特色鲜明，形成独特的交汇性语言，也使得小说语言不同于普通叙事性小说以人物对话语言、描述性语言等为主体的语言模式。绘画语言是以一种非常规性的线条型符号和二度空间的语言形式，能形象、生动地再现生活场景。小说文本中以绘画的形式展示“手的十种语言”，形象的图画配上诗歌、散文等图解式的语言让小说的主题凸显，使得作者抽象的象征更加形象贴切，小说中第二张草图是一只扶在茶杯上的手。黄秋雨把这只手命名为：手·权术，写在这幅草图下的文字是这样的：赢得社会地位和财富的一种暗器。当男人的丑恶与权术交织在一起时，往往会使这个男人变成一个魔鬼，并以操纵别人的命运为快乐。借助于绘画的描绘和诠释性语言的描述让人明白，手可以操纵别人的命运，是赢得财富的一种暗器，这便是手的权术语言。小说中书面语言又不同于生活化口语，两种不同风格的语言相互交错穿插，相呼相应。读到小说工整的书面语就如行走于文学的云端，文中工整的诗歌语言和整而有序的叙事语言让小说对人欲望的描写俗而不陋。如诗歌：

……当你的手指触摸到／我幽密的森林／我的枝叶　颤抖成／静

[1] 马振方．小说艺术论——小说语言的基本功能和特点．北京：北京大学出版社，2004：106．

夜中　悄悄吐香的俏合欢／　　你的冲锋　是我的极致／我的极致是莲花盛开的天堂

小说中插入这首诗歌使得对“性”的描写形象典雅而不落低俗，这是小说中工整的书面语的表达效果。读到小说中生活化口语时就如行走青石乡间，朴素淡雅，一种原生态的回归，面对大量行走在文学前端的书面语我读到更多的是故事的虚构，回到简单纯朴的通俗口语的描写读到的是更多的真实描写的生活原模，一种语言上的返璞归真。

鸡巴，算我霉气。渔夫打断我的话说，晌午我家老大的孙子请满月，乱哄哄地一直忙到挨黑。心想着，这网在河里下了一天了，总得扳上来看看呀。鳖孙哄你，头一网，就把他从水里扳上来了。

我指了指沉在河底的扳网说，就这架吗？

就这架。

你能把网扳上来，让我们看一眼吗？

……

小说中这段渔夫在回答调查询问时的通俗口语描写，使得原本看似充满了虚构和故事性的案件调查瞬间在语言上找到了生活中的原模，让小说的内容和案件的调查这一主线有了真实感，浓郁的地方色彩和充分口语化的语言嫁接到西方现代小说叙事技巧的运用之中，使得一种原生态得以还原。小说的语言跨界就是将这种不同风格、不同形式、不同文体语调的语言相互交融、拼接、渗透为一体，使得小说在不同语言形式上形成整体风格。《手的十种语言》中将各类文体语言融合，使得小说语言整体像一首20万字的诗歌一样，语言具有跳跃性，整体具有立体感和真实感，小说由27个部分组成，各个部分就如整个诗歌的一个小节，各小节之间以黄秋雨的命案调查为主线，骈接着涉及有关黄秋雨的绘画、书信、日记、诗歌、新闻报道等，各小节之间看似莫不相关，却又藕断丝连，关联着同一个主线，各小节的情感牵制着整首诗歌的情感，即小说象征性的主题。语言上有工整，有平白，有跳跃，有回环，展读文章让读者有种不似小说胜似小说的感慨。小说第五节米慧写给黄秋雨的信，多为书信体写作，第十二节米慧的诗，多为诗歌写作，第十九节案情分析，多以调查手记写作等，各部分都有独特的文体代表，若将各部分分放单列出来那也是优秀的文体范本，所以各部分相互独立又相互密切关联，使得小说看似分离又相互黏合，形成整体的诗歌典范，不同文体的不同写作语言让这首长诗具备小说文体下的诗歌体钵。

二、“反文体”写作对小说的“建构”和“解构”

在当代文学理论要素中文体是一个最为纷繁复杂的范畴，文体(style)，是指独立成篇的文本体裁（或样式、体制），是文本构成的规格和模式，一种独特的文化现象，它反映了文本从内容到形式的整体特点，属于形式范畴。文体的构成包括表层的文本因素，如表达手法、题材性质、结构类型、语言体式、形态格式，以及深层的社会因素，如时代精神、民族传统、阶级印记、作家风格、交际境域、读者经验等。小说 (novel) 是指以叙述事物为创作手法，营造典型性为审美特征的文学创作体裁，以塑造人物形象为中心，通过完整故事情节的叙述和深刻的环境描写反映社会生活的一种文学体裁，它是以完整的布局、合理的发展及贯穿主题的美学原理为表现的文学艺术作品，小说是通过故事情节和环境描写，以塑造人物形象为主要手段，反映社会生活和个人内心世界的一种文学体裁[1]。随着语言学、文字学、符号学的不断发展，文体的内涵也在不断发展变化，对小说文体理解的不同也引起了各文类体裁界定的不明确。

墨白小说的“反文体”跨界写作在小说建构和解构上也独树一帜，小说建构上以黄秋雨命案调查展开叙事源头，穿插着不同文体的与命案相关的材料。其绘画的插入以象征的手法揭示着小说主题，手即性欲、权术、生存、信仰、命运、嫉妒、堕落、欺骗、时间、自然的象征体，小说中这十幅画是手所作，画的丢失也正是以手所为，各种回环的方式证实着手是人欲望语言的集合。同时小说主线也由此介入，命案调查过程中与黄秋雨命案有关的资料如日记、书信、诗歌、新闻报道、调查手记等资料便开始插入、融合，这些叙事资料中属于文学叙事的有诗歌评论、包括核心人物

[1] 马振方．小说艺术论——小说语言的基本功能和特点．北京：北京大学出版社，2004：85.

黄秋雨的诗作及相关评论（见《黄秋雨的诗歌及其评论》一节），也包括情人米慧写给黄秋雨的诗作（见《米慧的诗歌》一节）这些诗作从严格意义上来说在小说文本中尚未能构成完整的叙事，但在墨白小说中作家的引入借助其强大的隐喻和象征功能，并隐匿地以此指向人物最隐秘、最深层的心理世界和精神世界，并牵引着小说情节的推进和并构着小说的主体结构，小说文本“构建”的物理时间只有短短的两天，而通过拼接的小说资料对小说的人物精神、情感的“解构”却是三十多年的心理时间，这种纵向的时间解构使得小说整体空间扩大，有着厚重的立体感。散文体的回忆文章、书信，以及像谭渔为黄秋雨所写的回忆性文章也作为小说文本的一个单独章节而存在，这篇回忆录偏重于叙事性的散文形式；书信方面从篇数上看所占比重较大，有米慧、栗楠写给黄秋雨的信件及其回信，还有黄秋雨以隐性书信形式写给林桂舒的信件，以及米慧写给家人的信件，细数文本所有信件大约三十余篇，字数占据全书五分之一左右，书信体都以情感诉求为主体内容，相互杂糅在一起。整体看来这些散文式的叙事方式是片段式的，相互暗示，相互感应，将主人公黄秋雨的精神世界从不同侧面鲜活地勾勒出来；属于文学叙事的还有配合十幅画作的八个历史故事，它们彼此独立，时间跨度大，但精神指向上又有着隐秘的联系，总体风格上倾向深沉的信史叙事。同时墨白的跨界叙事还整合了诸多的非文学叙事因素，这其中有新闻稿件，有黄秋雨留下的便条，有配合幻灯片所做出的黄秋雨命案调查说明，有方立言的调查记录，小说中文学叙事的主体是小说叙事，作家借助了侦探小说的一个外壳，随着案情的推进各情节转折起伏、明暗相间。他的叙事形式因办案干警方立言的深入挖掘得以穿插式地呈现并得以有效地整合，同时这些叙事材料与叙事人方立言之间也建立起了某种对话关系，进而在文本中形成一个“杂语体系”[1]。承担叙述人角色的方立言，通过自身的体会与追问本源的冲动，一一激活了各式文体在叙事中的主体作用，使得各材料在小说“建构”的同时也起着对小说“解构”的作用。

[1] 刘军．跨文体写作现象探微．扬子江评论，2009（3）：59-63.

三、先锋精神下的跨界写作的得与失

跨文体写作的成功作品也数不胜数，鲁迅、汪曾祺、王蒙、史铁生、贾平凹、残雪、红柯、雪漠等都有跨文体写作的得意之作，这些作家都敏锐地感到文本语言的丰富性和文体的可塑性，采用拿来主义，为我所用的方针，从非文学语体中或者其他文体语体中获取多种表达方式，提高自己的叙述语言的水准。相对墨白的跨界写作，这些作家多以文本的语言跨界，墨白小说的跨界既是文本的语言跨界，也是反文体模式的文体跨界，更是小说结构的多文类拼接。这种先锋模式的创作既是对传统叙事小说的创新也是一种新的挑战。在小说这块试验田里，推陈出新的先锋创作精神印证着墨白对小说文体的重新认识，不过在小说文本中多处叙述标记——指的是墨白在小说书写中多处使用删除修改符号、下画线、文稿追问等，如：

~~我一世的梦想 鸟的姿态。~~

~~那里的道路就是我的骨骼，那里的河流就是我的血脉，那里的土地就是我的肌肉，那里的风就是我的呼吸，那里的风吹树叶的声音就是我的话语。~~

就是她！十二岁的少年？她出生的那一年？对，她出生的那一年他12岁，12加30，等于42，也就说，黄秋雨是在他42岁的那一年写下这些文字的。

《慵懒》(1899，这是奥塞博物馆所藏的两个版本中的第二幅）描绘了一位年轻的裸体女子，仰面摊开着躺在床上，一只手臂斜搭在胸前，另一只手臂枕在头下，一条腿从床沿滑落，另一条腿屈膝弯着，脚抵在旁边的那条大腿上休息。床单凌乱，床罩散落，油灯金色的光线柔和地洒落在被子和她的部分躯干上。画的背景中，我们能看到带有图案的墙纸和一件床头柜。

……

符号使用的目的是为了强调重要性，墨白在小说文本中使用各种线性符号在当下的文学作品中是很少见的，在一定程度上是读者所不能接受的，它影响着读者的阅读效果，这些符号是暗示着这些文字的重要性还是另有所指呢？读者阅读文本时不时地被阻断的阅读进程和断续的叙事都考验着读者的心性和阅读智慧，除此之外小说文本中三十封书信的出现和众多的调查资料的黏连和组合使得众多的资料不能突出重点，除了书信是按时间顺序编排以外，诗歌和杂文的排列便没有顺序可言，读者在众多的资料中需要通过筛选、整理来理解文本，这将是一个艰难的过程。墨白小说《手的十种语言》以“反文体”跨界的方法进行创作，在小说中也一定程度地异化了小说环境描写的功能，小说的环境是小说情节的展开和人物活动的场景，是小说刻画人物的重要手段，环境描写有时甚至充当小说的主角，韦勒克在《文学理论》一书中说道：“环境描写是建立和保持一种情调，其情节和人物塑造都被控制在某种情调效果之下，”传统小说大都具备这样的效果，环境描写往往成了人的精神和心灵的象征，墨白小说文本中虽也有间隙的环境描写，但文本中的环境描写已不仅仅是为人物和情节服务，更多的是服务于文学，这是对传统小说文本写作的先锋实验，也是不同于传统小说环境描写的体现。同样小说跨文体写作的模式黏连着情节的同时也是对小说情节的弱化，弱化了小说情节发展的高潮，读者从文本黏连的材料中能得到的只是联系，被黏连的材料也只是推动着小说情节的发展，和传统叙事小说相比较，跨文体小说的情节也将缺乏空间上的立体感和紧凑感，更缺乏情节跌宕起伏的波澜，在读者展读小说文本时不能很好地扣住读者的心弦，墨白小说看似是一桩命案调查的侦探小说，其故事情节的发展和小说人物的塑造都是通过与命案有关的材料展现，小说的情节是一层又一层的黄秋雨相关材料的推进发展，和传统叙事小说相比有着情节的间续性和不完整性，同时人物形象的塑造上多借助于侧面的材料展现，少有对人物形象的直观描写，小说中对死者黄秋雨的直观描写除却文本第一节的死者细节报道外几乎没有它处再描写，方立言的描写更是少有，多是内心世界的思维描写和感情思想描写，这使得小说人物形象的构造多表现在人物饱满的精神世界和情感世界，没能够直观地形成立体而又饱满的形神具备的人物形象，这将是墨白“反文体”跨界写作给小说带来的反差。

总之，墨白以其诗性的语言特色，跳跃性的叙事结构，现实与虚幻梦境的朦胧与超越、情节的神秘与魔幻建构了他小说独特的先锋个性，墨白认为，小说首先是文学，然后才是社会学，这是小说作为一种文学文体的使命[1]。可以说，作者坚持和肯定的是理想、诗意和个性的尊重，我们不能说这种反文体的小说“建构”与“解构”范式是常规小说范式的疏离，相反，正是他对这个时代的文学的理解，才使他坚持和选择了这种范式，这也使得他的写作更自信，从容，更有思想，我们对作者这样的个性和开拓性精神表示深深的敬意。当然，墨白完成这个使命的独特范式从开始到成熟也是一个漫长而艰难的过程，需要我们一同见证。

苦难精神世界折射下的人性关怀

——浅析墨白小说中的“紫霞”意象

人文学院学生　叶静

墨白以其小说语言的诗意性、叙事结构的跳跃性、现实与虚幻梦境的朦胧与超越、情节的神秘与魔幻建构了其小说独特的先锋个性，墨白以看似荒谬的笔触勾勒出一个个“精神病患者”的精神家园，在中国当代文学这片大地上开辟出一片沃土，叩响了中国历史及人类心灵强有力的回音，呐喊出了中国当代文学的“良知的声音”，而在这声声呐喊的背后包含着许许多多无声的独特意象。

意象作为文学的重要组成部分，作为“良知的声音”的音节构成，它是思维的、隐喻的，它是隐喻艺术思维的核心，具有不完整性、模糊性、暗示性、哲理性、象征性、荒诞性、求解性的特征，往往蕴含着作品的主旨内涵，渗透着作者的主观倾向和他的人生观、价值观。绘画出身的墨白将文学作品画面的色彩与色调调和得很具神秘性，充分地融入了主题，点缀了他整栋“神秘宏伟的文学建筑”。其实，意象便可视为作者调和色彩的调色板，它要传达的便是作者的情感及对人生甚至是整个人类的思考与

[1] 张晓雪．我们应该怎样叙事——和墨白对话．天津文学，2008（8）．

反思。由于对色彩的敏感，墨白也很注重文学作品整个画面的色彩调和。他作品中频现的例如太阳、灯光、火焰、紫霞等看似光明的意象往往被嵌入阴冷、肮脏、灰色的基调中，不论是从整个画面的色彩感还是从故事情节来看都给人以压抑的抑郁感。例如——太阳，在传统文化意蕴中它原本是对光明、理想、美好事物的象征，而“墨白不相信这种‘伟大的传统’，他拒绝承认假若太阳出来了黑夜就肯定留在后面，于是颍河镇的太阳倒像团‘鬼火’，像‘冷面人’，像‘临近死亡的老人的脸’，即使有点‘阳光花花点点’的迹象，但‘灰云彩的狞笑声像巨大的黑洞吞食着阳光，使阳光不敢越雷池半步’，‘太阳能照亮宇宙吗？’‘不能，太阳就像宇宙里的一滴水。’(《灰色时光》)”[1]这里原本光芒万丈的太阳反倒似被泼了盆污水一般，让人心也跟着灰了，意也跟着冷了，底层人们精神的苦难也在于这万般的身心苦闷。紫霞，作为另一个频现的意象，也同样具有其独特的内在指向性，笔者就试图从他部分小说中的“紫霞”意象来探讨墨白小说中的精神魅力。

紫霞，墨白小说中是指带紫红色的霞光意象。紫霞，原本是指在傍晚太阳落山时分，在天空中呈现出来的紫红色的光和云朵。但在作者笔下，紫霞被泼上的是暗红的血色，给原本灰暗的空间布上了阴郁和惧人的阴霾。这也是作者书写底层人民苦难生活、精神苦闷、欲望压抑、生存困境在环境中折射的一个影像。

一、人性中最深层的两种冲动——行动和欲望、开放和压抑的象征

紫霞内在包含的红色——象征着人性中最深层的两种冲动，行动和欲望，开放和压抑。这也成了人们内心深处被压抑的苦闷境遇和欲望冲动的病态心理在环境中的一个映衬。如在《红色作坊》中，女主人公琳在心上人明死后与男主人公成谈论成没给她写信的原因时，成“把煮熟的豆浆起到一口大缸里，又加入一些石膏，就是这个时候成突然发现，橘红的阳光从西边的墙头上越过来，把堂屋的房顶照得一片紫红，紫红色的房顶像一片凝聚的血，那血块渐渐地深重起来。成被眼前的景象镇住了，他木然地望着那血块渐渐消失，一直到有一阵三轮车的机器响到院子里为止”。这

[1] 刘迎．置身于苦难与阳光之间——墨白乡土小说论[M]. 中州大学学报，2010（1）.

里的紫霞意象看似只是不经意的一带，两个情境的过渡，实则是男主人公内心情感世界的一个映衬。他喜欢着琳，琳与明却深爱着，一场由他导演的让人看似无意的车祸造成了明的死亡。他一直有给琳写信，却因无法面对现实，口是心非地说没空写。被照得似血块的房顶衬出了此刻他暗红阴郁的病态内心世界，爱着琳的冲动欲望与无法面对血淋淋现实以及自己魔鬼般内心的矛盾纠结着、交织着、斗争着，最终只得被压抑着，他固然也被眼前这与自己那时内心如此相似的景象给镇住了。这里的紫光所射成的血块在一定程度上也照应了墨白在引题中的一句话："把鲜血喷在白布上，变成我们餐桌上的衬单。"内心精神世界与景的合二为一，足可见其布景的神秘性。

又如在《秋日辉煌》中，"在那个夏日里的早晨，粮在一片红色的霞光里远远地看到了那个少女丰满的屁股，那少女的屁股被红色的霞光照耀得非常刺目，粮就产生出了想拥抱她的念头"。粮是底层人民的一个代表，为了生计他必须没日没夜地跑车，可是就在开车的那个早晨，他实在疲倦呀，在霞光中当他看到那个少女的臀部后，他萌生了拥抱那个少女的欲望冲动，原本疲倦的身体无法配合内心世界的游离，精神恍惚间便将车撞在大树上，酿成了车毁人残的悲剧。底层人民的生活是悲苦的，一如引题所引里尔克《牺牲》中的句子，"你的秀发是照亮祭坛的明烛 / 你的乳房是装点祭坛的花枝"，爱的至极是奉献、是牺牲，为了妻子、孩子，牺牲自己的身心成了无可奈何的必然。他们的内心世界便沉入了无边的空虚、无奈、苦闷，人最基本的生理和心理需求都无法得到满足，人性便容易扭曲。这里的霞光所映衬出的便是粮内心深处那股被压抑的欲望冲动。

二、人物暗红色悲剧命运的象征

紫霞所覆盖以暗红色作为点缀的色调，常常渲染着人物暗红色的悲剧宿命。"在截肢的那些日子里，粮老想着那个被霞光映照的少女，想着那辆车朝她轧过去的情景"（《秋日辉煌》），粮在霞光中因产生那股欲望而酿成车毁腿残的车祸，是他暗红色悲剧命运的一个开始。"霜转身透过窗子看到有些陌生的霞光照在树叶上，照在树叶前面虎家的房顶上""霜眼前的院子呈现出明快而动人的深褐色……霞光毫无声息地从树叶的缝隙里照过来，一直漫过西边那土头土脑的门楼，漫过门楼下的草垫子，这使霜想到了粮”“一束灰红色的光照在粮的脸上，树叶在空中摇一下，那光就在他的脸上晃一下，粮的脸像一块生长着痛苦的田地，他号叫着：‘我不切，我不切……’”(《秋日辉煌》)。在粮出车祸后，下了一场秋雨，它像盐一样把霜雪白的肌体腌透了，刺痛而凄冷，那时的霞光是“陌生”的，一是阳光的久违，二是与现实的残酷形成强烈反差，让霜无法适从和面对。之后院子被霞光照得呈现出了“明快而动人的深褐色”，与现实生活相衬托更显得黯淡死气。霞光还“毫无声息地”透过树叶，漫过门楼、草垫子，这种“毫无声息”是一种惨淡生活的慢慢侵袭，诉说着无声无息的无奈，于是霜想到了粮，这个家庭还需要粮来继续支撑下去。当那束灰红色的光（即霞光）照在粮脸上并晃了一下后，粮在面对为还清因车祸而欠的债务这一残酷的现实时，就算无奈地哭号几声，还是不得不无止境地在散发着死蒜气的屋子里切着大蒜，这是底层人民生存境遇的悲哀和无奈。生活就是如此，无论你愿不愿意，反不反抗，生活仍会顾自地继续前行着。

又如在《某种自杀的方法》的结尾：“锦说，我是来接你的。接着她拉着蒙，一同走进晨光里。他们面前的田野被淡淡的晨雾所笼罩，淡淡的晨雾被红色的霞光所浸染。他们停住脚，他们的目光被一片灰红色的雾霭所弥荡。”小说中的蒙是一个精神病医生，锦是一个曾自杀过两次的“精神病患者”，在他们相互交往过程中彼此拥有了对方，可就在那一天，锦用手术刀切断了自己的静脉，抢救过后便离开了，只给蒙留下了一张交代她之前因情感挫折而选择离开锦镇原因的字条。蒙找到锦镇，在锦曾自杀的屋子里结束了自己的生命。在这里红色霞光笼罩着迷离幻境中的蒙和锦，红色的氛围渲染的是蒙自杀的隐喻和他悲剧宿命的结局。

《寒秋》中的紫霞意象同样起着暗红色的点缀作用，小毛头“他的鼻翼像一对蝴蝶的翅膀轻轻地扇动着，淡弱的霞光穿过树枝的隙间，照在他充满恐惧的小脸上，在阳光里，有两滴彩色的泪从他的眼角里滑下来”，底层人民的无奈和苦痛就是将生活的全部都放在追求满足自己最基本的生理需求上，欲望的欲求不满，人性人伦的丧失，便陷入深层次的悲哀和无奈。小毛头的继母只顾着自己的亲生孩子而不顾小毛头，并让他长期处在饥饿中，在小毛头的父亲村头把淀粉酵母从盆里搬出来时，他便搂着他爹喊饿，村头的呵斥与疑问，让小毛头的继母担心人家知道没让他吃饱，这使村头嫂初步萌生了用粉条撑死小毛头的想法。小毛头面对父亲的责骂委屈地哭了，村头嫂看着泪眼汪汪的小毛头只得拼命撒泼似地“澄清”事实，可是被村头一吼给慑住了，她也只好自讨没趣地愤怒地抱着孩子气昂昂头也不回地走了，于是这促使她将撑死小毛头的想法真正付诸了行动。小毛头的眼泪在霞光的折射下成了彩色的，这与他先前被继母饿得奄奄一息，之后再被她用粉条撑死的灰暗结局形成色彩反差，衬出了人物悲剧的命运。

三、死亡血腥氛围的渲染

紫霞所披带的那一抹灰暗的红色，是和血相通的颜色，还弥漫着死亡血腥的味道。在《七步诗》中紫霞是“父亲”和陈坤妻子马慧临死前的见证之象。文中叙述到“父亲”去世时，“父亲的面容体现着血脉这个词语，这一点，在他父亲去世的那个充满了紫红色的傍晚，就已铸成。可惜的是，陈坤当时没有意识到这一点，他没有看到那片紫红色的霞光对他所做的暗示”。在“父亲”临死之前，“紫红色的霞光穿透高大明亮的窗子，照在陈文财那奇特失常的头颅上。……一张张没有表情的脸被奇异的霞光所弥漫”，当有人提及陈坤还没回，再翘首向门时，“那时紫色的霞光突然消失了，而空气里仍然迷荡着淡紫色的光亮”，当陈坤赶到了，“没有注意到父亲最后的面部表情，因为当时黑暗已经降临，那几丝迷荡在空气中的紫红色的光亮已经消失，这使他悔恨终身”。这里的紫霞一直弥漫在“父亲”临死的那个傍晚，还照在“父亲”奇异的头颅上，照出张张没有表情的脸，直到消失为止，这里的紫霞不仅笼罩着死亡的气氛，还有向陈坤暗示着一些不为人知的信息。“父亲”陈文财为了拯救家业，从他父亲手里接过了烂摊子，为了为父报仇和独操家业，就用非常手段不动声色地解决了仇人，并撇开了叔父陈文斌独占家业，这是一种有违人性和不念兄弟血脉情分的行为，陈坤不知道，他就更无法意识到后来叔父为了夺取家业也用非常手段致使工厂倒闭，陈文财尸骨被焚，陈坤变疯。还有在描写马慧的妹妹马岚掰玉米时，“看到西边的云彩变成了暗红色，像凝聚的血一样。她在那片血色里，看到陈坤变成一个剪影”。陈坤为了私通他妻子的妹妹马岚，他俩巧妙地借助玉米架子，合谋将马慧葬身于玉米中。那像血一样的霞光，是马慧死亡的象征之象。紫霞，被赋予神秘、阴暗、死亡的意味，暗含着人性精神世界的扭曲和变形，人伦的缺失，让人目睹之后不禁隐为之叹惋。同样在《穿过玄色的门洞》中，那两次出现在玄色门洞那门上的霞光，分别照应着那时的二奶与预示着之后表姐的死，死亡被再度浸染在一片霞光中。

四、烘托和推动故事情节的发展

紫霞所笼罩的紫红色的氛围，作为故事画面的衬底，起着烘托和推动故事情节发展的作用。如在《月光的墓园》中“八月里成熟的柿子一样的霞光把半个天都染成紫色，像一天凝聚了的血块，把田里的秋庄稼苗儿涂弄得灰溜溜的。……我从来没见过这样吓人的云彩。那紫红色的云彩挤成一团，压得我喘不过气来，我屏住气看云彩在天空里变幻，那云彩一会变得像血淋淋的马，一会变得像一棵血淋淋的树，一会儿像一幢刚刚立起的血淋淋的楼房，一会儿又像千万个血淋淋的人头在攒动。我突然从那人群里看到了企鹅的影子，接着我又看到了刀郎的影子。……那个立在他们中间的是我吗？我也变成了一个血淋淋的影子了吗？”这时的紫霞所折射在云彩上的景象引发了“我”的这种离奇怪诞的想象，折射出了此刻“我”内心的扭曲和恐慌。故事中的“我”和企鹅、刀郎是为了进入城市生存而离开农村生活在底层的泥水匠，在辛苦打了几个月工后，工头曹老明携款逃跑，在没有钱拿回家、走投无路的情况下他们想到上门打劫他的妻子和女儿。无奈和无助的他们也胆怯啊，可谁让生活把他们逼到了绝境呢？自然之景的暗红更是渲染出整个文本故事的暗红色基调，并为“我们”暗红色的结局做了铺垫。就在“我”看到天空中异样的霞光时，“我”想起了与青萍相拥的那个场景，“我看见了晚霞，像血一样的晚霞。……那是盛开的牡丹，是盛开的月季，漂亮极了。你说你还记得五年前那个霞光满天的傍晚吗”。等到“我”回忆和青萍在五年前扔书以自慰时，“就是在这个时候，我看到了那满天的霞光”。霞光在此处的再次出现是“我”与青萍的一段美好回忆，却同样红得似血，带有血色浪漫的意味，烘托整个故事的暗红色的氛围，笼罩出全文的色彩基调。他们那时的爱情是纯真而美好的，而生活在底层的人们看不到读书的好出路，更没有条件靠读书来改变命运，抛开书本就仿佛打开了脖子的枷锁让人顿觉轻松。之后，家里背负沉重债务再加上为报母之辱的“我”不得不为了还债报仇娶债主加“仇人”的柳根之女，他和青萍的爱恋也只得停止。文中紫霞几次的出现贴合着小说叙事结构的跳跃，贯穿着全文的叙事线索。

又如在《秋日辉煌》中，“鸭子在霞光里晃了两下一头扎到水里去，粮最后看到有两只淡红色的鸭掌在毯子上撕了两下，那一小片被折腾出来的水面很快就被浮萍草织上了”那两只被霞光所照的淡红色的鸭子，看似只是粮不经意的一瞥，实则与前文几次出现的紫霞相呼应，并照应着“那两个身穿制服的中年人被阳光照耀着，个个红光满面”，这不正是文题“秋日辉煌”的辉煌所笼罩的吗？相反现实一点也不辉煌，粮腿也残了，可是无情的债务还在。这里的紫霞为全文抹上了一点压抑的暗红色，笼罩暖人的氛围，渲染悲苦境遇的基调。

在《穿过玄色的门洞》中，“我”在玄色门洞里黄狗失踪的夜晚惊醒而后昏迷三天三夜醒来后“一丝霞光穿过窗子照在我的脸上，我感到无比的新奇”。“我”本来就被玄色的门洞里二奶那骷髅似的头所惊吓，那一晚狗又死在“我”身下，“霞光”似乎让“我”缓和了惊恐的心理，重见天日了。而后“我一眼就看到了那对被霞光染得血红的门，霞光改变了门的颜色”接着二奶死了，死亡隐含在了一片霞光中。当表姐和大哥进入玄色门洞私通时，“我看着他们走过那片开阔地，推开那两扇被霞光照耀着的门，就被那玄色门洞吞没了”。这里的霞光一直笼罩弥漫在“我”的周围，一次次推动故事的发展，给整个故事铺上了暗红色的衬布。

五、历史揶揄与嘲讽的象征

紫霞原本的美好在历史的严峻和人物悲剧可笑的命运面前往往被抹杀，笼罩出来的暖和氛围便带有揶揄的意味。“墨白是深受新历史主义观念影响的作家，所以，在他的笔下，凡是涉及历史的部分，里面总是充满了矛盾、缠绕和空缺。换言之，在墨白看来，确定的历史是不可信的，关于历史的叙事，也不过是一种文本而已，而不具有任何的权威性。但是，这种历史观在墨白的写作中也并不是一以贯之的。”[1]如他在叙述文化大革命前后的历史时，便是站在一个冷峻批判者的角度对历史进行一次痛彻地清算与反思，这一段沉重的历史对每个中国人来说都是一场不忍回顾的梦魇，尤其对生活在那个时代亲身经历过的人而言。在小说《风车》中，

[1] 刘宏志．以革命的名义——谈墨白的文化大革命叙事．扬子评论，2011（1）．

作者叙述了大跃进时期，当时的人们荒谬地想在北方做风车，故事以风车计划终因这些荒诞的想法而在事故中失火破产做结尾，文末叙述道："社员们没有一个人说话，他们在理论家的带动下默默地扛起风车的每一个部件，浩浩荡荡地往工地而去，他们仿佛一支送葬的队伍。夕阳在西边弄出一带紫红色的霞光铺天盖地而来，那光改变了每一个人脸上的颜色。理论家停住脚步回过身来。他看到那霞光把眼前的一切都弄得迷迷茫茫。"作者用"紫红色的霞光"这一看似温和的意象，笼罩在每一个共产主义坚定拥护者的脸上，让他们成了"红粉佳人"，这是紫霞在耍顽皮还是历史在借紫霞开着玩笑呢？这里的紫霞无疑披着历史严峻的外衣，无不暗含揶揄嘲讽的意味，让人对这段历史陷入了反思。理论家的高谈阔论、纸上谈兵、天马行空，正是那个疯狂年代疯狂的人们天真荒谬的做法。在理论家们的眼里没有人与人的温情，只有阶级与阶级无止境的斗争，只要被划为了右派，不要说亲人朋友，就连帮助"右派"动手术的医生也都是右派分子，这些人是所谓不关心国家人民命运的人，是需要用共产主义理论来洗脑，以成为脱胎换骨的新人。理论家的屁都可以被说成是无产阶级肌体健康的证明，它可以让仇恨的敌人发抖，还可以让无产阶级缺乏感情的人清醒；右派分子的尿却被视为肮脏的，有污染的，是不能用来浇集体的车的。理论家这一帮所谓的无产阶级改革家们对人是无情的、残忍的，对事情更是荒唐至极，近似于堂吉诃德的疯狂，北方的地理条件原本就不适合造风车，再加上是一个冬天，严寒的气候，冰冻而缺水，不仅人们手冻脚冻，连土都是冻住的，再加上大面积地占用土地，摧毁了多少人的家园。这个年代有近似狂癫的人们进行这样狂欢式的建设，也不难理解理论家在室内烧火培育大豆的行为了。理论家在高涨的社会主义建设热情下，狂欢般地不断添火，火也不负众望地配合着猛烈蹿高，像一把钢刀把棚顶给戳穿了，接着狂风跟着造势，造风车这一设想在这把热情的火中化为了一片焦黑的痕迹。多么得可笑，多么得荒诞，又多么得让人痛心！让人不禁对那段沉重的历史，对那个时代近似狂欢的人们陷入痛彻的反思……

高俊林先生在给墨白这些年大部分小说作总结时，用了一个具有涵盖性的关键词——焦灼，环境的焦灼、人物的焦灼、情节的焦灼……每当读起墨白的小说时，那种焦灼的气息便渗透进浑身的每一个毛孔，令人窒息。[1]这里的焦灼感是否也可部分看作是像“紫霞”这类意象带来的，作为阳光的折射物，给人带来的不是温暖，反而是一种刺痛感、焦灼感。墨白小说中的“紫霞”意象作为一个好的审美意象，具有象征、求解、模糊等特征，它的意味不仅限于这些，它指意的丰富性也因情因境而异，但无一不渲染着一种神秘的红色氛围。它那浓烈的红常常暗含环境的压抑阴郁，人物的悲剧宿命，精神的扭曲，心灵的异化……社会底层人们最基本的生理需求不得的境遇让多少人扭曲了人性，异化了人格？出卖肉体、打架抢劫、赚昧心钱、违背人伦……这又是谁之过？墨白小说中一次又一次地诉说着这些人与事，一遍又一遍地寻求着答案。那一幕幕激荡的画面都是墨白发自内心沉痛的呐喊，尽管这呐喊中渲染着带血色的紫霞，披着嘲讽和血腥的外衣，但这呐喊中有作者对历史文化的追寻与反思，有对人类内在心灵世界深刻的剖析与无情的批判，更是对底层人民生存困境与苦难精神生活深切的人文关怀。一个人对事物爱之过深就可能以憎恨它的形态表现出来，这在精神分析学上称为“反应生成”的心理无意识。20世纪西方现代作家对“恶之花”的展现乃至赞美，其内心深处其实是对“人类善”的“绝望的热爱”。也就是说，人生除掉冰冷和憎恶还有温暖和爱，也就向着这“温暖”和“爱”的方面怀着永远的憧憬和追求。[2]这也正如鲁迅笔下对国民劣根性的无情批判，这不正是因为怀着一颗急切期盼祖国崛起富强的爱国心吗？爱之深才会责之切。借用艾青的诗句：“为什么我的眼里常含泪水 / 因为我对这片土地爱得深沉。”[3]

---

[1] 高俊林．游离于世俗化与诗意化两极之间的焦灼——墨白小说创作浅论．小说评论，2010（3）．

[2] 刘迎．置身于苦难与阳光之间——墨白乡土小说论．中州大学学报，2010（1）．

[3] 艾青．艾青诗文名篇．长春：时代文艺出版社，2003，1：35．

“落叶归根”的中国文化传统与现代“空心人”

——墨白小说《回家，我从清晨一直走到黄昏》解读

人文学院学生　毛元平

“回家”与“逃亡”是先锋派作家经常写到的两个主题。在中国，当启即位的一刻，预示着“家天下”的确立，并在两千多年的封建场合中体制得到巩固，个体与家庭被捆绑在一起，一旦个体选择脱离这个小集体，那么将很难重新回去。而从另一方面来说，现代中国社会经济文化的发展严重不平衡，各种欲望充斥着社会的每一个角落，个体内心正在孕育着一股反冲的逆流，怂恿着我们离开原本属于自己的根，而去追求权力、金钱等东西，即使有阳光照射，行尸走肉的生活也是无法抹去的阴影，我们成了“空心人”，精神家园的丢失是我们的迷惑也是愚蠢和无奈，每一个人都是游子。传统文化之根在一片嘈杂中没落，这是一个时代的文化之殇，也是整个民族的伤疤。墨白小说《回家，我从清晨走到黄昏》以“我”寻找37年前离开颍河镇的姑姑为线索，中间围绕找寻的过程中遇到的事件的同时，有意地穿插了李白的浪迹天涯、姥爷寻找妻子的尸骨归故里而被黄土掩埋和大伯离家36年方回到家的故事，从远到近的叙事模式，仿佛让读者看到的是整整一代人的寻找，一个民族对自身的根的追寻。从本质上讲，这是一篇对中国民族的传统文化的找寻和现代“空心人”铸成找寻的虚无性的悲剧色彩浓郁的小说。下面就对小说的主题做简要的分析。

一、“家”的否定与寻找的虚无性

米兰·昆德拉在《小说的艺术》中提到现代社会已经进入了一个“终极悖论”时代，简而言之就是：现代社会，人想得到的追求的东西，总是落空，或者差强人意。墨白通过小说中几代人的找寻，实际是对民族之根的寻找之旅的一次文字上的探索。小说中，“我”、姥爷对寻找举动的坚定心理，从侧面来说是对“家”的一种怀疑和否定，意在指出“根”没落这一结果，这也是铸就了“寻找”这一过程的虚无性的根本原因。

“等待戈多”式的虚无叙事再现是这篇小说叙事的最大特点，其中作

者也通过“反复”的手法强调寻找的虚无性。奶奶一次次地念叨“英，你就不想家吗？”直至死去，到“我”说，“姑，你就不想家吗？”“姑，你在哪里呢？”两代人的思念，反衬的却是姑姑一去不回，并预示着永远不回的结果。同时，作者还设置了几处“阻碍形式”，使得故事一波三折，跌宕起伏。在阜阳的船上看到老妇，“我”发出疑问：“那个老妇是谁？是我姑姑吗？”在读者看来这一疑问中带着莫大的肯定因素，结果却落得一场空，读者被作家欺骗了，却永远记住了这一伤感的情绪，那里包含着“我”无法接受的事实。姥爷一次次执着地挖寻妻子的遗骨，被湮于黄土，暗示着寻找的艰难性和虚无性。

当老人家说出“29年了，那一年离开颍上，我们就再也没回去过”。颍河是一条逃亡的河，水本无形无性，“家”也在这漂泊中失去价值，即使思念，却永不回头，寻找变得迷茫，等待只是一厢情愿的无力期盼。在荒原生存的人归于黄土，却永远不会再想起它的意义。

二、寻找与被寻找

姑姑离家出走为什么只有作为侄子的“我”时隔37年后去找寻，姥爷能够穷尽一生去找到的妻子的骸骨而最终一起埋没在黄土地里，奶奶只能在心里做一生的念叨和等待，一句“英……你就……不想……家吗……”伤感而无力；年壮的父亲对此竟然毫无作为。老一辈的人的“故乡”“宗族”观念根植于心，无法撼动，直至2001年“我”找寻也蒙上了一层“他色彩”，即“我”只是在寻找姑姑吗？或许“我”也是怀着当年姑姑一样的动机走出了颍河镇，逃出了“根”的牢笼。从整篇小说中的多次寻找（李陵对汉朝的期盼，屈原寻找因失落而投河，李白、杜甫的一生漂泊，姥爷寻找妻子的骸骨，“我”对姑姑的寻找）来说，在时间和空间上想连接的寻找中，“我”在不久之后是否也会成为一个被寻找的个体。“我”面对颍河的流水迷惑，又随着水流向下，漂流，像姑姑一样漂流，在寻找中失去寻找的意义，最后去寻找自我的存在。

姑姑出走，宗族、血缘把“我”抛入了一个寻找的死胡同。“姑姑”在小说中只是作为抽象的物体，一方面，“我”无法找寻，另一方面，“我”在找寻之中迷失自我，远离了颍河镇，逃出了“家”的捆绑，一旦走上这条道路，便已被诅咒，永远无法回去。

“寻找与被寻找”这一二元对立体的运用，使得小说疑幻重重，空灵跳跃而思想内涵深厚，这也是这篇小说的一大亮点。

三、个体的自然欲求与文化传统的矛盾

在中国的传统文化中，“宗族团圆”是对个体提出的一个诉求，如同基因遗传而作为一种义务强加在个体身上。而在现实生活中，个人自然欲求的满足时常与这一诉求存在着矛盾。当集体无意识作为一种权威，试图长久地控制人的思想，那么它也就行将衰朽了。因为出于人的自然欲求的追寻，人们会对这一传统产生心理的反抗，虽然在无意识中做出与传统文化相适应的举动，但一旦当传统形式变得明朗时，人类的反抗便真正地体现出来，并且在经受了长期的压制下，反抗也自然作为一种基因窜动在人体内。时至今日，再也不可能有一种思想作为正统而控制人的行为，人显得善变而狡黠，现代社会呈现出“失语”的状态。

颍河镇象征着游子无法摆脱的牢笼，那里不是家园而是作为一种地狱的存在，它束缚着颍河镇的人，又挑逗诱惑着这里的人去探寻外部世界，进入嘈杂之中，追寻自己的幸福。姑姑37年不回家，看似是一种绝情，但也正是游子的心酸，谁又知道无家可归的人的心境该是怎样的破碎！一曲《回家》响起在每一个夜深人静的夜晚，只有游子能真正听出其中的感情，想起以前的个人追逐是那样的决然，此刻蓦然回首，离家的时长是距离的千山万水，再也不能回到最初的地方。

乡土寻根虽然是作者主要表达的情感所在，但读者也不难发现其中对家园遗弃的伤感和无奈，这也正是个体的自然欲求和文化传统（民族心理）之间的矛盾，它们不可协调而又此消彼长，绞割在每一个人的心中。

四、历史悲剧与生态破坏

小说除了对“家”这一主题探讨外，还对历史遗留的悲剧和生态破坏有涉及。

颍河作为镇上与外界连通的工具，它承载了太多心酸的过往，而作者对颍河记录的重点显然不在河本身，而在于其所承受的岁月变迁下的人情世故。“水断了”“船民公社一散我们这些人就没人管了”“在远处宽阔的河面上，在泉河与颍河的汇合处，杂乱地停靠着一片灰色的水泥船和深红色的铁船”，渔民们随着船走南闯北，这无疑是个历史悲剧。而生态的破坏，使得年老的船员只能在河里面撒网捕些小鱼小虾，权当是糊口。生态破坏的悲剧，直接影响的是人类生存，而水断，也把久远的人情隔离，洒向东南西北，近在咫尺却无法辨别。

象征是这篇小说最常见的表现手法，如“河”“黄土”“船”等，这些意象赋予了作者所表达的精神内涵。墨白小说作为“中国的良音”，以“回家”这一主题再次把我们带入了痛苦的地处，现代人“空心人”早已在岁月风尘中失去精神家园。一曲《回家》只是一个梦，“我们一生一世都行走在回家的途中”，永远也到达不了目的地。但也正是这一无法满足的心地，使得人类发出对“家”的呼唤的最强音，“从来没有什么能阻挡我们的行走，逢山开路遇河架桥”，没有什么可以阻挡我们，即便要“从清晨一直走到黄昏”。

红雨伞下的情与伤

人文学院学生　汪凡

红，是生命的颜色，充满激情与火热，但同时又充溢着浓重的腥味与血色。雨伞，可以遮挡淅淅沥沥的雨，却无法遮挡心灵上的雨落。一把红雨伞，于湿淋淋的墨绿色的田野中如同一块凝聚的血液，鲜艳，冷漠，血腥。掩盖于伞下的裸露的心，炙热，滚烫，却被一层寒气包裹，这颗心还能热多久？这就是人心灵之上的良知和灵魂深处的罪恶的碰撞，是良知感化罪恶还是罪恶掩盖良知？人情与人性孰强孰劣？读墨白先生的《红雨伞》，从人情、人性出发，感悟与思考关于人的问题，让我们对人有一个更深刻更全面的认识。

一、心灵之上的良知与情

人活于世，赤裸裸地来，必将赤裸裸地去，不能带走一金一银，不愿带走一牵一挂。正所谓“赤条条来去无牵挂”，人们在心灵上总在追求一份心安理得，无怨无悔，这就是所谓的人心灵上的良知，这良知使人不愿故意伤害他人，不愿意自己留下遗憾，不愿背负世俗的包袱，渐渐地便于无形中形成了人与人之间的情，即人情。人情在时间这味发酵剂下愈久愈香醇，而亲情则是这人情中最醇最香最有味道的。作为子女，要孝敬赡养父母；作为父母，要关心爱护子女。这既是我们生于世不可推卸的责任，更是我们身为自然界最高级的动物所必须具有的心灵上的良知。在该作品中，母亲与儿子之间虽然有争吵，但更多的是在争吵后所体现的浓浓亲情，这份亲情即来自心灵上的良知。母亲只不过是想给孩子更完整的爱，儿子也不过是想得到完全的母爱，一幅描绘亲情的画在初升的太阳下熠熠生辉。文中其实还有一份无形的爱——父子之情，孩子一闭眼就能看见父亲在院中栽的树，现在已经长大，有如《与妻书》中："庭有枇杷树，吾妻死之年所手植也，今已亭亭如盖矣。"虽然二者所表达的情不同，却传达了一样的内涵、一样的良知。树木本无情，却因了情的关照与浇灌而亭亭如盖，这份情是如何的伟大啊！

当今社会，人们更多的是在追求丰富的物质生活，而忽视了最重要的精神世界。精神世界最重要的支柱就是一个"情"字，假想当你抛弃所有，独自上路，达到了你梦寐以求的物质顶峰，回过头来看到的是背后一双双冷漠无视的眼，你心里是什么滋味？没了父母的关怀，没了朋友的支持，你的心里难道就没有一丝丝孤独甚至悔恨？人在社会上生存，总免不了人与人之间的交际，有良知才有真情，否则你将被朋友抛弃，被社会唾弃。人情之中父母之情大于天，我们不能因为所谓的荣誉而缺失了良知。在现代社会，我们不求广泽天下，只求无愧于天，无愧于地，无愧于天地之间我们心灵之上的良知。

二、灵魂深处的罪恶与伤

荀子曰："人之性恶，其善者伪也。"意思是人的本性是恶的，而善是后天人为的，人生来就是好利、嫉恶、好色的，只有通过礼乐制度才能使人从善。但人生来自私自利、罪恶嫉妒的本性总归是难改难消除的，虽然日后通过教化，人情掩盖了人灵魂深处的罪恶，但这种本性还是无法彻底消除。墨白先生正是认识到了这一点，所以才通过小说将这种人性揭露得这么直白。一座新坟还未老去，母亲已投入他人的怀抱，打算开始新的生活，不仅如此，母亲还一味地把小君当成不曾成长的小孩，将自己的所谓的"幸福"强加在孩子身上，却从来不关心孩子的内心想法。小君心里的伤口尚未愈合，却要被迫接受这强加的幸福，内心的恶开始作祟，由于年纪还小，尚未被完全教化，他仅仅是按照自己的内心的想法将委屈、憎恶、仇恨发泄出来。这就是灵魂深处的罪恶。人总是以自我为中心，自私自利，内心容易被邪恶蒙蔽。当这种内心受压时，这种邪恶就得以暴露出来，造成人与人之间的伤。

灵魂深处的罪恶就像一团熊熊燃烧的火焰，当人们极尽加压的时候，爆发出来的火焰不仅灼伤自己，也可能殃及他人。而在现代社会，人类灵魂深处的罪恶有增无减。在社会强大的压力下，人更自我，更自利，他们总是希望别人都能按照自己的想法生活，父母强加自己的见解给孩子，老师强加思想给学生，社会强加形式给每一个人，当这种压力无限膨大，就转变成了最深深的伤。所以我们要用最真的心灵，最纯的良知去浇灭这一团不断扩散燃烧的火焰。

三、对情与伤的思考

人本身就是一个矛盾体，是人情与人性冲击碰撞的结合体。所以，人的情与伤便时刻处于一个矛盾统一体中，二者既相互斗争，人总在尽力展现自己人情膨胀的一面，欲以人情掩盖人性的恶，但是却欲盖弥彰。正如墨白先生《红雨伞》中的母亲总想显示自己有多爱孩子，却无法摆脱“以自我为中心”的弊病，小君爱自己的母亲，却不想在感情缺失的情况下再有人分割自己应有的爱，心中埋藏的仇恨、埋怨最终演化成无法弥补的伤。同时，二者又互为统一，情只有在伤中才更真切，伤只有在情下才最真实，二者如此，人情与人性也是如此。然而是人情大于人性还是人性大于人情？人无法判知，墨白先生正是深入到人这个矛盾体中才有如此深刻的认识。孩子的犯错，母亲的自私，男人的悲剧，谁该为这一切赎罪？

对情与伤，人情与人性的思考是墨白小说的深刻性。一把红雨伞，撑起的是热烈的情，折下的是痛彻的伤。读墨白先生的这篇小说，心里竟会像一潭死水，平平静静，无波无漾。不仅在于文章冷淡的叙事上，就像在描写一个小孩在发泄自己内心的不满，仅仅像在做一个游戏，还在于文章在环境氛围的衬托上表现出来的冷漠。作者将红雨伞的故事置于阴雨连绵的气氛中。雨，缠缠绵绵不断，总给人一种湿冷、悲伤、忧郁的感觉，使气氛冷清寂寞，孤独无助，仅有的一点温暖也被这雨浇得消失殆尽，这种环境也使小说充溢着一种冷淡气息，让人不由得心寒，写得深入人心。

墨白先生这篇文章中对人的人情与人性的深刻思考，加上这种看似冷漠的描述方式、略带悲剧血腥的结局却在读后使人心里一颤，在回味时发人深省，让人对人自身所带有的这种人情与人性不得不重新思考。

总之，墨白先生的这篇不到3000字的《红雨伞》写得深刻而独到，能深入到“人”这一自然界最复杂的个体，从人情与人性两方面分析思考，用冷漠的笔调，将悲剧与血腥、暴力呈现在我们面前，为我们展现的是一幅大写的“人”，是对当今社会人情冷漠、人性膨胀的深刻反思。

时代变革中蜕变的人性

——墨白中短篇小说解读

人文学院学生　林雪

墨白是新时期先锋作家的杰出代表之一，他小说的基调是现实主义，是以颍河镇为背景，以底层人民的生活为中心来展开的一系列故事。自杀、疾病与死亡是他小说的一贯主题，这不仅仅呈现了底层人民肉体上所遭受的痛苦，也展示了自然人面对逆境时的无奈与沉重。他运用诗意化与口语化相结合的方式，深刻地刻画出每个主人公的形象。他的小说通过具有悬念的故事情节将人物之间的矛盾关系一点点揭露出来。80年代底层人民在身体与精神的双重折磨下，他们无力的反抗显得那么滑稽。底层人民病态的存在与社会的阴暗形成了鲜明的对比，所以他的小说又是一个巨大的隐喻场。小说叙事中角色的设定更多是现实中的映射。他在创作时将每个人物都赋予了灵魂，使人物形象更加鲜活。墨白在塑造人性恶的同时，也穿插着某些人物形象善的一面，人不单单以恶说恶，使故事情节更加复杂化。

一、口语化与诗意化的语言

“颍河镇”的故事之所以会引起人的注意，并不是因为它的“故事”有多么新鲜，它的构造也许同许多现实主义作家中的作品类似。墨白之所以成功建造了“颍河镇”这个虚幻的家园，语言是必不可少的因素之一。语言是一篇文章的灵魂，只有从内心深处所表达的语言才能打动读者。正如墨白所说：语言来自思想，语言来自灵魂。他的小说中则贯穿着鲜活灵动富有诗意般的文字，他正是将内心的呐喊与想象连接在一起，从而形成了他作品独特的语言风格。他的小说并没有避开粗俗化的语言，而是将他们直接赋予在每个人物身上。这些语言不但没有引起读者的反感，反而让人深刻地领会到人在某种封闭状态下形成的人性的扭曲与缺失。他在某种高度紧张的状态下运用的诗意化语言起到了放松全文的作用，他并没有大肆运用诗意化的语言，它只是人物世俗描写的调味剂，是情节的某种压抑得到暂时的释放，就像一个人在水下待久了将头露出水面的瞬间透气。

(一) 口语化语言的运用

墨白小说的口语化在他的小说中随处可见，这与他立足于底层人物的创作是密切相关的，更重要的一方面是他自身的经历。他来自底层社会，文化大革命给他的童年造成的心理伤害用语言是无法形容的。由于父亲的原因，家里的成员被划为“阶级异己分子”甚或“阶级敌人”。周围人用冷漠、侮辱、无视的眼光来对待他们，使他幼小的心灵受到了极大的伤害。这些影响了他的人生观、价值观，自卑、压抑、恐慌充斥着他的内心世界。在他高中没毕业时离开了家乡外出打工，生活所带给他的是曲折和磨难。但他没有选择向现实屈服，他将他的思想赋予在了他的作品中，用思想战胜了自卑，最终从农村走向了城市。他的作品就貌似他人生经历的缩影，有自卑、有劳苦、有恐惧、有彷徨、有迷失……在作品《光荣院》中：“看人家老钱和来福，人家哪个人身上没有枪眼子？你身上只有屁眼吧？”[1]这种口语化甚至接近粗俗的语言随处可见，这样的表达更加贴近底层人民的生活状态，更符合他们的语言风格。从墨白的本身来看，自卑的阴影仿佛蔓延到了虾米的身上。虾米只是一个光荣院的看守人，没有任何丰功伟绩，只有来历不明的出身和怪异的外表，这些就是虾米在人们心中的全部。文中的孙医生说虾米身上只有屁眼，是一种肆无忌惮的讽刺，完全无视一个人的自尊。而虾米的反应不是顶撞与反抗，他几乎变得像个惊慌的孩子，用乞求的眼光看着孙大夫。这样口语的描述将虾米内心的自

[1] 墨白．梦境、幻想与记忆——墨白自选集．郑州：河南大学出版社，2013，12：202.

卑、恐慌展现得淋漓尽致。

又如《月光的墓园》中：

> 企鹅说，到时候走不掉呢？我朝企鹅骂道，稀屎了？……
>
> 你不知道，那龟孙的家伙真长，驴屌一样，蛋皮黑得锅底……[1]

口语化使小说的叙事充斥着浓郁的地方色彩。在人物对话和心里独白的时候，口语化运用得恰到好处，这使小说更加具有乡土气息。墨白的作品一向很少出现生僻的词句，他的独特之处就是运用民间的语言来表达某种隐喻或者是自己内心深处的苦痛。疾病、死亡往往是小说主人公的最后结局，这种结局仿佛又有着其他的意味。

（二）诗意化的语言

诗意化的语言是他的一大特色，用诗意般生动的文字使人物形象与故事情节更加丰满。在口语化的语言中他往往会穿插一些富有诗意化的语言。师范绘画专业毕业的他对于艺术的审美是与众不同的，作品中诗意化语言的运用深受其影响。但表现的不仅仅是诗意般的美好，更像是压抑过后的释放。满篇的压抑基调貌似太过沉重，诗歌般语句的穿插似乎在提醒生活在底层的人民不要放弃，阳光就在前方，我们要坚定自己的信念一直走下去。墨白之所以能够从村底层走向城市，正是因为心中战胜自卑的那份坚持。如果在当时的社会压力下，他放弃了自己，那么也许他连生活下去的勇气都会消失得无影无踪。

如《最后一节车厢》中："那记忆像一匹脱缰的野马在灰暗的噩梦里奔跑。他极力想忘记那噩梦，可是那噩梦就像他的呼吸一样，从来未曾离开过他。"[2]将记忆带给他的痛苦以比喻的手法表达出来，更深层次的表达秋雨对秋意的爱有多么深，他对往事的记忆有多么深刻。这种诗意化的比喻比直白的叙述更能给人留下深刻的印象。《光荣院》中"虾米真的头痛，老金弄出来的声音化作更多虫子声先后地往他头里钻，那些虫子张着大嘴

[1] 墨白．墨白作品精选．武汉：长江文艺出版社，2006，2：168.

[2] 墨白．墨白作品精选．武汉：长江文艺出版社，2006，2：90.

在喝他的脑髓，他的头痛得要裂开一样。”[1]在表现虾米听到老金磨鱼钩时就头痛，用了这样生动形象的文字来表达，使我们可以想象到虾米对于那种声音的惧怕，可是作为一个底层的人物，他没有任何发言权。只能默默地忍受这一切。墨白在叙事里选择了通俗易懂、接地气的语言，将人物形象很好地与小说主题融为一体。

二 、人性的解析

人性是一个抽象的词汇，假如只让你在孤立环境中去诠释这个词的意义，恐怕没有人可以解释得清晰全面。墨白在他的小说中则多角度地诠释了“人性”的意义。他创作的小说大多以“性爱与欲望”“悲伤与痛苦”等为主题，这些人性中阴暗面的展示与他个人的经历有着很大的关系。从他的作品中，我们可以看到人在欲望、金钱、苦难的面前，人性变得有多么脆弱，人性善的一面轻而易举地被现实所击败。

小说《寒秋》讲述的是一个后娘与养子的故事，看似平淡无奇的一篇文章。作者将叙事角度以“我”的观察而展开，他的这种零感情的创作方式更能清晰地折射出人的残忍性。而“我”以局外人冷眼旁观的态度又似乎冲淡了小说本身的残酷性，更多地体现了人性的冷漠。

在安逸舒适的环境中，人们可以堂而皇之地谈论着所谓的人道主义精神，内心充满着同情心、怜悯之情。可是当人在面对生存的竞争时，则会毫不犹豫地暴露出兽性的本能，为了生存而相互厮杀。到底是什么原始欲望驱使人走向极端？这就是墨白小说的独特之处，他不会将这种残忍性直接描述出来，而是换一种角度用“我”的观察去探索人在贫穷、饥饿中人性的蜕变的根源。

小说背景是一个食物匮乏的时代，村头嫂（毛头的后娘）只顾自己的孩子而不管毛头，使他长期吃不饱。当小毛头跟爹说吃不饱的时候，村头嫂则耍泼想要掩盖这个事实。而这时村头嫂怕大家知道事情的真相，所以她萌生了一个念头，而后她真的将这个念头付诸了实践。村头嫂诱惑单纯无知的毛头一碗又一碗地吃粉条：

[1] 墨白．梦境、幻想与记忆——墨白自选集．郑州：河南大学出版社，2013，12：189．

"村头嫂说，乖，再吃一碗吧？我给你放点盐。

毛头说，中。

村头嫂说，再吃一碗吧？

毛头说，中。

……

村头嫂说，乖，还吃不吃？

小毛头说：娘，我撑得慌。

村头嫂说，乖，再吃点吧，我再给你添些香油。"[1]

"我从来没有见过这样薄的肚皮，一络一络的青筋像小溪一样画在上面，小毛头躺在那里已经没了呼吸。他鼓胀的肚子真像一个五线谱上的音符，像一个出色的黑墨的小蝌蚪。"[2]小毛头成了生存竞争的牺牲者，文章的开头便注定了这个软弱无力的小毛头是这场比赛中的失败者。小毛头的单纯无知与村头嫂的恶毒阴险形成了鲜明的对比。诗化般的语言更加生动地描写了他的肚皮，这样一个鲜活的生命就这样停止了呼吸。人在满足自身需要与欲望时会被还原为动物，动物兽性所具有的冷漠与残忍很好地体现在人性中。在此时，人的劣根性很好地被诠释了出来。这种人性变态般的扭曲，是那个时代社会畸形的一种体现。墨白先生童年生活的时期，饥饿与苦难折磨着那些毫无抵抗能力的底层人民。作为人所要具备的最基本要义便是同情心，而在大革命所造就的畸形时代中，人最本质的人道主义貌似已经不复存在。为了生存、为了活着可以不择手段，小毛头的结局也就意味着弱者的结局。人往往都具有两面性，当社会的伦理道德与你相符时，你便是善良的使者。但是当你的利益与社会某种伦理相违背时，人的兽性便开始彰显。人的欲望是无底线的，哪怕是在最底层的社会。墨白将他的切身体验融入到了小说的故事情节中，将文化大革命时期的生活重新展现在我们面前，使我们不得不重新审视那段历史。

《穿过玄色的门洞》全文都贯穿着童年时期"我"对玄色门洞的"恐惧

[1] 墨白．墨白作品精选．武汉：长江文艺出版社，2006，2：144-145.

[2] 墨白．墨白作品精选．武汉：长江文艺出版社，2006，2：146.

与诱惑”。小说以“我童年的回忆”以及后来叙述的相互交叉为线索，揭示了人欲望的产生，追求欲望的过程，最终失落的人性困境。“我”有着对玄色门洞执着探究的欲望以及一次次因对于它的恐惧而失败的经历，再后来当他跟妻子再次来到门洞前他才明白，原来这是自己设给自己的人性困境。刚开始见到门洞时，感觉像一只无形的手把脖子卡住，到后来与母亲一起走进门洞看望即将离世的二奶，最终惊慌的逃跑，最后看着表姐进进出出。文章的重心并没有致力于故事的叙述上，而是致力于我对于欲望的执着和幻想。欲望源自于自身，恐惧也源自于自身，而人一旦有了欲望，便会被困在这境遇之中，难以自拔。这种恐惧则隐喻了人性的一种困境。表哥与表姐的爱情也是那个时代富有悲剧色彩的产物。表哥去当了兵之后便抛弃了表姐，这种看似是城乡二元的对立，实际上是对人性的一种隐喻。表哥在当兵之后面对新的欲望，使他放弃了门洞里曾经的欢声笑语，最终以表姐的自杀为结局。人是善变的，当欲望遇上欲望，便会有取有舍，这便是人性。墨白没有直接表达人性中的困境，而是从某种底层人们身上所发生的故事进行隐喻。使他的小说情节富有寓意与现实性，提醒人们对于现实生活的苦难要保持理性的思考，不要被人性的欲望所困住，认清现实与欲望的界限，真正了解存在于我们内心深处的人性。

对人性的探究，是永恒的话题。从空间的角度，善与恶永远是人性中占主流位置的话题，而谁又能准确地画出他的界限。因为从时间的角度看每个阶段所分析的问题又不相同。时间貌似是一个框框，将某个时期的“人性”赋予其定义，然后自动归类。而在下一个阶段，又会打破原有的状态重新组合，这跟每个时期的社会本质是紧密相关的。墨白小说中的人对于性的欲望占了很大的比重。情欲是人与生俱来一种本能，与动物一样，到了交配的季节自然会主动地去寻找交配的对象。在精神与物质相对匮乏的时代，性也许是最佳的宣泄方式。《光荣院》中的虾米因为在现实生活中得不到叶的身体，他便在她死后偷偷地将她泡在装有盐水的大瓷缸中，让他在梦中与她相会。这种几近疯狂的做法，几乎丧失了人性的底线，人们更加放肆地将他踩在脚底下。但当医生带他女友回来时，那些光荣的战士站在院外偷听，可以看出那个时期人们对性的向往，不管你的出身高贵还是贫贱。这么看来似乎又对虾米的做法有了一丝宽容。《七步诗》

将人性的残忍，劣根性，弱点很好地融合在了一起。家庭成员之间的相互残杀、暗算成了小说的主线。为了利益、欲望的满足，人性的弱点暴露无遗。陈坤为了与小姨子马岚偷情，设计害死了妻子马惠，两人毫无愧疚之心，在陈文才（陈坤的爹）的棺柩前，陈坤居然还在与马岚偷情。最终被岳父发现。文中描写道：

> ……木匠用膝盖把陈坤压在下面，陈坤的两条光腿在空中舞动着，木匠一手捉住了陈坤的生殖器，一手从腰间取下板凿，就朝陈坤的睾丸切过去……木匠伸手把马岚按倒在地，把手里的睾丸直往马岚嘴里塞。马岚感到有个热乎乎的东西被爹塞进自己的嘴里，木匠恶狠狠地说，吃了！……木匠一边说一边又往马岚的嘴里塞睾丸。马岚死死地咬着牙，木匠说，真不吃？木匠一扬手，就把手中的睾丸扔出去。那两个睾丸撞到了天花板上，发出一种粘黏的声音，又落在棺盖上，滚了两下，顺着没有扣严的棺缝掉进棺材里去了。木匠顺手操起那把板凿，一把捉住马岚的头发，一手持着板凿落到她的脸上……一用力，就有一股血从马岚的脸上涌出来。……他把手中的板凿调了一下，在马岚的脸上嵌下了一个十字。[1]

墨白对此情节的描写看似粗俗，但只有对农村生活细微的观察，才能写出这样的细节。而这些让我们看到了人性丑陋的一面，为了愉悦自己而不惜以牺牲他人为代价，马惠便是丑陋人性中的牺牲者。在陈文才的葬礼上，陈坤的叔叔陈文斌用心险恶地把变臭的内脏给人们端上了餐桌，结果大家都食物中毒，没钱付医药费，大家来哄抢酱场的花生米，扔下陈坤和他爹的棺材。他的姐夫谭万振知道了父亲死亡的真相后，在辣椒酱里掺了胡萝卜，挖地道，最后在大街上点燃了陈文才的棺材，这一连串的故事都是由人性的贪婪与欲望所引起的。人道主义的丢失，是小说人物所处时代的社会现状。在面对生存、死亡时，人想到的往往是自己的利益，而人性则荡然无存。所以亲人的暗算，家人的残杀等等行为都变得那么理所当

[1] 墨白．墨白作品精选．武汉：长江文艺出版社，2006，2：220-221．

然。在社会的种种诱惑中，保持原则坚守底线则显得那么重要。在时光的流逝中，历史的复原是不可能的，但墨白先生却用他的小说将人性的善与恶很好地诠释了出来。

三 、墨白笔下荒诞的大革命

大革命的爆发不仅是对社会的摧残，更是对人性的一种摧残。墨白用荒诞但真实的文字为我们描述了那个时期人们所谓的对精神世界的追求以及荒诞的做法。在墨白的意识中，认为人的命运是难以把握的，他用夸张、滑稽、粗俗的语言将他对历史的回忆、心里的剖析以小说的姿态演绎了出来。而在他的小说中，没有运用理性的语言去批判某个人某件事。而是将各种隐喻赋予在每个角色身上，使各个角色成为现实社会中的一个个缩影。新历史主义小说的主体是普通民众及其边缘人，作品也重在描写他们的吃喝拉撒、婚丧嫁娶、朋友反目、母女相仇等生活的日常性、世俗性甚至自利性的一面。正如墨白所说："真正的文学所应关注的应是那些被历史和时间所遗漏的东西，那些被遗漏的生命之体验。"[1]

《风车》以大跃进为背景，以造风车为主线，成功地塑造了理论家、木匠、队长等几个人物，让我们重温了历史长河中曾经的集体生活的疯狂。在"人有多大胆，地有多高产"的时代，人们的精神世界处于几近疯狂的状态。在他们的世界里客观事实不是主流，主观意识才是最重要的。这也就使他们的人格、人性发生了重大的转变。小说开篇以党委书记交给理论家一项重要的任务——在豫东的土地上建一个南方才有的风车为开端，理论家带着书记的命令以及一个需要改造的右派分子（田医生）前往土屯，他用马克思主义来教育人民要服从党的领导，荒唐的政治理论、愚昧的思想与轰轰烈烈建立在荒诞之上的生产运动相互交织在一起，在土屯的土地上刮起了一阵改造之风。小说对大跃进的描写，实则是对后来发生的文化大革命与当时中国状况的隐喻。

小说不仅批判当时的社会现象，更加批判当时的人性。小说描述了大革命时期农村经济惨白的景象，人们把所有的财产都拿出来归公家所有，人们的盲目跟风，造成了社会风气的一片混乱。文中这样描写道：

[1] 张钧．小说的立场——新生代作家访谈录．桂林：广西师范大学出版社，2002，2：442.

太阳光照在镇子街道北边的铺子里，铺子里的门板一块一块地都被摘下来，灰色的屋肚里模糊不清，仿佛一个呼吸困难的人再也不愿意闭上他的嘴。铺子奄奄一息的样子使右派分子感到闷气，他由此想到了垂危的病人。可是人们再也不需要这些用来出售油米酱醋柴的铺子了。在这里，除了女人，所有的财产都已经集体所有制，你要什么都可以从公社里领取而得到满足。[1]

大家都被当时响亮的口号蒙蔽了双眼，纷纷参加到集体化的队伍中去，但他们忽略了现实与理论之间的差距，直到最后风车被毁，大家依旧沉浸在痛苦之中。被打成右派的田医生，他的人格、尊严被人们无情地践踏。《风车》中这样描述：

右派分子想了想走过去解开裤子掏出东西对着车轴就尿，边尿边说："没有更好的办法，只有先加点水了。"理论家突然喝住了他："停住！咋能用你的尿来浇集体的车？"[2]

本应是科学的实践者，但在理论家的眼中，阶级成分的划分，使他在那个社会没有半点地位可言，这足以体现当时人民对科学的无知与愚昧。人们的阶级斗争观念达到了登峰造极的地步：

那头老牛正卧在棺材的后面大口大口地吃着干草，在它的嘴边放着一碗雪白的肥肉，可是老牛一点都没有动。理论家感动地蹲下来，他抚摸着老牛的头说，这才是我们无产阶级的本质，吃苦耐劳，却从不讲任何享受。[3]

---

[1] 墨白．墨白作品精选：风车．武汉：长江文艺出版社，2006，2：13.

[2] 墨白．墨白作品精选：风车．武汉：长江文艺出版社，2006，2：13.

[3] 墨白．墨白作品精选：风车．武汉：长江文艺出版社，2006，2：23.

多么荒诞的事情，但在这个时期却不足为奇。无产阶级运用所谓的政治权力打压人民的任何欲望，除了女人，其他一切都可以共享，可见这场运动是多么的荒唐与不切实际。

人性的残酷在那个时代是权力的化身。无产阶级赋予理论家至高无上的权力，他可以随意打压那些所谓的资产阶级，扫除一切阻碍集体化发展的“绊脚石”。而这些实际上是他自身欲望的急速膨胀，将无产阶级的铁蹄践踏在无辜者的身上，最终导致他人性的丧失。

木匠因造风车过度劳累，从风车上掉下来，变成了残疾。理论家夸奖他这才是无产阶级应该具有的精神，而最终他的命运也不过如此，在着火的一瞬间大家关心的是风车，而没人关心他的生死。可见生命的卑贱以及人对于生命的冷漠。酱菜厂的老穆以死来对抗人民把他的财产来充公，理论家则认为他脑袋已被资产阶级地主的思想所禁锢，他让大家把老穆抬到一口棺材里面去，让他自生自灭。人性的冷酷从他的体内腾然而起。而他对公社的牛则疼爱有加，认为他应该吃蒸馍加肥肉。阶级的情感已使他丧失了同情心和最根本的人性。

总之，墨白的小说是立足于本土的创作，以“颍河镇”为中心，讲述发生在底层人民中的各种故事。而他将诗意化的语言贯穿于小说中，形成了他独具特色的叙事风格。他所虚构的文学世界是现实世界的一个缩影。缩影可以是一种风气，也可以是一个人。墨白的每篇小说都隐喻了人性的蜕变，他通过对现实的深入体验与观察，将现实的情感与虚幻的情节紧密地结合在一起，他小说里表达的人精神世界的匮乏，对人性、欲望、苦难等的描述，深刻揭示了当代人的精神世界。

【参考文献】

[1] 孙坤 . 新历史小说的意识形态特征 . 当代文坛，1995 (6) .

[2] 张钧 . 小说的立场——新生代作家访谈录 . 桂林：广西师范大学出版社，2002，2.

[3] 刘海燕 . 墨白研究 . 郑州：大象出版社，2013，10.

悲伤之爱的编年史

——墨白小说《裸奔的年代》解读

人文学院学生　涂序团

《裸奔的年代》是一部中年求爱的辛酸史，它讲述了主人公谭渔抛弃了妻子与故乡，在城市生活的几度艳遇中饱受创伤，最终又回归到精神母地的故事。谭渔生命中最重要的五个女人，除了发妻兰草外，与每一个都有过缠绵的恋情。但是，每一段恋情都有着不同的含义。

一、五种迥异的爱

1. 锦：不忘的青春之恋

锦是谭渔在师范时的恋人，是年少时不计得失的挚爱，所以许多年后，在一个大雪纷飞的日子，谭渔仍怀着浓烈的眷恋重访项县，这座埋藏了关于锦的一切的中原小城。项县那些暗色调的建筑也给这次重访罩上了一层阴郁。谭渔通过几位同学，了解了锦结婚以后的一些事情，令他无法接受的是，他始终放在心里的这个曾经深恋过的女人，已经离开了这个世界。谭渔原想一睹那熟悉的音容，那不曾被岁月磨去的少女风姿，却没料到，他最终只看到一张锦的遗像。几个同学的回忆，使谭渔不知的许多有关锦的内情全部披露。在那热恋之季，锦之所以告别谭渔与他人结婚，是因为家里早已安排好她与妹妹中的一人必须嫁给一个家族恩人。锦选择了自我牺牲，但婚后的她毫无幸福可言，她不让自己的男人碰她，而她生下的小孩之所以取名“小渔”，是因为，他实际上是谭渔的儿子。当这个生命的寄托也意外夭亡时，锦疯了，从此“每天披散着头发，光着身子在街上行走，一边走一边轻轻地叫着小渔的名字”，最终，锦喝药自杀，弥留之际，仍不住叫着“谭渔”的名字。谭渔得知了这一切，那一段不忘的青春之恋如今带给他无限的痛苦。谭渔做了“第一次具有真正意义的狂奔”“他像一条黑色的疯狗在项县陌生的街道上奔逃，一幢又一幢几乎是雷同的灰色建筑从他的身边不停地闪过，那些建筑上的某些亮灯的窗子如同一些眼睛在半空中窥视着他狼狈的姿态。”谭渔在寻找一段逝去的浓烈，却最终因之遍体鳞伤，艰难的重访，歇斯底里地奔逃，他是想逃出一个伤痛的旋涡。项县，有锦的悲剧，有谭渔的痛苦记忆，这里葬着谭渔难以忘怀的青春之恋。

2. 叶秋：精神的交契

谭渔离开了乡村来到城市，带着一种农民对城市的天生恐惧感，带着一份崇高的文学理想，起初他只感到与城市的隔离，直到叶秋的出现。叶秋读过谭渔的几乎所有作品，所以，在那个咖啡馆，谈起彼此感兴趣的话题，他们一见如故。谭渔在偌大的城市之间找到了一个红颜知己，他爱上了叶秋，并把自己喷涌的感情写在诗句里，当叶秋不明就里地读到那些为自己而写的诗章后，这个刚离婚两个月的女人哭了。从此，谭渔的爱不再是单方面的相思，而是两个志趣相投能在精神上相交流的灵魂的结合。谭渔为了叶秋决定彻底与乡村决绝，但实际上他做不到。谭渔在妻子兰草那里找不到理解，妻子从不读他写的东西，而叶秋，使他焕发出创作的热情，因为叶秋能懂，懂一颗怀抱文学理想的孤寂的心。这是一段建立在精神上的爱情，谭渔的沦陷，自此一发而不可收拾。只不过，这终究也是一段无果的爱。多年之后，当谭渔偶遇叶秋，发现她已嫁作他人妇。

3. 小慧：偏于性的执爱

小慧对于谭渔来说，与其他几个女人都不同，她的年龄，正可做谭渔的女儿。可谭渔仍然爱上有着一副淡蓝色牙齿的她。谭渔对于小慧的爱，明显带有更多的性的因素。小慧是一个名叫小红的小姐冒充其表妹去引诱谭渔，而谭渔果然中计，经不住美色的诱惑。当小红轻松地把这个近于圈套的游戏告知谭渔时，谭渔知道，小慧“已经像那片他记忆里的游荡在远处山岗上山岚一样可望而不可即了”。对于小慧的爱，少有精神的交契，更多的是一种欲望的发作，因而，对于谭渔来说，这近乎是一段荒唐而放荡的恋情。

4. 赵静：邂逅的激情

与赵静的相遇是机缘巧合，同样作为谭渔的读者，她在之前已与谭渔的作品有过深切的交流，第一次见面，他们就谈得十分投机。赵静将自己的不幸婚史轻轻地向谭渔倾诉。那辜负了赵静的男人，那坎坷的情感经历，使谭渔深深被触动了。两颗同频的心就这样互相吸引，从精神到身体结合了。但是，这只是一场激情迸发的邂逅，也许赵静很清楚，她与谭渔是不可能有结果的，所以很快就选择离开了谭渔。爱的欲火焚过之后，只剩苍凉的余烬。赵静转瞬即来又转瞬即逝，谭渔怀念着那一把过往的激情，绵绵阴雨把他伤感的思绪淹没了。

5. 兰草：离去又归来的根

兰草对谭渔来说是一种奇异的存在。首先，他是谭渔的发妻，并给他生了一个儿子。谭渔有了一个丈夫的责任，农村根深蒂固的家庭观念，一夫一妻制的坚硬传统，都使他无法脱离兰草。但是，兰草根本不能理解他，他们之间缺乏精神上的交流，也许兰草是爱他的，像千万个农村妇女一样爱着她们的丈夫，为之传宗接代，为之柴米油盐。可谭渔是一个作家，他渴望自己的妻子是他的红颜知己，能够懂他的文字他的内心。所以他一次次抛却兰草，到城市里去寻找真正的爱情，以一具中年人的躯体，以一个农民儿子的身份。但每一次谭渔遇到能够产生心跳同频的女人时，他心中都会闪过兰草和儿子的身影。诚然，兰草代表一种割裂不断的根，深入谭渔的骨髓与精神。最终，他经历了几段备受创伤的爱，还是回到了陈城，尽管几乎是阴差阳错地回归。靠在故乡的石墩上，他望着夜空，发出“明天我会在哪里”的慨叹。离去——归来，谭渔走了这样一个轮回，兰草和颍河镇一直牵住谭渔那风筝般四处飘飞的身心。

是的，主人公谭渔在这五种迥异的爱里，承受着一次次生离死别的巨大悲伤，其最终结果，是使他明白了兰草与颍河镇对于他的归宿意义。

二、独具特色的语言与叙事模式

1. 忧伤而秀丽的语言风格

《裸奔的年代》体现了墨白文字的独特风格，墨白的小说，有一气贯注的气势，他的笔正如一把火力很足的枪，无限个忧伤而秀丽的字的子弹从中喷涌而出，直击读者的心。忧伤，是《裸奔的年代》里一种挥之不去的情调，或许这本身写的是一部坎坷的情史，不顺的经历会引来忧伤的文句。但墨白的忧伤，并不绝望，就像雨前的天空中积聚着的乌云，于阴暗中给人添一种压抑感，但我们感觉到，这场雨即将落下，终会有雨过天晴。如“那条黄色的泥泞小路在阳光下仿佛一条就要腾飞的龙在闪闪发光。谭渔猛地意识到这条土路太顽强了，多少岁月以来它就一直躺在这里任世人蹂躏。”这是谭渔准备告别家乡时的心语，寻常的土路，墨白却赋予它沉重的含义。“任世人蹂躏”，也便是任村中人踩着它走入城市，又任城里人踩着它回到乡村，土路顽强地负荷着离开与归来的岁月脚步，仿佛历史沧桑的见证者。

这样，乡村土路便弥漫着一种无名而辽阔的忧伤，谭渔蓦然回望，他要告别的，是精神的根，所以忧伤。

墨白的文字，与他的居地中原那种慷慨大气的历史民风所不同的，是潜藏有一种秀丽，如“昏黄的路灯一盏一盏地从他们的头上移过，零星的行人仿佛一条条离群的鱼在无声地游动”“在雨中，在秋雨中，一片又一片黄叶被风吹落下来，那些叶子仿佛他们说过的话语被遗忘在他们走过的道路上。”墨白擅用比喻，喻体多为平常事物，又多用“一……一……”的句式，增加了语言的节奏感。同时，使句子变慢，一盏一盏，一片一片，就营造出安宁而恬淡的意境，仿佛使人看到那叶子缓缓地脱离树枝的过程。由于选词的精巧，墨白的小说更具一种江南文章的秀丽，这种秀丽并不是华丽辞藻的堆砌，而是于平实之中蕴藉深厚，仿佛在茶里泡过，细细品去，还有淡淡的余味。

2. 时空交叠的叙事模式

在《裸奔的年代》里，墨白惯用时空转换的手法，尤其在一个章节的开头部分，如“在初春一个清冷的早晨里，他告别妻子和儿子，穿过空空荡荡的操场，在那个没装门的墙洞边停住了”“谭渔是在这年冬季里的一个上午开始这次让他终生难忘的旅行的”“冬季里一个大雪纷飞的日子，谭渔重访项县，来看望曾经和他相爱过的女人。”这种倒叙式的手法，使小说具有一种现实与过往交错的美感。我们可以推测，墨白很可能受到加西亚 · 马尔克斯在《百年孤独》里那经典的开篇句的影响——“许多年以后，面对行刑队，奥雷良诺 · 布恩迪亚上校将会想到，他父亲带他去见识冰块的那个遥远的下午。”在 80 年代，《百年孤独》对中国文学的深远影响毋庸置疑，尤其是这一个“元句子”，令当时一大批的中国作家争相效仿、借鉴。那么，墨白受之影响也便不足为奇了。《裸奔的年代》类似于一部编年体的回忆录，这样的过去——现在——未来相交错的叙事模式便恰到好处地表现了墨白所要表达的那种沧桑变幻之感。

《裸奔的年代》以这种叙事手法，牵引着读者进行了一场场时空的旅行，从一开始便定格到某年某月某日某地，然后曲折的故事一一展开，使读者一下子身临其境，这正是内容与形式相协调而产生的绝佳效果。因而，墨白的叙事可以说是很成功的，他继承了马尔克斯的时空叙述，又将其完美地结合到自己的作品中来，在对欧美文学的借鉴中获得了崭新的艺术生命力。

3. 冷色调的画面感

墨白曾学过美术，可能很自然地把一些绘画的技巧带到小说中来，在《裸奔的年代》里，我们就可以很明显地感受到水墨丹青的韵味。如“这幅充满凄凉情愫的画面在后来的日子里曾经无数次地回到他的眼前。这种情景的一次次重现，使得画面失去了本有的颜色，慢慢地变得如同放得陈旧的相片底版一样模糊不清”“他发现飘飘扬扬的雪花正在慢慢地改变着眼前这条陌生大街的色彩，那条狭窄的，两边满是小楼的大同街仿佛已成了他从某部电影里看到的一个画面，迎风飘扬的幌子和拥挤的人群在他眼前的银幕上晃来晃去。”这些景物描写，大多是暗色调的，缺乏鲜明的色彩，只是“陈旧的相片”“失去阳光的街道”，有一种怀旧的、萧瑟的、淡淡的哀伤。

我认为，墨白的小说正如他的笔名一样，是水墨黑白的点染。颜色大都阴暗，少见光亮与鲜艳，仿佛年代久远的一张水墨画，依稀难辨。《裸奔的年代》里，是五段回忆中的爱，暗色正给人一种远去的、迷离的虚幻感，这与主人公的心情、主人公的经历都是很契合的。因此，这些风格凄清的环境描摹便衬托出谭渔内心的失落与悲伤。谭渔的几段恋爱，都以失败告终，无论是寻找曾经的恋人，还是邂逅短暂的激情，都充满了宿命论的悲剧色彩。那些陈旧的建筑，寒冷的雪花和呼啸的风，都像在寓示一种不祥的结局。凄清的画面虽然寂寥，但并不令人觉得压抑，墨白把这种忧伤限制得恰到好处，画面萧瑟，但不是万木萧条，也没有到空无一物的境地。

纵观《裸奔的年代》，墨白最常用的意象是深夜、冷月、枯草、雨水、街道与旷野等，皆是悲戚之物，容易引人伤感，整部小说也正是因此而沉浸在一种挥之不去的伤感里。无法挽回的过去，悲剧结局的爱情，是一颗受伤的心在倾诉、在悲叹。萧条的画面与这种情感互相对照，互为补充，使整部小说凝为一滴深秋的露水，挂在败枝之上，空有夕光的垂照，却已是萧萧时节，摇摇欲坠。

三、作为精神母乡的颍河镇

“颍河镇”作为墨白笔下的文学王国已然被越来越多的人所重视和研究。墨白用一系列的作品使“颍河镇”由诞生再到不断地被修饰，已然使其成为一个形象鲜明、内蕴丰富的文学坐标。同样，在《裸奔的年代》里，主人公谭渔仍然是颍河镇人，颍河镇这三个字烙进了他的生命他的灵魂，是他一生无法脱离的精神母乡。

在《裸奔的年代》中，墨白很少对颍河镇直接描写，颍河镇究竟是一个怎样的存在，我们无法得出具体详细的印象。但从支离破碎的论述中，我们可以得其大概。“穿着臃肿的小镇人在他的视线里穿梭，那些人一会儿走进阳光里一会儿又走进阴影里，这些熟悉的面孔在后来的时光里他却怎么也记不起来了，都被从小饭铺里散发出来的灰白的炊烟所代替。乡村小镇的生活留给他的只是平稳而从容，谭渔对这些突然产生了一种亲切而留恋的感觉。”颍河镇，给人一种宁静恬淡的田园感觉，正像中国大多数的农村一样，一面是封闭与落后，一面是古朴与纯真。谭渔生于斯长于斯，自然对它有深挚的依恋。颍河镇，象征着一种古老的生存状态，那就是安于现状的农业文明状态，但它同时又受到现代商业大潮和工业文明的侵袭，与外部的联系日趋紧密。谭渔正是在这种情况下选择离开自己的故乡，去追寻外面的世界。颍河镇的人务实，简简单单地在一方小水土中度过一生，永远默默无闻。谭渔与这样的状态格格不入，他向往的是功名与爱情，他不甘永居于穷乡僻壤，在十几年的忍耐之下，一个叫叶秋的女子终于击毁了他心中留恋颍河镇的最后一道防线，他选择了“逃离”颍河镇。我想，用逃离更能反映谭渔最真实的心理，对故土的深恋何异于一笔沉重的乡债，压在谭渔的心头，多少年来不断地抑制他闯荡外乡的念头，叶秋只是他“逃离”的一个助推者。

谭渔到了锦城、项县，结识了一个个美貌的女子，经历了一段段痛苦远大于幸福的爱情。在这些按年代叙述的故事里，所写的都是谭渔“逃离”颍河镇后的经历。但是，每一段故事中，颍河镇总是鬼使神差般的不时出现，每当谭渔处于热恋的疯狂或者失恋的悲痛时，兰草和儿子的身影就会闪过他的心头，连同那个与他血肉相连的颍河镇。由此，可以看出，谭渔并没有真正逃离出颍河镇，甚至内心遭到了道德的谴责，这大概可以说明，一个人永远无法切断他与故乡的联系，这就像一棵树的根系，一旦没了根，只能彻底地枯死。颍河镇对于谭渔是一种磁石的吸引，当他终于看破城市浮沉，爱情虚幻，他回到了这块久别的土地。

颍河镇在此被上升到灵魂归宿地的高度，每一个人在世间生活、漂泊，总会有一种精神的支柱，那是灵魂可以依靠的地方。这个地方，虽然不一定是故乡，但一定有着人们最不能割舍的联系，是灵与肉的关系。颍河镇正是这样一种象征，谭渔漂泊天涯，无论有过怎样的经历，即便曾经想逃离此地，颍河镇依然向他敞开怀抱，是他永远的灵魂疗伤圣地。

总之，《裸奔的年代》以不长的篇幅写尽了一位中年作家追求爱情的种种挫折与苦痛，足以代表墨白小说的艺术特色和文学品格。墨白以敏锐的眼光捕捉到进城与回村这一对矛盾，并从中发掘出颍河镇的精神归宿内涵，是一部值得读者深思和研究者探讨的优秀作品。

课程作业：
墨白小说的哲理解读

在《中国当代文学》课程中，我要求同学大量阅读作品文本，撰写读书心得。作为课程作业，并在每一节课的前 8 分钟进行学术演讲，可以用 PPT 或者黑板在讲台上进行讲义分析，然后我对其学术演讲的内容、仪态等进行点评，指出同学的优缺点和需要改进的地方。如此不仅激励学生不断自我加压和知识提升，而且训练他们的语言表达、逻辑思考和现场反应能力。最后推荐好的文章在报刊发表，这种方式深受学生喜欢。我把墨白以及其他作家的作品上传到“井大中文论坛”QQ 群共享文件中，让同学自由阅读和选择，不少同学选择了以墨白小说作为文章选题。经过学生的阅读、分析、修改和我的反复指导，一些好的文章也逐渐显露出来。郑伊红、鞠发、王青、毛元平、杨燕燕等同学从死亡、存在、孤独、梦境、痛苦、思辨等角度探究墨白小说的哲学命题，这些文章已先后公开发表。

死是生的开始：墨白《手的十种语言》解读

人文学院学生　郑伊红

秋雨，这是寂静的山林在召唤吗？

墨白先生之作《手的十种语言》确实是一部故事引人、悬念迭出，极具可读性的纯文学作品。在此特别强调极具可读性。它不像柯南·道尔所写的《福尔摩斯探案集》那样给你一个清晰的结果，而是让你融入情节后以没有明确的结局和所谓的真相让你看透作品中所蕴含的道理，让读者自己回味，去感受事件的真相，这或许就是墨白先生所写的《手的十种语言》的魅力所在吧——留给你一个没有结局的结局。就像黄秋雨的好友潭渔所说，“现在，黄秋雨的命案，破，或者不破，对于已经离开尘世的黄秋雨来说，对于已经摆脱了精神痛苦的黄秋雨来说，意义已经不是太大……”是呀，知道了黄秋雨的死亡真相此刻看起来确实没有那个必要了，因为即便没有谋杀，处于癌症晚期并且精神上孤独的他也难逃死神的召唤，而告别这个不被普通世人所理解的世界，也许是另一种豁达的解脱。

一个画家，一个想用手的十种语言去表现人性欲望的丑陋，或许害死他的并不是别人，而是这个世界，这个社会，这个被欲望之手包围着的丑陋的人间。也许是那个夜晚，黄秋雨看透了人生，明白了世间冷暖，人世沧桑，在病痛来临之际，结束了他那漫长的、痛苦的生命，而死亡的地点是他曾经历经过快乐，感受到浪漫的地方，这真是所有悲哀中令人欣慰的一点（至少在我看来）。

“死是生的开始”，多么触目惊心的文字啊，是经历了怎样岁月沧桑的人才能写出，才能真正体会其中内涵的文字呀！（至少对于现在的我是绝对不能的）在黄秋雨没有被渔夫用扳网从颍河中网上来之前，有谁真正地关注过他呢？至少对于“我”方立言，负责这次命案的副指挥是绝对没有这个闲工夫的。从黄秋雨的书信、简短的笔记等遗物上，我们能够看到黄秋雨对生命的热爱与无奈，他活在孤独的阴影中。他用画笔与文字表现的独特的思想又有谁能懂得呢？是金婉，是米慧，是粟楠，还是潭渔？……但至少不会是你我。也许，也许真的是没人能真正理解他寂寞的孤独的内心世界，因为这个世界已失去了它原本的模样，人与人之间仿佛存在着一层无形的隔膜。他还在人世时，在人们看来，最应该关心他的妻子金婉恰恰却是最不能给他浪漫的女人，妻子金婉不懂浪漫，更不懂艺术。而黄秋雨却是一个曾经留学法国的艺术家，他需要浪漫的陪伴，艺术也固然需要浪漫的意境来渲染。即便他当初爱着金婉，但格格不入的两个人怎么可能经得住时间的考验呢？这真的是画家黄秋雨与妻子金婉之间的悲哀啊。

“死是生的开始”，也仅仅是一时之间，就黄秋雨的案子来看，他画裸女，我们一般不搞艺术，是个不懂艺术的大粗人，又怎么会真正理解那隐藏在画中裸体上的美与丑呢，又有谁看到了黄秋雨的苦与乐呢？我们不能否认黄秋雨是个多情种，他懂浪漫，需要爱情，却无法在现实中收获一份永久的幸福，不能和自己心爱的女子白头到老，这同样也是他生前的一大悲哀。即便他与浪漫亲密接触过，但粟楠成为植物人，米慧弃他而去，桂舒也不能陪他去巴黎，最终他死了，死在那条他再熟悉不过的颍河里，那条曾经带给他无数欢乐的颍河。在外人看来这是对他的惩罚，但我却认为，恰恰相反，死亡，这是他对人世的解脱，是他对看透人世繁芜之后的放手，他只不过是去了另一个世界，一个能给他安静的地方，一个不再让他感到寂寞的天堂。他的生命结束了，恰恰是人们真正了解他的开始，试图挖掘他的一点一滴，绝不会放过一个角落。不错，当一个人活着的时候，我们对他毫无感觉，可是当他离开人世之后，我们才开始进入他的生活，那些已经无法复活的过去。这就是我们。

同样是我们，总会在孤独或失落的时候去想人为什么活着的问题，但又会有多少人认真地思考过死是生的开始呢？答案是显而易见的，在我们现实生活中是很少会有人真正愿意去思考死是生的开始。因为这个话题已经触及我们生命的底线。纵观历史长河，恐怕只有那思想独具一格的哲学家才会在夜深人静的时候，抬头仰望星空，叹一句：“死就是生，生即所谓死，生生死死，也只不过是自然界的一个回合罢了。”

弘一法师至少是达到了宁静致远的程度，粗茶淡饭，粗布蓝衣，过着平淡而有意义的生活，在《手的十种语言》中有关大师的历史故事中有这样一段话：“弘一法师就像树林里干枯的一棵树，枝叶虽然干了，却仍然是一片风景。死与不死，已无界限。来也从容，去也从容。灵魂在这躯体里安息着，一点也不急于离去，因为，去与不去，亦已无界限。死，就是结束。而结束，正是开始……”或许，这也是自然的一种循环吧。但在这则故事中，也值得一提的是那些附庸风雅的政府官员与富商，明明不是和弘一法师同一境界的世俗之人，又为何要去向他靠近呢，依附在金钱、权力之下的人怎么可能达到弘一法师宁静致远的崇高的境界呢？最终他们上当受骗自然也在情理之中。

现实中，每当一个人历经刻骨铭心的坎坷后，会在寂寞的压迫下，恍然间感悟到生的美好，才懂得只有好好地珍惜每一秒，才不会让自己的此生虚度。时刻保持时间存在的紧凑感，相信生是最伟大的存在，那么此次如同恶魔一般纠缠的磨难也不足挂齿了，因为你已经活在了当下。

为什么黄秋雨写的那十则故事总会与死联系在一起？他通过诉说大师的故事，告诉我们死是生的开始的哲理，揭示出人世间的冷漠与无知，我们的社会到底怎么了？为什么人们会变得如此势利无情，无所事事？

那又是什么造就了独特的黄秋雨，他内心世界的孤独，没有人理解的无奈，是谁一手造成的？恐怕我们这个信息化飞速发展的社会难辞其咎吧。现今我们的物质生活确实蒸蒸日上了，但为什么我们的幸福指数不见增加呢？人们在拼命赚钱、争名夺势的过程中，失去了久违的笑脸。面对这样的无奈，活着的我们要怎么办，是放任它，无视它吗？不可以，绝对不行！

黄秋雨虽然走了，但他留下了《手的十种语言》，为的就是告诉活着的我们，要回归最本真的自己，不要让欲望之手蒙蔽了你的眼睛。如果一个生命的死去，能换来更多生命的觉醒，那么死去的人也就不会再感到寂寞孤独，那么我们的世界就将重新开始了。

对于死，一个让很多人都忌讳的字眼，但却是任何一个人都会经历的一环，只不过那是时间的问题罢了。如果你认为“死”距离我们很遥远，那么我想说你错了。因为假如你以活的躯体过着颓废的生活，成为一具行尸走肉，那么在一定意义上你将与“死”无区别。

其实在我们现实生活中，对于“死是生的开始”也让我想到了“灾难是希望的开始”，是吗？是这样吗？如果不是，那为什么会有灾难过后的醒悟呢？校车事故过后，政府、学校开始大张旗鼓地改进校车，因为媒体新闻的报道，社会各界开始关心小学生的校车安全隐患，才认识到校车事件的严重性。虽然自古就有“亡羊补牢，为时不晚”的训导，可我们的社会能否在灾难发生之前就能及时地采取有效措施，以此来避免不必要的伤害呢？还有像奶粉三聚氰胺事件、瘦肉精事件等食品安全问题能否少一些，别让利益之手、欲望之手抹杀了我们这个社会最基本的良知。但如果只有死亡，只有灾难，才能换来生，才能唤起希望，那我们人类又将是何等的悲哀啊。我们人类的思想是否相比以前倒退了呢？

黄秋雨，秋雨，一个充满了萧瑟与悲凉的名字，就真的如同他走过的人生，在秋风中倾听秋雨的细语，连绵不断。墨白先生在后记中说“不可理解的是，我们这些人，我们这些平庸的人，面对身边一个深处痛苦的生灵，往往是视而不见。”真的是这样吗？我们人类真的是这么不懂得人情世故的动物吗？“可是，当他离开人世后我们却总是想违规撕下那房门的封条，企图进入房间的内部，去窥视寻找他们的隐私，以供我们酒前茶后取乐的谈资。”难道这真的是我们所处的世界吗？一个缺乏关注、缺少关爱、被冷漠包围的冰冷人世吗？难道真的是如同《地铁站上》这首诗中描写的那样“湿漉漉的黑树干上花瓣朵朵”吗？不是的，只不过是我还没有看清而已。多么想会有人告诉我，其实并不都是这样的。但至少有一点可以肯定，黄秋雨所画的手的十种语言是他对真实社会、人性、欲望……思索后的表达，更确切地说是披露。

死是生的开始，除了在死后，贪婪的人们试图潜入别人的世界，窥探别人的隐私，从这个基础上，我感到了现在世间人与人之间的那种冷漠，彼此之间的交往都以共同利益为前提，也总是将对自己有利的一方面放在首位，而真正存有善心的到底有多少人，善良之神为何总是迟迟未到人间。所谓的明星筹善款，那么他们的真正目的又是什么呢？他们为的不就是增加自己的知名度，赢得更多的粉丝吗？

当一个人结束了生命，在近期内，无所事事的人会将他当成饭后谈资，说着他生前的琐碎小事。就拿黄秋雨来说吧，他走后，“我”、方立言开始一步步地调查，将秋雨生前的一丝一毫都揪出来，表面上看，我们知道了秋雨的心灵孤独，不如说是我们这个社会的精神迷失比较妥当。从黄秋雨的命案引申出来的一系列资料中，我们需要去思考，不仅要将有关这起命案的前因后果联系在一起，更要透过这起命案看清其中蕴含的哲理。

因为对“死是生的开始”的关注，因为对《手的十种语言》的眷顾，我在触目惊心的话语的指引下思考，静静地沉思，我们的社会到底怎么了，黄秋雨是明白了，而你呢？他呢？我呢？

窗外或许下着连绵不断的秋雨，在你最茫然的日子里写下的不能用文字来概述的语言，带给我另一种寄托和思考，感谢《手的十种语言》，感谢有你的存在。

我们需要的确实是寂静，然后是去思考，去体会，去感悟。

能回忆就是一种幸福：墨白的写作观

人文学院学生　鞠发

一、兴趣

没有人天生就是读书的天才，只是他有某一方面不同于别人的地方，例如他很勤奋，相信勤能补拙。再如他有某种特别的感官，对书有很特别的想法，拥有持久的兴趣，正如墨白一样，第一眼就喜欢上了书，“我的心里就痒痒 ”“总不想放过去 ”“要是错过了，心里就总有一种遗憾”“总是隐藏着一些自己喜欢和需要的东西”。这些都是墨白对书的“一家之言”，但我们知道如果你对一件事很在意，无论你在哪里或是你在做什么，你都会记得它，并且还会时刻关注有关于它的一切最新的消息。然而墨白却达到了另一种境界。如果说你对权势和名利有欲望，我相信。但墨白却对书有欲望就让人眼前一新了。他说“我的心里充满了占有那本杂志的欲望，我在紧张地思考着，怎样才能把那本杂志带出阅览室”“我说不清那个时候是什么力量，迫使我做出那样的错事，难道那就是书对一个从农村来的还没有吃过饱饭的青年的诱惑？”他读书“就像一个被抛进了大海里的人，我在无边无际的海洋里沉浮，我拼命地游着又找不到堤岸”没有边界，没有彼岸。不断地汲取知识，畅游在书海。他有时也会对自己的过错进行反思，但“在谴责之后，我只能用这个不是理由的理由，来安慰自己。我知道，那些汹涌而来的文字，像烈火一样灼烧着我年青的头脑和心脏，那些热量积存在我的骨骼里，积存在我的血液里。”这得要有多深的对书的喜爱之情，才能做到这一步！在现实生活中，我们也能看到这样的例子。他会悄悄地将别人买的书带回家中，如果书的主人没有发现，他就不会还回去，因为他觉得这是一本值得收藏的好书，不舍得还回去但却会以其他东西和书的主人进行交换；或是他因为某事忘了还回去，在想起时会有一丝的愧疚之情；也许他废寝忘食地看完了却没有找到一个好的时机去还。但不管怎样，他都有着这样一种不可思议的想法，有时不是你我能理解的。

二、梦

弗洛伊德说过：“梦是生活意愿的体现，它们总会有这样那样的联系。”是的，我们每一个人都有自己的一个或多个梦，它承载着你在生活中的每一件大大小小的琐事。墨白也不例外。“幼年时，我曾经许多次萌发一个强烈的愿望，渴望着在将来的某一天能成为一个小书摊的主人。”这是他心里的愿望，这是他人生的奋斗目标。我们的心里也藏着一个梦，或许你已显现出来了，或许还在萌芽中，至今未见其雏形。不管这个梦能不能实现，有梦就好。我们知道墨白没有实现梦想，但对于他来说有些东西是时间所不能消磨的。“现在，我已经记不清那些书摊主人的模样了，他们在我的记忆里都变成了一团灰色的影子。但那些小人书里的故事，却留在了我的记忆里。”当我们看一本书时，我们能记住它的所有情节和人物，但过段时间就不同了。或许留在我们记忆里的只剩下一篇简短的故事了。“我们无法预猜未来将要发生事情，就像一片在我们面前升起的浓雾，挡住了在今后的时光里我们要到达的某一个地方。未来是神秘的！”有时我们做了手上的事后就不知道接下来要做什么，何况未来这么渺茫的事。我们能做的就是做好手边上的事。因为如果这件事情对你很重要，那么无论你在何方，处在何时都会有或多或少的记忆涌现。“在后来的岁月里，那水浪击打船舷的声音似乎就隐藏在我的耳边，每当我孤独和寂寞的时候，那水浪击打船舷的声音就会在我的耳边响起。”没有书的陪伴是孤独寂寞的，哪怕以后有书可以看，也会因为某样特别的东西而联想起那些没有书的日子。书对于幼时的墨白来说是朋友，是“玩耍的伙伴”，更是打发时间的最好办法。小时的墨白喜欢连环画，因为“那些连环画不但给了我最初的文学启蒙，也给了我人生的启蒙。”或许连环画对你来说太简单，觉得那是不值得一提的东西，墨白有点夸大其作用了。也许你只看到这件事的表面现象，忽视了这件事积极的一面——他那种执着追求读书的热情，那种从中看到真理、看到希冀的眼光，会让人惊叹！

三、收获

没有什么事情是肯定的，梦是如此。就像对于一个人付出了，其结果也是不尽相同的。有的人可以从书中收获很多，有的人却是很少。而对于爱书的墨白来说，当然他是前一种。书中的内容让墨白完成了自己长久以来未完成的心愿，书中的内容丰富了墨白的见解，助他完成了数部作品；书中的内容让墨白吃惊，其中竟有自己的作品，是惊喜，也是意外的收获；书中的内容让墨白浑然忘我，忘记自己还有事要做；书中的内容墨白读出了许多的感慨，一句“书到用时方恨少”让墨白更加珍惜书。“书中自有黄金屋，书中自有颜如玉”道尽了多少读书人的真实感受。只有真正爱书、爱读书的人才能体会到书带来的不一样的感受。逛书摊对墨白来说是享受，对我来说又何尝不是？墨白在书中读出许多的慨叹，我呢，应该是些许的生活经验吧。每一个人读书有不同的理解方式，于是反映在你身上的行为也不尽相同。或许，一个人可以从书中看到未来的希望，也可以从中看到生活的潦倒，人生的不如意。这是由于我们的着入点的不同所导致的。我们都不希望自己是一个书呆子，只知道死记硬背。我们都希望将来的某一天自己的话也能成为名人名言，有着警醒世人的作用。于是我们都在创造自己的一家之言。

四、文化史观

对于墨白来说，他认为爱书，除了对它有兴趣，可以从中得到收益之外，还应该有其他的原因。记得他大哥说过：“哎，不容易呀，我们农家的孩子，有俩钱不能算翻身，重要的是要从文化上翻身。”这是作家孙方友对现实生活的认识的一种看法，而墨白却认为在文化上翻身不在于形成同种的风格，哪怕你我都是一名作家。按着自己的思维走，走出一条新路，这才是最重要的。“我觉得一个作家用什么手法，走什么路子，或者他打出什么样的旗号，属于什么流派都不太重要，重要的是，看他自己把他所建造起来的那个艺术世界是否推到极致，是不是像造山运动那样在人类的文化视野里耸起一座高大的山峰。比如陀思妥耶夫斯基是一座山，比如达利是一座山，比如贝多芬是一座山，比如罗丹也是一座山。就文学作品来说，能不能成为一座山峰，我认为应该有以下几个方面的维度：一、对自己民族苦难的体验。二、对人类生存状态的再现。三、对自身灵魂的拷问。再有，就是作品里体现出某种形而上的宗教品质。”在自己的领域内创造出自己的风格，这点真的很难。然而墨白给我们做了一个榜样，我真的需要更努力一些。写作不是因为你多么会运用辞藻，也不是因为你有多少的才华，更不是你写的文章多么奇特，而是你在写作这个艺术世界，如何来运用你的文化视野。因为你的文章反映的是你对生活的理解，是对社会发展的看法，更是对自身的反省和思考。墨白“认为对于人类苦难的体验，就一个作家来说是十分重要的，那种无意识的，你不可回避地把整个生命都投入进去的生活，和我们所提倡的那种下去体验生活有着本质的区别，因而也会产生出层次不同的作家。在我们经历生生死死的时候，我们那个时候根本就没有想到以后会去成为一个作家，但当我们现在重新来认识那些经历的时候，它们就像被雨水从泥土里冲出来的金子一样，在我们的注目下闪闪发光。”没有刻意地去要成为一名作家，然而当你不知不觉地将自己融入生活中，去感受并体味生活，这样在冥冥中就已经成为一名作家。我们不用去刻意强求什么，只要你不断地在日常生活中积累，并且记录你的所写所感，那么两条平行线也会有交集的时候。

五、写作

当一个人面对四处碰壁时，他会选择在夹缝中生存。对于这种情况：“生活的窘迫”“一个小学教师，一是朝里没人，不能做当官做老爷的美梦，二没有本钱，也不能有停薪留职下海去做生意当大款的非想。”墨白能干什么？他告诉我们，“在工作之余我只有写作”。墨白只有用写作来改变他的生存环境，用写作来证明他存在的价值，用写作来显示他人格的力量。这也是墨白读书的另一个因素。我们也是一样的，当面对无法抉择的境况时，我们会选择往矛盾最小的方面去发展。而写作对于墨白来说是不错的决定了。渐渐地，写作成了墨白的一种职业。同自己的职业相伴终生，从某种意义上讲，职业就成了墨白生命的本身。或许墨白会因为“有点权势就堕落就腐败”，但是他认识到“写作是一个人认识世界的方式，是表达感觉的一种方式；你可以用你手里的笔去关注生你养你的那片土地，去关注那些教会你喜怒哀乐的父老乡亲。并使你曾经熟悉的那些人成为永恒，使那些从你身边流逝的时光存活于历史之中”。这样的感悟让我们明白：写作不光是语言的堆积，而是随着你的经历不同而不同；它可以是情感的自然流露，也可以是反映生活真实面貌的素材，更可以是自己对某种现象的针砭时弊；它还能够让某段时间暂停在那一页或是那一章。墨白还意识到我们“应该找准自己，有点自知之明，知道地里自己会种点什么，小麦或者玉米。地种好了，打的粮食就多，吃不了还可以分给别人，也可以成为优良的种子。成了优良品种，就可以四处去播撒，就可以生根发芽，永远地生存下去。阿斯塔菲耶夫曾经说过一句话：写作需要的是全副心灵，而不是趋附时尚，不应该在文学中寻找地位，而应该从中寻找自我。”我们是不能赛如诸葛的，不能像他那般观察夜象来预知明天，我们只能认清自己在社会，在写作方面起着什么作用。找准自己的定位，让心灵沉于写作。

能回忆是一种幸福，对我而言，对墨白也一样。我能回忆你的有关事情，是一种幸福；而你，能从我的文章中回忆你所经历过的事，我想对你来说也是一种幸福吧。

颠覆与对抗：墨白小说的精神世界

人文学院学生　王青

我们看墨白先生的文章时常会觉得混乱，会怀疑，甚至难以确定自己此时的真实感受。那些无理无序的事件和对白充斥着整个文本，一切的事物都不再受时间与空间的束缚，随意驰骋在小说世界，或者说是墨白先生的精神世界里。

我们首先来做一个关于爱情的梦，梦的名字叫《怀念拥有阳光的日子》。在这部短篇小说中，文字平和流畅，没有一丝矫揉造作，情感真挚，令人动容。文章始终萦绕着甜蜜与悲伤交杂的微妙感觉，纯真善良的少男少女，苦涩的爱情，一切的一切都展现在我们眼前，可结局却是那样的悲伤。

重新细读这篇文章，结尾好似留下疑惑。主人公确实拥有那样悲痛的记忆，但车上的那对恋人或许一直都没下车，开头的那段观察与对话，只是回忆，那个盲人既存在于主人公的幻想中，又是主人公不可逃避的现实。当恋人的细细私语传入主人公的耳中，往事与现实在刹那间重叠，就好像在现实中遇到梦中的情人一般，不知所措。关于梦，我们并不陌生，却也并不熟悉。著名的心理学家弗洛伊德在《释梦》一书中开创了“梦的解析”理论，他的解释是，“梦”都是愿望的满足，并强调说，人们从每一个梦中，都可以找到梦者所爱的自我，并且都表现着自我的愿望。在盲人的梦中，他怀念的是美丽的爱人及那段充满阳光的日子，希望一直过着这样幸福的日子，只是一切都不会按照他的想象来发展。当现实不能满足我们的愿望，我们只能通过梦来实现。其实，我们一直不想回首不堪的过往，过往的现实太残忍，那就沉沦于梦中吧！

与之类似的还有一篇名为《现实的颠覆》的小说，主人公回忆着与一位女士约会的情景，因为对在乡下的妻子的一种奇妙的想象，一切好像都陷入未知中。主人公准确地记着那天约会的一切事情，甚至记录下来，可事实上，这一切根本没有发生。自身的幻想竟在不知不觉中代替了回忆，成为往事的一部分，而且在记忆中越发清晰。回忆使他永远拥有了那个愉快的上午，他内心中一直期盼的约会。不可阻挡的愧疚感也让他一度深深地陷入静思之中，他感到了隐隐的凄伤，他不知道现实更真实还是想象更真实。

但在我看来，最真实的怕是主人公心里的那份愧疚感，正是由于对妻子的愧疚和对那位女士的倾慕相互碰撞着，才会出现这样混乱的局面。我在看瑞士心理学家荣格先生的《梦的理论》时，对这样的事件有很好的解释。“梦”提供了能帮助人们在生活中恢复平衡的信息。梦的一般功能是企图恢复心理的平衡，它通过制造梦的内容来重建整个精神的平衡和均势，另一方面也维持心理的平衡。主人公在生活中的不顺利直接反映到精神上的恍惚与幻想，对妻子与那位女士两者间复杂的情感造成梦境中时而迷茫，时而不顾礼仪当众调情的奇怪场面。其实，人只有在幻想与梦境中才能自由地建造属于自己的王国、工作、爱情，一切都按照自己的意愿进行着。

在印度传说中一切都起始于梵天的梦境，当梵天从睡梦中醒来，世间的一切都将消失。正如《森林书》中所说，“万物从梵天而产生，依梵天而存在，毁灭时又还梵天”。而在墨白先生的小说中，一切的真实与幻想，现实与梦境交织在一起，其实都存在于“颍河镇”这个世界中。在这个世界里，高雅或粗俗，欢喜或忧愁，生或死，都被吸引而来，各自唱着高歌，叫嚣着不满。

这种混乱与颠覆在《映在镜子里的时光》这篇小说中最为明显。整篇小说一直在现实与虚构中穿梭，将时间与空间的距离不断缩小又拉大。多个故事的重叠与交融让人仿若迷失在历史的尘埃中，不得前行。那些虚构的环境、事件和人物在现实生活中意外出现，扑朔迷离又栩栩如生，历史的沉重和命运的神秘怪异地交织在一起，令人震惊。我还记得《鼠王》中的一个场景，由于鼠王的出现使主人公有些恍惚了，他仿佛深陷在一种梦境里，一种无可着落的现实里。同样，墨白先生想要告诉大家的并不只是一个神秘诡异的故事，还有他自身在这现实生活中的深刻感觉与情绪。

在这篇小说的后记中，墨白先生这样说道：“在梦境里出现的事情，有些常常与我们现实生活里发生的事情有着某种的关联，梦里的情境总是使我们感到新奇，梦使我们获得了另外一些看待世界的方法。”确实，梦是一个人与自己内心的真实对话，是自己向自己学习的过程，是另外一次与自己息息相关的人生。在隐私的梦境所看见、所感觉的一切，呼吸、眼泪、痛苦以及欢乐，都并不是没有意义的。也许，到了垂暮之年，我们的回忆会是唯一使我们感觉到生命是温暖的东西。相对而言，现在的我们却始终认不清现实与梦境的区别，也不懂如何借由梦境反省自身。生命从始至终都是一场繁华绚烂的美梦，我们走过长长的路，记住了那么多的人和事，却在回忆中将许多真实掩盖了。

这样的结局让我想起日本作家村上春树的一篇文章《青蛙君救东京》，青蛙君最后还是如愿拯救了东京，片桐在黑暗中为青蛙君倾注了最大限度的光明，勇气可嘉。总而言之，所有激战都是在想象中进行的，而那恰恰是他们的战场。青蛙君和片桐在那里获胜，在那里毁灭。想象的力量使所有一切的恐惧退避，梦境中的激战使现实世界得以安定。而醒来后，我们只会在脑中闪过些许记忆的碎片，生活依然在继续，我们却在不知不觉中学会了勇敢与放弃。

这个做着不同的梦的“颍河镇”承载着现实与梦境这两个不同世界中的希望，不论在哪个世界，重要的都不是存在于世界中的事物，而是行走在这个世界中的人是否真正有勇气打破看似是美梦的现实，将现实认清，置之死地而后生。

这样的理想世界远在撒哈拉沙漠的三毛也拥有，与其说这种小说是作家个人的世界，不如说这是一直存在于平行空间的另一个世界。我们相信人之初性本善，却在这五光十色的城市中忘记了性为何物。三毛在荒芜沙漠中寻到了自己梦寐以求的生活，没有逼迫、没有恐惧、没有不安。其实有很多人不明白三毛为何能忍受那样孤寂的生活，也不明白她文中那些断断续续的人生哲理。

这样的交集说来有趣，也发人深省，我们身处的这个世界如此不堪，却又不得不相信总有一天这个世界会改变。墨白仿佛是个在混乱与虚无中寻求唯一真实的高手，那些看似无理无序的人或事，各自顺应着自己的轨迹行走着，也造就了这现实。

当人类从猿进化到如今这个模样，有些东西渐渐消失，有些东西慢慢滋长。而有些东西却一直存在，只是如今，却将从沉睡中苏醒，试图颠倒世界。

我们读墨白先生的作品，往往为那粗犷豪迈却又细腻的语言所倾倒，看似荒诞不经的故事却紧紧揪住了人性沉落的尖锐刺痛感，那些呓语似的独白萦绕在整个文本中，深刻、沉重，让人无力摆脱。我想，墨白应该是来自深山荒漠的隐居者，纯粹、直接，将还挂着血丝的猎物递到你面前，让人震惊、醒悟。那份蠢蠢欲动的兽性及压抑的怒火一点一点渗透进你的心里，冲撞着你的灵魂。

这样的震撼感在《鼠王》一文中淋漓尽致地体现出来，这篇文章给人的第一感觉便是恶心、冲击。身而为人却如畜生般茹毛饮血，过着幽灵般的生活。对待鼠类，主人公毫无怜悯之心，视之为手中的一件无感觉的物品，吃鼠肉、剥鼠皮。他一直生活在自己的幻想中，幻想着有一天能抓到鼠王报仇，可能那就是他生存下去的理由。可是，鼠王是他自己，也是真正的鼠类之王，到那一天，他也会成为自己锋利尖刀下的亡魂。相比之下，鼠王却是铁骨铮铮，面对即将来临的折磨，也奋力抵抗。而那群尽力营救鼠王的老鼠更是令人震惊。当鼠王离去时，他的生命也走到了尽头，血腥气布满了灰暗的天空。当人性被单纯的欲望和仇恨所覆盖，那身体里就只剩兽性了。或许我们可以赞叹一下主人公对鼠王的坚守，那本能驱使下的不放弃。当目标出现，心中涌起一股无名的兴奋感，可是，这场战争，人性早已失败。

延续着这份震撼，我们再来看看《鹅魂》这篇文章，《鹅魂》一文，写的是有关鹅的灵魂的故事。医学上解释，灵魂是由人的脑电波及不同空间的磁场构成。很多死而复生的人都有过这样的经历，死后自己仿佛脱离了肉体，飘浮在空中，看着悲痛欲绝的亲人，却发不出声音，实在诡异。

文章延续了墨白作品一贯的开头方式，仿佛是在描绘一幅静默沉重的水墨画，七老太生命中的坚守是那群鹅，她并不是仅仅为了那几个鹅蛋，而是在那群鹅身上寄托了浓重的思念。老斜却对那群鹅中的头鹅恨之入骨，因为头鹅让他再也偷不到鹅蛋。那份恨最终让老斜对头鹅痛下杀手，奇怪的事也由此发生，被砍去头的鹅并没有倒下，而是摇晃着没有头的身体走向老斜。最后是个没有结束的结局，七老太失去了唯一的寄托，老斜下落不明，或许已经死了。我们关注的是，头鹅到底为何能在没有头的情况下还能行走，并将老斜吓晕。难道真的是头鹅的灵魂不灭，依然记着自己的责任，要将那群鹅带回去？转念一想，头鹅因为七老太而渐通人性，即使在生命已结束的时刻，依然坚持完成使命。而老斜却从未了解这一事实，欲望让他迷失了本性，最终也没能挣脱欲望的枷锁。说来可笑，人竟连一只鹅都比不上，坚守，实是一件简单的事，我们却做不到。

人自以为是万物之灵，将其他生物踩在脚底，以它们为食、为衣，从不认为这是一件残忍至极的事。我在看《兽医、屠夫和牛》这篇小说时，那种深深的罪恶感让我窒息，野性直白的文字营造出一种属于辽阔荒漠的肃杀感，人性与兽性纠缠在一起，让人无力承受。另一方面，作者选用了大量的农民日常生活对话语言和叙述语言，构成作品语言的基本框架，从而使整个作品具有了一种土里刨食的普通农民一般的朴实、厚重而又略含狡黠的特点。

这篇小说采取了一种多向度的叙述方式。兽医与屠夫两家人的故事自然是重点，从正面显示出人性的虚伪与丑恶。而关于牛的心理活动的描写，则又是一种第一人称的内心独白方式，不一而足。这种多角度多样化的叙述方式直接让作品产生了令人惊奇的艺术魅力。

文本中运用了一种人与动物是非倒置的叙事方法，那头被人类不断剥夺生存甚至交配权的公牛，最终不得不开口说话，并对人类的行为进行着人性的定义，小说以此来实现批判的强度和反讽的力度，警醒人们在人性丧失的时刻，要听到痛苦的击打声。我一直记得白种牛说的那段话："我从他们眼睛的深处看到了他们的思想，他们也渴望着像我一样独占他们周围的女性，可他们不能，他们只有在脑海里想一想。这一点他们不如我，我在阳光下随时都可以做爱给他们看，我从来不在黑暗里不在没有人的地方做这种事。"其实，一直被人类认为残暴嗜血的兽性恰恰是人类世界最真实的反映，人性有时比兽性更黑暗。

我渐渐明白，所谓的人性异化是怎样的，身处这个文明社会，我们会迷失、会堕落、会改变。可是，我们该清楚一点，人之所以为人，是因其有悲天悯人的人性，而不再是四肢行走的兽类。墨白先生一直坚守着这个底线，一直期盼人们能从迷途中走出，真正解脱。

痛苦地回归：墨白《灰色时光》解读

人文学院学生　毛元平

《灰色时光》是墨白众多以生存衍生出的疾病、挣扎、死亡为主题的作品之一，小说以第一人称的视角展开故事情节，讲述了一个乡村教师迫于生计倒卖一百斤大蒜的经历，在这过程中“我”被讹诈、被人殴打，再到车祸。整个作品的基调就像蒙克的《呐喊》，或是毕加索的《格尔尼卡》，在窒息的痛苦和富戏剧化的情节之中，略带神秘主义的宿命观和社会底层的小家思想，正如作品伊始索引的里尔克《少女的祈祷》——“瞧，我们的白昼是这般委屈 / 夜晚呢，又充满恐惧。”“我”就有着这样一种境遇，对生活充斥着“无能为力”的感伤和懦弱。《灰色时光》的意义更多的是在于“揭示”，使读者获得对社会的一种道德认知[1]，而不是把诸多情愫放置于对主人公的同情，墨白再一次叩问时代的良心，为整个民族带去了一束光亮。

在物质欲与道德良知的挣扎之间，“我”被作者赋予了启示者的身份，只不过这是一个尴尬的启示者。在家族中，“我”的父亲历经沧桑死于食道癌，时刻召唤着“我”走向死亡；“我”的妻儿或因厚道或因幼小，对社会保持着蒙昧的状态，却把“我”引向“安生”。在学校里，老黑作为“我”的兄长辈已经磨光了棱角，“我说：‘他们打我。’老黑说：‘好汉不吃眼前亏。’我说：‘他们拿我钱。’老黑说：‘钱是人挣的。’我说：‘我要去告他们！’老黑说：‘强龙不压地头蛇，你告得赢？’我说：‘哥，我咽不下去这口气呀……’老黑说：‘弟，三十年河东三十年河西，君子报仇十年不晚……’”在简短的对话中，老黑的“顺民”思想暴露无遗，而年轻教师杨慧显然已经适应了这个“找不到一个熟识的面孔”的社会，那句“抄也是一种本事”不仅是对考试的学生说的，也是对“我”说的。站在前后两者之间，“我”犹豫不决。在那袋多出的蒜被拿走之后，“我”的心一下子平静下来，“我”被赋予启示者侧面上的意义只留给了读者，“我”最终回到

[1] 米兰·昆德拉．小说的艺术．北京：生活·读书·新知三联书店，1992：118.

了老黑这一个行列，恪守着心中的道德良知。这个过程是一次难产，在物质匮乏和道德坚守之间，“我”的痛苦可想而知。

一、物质的匮乏

“我”作为一名底层的知识分子，田少工资低，难以应付各种花费，而以麻狗和孙会计为代表的利益收取者显得那么的不近人情，以致“我”不得不走上贩卖大蒜的道路。在小说里，隶属于两个不同阵营的集团都呈现出一副“饥饿”的场景，“麻狗真像一条狗，一条黑色消瘦的狗”；当“我”提出“这个月的就别扣”时，孙会计回答“不中，借的钱都得扣，要不你去找校长”；加上半路杀出的敲诈，整部小说中，“我”因为“饿”而贩卖大蒜，更多的是物质上的追逐，而其他三者多少带有欲望的满足——行使小权力的快感，或者不劳而获。值得指出的是，墨白在小说中还写到“俺大”的死亡的惨状——在堆满食物的房间里，对着天空不断说：“我饿——”，父子两代人的刻画，写出的是整个社会底层饥饿的姿态。

二、心灵的煎熬

《灰色时光》的“当下”叙事其实只有从“我”在早集喝稀饭，到车祸的一段时间，其中穿插了大量的回忆和联想，象征和暗示无处不在，从“毛茸茸的蛋黄的太阳”“黄胡子”“俺大”“迟志强的歌曲《钞票》”“灰色的云彩”……众多意象和联想，无一不是内心焦虑的外化象征，与其说《灰色时光》是在叙事，不如说是在写个人的心理历程。

整篇小说在人物的心理刻画上极为成功。“我”的心被一片灰色的云彩遮掩着，为全篇的情感和主人公的心理奠定了基调。其中穿插的回忆和联想可以视为是作者的写作手法，也可以作为主人公在极端无助和悲痛的情况下，产生的一种心理臆想。在这过程中，妻子和儿子的呼唤伴随全篇，是“我”内心生存下去最重要的动力和责任，而也正是这一份责任把“我”引向了“俺大”，引向了死亡，一种朴素的辩证观也就体现出来；在小说中，妻子和儿子一共出现了六次，而妻子那句“安生点，早些回来”也成为“我”的心理暗示，在被黄胡子追赶时，这一暗示也就变成了心理的焦虑，以致“我”的脑海中再次呈现出“蛋黄的太阳”和“灰色的云彩”这两种意象，最后发生车祸。整个过程原本就是一件再简单不过的事情，而以心理描写代替客观写实，心理与现实之间的差感顿然显现，使全篇富于戏剧化的表现。

小说中有两处心理描写是最令人印象深刻的。其一就是，在厕所里被敲诈和殴打，联想到教学生的一个片段——“我说：‘一起读！’‘j——i——ao——jiao’我说：‘我们都有一双脚，用来站立，用来走路。’‘老师，还可以用来踢人。’我说：‘不应该踢人，那样不道德。’可是有个声音却在喊：‘踢，踢他个乖乖！’”自己所教授的知识却在以逆反的姿势残害着自己的躯体，一种苦涩而无法言语的滋味跃然纸上。第二处，则是对“俺大”的描写，“躺在灰暗的屋子里，干瘦的身子像一堆干柴”“眼睛里放出贪婪的光”，以“俺大”的苦痛写“我”的苦痛，也以“俺大”的贪婪写出敲诈者的贪婪，这种人物一分为二的心理划分，深刻地表现出“我”痛不欲生几近绝望的姿态。“在感觉里，我有好多天没有吃饭了，我的身子已像一块冰坨。河面上的冰块咔嚓咔嚓地在我的身下破裂，我胆战心惊地在冰面上走，我知道那可怕的事儿迟早要发生”，更是对这一心理的一种升华，以冷而即将破碎的冰面具体地写出“我”要崩溃的心境。兜里的四十来块钱是敲诈者的赌资，却是主人公值得用生命一搏的东西，现实的差距和人情的沦丧也在“我”似梦非梦的遭遇中走到了极点。

三、圆形叙事

墨白把“我”抛到物质匮乏和心灵煎熬的境遇中，上演着在物欲和道德的两难选择间挣扎着求生的戏码。主人公的“昨天”已被隐去，但至少可以认知到他是一个恪守心理底线，安放着最基本道德的底层知识分子。在面对家庭重担的情形下，这一底线面临着考验，“我”为争得更多的利益，趁黄胡子不注意，把半袋的大蒜偷走。在车祸醒来之后，原本郁结的心变得开朗起来，“我”再一次想起了妻儿，此刻读者才明白，主人公的“安生”更多的是一种内心的安生——“我”又回归到原点。从原点再回到原点的过程中，一种虚无感也体现出来，这或许可以解释为，一种近似于传统的宿命观——通常具体的解释为，一个人注定成功或失败，都是天理安排。

整部小说通过情节或者幻想连接，一件原本再普通不过的贩卖大蒜的事，却在作者对叙事手法的巧妙运用中，赋予了含义的完整性和丰富性。通过倒叙写出了主人公贩卖大蒜的原因和其中的插曲，而插入杨慧、老黑以及教学的片段也补充了“我”在职场上的缺失。作者把“我”放置在一个广场式的舞台上，让“我”用“站后些”（回忆）的方式去与他人发生关系，使得故事更加完整。尤其值得注意的是，作者还将“明天”发生的事写进了“今天”——“我永远忘不了那天的太阳。后来我把看到那天太阳的情景对孙会计讲了，他一拍桌子站起来说：‘好呀，黄道吉日，那天你一定有什么好事！’我苦笑了一下说：‘恰恰相反，那天黑光满道，真叫我终生难忘。’”这段文字不仅是因为故事开展需要而写的，同时还对“我”以后的生存状态做出了一点揭示：孙会计如此不讲人情，而“我”竟把自己最不得意的事告诉他，这并不是一种信任，有一种解释就是主人公已经彻底变成了老黑似的“无为”状态，他对命运已经顺其自然。

车祸更像是主人公由原点回到原点的一个楔子，如果没有那场车祸，“我”逃回了家，发了点小财，又会是另一种状态。而通过内化发现，“车祸”或许只是“我”犹豫心理的一种表现。作者设定这样一场车祸，使得主人公顺理成章地成为一个道德的顺民，也是对主人公内心羞耻的一种残忍方式的掩饰。小说伊始那一句“我无能为力”就已经注定了故事的结局。

《灰色时光》是篇足以让人读后窒息的小说，作者把主人公设定为一个过渡时代里过渡的人，同时赋予其家长和教师等多种角色。在一个走向金钱社会的时代里，主人公却依旧维系着自己的道德底线；在家庭拮据、自己教育原则思想即将被下一代踢翻的情形下，依然选择安生，只是“安生”并不代表“我”就不用去承受各种压力。主人公介于两个时代不同思想之间的身份确证，从一开始就证明他的选择无论如何都是一种错，只是选择道德而抛弃物质，多少有点文人义气在里面。回归是一个历经痛苦的过程，回归后又是另一种痛苦，但毕竟还活着，在此间不禁让人想起同是先锋作家的余华在小说《活着》里的那句话，“人是为活着本身而活着的，而不是为活着之外的任何事物所活着”[1]，活着就有希望，活着就是胜利。

---

[1] 余华著．活着：自序．北京：作家出版社，2010，10：4.

存在：对墨白小说人性特征的探索

人文学院学生　杨燕燕

人，存在于这个纷繁的世界，以一个单独的个体存在，而过着群居的生活。你来我往，彼此的交集并不仅仅限于表面的话语、交谈，更重要的是心灵的交汇。一直以来，觉得世界上最为复杂的莫过于人的内心，因为真真假假、实实虚虚的态度开始慢慢泛滥，让你很难去看清事物的真面目。是这个世界的复杂变化使然？我不这样认为，归根结底，是人性的扭曲让你我变得不再单纯。一直以来，社会上形形色色的人，他们的追寻似乎都是围绕着内心的慰藉。转回千年之前，文人墨客寄情于山水琥珀，达官贵族寓意于尔虞我诈；时至今日，各位工作者、漂泊者也在不断地奔流中渲染一生。然而，如今，无论财富的汇集是多是少，每个人内心似乎都缺了些东西，以至于若少了平日的千篇一律，与行尸走肉般无异。墨白的字里行间，我看到了目前诸人的生存状态，确实，唯有爱，唯有寄托，才能安抚那空虚的心灵。走在熙熙攘攘的街道，看到各为自己忙碌的人，他们迈着如旧的步伐，朝着心里默念了几千次的路口，或转弯，或直走，停停行行，偶尔的深思回头，就可以看到彼此眼睛里的空洞，虽然摩肩接踵，你我如此贴近，可不改的是，你我仍是陌生人，没有任何交集的陌生人。知己难觅，一个足矣。何以一个就已知足？因为心灵相通，思想的汇集，彼此有了慰藉。墨白，一个手握利剑的作家，因为他揭露了这个社会的肮脏龌龊；一个让很多人拍手称赞的人，因为他用自己的笔触向敏感的领域，唤醒人性最初的纯洁。

一、心灵寄托的不断追寻

人与动物最大的不同是什么？是具有思想力、有精神境界的追求。而我们可以看得出，当世之人忙忙碌碌，似乎都忘了自己如此不停地向前到底是为了什么！有些人在获得了巨大的财富之后，竟然开始寻求一贫如洗时的欢愉，这不是极大的讽刺吗？其实，无论何时心灵的富足有所安慰才是最重要的，至于金钱与物质，只不过给幸福镀上了一层模糊。当然，并非不关心衣食住行，相比之下，精神带给人的更能慰藉心灵。不过，现在的社会似乎与心灵脱节。而作家墨白，就是那个对心灵不断关心的人。他的《孤独者》《丧失》等都给我们以惊醒。孤独者一生都在过路，一生中路过的事物不胜枚举，可他一直坚持往前，因为前方有自己要找的人，而非漫无目的地徘徊，当怀里拥着陌生的女子时，已经略去了容貌的是非。正如文中所述“不要看到她的面容，你独得了一份真情，难道还不满足吗？世上还有比这更幸福的事情吗？”是啊，一直以来自己寻找的不就是这样一份真情吗？我想此时的孤独者应该脱了孤单的外衣了吧！类似地，《丧失》也给如今的人当头一棒：丧失？丧失的是什么？丧失的是心灵的寄托。当失去了领导们的领导，就如同自己失去了生存的能力，不知做些什么，不知如何去做，以至于自己都生了病，像狗一样。而生病了也变成了需要找领导才能病除的地步。“在我的生命里我不能没有他们”，顶头上司的地位似乎成了“我”活着的必需品。医生拿着死亡通知单说“现在他正需要你，就像你现在需要他一样。”原来，他们彼此成了依托，默默守候。

作者真实展现了极大的讽刺，心灵的慰藉竟然依靠工作中的安排！倘若，失去了这繁忙的作息规定，那你，我，难道真的会变得无所事事？变成任何一类植物、一种动物？没有思想、没有意识？如若真是这样，那岂不是连孤独者都不如了！或许，我们每个人都应该反思一下，大家日出而作，日落而息，到底为何？难道仅仅为了那或薄或厚的一叠工资？难道只是为了那出人头地时的光耀门楣？是，生活离不开物质的满足，但一味地崇尚享乐，一味地耽于沉重的工作，为此而尔虞我诈，那岂不是与出卖了自己的灵魂没什么两样？

二、爱的给予

有时候觉得世间也没有那么雾里看花似的让人捉摸不透。“仁者爱人”，我想“爱”与“仁”是不分的吧，如果任何恩怨情仇都用爱来注解，那么这个世界不是简单了许多？呵呵，确实，这只是一厢情愿，因为尚未完全涉世，就对这个世界多了份憧憬。不过，各种新闻报道的袭来，也于黑暗有了心底的暗示。难道人们都忘了情？忘了爱？忘了什么是关怀？墨白的文字初看较朴素，却是很能发人深省，处处反映着当世人的生存状态，处处标明自己对社会的认识，让我们在忙碌的同时，不忘反省自身，提醒自己什么才是最重要的。人与人之间的关怀，虽付出于无形，却能让你倍感温暖。《终点》述说着的似乎是一个离家的孩子。可又不仅仅是个别，我觉得，她代表着寻找爱的群体。终点，终点在哪儿？其实终点就在心间。当“父亲”拉着女孩儿一直走一直走时，那女孩的终点不就是温暖吗？所以，当“父亲”说“你真要是没地方去，就跟我一块儿回家吧”时，为什么她会哭得更加厉害？为什么竟然给“父亲”跪下？我想，是爱吧！是爱让陌生人变得熟悉，是爱让孤单的女孩儿找到了心灵的港湾。触动了内心的柔软，以至寻来了终点。相似的感动是《哑巴》，“我的心一抖，那碗端到嘴边的水又放下来，而后，我吃力地把那碗水送到他的面前。哑巴慢慢地睁开眼，我感到他的手在剧烈地抖动，那只握我的手，慢慢地松开了。他高大的身子，慢慢地矮下去，最终在我的面前跪下了。”无论其他人如何说服，如何解释，即使软硬兼施，哑巴都置之不理。而“我”的“送水”竟然让这样一个大汉跪了下去。如此可见，关怀的力量着实不可忽视，人与人之间的温暖胜于任何权力的命令。文中虽未对哑巴兄妹俩的相依为命面面俱到，但从哑巴对“我”的行为足以看出那种情深，以及事件处理者的不上心。

众人都说现实是残酷的，可是谁让这个社会表面一层仁义道德，深处却肮脏龌龊。反思，确实该反思，但反思的应该是世人，诸多追名逐利者。在不断地角逐、争斗中，总有那么一些人，失去了自我，失去真情的付出，失去对内心的安慰。整体看来，墨白的文章触动细微处，点亮被人们遗弃的角落，呼唤着我们的真性情，让我们能够更加清晰地看待自己。

三、人性的悲哀

每天都有悲剧发生，“善”似乎与社会隔绝。在一篇篇争论面前，谁是谁非竟然被摆到首列！我想说这才是真正的悲哀，人性的悲哀。对或者错，没有那么难决断，当真的为了是非而去掀起讨论时，那么真的是令人伤心了。墨白的文字，最大的特点就是将遗忘唤醒，将是非标准不再泯灭，注重人的内心，对目前人类的生存状态进行反思，通过自己对社会的认识，提醒你我：心，很重要；人，很重要。对于《围困》《尹先生》《心声》，可以说作者是煞费苦心，未读到结尾似乎都有点让人摸不着头脑，情节更是发人深省。印象最深刻的是《心声》“屋里挤满了人，却没有一个人听清老人说些什么，大伙屏住气，一双双眼睛望着那只枯干的手慢慢地垂下去……”。在这里我们看到的不只是这位老人的可怜，更多的是，那些旁观者的置之不理。屋里“挤满”了“人”，可大家的反应与一幢空房子又有何异？而老人呢？直到最后一口气，依然透着回学校的话语。讽刺！极大的讽刺！接受了教育的人竟然如此对待一个生命垂危者！难道他们的人性被抹杀了？自古“百善孝为先”，可在这里我看到了大众的悲哀。显而易见，这种现象不只是小说里的虚构，现实或许有比这更残忍的情境。《围困》也是，在那个特定的年代，人与人缺乏了一种叫作“善”的东西，到处充斥着报复的氛围，由此，人性被扭曲了。小说中，清明是作恶者，但同时，他也是一个十足的受害者。倘若，彼此念着些许的忍让、关怀，那么悲剧岂不消停了？有时候，时代的悲剧让人与人之间失去了本真。看过《尹先生》之后，我将人性的泯灭归咎到了时代的头上，不知是不是有些为那些卑鄙小人开脱的嫌疑。孙老师，果真是会“做人”！眼前一套，背后一套。本以为他是时代的清醒之人，可惜，他比一般人更丧心病狂，难道那不是赤裸裸的诬陷吗？我迷茫了，不知道是那个时代造就了这样可耻的人性，还是这种人毁灭了那个时代应有的“善”。

似乎什么都在变化，更何况那不值一文的所谓人性。虽说丧尽天良者少之又少，但不得不承认，有些东西确实有世风日下的趋势。作者的笔下一个个悲剧的诞生，一个个人内心的暴露，一声声慨叹的入耳，其笔调大都转向讽刺、悲哀的角度，以至更能惊醒世人，不得不让众读者心中泛起波澜。就让我们在能单纯的年纪做些善事，希望在以后的岁月里少些关于错与对的挣扎。不是有句话嘛“人之初，性本善”，其实，成长过后的善又有何难，少些尔虞我诈、钩心斗角，修身养性、漫随天外云卷云舒岂不快哉？

总之，读墨白，似读人生、似读人性，其笔法锐利，在朴素的言语中，你可以找到温馨的家乡话，亦能体味斑驳各色的世间百态。记得墨白曾在自己的文章中讲述自己写作是为了实现自己存在的价值、显示人格的力量，也是认识世界的一种方式。我想说的是，他不仅证明了自己人格的魅力，更重要的是，他揭示了人性的深刻内涵，让读者有了觉悟，提高了对“人”这个复杂群体的了解。一直以来，脑海中充满着具有肯定意味的词组，可墨白却拿来讽刺世间悲哀，略带悲剧性的笔法，给人深深地震撼！

无我之我的公路想象

——《映在镜子的时光》与《弗兰德公路》的比较

人文学院学生　陈丹

一般而言，小说是以时间为序列以人物为主线，反映社会生活，呈现人性深度，展现社会经济和文化的文学类型载体。国学大师南怀瑾说，光读正面的历史是不够的，还要看小说。所谓历史，常常人名、地名、时间，都是真的，内容不太靠得住；而小说，是人名、地名、时间未必是真的，但故事的折射与隐喻却是真实可靠的。在小说泛行的年代，我们如何去鉴赏一部好的小说，如何去体会小说背后真实的故事是极其重要的。而《弗兰德公路》和《映在镜子里的时光》则将告诉读者答案。《弗兰德公路》极尽描绘超现实的意识流场景，那是想象，是由回忆、记忆和感觉组成的浩大场面。而《映在镜子里的时光》描述的是一个现实与小说互相契合的多声部故事。对于死亡与再生，两部小说更是各显神通，融入巴赫金的复调展现多声部的艺术世界。而这些精彩的描绘，向我们叙述了一个神奇的魔幻世界，深陷其中，不能自拔。但这两部小说各有其特色，本文所要探索的即是在上述几个方面这两部公路小说的类型特色。

一、在路上：寻找真相

一般性神秘悬疑小说套路终究是以离奇的故事情节，神秘的人物关系来吸引读者。但《映在镜子里的时光》却不是这样，这是由一个故事嵌套一个故事所组成的多层次文本结构。而《弗兰德公路》更没有明确的故事情节，没有具体的人物关系，有的只是凌乱的想象和破碎的记忆，这便是这两部作品的神秘性所在，不是在语言和情节的推动之下所带领读者寻求故事的真相，而是由诸多梦境、回忆以及想象拼接而成的一幅画面统一地展露在读者的眼前。穷尽文本意味，必须依靠读者去填充空白。

墨白的《映在镜子里的时光》讲述的是一个电视剧组前往颍河镇寻找外景地，而剧组所拍摄的剧本则由反映大跃进时期的荒谬事件的《风车》和文化大革命时期的神秘事件《雨中的墓园》改编而成。然而在寻找的过程中，小说中所虚构的一切却都在现实生活中意外出现。而西蒙的《弗兰德公路》则以“二战”初期法军在北部的弗兰德被德军击溃后仓皇而逃为背景，通过主人公佐治战后与贵族出身的骑兵队长德·雷谢克的年轻妻子在旅店幽会时凌乱断续的回忆，展现了三个骑兵及其队长在战争中的遭遇，以及队长的死亡之谜。

两部风格迥异的小说，都以“公路”为故事发展的背景线索，向读者展示了两个扑朔迷离的故事。一般性“公路小说”的定义是以路途为载体反映人生观、现实观的小说，叙事的发展以一段旅程为背景，通过路上的见闻、过去的回忆和扑朔迷离的人物关系来构成小说的主要脉络，很明显，《映在镜子里的时光》正是这样一种公路小说。

艺术家小罗跟着那位老人穿过了一排又一排高大的厂房，最后来到了一个很大的空地前。艺术家看到空地上堆放着一堆又一堆的麦秸，有几个被灰尘荡得面目不清的工人正在往一架传送带上装麦秸。老人指着那个尘土飞扬的工棚说，这是粉碎车间，先把麦秸从这里粉碎，然后送到蒸煮车间。

这是艺术家小罗在一个废弃的工厂里的幻觉。这一部分则是出现在剧组去拍摄地所在的路上的故事，而他的死亡也正是在这一部分过程当中发生的。而主人公丁南对于过去的种种回忆以及两本剧本内容在现实生活中的反映则体现出故事的神秘性。剧本的人物关系则和现实生活中的人物关系是互相联系的，这更给这部小说添加了一些神秘性，“公路小说”的体现也更加明显。而《弗兰德公路》则是这样一种公路小说的升华。以“公路”为载体的表现并不明显，但回忆、想象却充斥着整部小说，这给“公路小说”的神秘性带来了更大的视觉冲击和精神震撼。明显，《弗兰德公路》是另一种“公路小说”。而“公路”只是这部小说的表象，我们只不过是在上路的过程中去寻找故事的渊源，去寻找故事所带给我们的东西，是沉重的历史还是丑陋的事实，必须承认，正是在一种骄奢淫逸之下，我们才能看清仓皇而逃时生活的不易，正是在这种不利的“路上”，士兵们才能排除所有的不可能，看清事情的真相，看见德·雷谢克的死亡。作者用回忆、用想象、用感觉告诉读者，却始终没有给予读者一个准确的答案，但是在寻求答案的过程中，却揭露了另类的事实，这是我所想不到的。用《映在镜子里的时光》解释说，就是那个空间我们是无法进入的，但镜子却毫不留情地给予了真相，高堂悬镜或许正是这样的由来。

二、叙述迷宫：巴赫金的复调理论

西蒙的《弗兰德公路》是诗画小说的代表，大量描绘情节的画面综合表现在读者眼前的则是一幅波澜壮阔的图画，而图画中的每个人物、每个主题都有其特定的色彩，这就给人一种鲜艳的美丽纷繁的画面感。但同时这样的一幅图景也具有音乐感，我们称之为复调音乐。“复调音乐”是一种“多声部音乐”，这样的音乐，有两条及以上的独立旋律，通过技术性的处理，而组成了复调音乐。用这个词语来形容《弗兰德公路》是再合适不过的了，想象、回忆、记忆、感觉就像是音乐的一个声部来构成一部完整的音乐，对此，巴赫金就俄国作家陀思妥耶夫斯基的小说研究提出了小说的复调理论。而复调小说中有一个较为突出的特点即是由各种完整的生硬意识所组成。而这些意识、这些声音是互不相容的。就《弗兰德公路》来说：

依格莱兹亚在叙述中说，这时他感到她完全不同于他头一次看见她的样子。那一天，他看见她在德·雷谢克身旁往前走来，他似乎感到面前的人不是一个小姑娘或一位少妇或老妇，而是一个说不出年龄的女人，像是所有女人的——年老或年轻的——总和，说她是十五岁、三十岁，或六十岁或几千岁都可以，这时一种愤怒、愤懑、敌对的情绪激动着她，在她身上散发出来。这种情绪不是产自某种经历或某些时间的累积造成的结果，而是别的什么。

他头一次远远看见她时，以为是德·雷谢克星期天从中学里带到外面走走的小孩子或少女，出于父母的宠爱，把她打扮成一位成年女人的样子（依格莱兹亚以自己的方式来解释为什么一看见她首先产生一种说不出来的浑身不舒服的感觉，像看见一种模糊不清、难以明确、令人不安的可怕的东西，像那些化了妆的小孩子，穿上模仿大人的衣服，似乎是年轻人做出的讽刺戏谑的模仿和亵渎，不但对童年而且对人的样子有所损伤）。依格莱兹亚说，首先最使他惊讶的是她那天真烂漫、蓓蕾初放、像处女般纯洁无瑕的外表，这印象是那么强烈，因此得过了一阵子他才发现，才认识到她不仅仅是一个女人，而且是他从未见过从未想象过的真正的女人，因此他惊愕地怔住了，感到一种愤懑、反感，无法控制的情绪像一股气流般地冒气。

文中的勤务兵依格莱兹亚对于队长遗孀科里娜所体现出来的完全不同的意识。第一次是惊讶，而谈到她时所用的字眼、语调都是用电影里的话语来形容的，那是不同于其他物种的人的美，没有一点真实，是仙境。而后期的感觉则认为“这男人要不是我，别人也一样，因为他在发情，这种闷热天气，更解决不了问题”，态度的转变，全然没有一句话语，而人物脑中的意识全部体现出来。在这部作品中对话甚少，而用意识来表现人物心理、推动故事情节的段落并不在少数，而更是占用到文章的大部分篇幅。文章中另外的人物亦是这样，描写的感觉、意识、想象，这些全都是互不相容的独立意识，但这独立的意识构成了一篇最具价值的文章，不仅仅是《弗兰德公路》有这样的意识体现，而《映在镜子里的时光》亦是这样。小说中的人物都有自己的独立意识，而这些意识是属于特定的人物的，他们之间没有实质的联系，但却是文章不可缺少的一部分，推动了小说情节的发展，而这又是复调小说的另一种体现。所有声部都为主旋律服务，从而形成了一个统一的意识，即复调理论的统一意识。《映在镜子里的时光》里有两个部分是单独提列出来的，即丁南的潜意识和夏岚的潜意识。从内容的角度来说，夏岚的潜意识与文章的故事情节是没有关系的，但作者却不惜笔墨来叙述，这也是一种独立但统一意识的体现。复调小说的这一理论在两部小说中都有较多的体现，而这也是为了强调“多声部这一特点”，强调故事中的人物与作者是平等对话的关系。“人不是世界的中心，他不能赋予事物任何意义。因此，人物不是小说的中心，作家不应该从人物的主观情感出发来描绘客观世界。”西蒙正是这样，他的故事里的人物不是主体，我们难以去感悟一个人物的性格特征，这就是作者与剧中的人物是平等对话的关系，从而构造出和谐统一的画面，形成了一部诗与画相互结合的作品。

有论者认为，复调小说是一个极其复杂的世界，这里的一切都存在于同一空间，它们之间相互作用，故事发展没有缘由，作品中的每个人物都有极大的自由，每个人物在发挥各自所具有的独特的作用。而每个人物所表现出来的则是相同价值的不同意识的世界，这并不是按照统一意识所展开的情节，却服务于故事情节，服务于故事的主体。《弗兰德公路》里那个悲苦一生的队长德 · 雷谢克的神秘死亡则向我们描绘了一个复杂的世界，他的死亡没有缘由，告诉读者的也只是结果。而它所贯穿的“世事沧桑，时光无法留住；在时间的作用下，人物、事件、事物留下的记忆和印象渐渐地变形、歪曲、模糊、消失，人只能无可奈何地兴叹”的主题则告诉读者时间无法回到过去，回忆所带来的真相是不堪的历史，这些是人性的扭曲，因为叙述者是虚伪的，按照自己的逻辑加以“仿制”，也就无法找到真相，这种超感觉贯穿着整部小说。而《映在镜子里的时光》则给予了每一个人最大的自由发挥的空间，小说人物的张力则是读者最大的阅读感受。

互不干扰的独立意识，朦胧不清的自我感觉，碎片化的回忆，基于现实的想象，构成了这两部小说最为基础的复调理论，而这些集于同一个平面形成的共时的艺术特征，则将两部小说的艺术手法淋漓尽致地展现了出来。

三、超现实主义：死亡与再生

存在主义哲学家雅斯贝尔斯认为，人类总共有四处边缘处境：死亡、苦难、斗争和罪过。其中对于人的生存最关紧要的是死亡，只有死亡才是使生存得以实现的条件。因为所谓死亡，即意味着从现象中的消失，意味着离开实存而进入可能的纯粹的超验世界中去。对于人生来说，最重要的则是直面死亡，而我们只有体验死亡，才能体会到内心的那一份独立，才能从芸芸众生中分离出来，从日常的沉沦状态中分离出来，去看见看不到的东西。德·雷谢克的离奇死亡让我们看到的是战争所带来的饥饿和死亡，是漫天烽火，是无尽的风雪、黑暗、惊恐，以及上流社会的骄奢淫逸。《映在镜子里的时光》是大批人类死亡之后所遗留下来的谜团，是死神的关顾和死去情人的再生。是的，生存的尽头是再生，是活着，死亡之后的再生却又是另一种蜕变。死亡是自然界再平常不过的一件事，而再生给读者的却是神秘和不可思议。是，这是超乎于现实的一种表现手法。两位作者用时间告诉我们，超现实所带来的艺术魅力，死亡与再生的矛盾特性。

德·雷谢克用另外一种方式来向世界道别，他的死亡或许不是随着历史自然地发展，也不是时间的自然流逝，却用一种荒诞性来解释一个将军的一生。这时候，只有死亡才可以把此在之存在的本真性与整体性从生存论上带到明处，才能勾勒出世事的沧桑。时光是无法留住的，而时间所留下的记忆终究是被扭曲变形和模糊的。正是在这样的一步步走向死亡的过程中，才体现出事实的完整和真实，只有死亡，我们才能看到“本真为它自己而存在”，存在的意义才进一步显现出来。而一个人的价值也是在这时是最有所体现的。《映在镜子里的时光》亦是这样，正是生存和死亡这种超感觉的体验，这种超乎现实的情感冲击使得这部小说的艺术特征更加明显。相比较《弗兰德公路》而言，这部小说更多的则是直接对于死神有了更直接的描写。而故事中的人物也对于死亡，对于生存有一定的精神体验。《映在镜子里的时光》文本中则是花了大量的笔墨来抒写《雨中的墓园》，而这则用三种不同的方式来展现死亡，而死神的出现则更好地诠释了死亡最真实的面目：

夏岚显得紧张起来，她手中的鱼舀子不停地跟着那条白花花的大鱼在空中舞动，她忘却了自己身在何地，忘记了自己脚下只不过是两块狭窄的翘板，她从来没有过这样的经历，这使她感到兴奋。她嘴里不停地叫着，叫你跳，我叫你跳！在慌乱中她往前走了一步，她的脚下踏空了，她还没有弄清怎么回事自己就跌倒下去，在那一瞬间她听到丁南的惊叫声像风一样地从她的身后吹过来，他的声音显得有些虚缈，仿佛从梦中传来的一样。

这里，死亡只不过是现实瞬间，是意识活动和肉体感觉，像萨特所说的，死远不是自为存在固有的可能性，而是一个偶然的事实，死神的到来，于这而言是一个偶然事件的发生。毕竟我们的死期是不可预测的，意想不到的。而对于再生而言，墨白则有一个更好的事例向我们展示：

浪子感觉到有个人在摇晃着他，在灯光里他看到了她，她就蹲在他的面前，她用双手抓住他的双手，她离他是那样得近，他感觉到了她呼出的热气打在了他的脸上，小草吗？你是小草吗？你是从那坟里来接我的吗？浪子恍惚地听见一个声音在说，浪子，你怎么了？你怎么了？

浪子坐在地上，嘴里喃喃地说，小草，小草……

我在这儿，她一边把他从地上拉起来一边说，我不是在你的身边吗？

你真是小草吗？

我真是小草，你不是一直都这样叫我吗？我就是小草，这些年来你还一直这样在心里记着她吗？

是的，我一直在心里记着她。

一个已经逝去的身体却又回归到现实中，却只是向我们再现生存所带来的真相。

死亡，只是为了表明一个身体的离去，而再生，则是为了向我们重现死亡所掩盖的真相，中国的许多牛鬼蛇神的诸多故事中也验证了这一点，梦里再现逝去的故人，这亦是一种再生，更多的则是表达逝去的人未完成的心愿。死亡，再生，他们是息息相关的，不可分离的。死亡的再现是生存，欲了解死必先了解生，能了解生则也能了解死。所以程子亦说：知生之道则知死之道。朱子亦说：非原始而知所以生，则必不能反终而知所以死。生的一方面是死，而死的对立面则是生，生死相连，生生不息。

两部小说向我们展示了梦境、幻觉，从意识的源头不断涌现，时间、空间则给予这个世界更多的无意识的体验。这里是超越现实的“无意识”世界，在这里亦会显示客观事实的真面目。这样别具一格的方法向我们一层一层剥开真相的外衣，去解开扑朔迷离的人物关系以及时间和历史的真相。对于这样的叙述手法，作者总是毫不费力气，正是用这样的超现实，作者给读者解释了生存与死亡的多重关系，才有了我们所看到的“时间只不过是一瞬”的观点。生存是意识的世界，死亡是无意识的世界，而再生不过是在意识与无意识的世界中徘徊，死亡与再生是生生相依的观点。

四、人性的复杂：本我、自我、超我

公路小说寻找真相的过程中，有对人物主观情感的探索，巴赫金的复调理论也有对人类精神世界的描绘，而对死亡的精神体验则是最为特殊的。很明显，两位作者对于人性的精神世界也有一定的探索，尤其是对奥地利心理学家弗洛伊德的心理结构有一定的钻研，两部小说中对于本我、自我和超我的概述是极其丰富的，他们从最原始的心理状态开始描写，故事中人物的充满情欲，追求满足，自我行事，朦胧的心理结构一览无余，而对于自我、本我和超我的描述更是入木三分。

弗洛伊德认为，本我是人所固有的原始本能，是自我封闭的，与外界世界不发生任何联系，但又是人一切活动的内在驱力，构成人的生命力的核心。它只遵循“快乐原则”行事而不顾时间、场合和结果，一味追求快乐，寻求满足。而对于这种本我，以自我为中心的心理在《弗兰德公路》里并不少见。那是科里娜一味追求精神上的暂时愉悦，是肉体上的快感、情欲的满足。

她说：你在想什么？回答我。你在哪里？我再次把手搁在她身上：就在这儿。她说：没这回事。我说：你认为我不在这儿？我试图笑一笑。她说：是的。你不是和我在一起。对你来说，我只不过是一个供士兵玩玩的妓女，有点像在军营里的风化剥落的石灰墙上用粉笔或钉子画的东西：一个卵形分为两半，四周画着一些放射线，像太阳或一只竖画的闭着的眼睛四周的一圈睫毛，连个脸孔也没有……

这种不受理性和道德的约束，从来没有道德观念的本我精神，在科里娜身上表现得淋漓尽致，作为将军的妻子，她是堕落的。而这，仅仅只是为了满足身体上的欲望。这本我的满足，则通过自我的现实原则来得以实现，正是因为外部世界的给予，即将军的死亡，士兵的本我与科里娜的本我意识相得益彰地体现，才使得本我有了得以实现的条件，从而完成内心那个最为潜意识的精神意愿。但同时，这种自我与本我的精神体验在《映在镜子里的时光》的表现则更加突出。文章中的文化大革命，那是一个丧失了自我的年代：没有自我，没有本我，有的或许是激情的超我。人们的一切行为符合当时的社会标准和道德规范，符合当时的社会理想，符合当时的道德律，从而去追求更高的理想和精神世界。

由于天气的寒冷，做风车的工作由露天移到棚屋里来了，在那里队长见到了那个因疲劳过度而瘫痪的木匠。瘫木匠坐在两扇做好的巨大的风叶后面，他的身下铺满了白花花的刨花，一条蓝色的被子紧紧地围住他的身子。队长说："你应该躺下去，为什么老这样坐着？"

木匠说："我不能躺下去。"他的神色很凄伤："我现在不能走动了，我不能再站起来去做风车了。"

"你不要伤心，不是还有我们吗？"

木匠正是用这样一种内疚感和罪恶感去控制和调节自我的情绪，从而做到为所谓的超我去提升自己的道德感。在这样一个缺乏肉体自由、精神自由的年代，没有自我、没有本我是极其骄傲的，而人们需要做的即是做到超我。在这样一个人类为了控制社会力量而制定规章制度的环境中，我们很难去做到自我和本我的实现。是的，不论在怎样的社会环境中，自我、本我和超我总是处于互相联系但有时又互相矛盾的状态中。在正常的情况下，它们三者是互相平衡的。而在当时中国那个特殊的年代，自我则一直处于卑微的状态。由于时代的不同，社会环境所给予的条件不一样，自我的显性则不一样。就《雨中的墓园》而言，针对同一个叙述事件，出现了三种不同的解释，同样的一批人，却有三种不同的离去方式。对于主人公而言，这些仿佛是梦境之中的经历。但这却又是略显真实的，三种死亡的方式都是基于一定的现实基础。只是在拥有自我的年代，人们可以根据自身的理解，在道德的基础上加以阐释，所有的这一切，都是不无道理的。

针对弗洛伊德的人格结构理论，两位作家都进行了极其细腻的心理分析，而这种本我、自我和超我的体验，则贯穿于两部小说的每一个角落，我们用这些去解释社会的发展机制、社会文明的起源，去探索每一个人物的内心发展历程与这个社会的关系，这正是这两部小说所做到的一个极致的点。

总之，《弗兰德公路》和《映在镜子里的时光》这两部风格迥异却又联系紧密的小说，在叙述故事的过程当中，用巴赫金的复调理论，勾勒出一个迷宫，使读者深陷其中不能自拔，用弗洛伊德的人格结构理论展现每一个人物的内心框架，用自我、本我和超我去探索时代的秘密心理，用超越现实的想法，去构想主人公的意识，用时间和历史的概念表达生存与再生的生生不息的联系，去体会一个“无意识的世界”去感悟时间和空间的艺术特征。正是在这样的多重叙述手法中，我们才能了解到“公路小说”的真谛，去寻找每一个故事所留下来的真相和事实，反射出作者在故事中所传达的东西。

乌托邦里的风车

——墨白《风车》与乔治·奥威尔《动物农场》比较解读

人文学院学生　黄婷

与其他文学体裁相比，小说的语言不如散文的优美，也比不上诗歌的凝字练句，但是小说却往往更能引人入胜，就在于它跌宕起伏的情节、特色鲜明的人物形象。就像散文的特点是“一切景语皆情语”，而小说则更体现在它的人物塑造和故事细节勾勒上。本文将从故事发生背景，“风车”意象的塑造，经验写作几个方面具体分析对《风车》和《动物农场》进行比较，因为“风车”意象及“建造风车”事件贯穿两部作品全文，都具有很深的寓意。

一、故事发生背景比较

奥威尔写作《动物农场》并非偶然，1937年，他从西班牙内战战场归来，让他的写作有了新目标。奥威尔1936年底去西班牙参战，本来是为了保卫共和政府所代表的民主政体，却目睹了左派内部的生死斗争。奥威尔死里逃生从西班牙回来，对苏联所控制的西班牙共和派表面上代表进步、民主，却暗地里进行政治及人身迫害、思想控制的种种做法感到愤慨，后来也写了不少文章来揭露。20世纪二三十年代，当西方许多左翼知识分子对苏联抱以希望时，奥威尔通过自身经历以及对苏联的大清洗等一系列事件的了解，对斯大林统治下的苏联之本质有了自己的判断。以童话形式写成的《动物农场》便是这种思想推动下的产物。而墨白的《风车》其故事发生背景则是在我国“大跃进”时期。虽然是在两个不同的国家，但是故事的写作背景都与当时的政治密切相关，乔治·奥威尔是通过文章来揭露体制规训下的桀骜不驯，而墨白更多地是讽刺特殊时代的癫狂与迷茫。《动物农场》里的动物通过自己的革命暴动最终推翻了农场主——人类的统治，原以为大家就可以从此过上安居乐业不受压迫的生活了，可是实际上农场里的猪最终却篡夺了革命的果实成了比人类更加独裁和极权的统治者，这是隐喻了当时社会的极权政治形式，有分析认为，作品中的主人公老少校老猪、雪球、拿破仑、声响器、拳师马、苜蓿马、本杰明驴、摩西乌鸦、莫丽马、无名狗、母鸡、羊群、猫等都是一种影射和反讽。在小说中作者费尽笔墨描写的对象，不管是动物或者人类都可在现实生活中找到与之相对应的人或者事件。而与之相比，墨白的风车虽然没有塑造太多典型的人物，在当时的社会现实中仿佛也找不到与之一一对应的人物，但是小说通过描写一个有着南方生活经验和文化背景的公社书记突发奇想，要在他现在生活的北方土地上建出一个江南的鱼米之乡这样不切实际的行为，来对当时“大跃进”时期人们追求冒进、脱离实际的盲目进行无情的讽刺。既然要建设江南风格的鱼米之乡，那么，池塘和风车就是必不可少的，于是，在书记的命令下，在马克思主义理论家的教导下，一场荒唐的轰轰烈烈的运动展开了。因此，在小说《风车》中，作者叙述了在“大跃进”时期，当时的人们荒谬地想在北方做风车，故事以风车计划终因这些荒诞的想法而在事故中失火破产做结，文末叙述道：“社员们没有一个人说话，他们在理论家的带动下默默地扛起风车的每一个部件，浩浩荡荡地往工地而去，他们仿佛一支送葬的队伍。夕阳在西边弄出一带紫红色的霞光铺天盖地而来，那光改变了每一个人脸上的颜色。理论家停住脚步回过身来。他看到那霞光把眼前的一切都弄得迷迷茫茫。”作者用“紫红色的霞光”这一看似温和的意象，笼罩在每一个共产主义坚定拥护者的脸上，让他们成了“红粉佳人”，这是紫霞在耍顽皮还是历史在借紫霞开着玩笑呢？这里的紫霞无疑披着历史严峻的外衣，无不暗含揶揄嘲讽的意味，让人对这段历史陷入了反思。理论家的高谈阔论、纸上谈兵、天马行空，正是那个疯狂年代疯狂的人们天真荒谬的做法。在理论家们的眼里没有人与人的温情，只有阶级与阶级无止境的斗争，只要被划为了右派，不要说亲人朋友，就连帮助“右派”动手术的医生也都是右派分子，这些人是所谓不关心国家人民命运的人，是需要用共产主义理论来洗脑，以成为脱胎换骨的新人。理论家的屁都可以被说成是无产阶级肌体健康的证明，它可以让仇恨的敌人发抖，还可以让无产阶级缺乏感情的人清醒；右派分子的尿却被视为肮脏的，有污染的，是不能用来浇集体的车的。理论家这一帮所谓的无产阶级改革家们对人是无情的、残忍的，对事情更是荒唐至极，近似于堂吉诃德的疯狂，北方的地理条件原本就不适合造风车，再加上是一个冬天，严寒的气候，冰冻而缺水，不仅人们手冻脚冻，连土都是冻住的，再加上大面积地占用土地，摧毁了多少人的家园。这个年代有近似狂癫的人们进行这样狂欢式的社会主义建设，也不难理解理论家在室内烧火培育大豆的行为了。理论家在高涨的社会主义建设热情下，狂欢般地不断添火，火也不负众望地配合着猛烈蹿高，像一把钢刀把棚顶给戳穿了，接着狂风跟着造势，造风车这一社会主义伟大设想在这把热情的火中化为了一片焦黑的痕迹。多么地可笑，多么地荒诞，又多么地让人痛心，让人不禁对那段沉重的历史，对那个时代近似狂欢的人们陷入痛彻的反思。可以说，小说是对那个年代中国状况的一个隐喻。

二、"风车"意象的塑造

在《动物农场》中，小说中有一个重要的情节就是建造风车，这也是雪球和拿破仑最大的分歧。雪球希望建造风车，想以此减少动物的工作量，改善动物们的生活水平和生活条件。为此，他一直在寻找材料，勾勒图纸、潜心研究，然而作为动物农场二把手的拿破仑对此颇为反感。在雪球把蓝图画好之后，在星期天的动物碰头会上接受表决时，由于投票的走势不断向赞成票靠拢，拿破仑的不满情绪达到了顶峰。他放出了自己偷偷豢养的九条大狗，雪球见势，赶忙逃跑。从那以后，雪球就消失在了动物庄园，他的名字只会在动物农场遭遇不幸时被当作叛徒肇事者而被提及。雪球不在了，拿破仑自然而然就成了新一任领导。那么，风车计划是不是随着雪球的被驱逐而不复存在了呢？显然没有，拿破仑执政后，动物们仍然在为建造风车而辛勤劳作。只是说辞改变了：实际上拿破仑的反对只是一种迂回战术，风车计划的设想原本就是拿破仑的。而且这个风车计划，在拿破仑执政后变得异常艰难，每次当风车差一点就要建成之时，总会因为种种原因而倒塌。每一次倒塌的原因最后都会被归咎于雪球的阴险计谋，雪球在动物农场看不见的地方暗中破坏风车，所以大家不得不重新建造风车。这样的说法，让一直默默辛勤劳动的动物们义愤填膺，对雪球的憎恨与日俱增，当然这无意中也加强了拿破仑的威信，动物们不知不觉开始深信：只有在拿破仑的领导下，才能幸免于难，雪球是个危险阴暗的角色。事实上，对于雪球来说，建造风车是一种理想，对于拿破仑而言，风车不过就是他奴役动物们的一种手段和方式。通过建造风车这种重体力劳动来麻痹动物们的思想，再通过各种不合实际的美好言论去迷惑动物，从而巩固自己的统治地位，在看似不经意间建立了一个阶级农场。而动物们呢？随着年龄的增长，记忆的衰退，他们对于琼斯时代的事情早已记不清了，新生的动物也永远不会知道曾经有过琼斯时代，他们只需要知道只有猪可以吃苹果牛奶，接受教育，而他们只要乖乖地辛勤劳作一辈子就可以了。拿破仑的极权主义不仅剥削了动物们羸弱的身躯，压榨了他们的劳动力，更是残杀了他们的思想。而与之不同的是，墨白的《风车》是通过对基层干部将理论同薄弱的物质基础及缺乏知识技能的人员结合，上演了一场将南方风车矗立到北方农村的闹剧。

理论家说“风车？你说在豫东的土地上将出现一部风车？”理论家立刻兴奋起来，显示出知识分子的热情来：“自古以来，我们这里还从来没有出现过一部风车！风车只有南方才有。”不切实际的生产活动源于“大跃进”时放卫星的狂热，胎房来自激进式改造和全民的盲目激情，此时指导农业生产的科技专家被搁置一边，只有“人有多大胆，地有多大产”的蛮干热情，支撑着遍及农业、工业和资本主义工商业的社会主义改造。全民性的知识素养被忽略——能力与理论的不匹配，群众狂热力量的驱动，推动大跃进运动偏离正常轨道，滑向倒退或失败。可以说，《风车》就是一个在特定历史时期人的生命和灵魂的真实而扭曲的表现，描述了“人民公社运动”的历史其实就是一场闹剧的历史。队长、理论家的好色、滑稽与木匠的徒劳如同嘉年华般消解了政治权力话语的严肃。权力者公社党委书记要在麦田里建造一座浩大的池塘，竖起风车，将旱地改造成水稻田，如同堂吉诃德以长矛对风车作战，于是，盲从与胁迫、疯狂与愚昧一一登场。木匠为赶进度制造风车，几天几夜不合眼，最后残废。在火烧棚屋的时候，当权者想到的只是抢救风车，而无人去关注那些被烧死的右派或者地主婆。所有这些献身革命的个体在历史的荒诞中成了政治祭献的礼物，献祭者以及献祭行为（如制造风车）一旦被纳入国家意识形态的话语权力体系，就具有了崇高价值。所以“风车”意象及“建造风车”过程在两部作品中都贯穿全文，都具有很深的寓意。

三、“经验写作”

奥威尔并不是一个小说家，而是一个纪实者。他觉得自己深受毛姆和他的“从经验来写作”的观点的影响。所以，纵览奥威尔一生的著作，大多都是从现实出发，甚至有些是纯粹的纪实。*Down and out in Paris and London*1933，写他在伦敦和巴黎流浪的生活；*Burmese day: A Novel*1934，虽然被他自己认为矫揉造作的成分多了一些，但仍旧是涉及他在缅甸的岁月；*Dhooting an elephant* 有关于他在殖民警察系统的见闻；*the road to Wigan Pier*1937，是他在维根考察的记闻；*Homage to Catalonia*1939，是他自认为非常重要的作品，描述了托派在西班牙革命中被清洗、受迫害，以及被苏联扭曲的事实，这也是他创作《动物农场》和《1984》的源头。而《动物农场》则是对从十月革命一直到德黑兰会议的讽刺白描。而《动物农场》中各种在现实生活中都有与之相对应人物的动物（在前文故事发生背景已有交代，故在此不做过多叙述）更是作者乔治·奥威尔的个人经历。而墨白作为先锋小说家，他的写作更是离不开自己的经历，特别是《风车》中既有对“大跃进运动”人们愚昧无知的辛辣讽刺，同时小说也展示了相比较文化大革命年代在人们内藏的私欲驱动下进行的革命行动来说，“大跃进”年代中的“革命”行为更为真诚，生活在其中的人的精神状态是一种愚昧的真诚和快乐。小说虽然也描写了许多残酷的场面，可是这些场面更像是一种玩笑。小说浓墨重彩地描写了生活在这个年代中的人们愚昧的真诚，比如，小说中的木匠，为了荒唐的理想日夜不息地劳作，导致劳累过度，双腿残疾，但是他仍然要为社会主义做贡献：

木匠说：“我不能躺下去。”他的神色很凄伤，“我现在不能走动了，我不能再站起来去做风车了。”

“你不要伤心，不是还有我们么？”

木匠说：“我成了废人了，我再也不能干活了……”木匠说着伤心地哭泣起来，他的样子就像一个受了委屈的小孩子。最后他说：“队长，可我不能闲着，我想来想去终于想出一个好办法，我现在正在给集体抱小鸡。”

“抱小鸡？”木匠的话使队长感到惊奇，“咋抱小鸡？”

木匠伸手从被子里取出一个鸡蛋在队长的眼前晃了晃说：“就这样，用我的体温来抱。”队长走过去掀开木匠的被子，在灯光里，队长看到在木匠的大腿根下摆着十几个白色的鸡蛋。

小说中的这一段堪称点睛之笔，如此荒唐的事情却又用如此郑重其事的笔墨浓艳铺陈。因公致残的木匠没有对公家抱怨，反而是为自己不能再为集体做贡献而感到痛苦，特殊年代人的精神愚昧跃然纸上。当然，墨白也写出了，这种愚昧是一种全民性的愚昧，因为不仅仅木匠具有这样愚昧的真诚，即便是小说中的上层人物理论家，我们也可以看到，此人一方面利用手中的权力任意地做自己想做的事情，另一方面对大家思想觉悟不高而深感痛心，居然真诚地想要培育共产主义的种子从而解决这个问题。可以说，墨白的《风车》给人的冲击非常大，更引人遐想。

乔治·奥威尔的《动物农场》以老少校的“梦”开场，以大家盼望着老少校曾经预言的动物共和国，拿破仑的醉生梦死作结，个人权利的自我膨胀与全民性的愚昧，现实与梦境的强烈落差，通过底层人物的失语、自卑、梦游等精神特征对其精神苦难进行剖析，有评论家说“多一个人看奥威尔，就多了一分自由的保障”，对于动物农场里的动物来说，以风车为代表的闲适安逸的生活注定只能是乌托邦——可望而不可即。而墨白的《风车》以其丰富的隐喻性给当代人的惯性思维和混乱的价值观带来颠覆性的冲击，中国自古以来是以“专制性”为特征的封建国家，人们无条件服从于上级早已是根深蒂固的惯性思维了，在作品中，作者也曾通过疾病隐喻权力不重视知识的灾难性后果。耗费如此多的人力物力财力去建一个风车，是否能够如期建成是一个问题，但是建成之后到底能不能像在南方一样投入使用抑或是那也只是乌托邦式的想象，可建而不可用，这是一个更大的问题。

结语

经验·历史·责任·创作
——墨白访谈

墨白是一位勤奋的作家，他的创作起步于20世纪80年代后期的先锋小说时代，他的写作不但具有先锋小说的叙事技巧，而且更看重对人性的观照。进入新世纪，当其他先锋小说作家纷纷转向甚或退隐时，他却继续用自己的解剖刀、显微镜去观察世俗人生的人性欲望。墨白的小说贯穿着一种暗红色的悲剧宿命以及人性生存困境的无奈选择，从而给人一种历史苦难蜕变造就的尖锐的刺痛感和人性的荒芜感，进而传递出作者对生命的终极思考和人文关怀。因此，其叙述技巧的实验、人性蜕变的诡异、文本情绪的紧凑与张力总是给人一种耳目一新却又缓不过气的感觉。为了梳理作家的创作与生命体验的关系，笔者进行了一次访谈，这次访谈是在墨白先生的书房里进行的，我更多的是从文学外部（包括个人经验、生存背景、历史经验等角度）切入墨白的小说创作，从而获取一个作家的身后有着怎样的时代背景和怎样的精神成长资源。这篇访谈发表在《西湖》文学杂志2010年第2期。

龚奎林（以下简称龚）：你的小说充盈着童年记忆，其中既有快乐的童年经验，也有不幸的童年阴影。可否谈谈这种童年记忆与你小说创作的关系。

墨白（以下简称白）：对我来说，童年经验是重要的。我出生在淮阳县新站镇，也就是后来出现在我小说中的颍河镇，在童年记忆里，这个镇子对我来说是神秘的。我的故乡地处中原，现在看来她的位置十分偏僻，但在陆路交通不很发达的五六十年代，颍河的航运在我们河南却是数一数二的。因为有了航运，故乡的集镇在我的记忆里是繁忙的。这你知道，颍河是淮河的重要支流，源头在登封嵩山脚下，流到周口以后有另外两条支流汇入，其中一条就是贾鲁河。贾鲁河的源头靠近郑州的花园口……

龚：就是蒋介石以抗日为名扒开黄河的地方？

白：对。当年的黄河水顺贾鲁河流入颍河，所以后来我们那儿的大片土地就成了黄泛区。颍河的另一条支流就是流经漯河的沙河。沙河的源头在平顶山境内的尧山，那是哲人墨子的出生地。因为漯河在京广线上，所以大批的货物到漯河后再通过颍河转运，比如说从南方运来的毛竹，从大兴安岭运来的粗大的红松，到了河里，就被扎成长长的竹排或者木排往下运。

龚：你小时候在颍河里看到过竹排和木排吗？

白：看到过，十分壮观，长长的好像没有尽头。我在《梦游症患者》里曾经写过，三爷的大儿子王洪良出外去调查他三弟王洪涛的反革命行为时，乘坐的就是木排。我在颍河里经常看到的是货船，那个时候我们称其为国营船，就是公有的船队。颍河的木船非常大，七八只排成一排，被汽娃子拖着逆水而行。汽娃子就是小火轮。没有汽娃子的时候，船夫们就辛苦了，他们要背负纤绳逆流跋涉。如果是顺水那就舒服多了，船夫们在高大的桅杆上张起白色的风帆，一字排开顺流而下。颍河在历史上十分有名，春秋战国时的地图上叫颍水。那个时候的中原有着茂盛的原始森林，生活着大象。古代的河南地域被称为“豫”，可能与此有关。我在登封的嵩阳书院的厢房里，曾经看到过一对粗大的象牙，那就是在当地出土的。那个时候的河流是没有堤岸的，就连黄河也没有。古时的黄河像一条黄色的彩带被风吹着，在中原大地上随意地摆动，有时候它能流到淮河里来。

龚：我曾经看过一个资料，淮河先前是有自己的入海口的，后来黄河夺淮入海，被沉淀的泥沙堵住了。

白：所以现在的淮河流入了洪泽湖，然后转道通过大运河进入长江。在我的童年和少年时代，颍河对我来说是十分神秘的，她不但开阔了我的视野，而且丰富了我的想象力。这无尽的河水从何处而来？我不知道。她又要把张了白帆的货船带到哪儿去？我也不知道。那个时候我们镇上有四个码头：镇子最西边是盐业仓库、粮食仓库和木材公司的码头，从漯河漂来的竹排和木料都停泊在那里。镇中是过河的渡船码头，镇东是土产仓库码头，再往东就是煤业公司的码头。货船来了，一排靠在河岸边，船舱那样深，那样大，装载着无数的秘密。船民南腔北调，仿佛带有异国的风味。有一次我看到一对抬了一大筐青菜的船夫从街上回码头，他们嘴里哎哟哎哟地歌着号子，满头大汗，样子很累，可他们就是不肯停下来休息，一直翻过大堤不见了。多年以来，那对抬筐的船夫一直在我的记忆里行走着，一刻也没有停下来过。在我童年的视野里，颍河就是最大的河流，天底下再也没有比颍河更大的河流了。

龚：是啊，那个时候还没有山外有山的概念。

白：所以，河流和河流上的一切，对我构成无数的神秘。你知道，北方的河道与南方的河道不一样，它的河道非常深，夏季的颍河经常发生洪水，洪水气势磅礴，溢满了河道。洪水一来，颍河两岸的居民都上岸抗洪，到了夜间，两岸的堤坝上到处都是马灯，像节日一样。

龚：哎呀，那你们小孩子当时很兴奋啊。

白：孩子嘛，不知道洪水的后面隐藏着什么样的灾难，他们有的只是兴奋。洪水大的时候，站在我家的院子里就能够看到，浑黄色的水面十分宽阔，像无数的马匹在奔腾，那种气势，没有什么可以和这条河流相比。所以它带给你的震撼是强大的，而你又没有能力去说清她，包括船民的生活，也没法说清。对你来说，没法说清的东西就构成了神秘。比如说造船，我们那儿的许多船民，都是自己造船。造船的工序十分复杂，当船体在河岸边侧着立起来的时候，就成了一个巨大的音箱，当造船工人用锤子撞击板凿往船板之间的缝隙里下灰捻的时候，那种劳动带来的乐声使你无法忘记，仿佛那声音就构成了他们的生活方式。

龚：他们都是本地人吗？

白：不，也有外地人。他们说话的语音让我明白他们有着和我不同的生活背景，就像造船工人击打船舱发出的声音，带给你无限的想象力。到了冬季，整个颍河都被冰封，河面一片银白，像银带一样飘向远方。我们那儿的渔夫也和别处的不一样，他们捕鱼用的是一种细长细长的木船，一边是一块白色的木板，我们那儿叫白船子。傍晚的时候渔夫拉着白船子往上游去，到了夜晚，他就划着白船子顺水而下。鱼儿看到白板就像看到了光亮，它就跳上来，结果被白板外边的网兜网住了。夜间你听哗哗的打水声，那就是渔夫的白船子来了。白船子朦胧着从河岸边划过，然后又慢慢地隐到灰暗里，船桨打水的声音也渐渐地淡去。但也有许多令人恐惧的事儿，比如颍河里年年都会淹死人。总之，颍河带给我的是对世界的好奇和丰富的想象。除去河流，另一个构成我童年经验的就是土地。应该说，土地带给我的乐趣与欢愉是无法表达的，土地里能生长出各种各样的农作物，在我童年的时候，我没有见过纯粹用来供人观赏的花朵，像牡丹、月季之类，而各种农作物的花朵我都见过，到现在为止，我仍然认为庄稼的花朵是最美的。因为土地，在我童年和幼年的记忆里，夏收秋种，劳动是没有休止的，因此在我很小的时候就学会了各种各样的农活。土地使我对世界产生了一种信赖感，只要有土地存在，生活就会有希望和保障。土地的神秘不但是会种植生命，还有对人的接纳。人死后，要下葬进入土地。隆重的丧葬仪式，对孩子来说充满了恐惧和神秘，但又是庄严而神圣的，我们的生命与土地就此构成了一种无法割裂的关系。另外一个构成我童年经验的就是我出生的镇子。我刚才说的河流和土地是人和自然的关系，现在我要说的是文化。我们镇上的文化是由佛教、伊斯兰教、基督教和汉族文化共同构成的。我们镇子的西街是回民，有一座明朝时期留下来的清真寺。而我读书的小学校，就是由山陕会馆改建的，这我在《梦游症患者》中写过。我们镇子东边的河道旁，有一座基督教堂，是专门为河道里来往的基督教徒修建的。基督教在我们那儿的影响是根深蒂固的，现在我们那儿很多人都信基督教。还有佛教，我们镇西新中国成立前曾经有过一个延庆寺，我的小说《失踪》写的就是这个寺院，可惜后来那里成了一个仓库，但佛教的影响仍在。在我记忆中，镇子街道上铺着石板，两边的门面房都带出厦，下雨天你可以从镇东走到镇西却不淋雨。新中国成立前雷家和马家那些大户人家留下的房子很有气派，是具有明清风格的建筑，高大而阴沉，潮湿长满苔藓的院子里充满了神秘感。新中国成立后这些房子都收回国有，成为镇政府的办公地，有的被改造成盐业、粮食、土产等各种仓库，但这些建筑给人们留下了许多故事。而我童年记忆里的一件大事来自一场火灾，俺家那场大火是在我出生不到一个月时烧起来的，母亲冲进大火什么都没有要，只把我抱了出来。这个偶然的事件，经我母亲的反复讲述，在冥冥中带给了我一种梦境一样的东西。这个事件的本身很残酷，但对于童年的我来说却充满了刺激和好奇，到了最后这个事件和我的生命构成了一种密切的关系，这是我生命中无法避开的经历。以前我们说一个作家的生活是体验，但我不这样认为，我觉得一个作家的生活积累就是他的命运，是他身不由己躲都躲不开的命运。苦难也好，幸福也好，生也好，死也好，他早已身在其中。

龚：从你的个人经验而言，你经历了许多人生苦难，从一个农民走向一个小学教师，最后进入省城成为专业作家，这种成长体验与你的小说创作是不是有着密切的关系？

白：不是关系密切，而是决定性的。没有童年少年的生活经验，就没有我后来的小说。我不到十岁那年，我父亲因为四清运动被判了刑，所以我们的家庭状况发生了彻底的变化。这个变化带给了我两点体悟：一是饥饿感，二是由饥饿引申出的对生活的恐慌感。当然，这是两个不同的话题：一个是生存的困境，归属于苦难；一个是精神的困境，归属于痛苦。关于苦难的记忆主要来自饥饿、劳动强度、居住环境、文化生活各个方面，而最深刻的是饥饿。我们镇上人均土地少，产量又低，再加上是生产队的分配制，所以一年当中有半年缺吃的。吃的产生恐慌，不仅仅是身体需要热量，还牵涉孩子的精神成长。当一个人吃不饱肚子的时候，会连锁发生方方面面的事情，所以为了吃饭，我做过各种苦力。那些年每到秋季，我都会背着箩头夹着铁锨到收过的地里翻耕红薯。因为那个时候是用东方红拖拉机深耕种红薯，所以红薯扎的很深，当生产队的老牛拉着土犁子出过红薯后，还有许多红薯留在土地的深处。在茫茫的翻耕过的黄土上，只要你肯下力气，一下午就可以挖到一箩头红薯。一个十一二岁的孩子在太阳下的黄土地上翻耕，深层的土地里不停地给他带来刺激和惊喜，当夜幕降临的时候，一个孩子弯着腰背着一箩头沉重的红薯在黄色的土地上往家赶。你看我现在个子这么低，这是因为我在童年时从事各种各样的高强度劳动造成的，其实我家人的个子都不低，我大哥孙方友你是见过的。那时候，与吃饭有关的事情都要靠体力劳动，吃面要推磨，吃水要到水井里挑。我们那儿的水井非常深，有三四丈那么深，而且要上台阶。特别是冬季下雪天，我小小的个子抬着水桶爬台阶，走不好，就会滑倒在地。一滑，两只水桶就咕咕咚咚滚到坑底去了。再一个就是家里的居住环境很差，一到下雨天，房子就漏水，总是外面下大雨，家里下小雨，家里的锅碗瓢盆都用来接雨水。我很小的时候就为家里的房子漏雨而发愁，所以在我的记忆中，家里一直在不停地反复建房子，最初是土房，和泥、脱坯，全部是人力。

龚：我们老家用牛去和泥，就是蒙着牛眼睛，让牛在泥地里反复踩。

白：我们没有牛，牛是生产队的，所以只有用人力。泥和好后再踩墙，劳累总是无边无际，所以这些经历你是无法忘记的。而更刻骨的是对生活的无望和恐惧，你不知道你的前途在哪里。因为那个时候的人是有等级的，不但有地富反坏右，就连工人和农民也不是一个阶层，工人吃的是皇粮，而农民是要靠自己在土地里刨食，这不是制度问题，而是人的平等问题，这深刻影响了那个时代的人的精神，这也就是我们后来说的二元对立。身份的不同，就会影响一个人的命运。比如说考学要推荐，那就没有你的份，参军招工这些有出息的事你想都不要想。那种生存环境会给一个孩子带来很大的精神压力，你不知道前途在哪里，生活的朦胧和无望似乎永远没有尽头。生存体验和生存苦难不但从各个方面渗透到一个孩子的血液之中，而且渗透到整个社会之中，对苦难的记忆不单单属于我，而是属于那个时代。

龚：疾病隐喻与死亡哲学贯穿在你的小说文本之中，尤其是精神病，这使你的小说渗透着一种浓郁的悲剧意识，你对疾病与死亡的钟情和你的生活经历有关吗？

白：有关。最初是我对死亡的认识。小时候我家住在镇医院的隔壁，我记忆里的镇医院门诊房非常宽大，而且房内的结构十分复杂，我从来没有弄清过那座房子到底有多少房间，有多少个出口。每天我都会看到身患重病的人被送进医院，也就是说疾病会随时闯入你的生活。在夜深人静的时候，我会被突然传来的哭号声所惊醒，那些过世的人要么是老人、要么是孩子、要么是男人、要么是女人。我躺在床上，听着那些无助的撕心裂肺的哭号声随着杂乱的脚步声，随着轧过坑坑洼洼的青石街道的车轮声，慢慢地消失，我的四周又陷入沉静。那个时候我躺在床上望着空洞洞的屋顶，心里充满了恐惧和好奇，那个刚刚死去的人他是谁？他长什么模样？他到哪儿去？到底是谁接走了他？作为一个孩子，他不敢向大人去寻问这些神秘的东西，于是你对生命产生了疑问，在不知不觉中死亡带给了你生命经验中无法避开的东西。而实际上，死亡就是一种生活，是我们无法避开的生活状况。当然，疾病也是如此，如果你去医院，如果你有意去观察，你会发现众多的身体疾病在我们存在的世界里极其普遍。我幼年的时候，在我们镇上见到各种各样的残疾病人。有一个修鞋匠是一个瘫痪的人，他走路依靠他的两只手臂。小时候我一直弄不明白，他是从哪来弄来的那么多修鞋的钉子呢？还有一个修车匠是个瘸子，他走起路来一拐一拐的，我们叫他八仙，但他的修车技术非常高。镇上还有一个疯女人，姓朱，我们都叫她朱疯子。我们成群的孩子撵着她，用垃圾砸她，好像觉得很刺激。朱疯子有时会突然回头追赶我们，吓得我们惊叫着逃散了。所以日常生活中的疾病不但使我们产生好奇而且给我们带来恐惧。当然，这是就身体的疾病而言，而另一种疾病是来自精神，精神疾病产生的根源是权力、道德、政治、宗教、文化等社会因素，精神疾病的存在就是对社会制度的隐喻。所以在我童年和少年经历的那个时代充满了各种不同的精神疾病，所以我童年和少年所处的社会是病态的，那种病态渗透在从那个时代过来的每一个人的精神里，这当然也包括我。所以这种病态在我的小说中呈现出来是很正常的。疾病隐喻与死亡哲学是人生的一个重要话题。

龚：绘画也是一种表达对世界感受的方法，你的小说出现了冷色调和多色调，人物也如同雕塑一般，而你又是从专业绘画者转向文学创作的，绘画和写作同为艺术有着很多相通的东西但也有差异，绘画的元素是如何影响你的创作的？

白：谈到绘画，我要感谢我小学五年级的班主任，他叫张夫仲，是我绘画的启蒙老师。我从小学五年级一直到初中毕业，张老师都是我的班主任，所以我对绘画最初的认识和绘画技巧都是从他那儿得到的。因为我的初中和高中时代正好处在文化大革命中，所以众多的政治运动和节日给我提供了许多练习绘画的机会。一年的节日真是太多了：三八妇女节、五一劳动节、六一儿童节、七一建党节、八一建军节、十一国庆节、元旦、春节等这些节日学校都要出画刊庆祝，再加上众多的政治运动，所以我的初中和高中时期几乎没上过课，我整天都在学生寝室里度过。我把八张一开的新闻纸接成一体画一张巨大的壁画，这包括毛泽东、华国锋、邓小平这些伟人的画像。等到1978年我进入师范学习绘画的时候，才开始接触大量的西方绘画，等到我进行写作的时候，一些绘画元素在不知不觉中进入到了我的文字之中，比如绘画对我叙事语言的影响。当然，我从许多大师那里得到了启示。比如夏加尔，他使我对记忆和梦境有了更深刻的认识和理解；比如达利，他使我看到了时间和人性的另一面；比如蒙克，他让我看到了死亡的存在和生命的焦虑；比如莫奈，他使我认识到当生命的主题确定之后，主题的重复和复式语言的重要性；比如凡·高，他让我看到一个真正的艺术家，在他的精神和肉体达到高度的同一性后他的作品所产生的无穷的魅力，等等。所以我认为，绘画和写作虽然说一个是视觉艺术一个是语言艺术，但绘画和写作却有着相同的本质。

龚：河南作家的作品中都孕育着一种哲学思辨和历史意识，在我看来这是同其他省域作家的最大差别，你的作品同样如此，能否对此谈谈？

白：其实哲学就是一种文化，比如儒家的人生观和道德观，比如老庄要达到的人生境界，都是中国文化的主流，这些就储存在民间的日常生活当中，我们从一出生就受到这种文化的熏陶，蕴藏在中国文化中的哲学思想和我们息息相关。比如对死亡的认识，其实就是对人生哲学的认识，那个时候，你或许没有认识到这是一个哲学话题，但有关死亡的事件一定有哲学的意味在里面。当然，随着时间的推移，我们会把许多我们自己考虑的问题归纳到哲学中来，比如一个人的历史观。以前我总觉得历史是古人的事情，其实历史和我们每一个存在过的人都有着密切的关系，我们就是创造历史的人。为什么这样说，因为任何历史都具有强烈的主观性。比如司马迁的《史记》，它同样带着强烈的主观印记在里边，《史记》是从司马迁的角度来看历史的。如果换一个人来写《史记》，那么他所呈现的事件可能和司马迁所呈现的事件有着很大的差别。我们现在看到的历史是由无数的个体记忆所构成的，而众多的个体记忆构成了集体记忆，这就是我们现在看到的历史。所以后来人类对历史上的任何历史文献的考证都无法还原到历史的真实，无论你怎样考证都是带有主观性的历史观。当然，这是一个关于哲学观念的话题。现代哲学已经渗透到意识形态的各个领域，比如对时间的认识。博尔赫斯认为，时间是一切哲学问题的核心。古代哲学家把人类大的哲学观念早已提了出来，比如老子的《道德经》，比如古希腊的哲人们提出的哲学话题。现代哲学只是在古代哲学的基础上更加细化。因为哲学就是一种文化，就存在于我们的生活当中，那么作为根植于社会学的文学创作携带哲学的思辨和自己的历史观，那是很正常的事。

龚：读你的小说能明显地感觉到一种诗性语言和诗性化情绪，据我所知，你写过不少诗，洋溢在你的小说深处的诗人气质和这些有关系吗？

白：实际上，我对诗歌的热爱不亚于对小说的热爱。师范毕业后我回到故乡小学任教，一待就是 11 年。20 世纪的 80 年代，正是新时期诗歌的繁荣时代，大批的民间诗歌团体纷纷在诗歌报刊上亮相，十分壮观。那个时候我们小学的几个青年老师也成立了一个文学社团，叫“南地文学社”，而我们当时主要是进行诗歌创作。那个时候我们不但订了大量的文学刊物，比如《收获》《十月》《人民文学》《世界文学》《外国文学》《苏联文学》《文艺报》，那个时候的《文艺报》还是以刊物的形式出刊的，同时我们还订了许多诗歌刊物：《诗刊》《星星诗刊》《诗歌报》《诗选刊》等。所以我对新时期的诗歌进程是十分熟悉的，而且我本人也写诗，我自己有两本手抄本诗集，装订得像正式出版的书籍一样，从封面到版式都是我自己设计的。

龚：哦，那你准备什么时候拿来出版呢？

白：呵呵，到目前为止我还没有这个想法。但是，诗歌的观念对我的小说叙事起着潜移默化的作用，比如隐喻。我小说中的隐喻是与诗歌有关系的，包括小说叙事的诗性语言，都与我写诗、喜欢诗歌有关。但是我觉得，我小说中的诗性语言恰恰不在这里，而是来源于小说语言的情绪化。这种情绪化是有质感的，就像一条流动的小溪，可以触摸。当然，这种情绪化不光是作者本人的情绪，更多的时候我将它赋予作品中的人物，加上我小说的复式语言所带来的节奏感，可能是这些，给你带来了以上的阅读感觉。

龚：你的创作一开始就致力于对颍河镇的构建，你把许多意象赋予了这个小镇，而在我看来，你小说中水的意象尤其突出。我一直在想，这种意象给你的小说创作带来的是什么呢?

白：这是一个很有意思的话题。从某种程度上来说，水的意象代表了我小说的叙事风格。水的意象不仅体现在叙事语言上，也体现在故事的场景里。当然，这与我对河流的认识和理解有关，这也是我生命中无法避开的，因为颍河带给我了太多的东西。这你也知道，我对颍河进行过深入的了解和调查。2001 年，我从故乡出发，独自沿着颍河一直走到安徽的正阳关，也就是颍河和淮河的汇合处，然后又顺着淮河往下走，一直走到淮河流入大运河。2007 年，我又从信阳出发，沿着淮河往下走，慢慢地接近淮河的腹地。应该说，淮河对我的写作影响非常大。在我的意识里，淮河与我们民族的苦难经历最为贴近，因为我们在现实里看到的很多重大的水灾都发生在淮河流域，比如 1975 年的那场罕见的水灾。所以说，淮河有着更多的人文气息，淮河上至今仍然生活着大批的船民。淮河对我们民族来说是一条重要的河流，尽管她充满苦难，但她带给了我们很多警示性的东西，比如现在的河流污染问题。如果你留意的话，我的小说里多次写到这些。可能正是我对淮河的情感才奠定了我小说中对水的情结。

龚：乡土中国的苦难是你小说的主要命题，因而你的小说出现了许多底层者的边缘叙述，你为什么这么喜欢苦难叙事?

白：现在有人提出“底层叙事”，我觉得这里面有一个问题，那就是他们把“底层叙事”锁定在社会问题的层面上，他们只注重了底层，而忽略了叙事，而我们应该明白，我们面对的是文学，它首先应该是叙事，是应该具有文体意识的叙事，是建立在文体创新上的社会学，这是文学观的问题。我们的文学所要关注的是生活在这个社会里的每一个人，在文学面前，人是平等的，没有大和小之分。对于文学而言，你能说孔乙己小吗?你能说祥林嫂小吗?我们应该首先从文学的角度出发，去对这一部分人群的生存状态和命运进行关注，而不是从社会学的角度出发，去给他们讨个公道，这种理解才是准确的。我认为底层的苦难远远没有结束，我们需要加深对这种苦难存在的认识，而不是去淡化这种苦难。也就是说，我们文学家要真正地关心他们的存在，就要从文学的角度来正视他们苦难和痛苦的存在，而不是去俯视他们的存在。实际上，中国作家如果没有真正了解中国农民，那是不可能写出大作品的，尽管中国城市这么庞大，但现在城市的主体仍然是由农民构成的。为什么这样说？因为现在中国的意识形态仍然深受权力意识的影响，而这种权力意识就是建立在传统的农民意识之上的。也就是说，现代的社会仍然不是开放个性的舞台，这就是我们的民主进程为什么缓慢的原因。在我看来，中国底层的苦难不仅仅是物质生活的贫乏，还是精神层次的匮乏。人类的苦难历来更多的是精神苦难。比如死亡这个母题，就是人人无法摆脱精神苦难，无论任何人，当他真正面对死亡的时候，他都无法超脱，这就是精神苦难。所以，现在生活中的物质苦难远远比不上精神层次上的苦难，所以我们的写作不能只面对那些所谓的社会问题，文学要关注的是人类的灵魂，对人类由精神构成的苦难才是文学面对的永久命题。

龚：是的，你的小说主人公大都是一些挣扎着的痛苦的灵魂，你通过"解剖刀"把时代阵痛下国民的劣根性呈现出来，借助文学叙述还原灵魂的真相，以引起救疗的注意。因此，在你的笔下，人性的剖析与作家的责任总是连为一体的。

白：文学的责任并不是为读者提供摆脱苦难的灵丹妙药，文学的任务就是把普通民众的生活状态和他们赖以生存的真实的社会形态呈现出来，这远远不同于社会中通常的道义上的帮助和观照，例如金钱资助。文学的作用是任何东西都无法代替的，它要告诉我们的是这个时期人的生存状态和环境是怎样的，比如我们读《红楼梦》，就是为了了解那个时代的社会形态，作家的责任是为这个社会提供精神分析的母体和蓝本，是从意识形态来完成对整个人类精神的体现。如果没有作家体现人类精神的这个层次，这个社会是不完整的，这恰恰是作家责任的首要所在。

龚：你作为当年先锋小说作家之一，经历了20多年的风雨人生路，依然坚守自己的文学主张，而时下也流行一句话，"先锋作家死了"，或者说转向了，你赞同这句话吗？

白：任何时候"先锋"都不会死，这是文学的规律。"先锋作家死了"说的是某些人，某些先锋作家在文坛上消失了。我们都知道，整个文学史是创新的历史，没有创新哪有文学史？所有的流派提供的东西都是创新的东西，那个所谓的先锋作家死了，而后一个先锋作家又出现了，只能说是不同的类型的先锋。如果先锋死了，文学没有了生命力，那么整个文学就没有了希望。一个时代的文学，如果没有叙事文本的创新意识，哪里还有文学？所以说“先锋文学死了”，这是门外汉的说法，我们没必要这么大惊小怪。任何有出息的作家都是不会向读者和市场妥协的，真正有出息的作家会引导读者走向陌生的境界，提供一些我们不明确的东西和新的思维方式。比如卡夫卡、乔伊斯、博尔赫斯、纳博科夫等，哪怕你说就连这些人也死了，那么我仍然相信还会有新的先锋出现。

龚：我在阅读你的作品时，总感觉你笔下的主要人物都经受了记忆之痛和时间之伤，为何如此？

白：是为了再现人存在的真实。有许多人总把现实主义、现代主义和后现代主义断裂开来，实际上它们是相通的，是承上启下的。现代主义和后现代主义关注的是人类存在的时间和人类记忆的存在，这是更真实的现实。海德格尔在《存在与时间》中说，时间呈现的状态是当下、过去和未来，而我们生存的现实只存在于现实的一瞬之间。在存在主义看来，任何事物都是当下的问题。现代主义和后现代主义就是对时间和记忆的认识，是对人类存在的认识。我们都知道，记忆建立在时间的一瞬间，梦境、幻觉、经验、历史、生命的存在形式统统存在于一个人的记忆之中，所以我说现代主义和后现代主义是建立在现实之上的真实，这是现实主义根本没有认识到的问题，也是现实主义无法解决的问题，说到底也就是文学观念问题。时间和记忆的问题是文学的根本问题，因为时间和记忆涉及人类精神层次的各个方面，它不仅仅是文学话题，更是哲学话题。

龚：为什么对“颍河镇”这一文化隐喻场如此着迷？这个问题你曾经和张均、雷霆都谈到过，我对此也很好奇。你说：“一旦进入颍河镇，我想象的翅膀我自由的翅膀我语言的翅膀就会自动地张开。一个作家要建立一个属于自己的文学领地，是极艰难的事情，像马尔克斯，像福克纳，像沈从文。一个作家的文学领地是和一个作家的艺术生命紧紧相连的。”现在对这个理解有新的变化吗？

白：没有。一个真正的小说家是靠直觉写作的。不论你在这之前读过多少人的书，掌握了多少叙事技巧，有多少新的艺术观念，但是你一旦进入写作，那么以前你所认识到的那些都要抛开，你要进入到和你的生命息息相关的生活里去。也可以换句话说，无论你掌握了多少叙事技巧，而那些技巧统统是为表达你脚下那片你熟悉的土地而服务的，都是为了更准确地表达你所生存的社会形态和生命意识，是为了更准确地表达我们对生命的感受，这是丝毫不能怀疑的。也就是说作家一定要靠直觉写作，他的写作要建立在他的生活经验之上，这很重要。所以，我生命里的颍河镇也就是我文学里的颍河镇，颍河镇对我来说，是什么都不能代替的。

龚：你的作品常常凸显出传统文化的现代断裂，能谈谈吗?

白：这是我们所处的时代的精神特征。以前在“毛泽东时代”形成的道德观念、价值观，一旦到了改革开放就受到了彻底的颠覆，中国改革开放以来，我们整个国家和民族发生了翻天覆地的变化。这种波澜壮阔的社会变革，当然会造成社会矛盾和人性的张力冲突，在精神上出现明显的断裂，这很正常。

龚：你刚才说到的传统文化的断裂，我突然明白，你的小说为什么迷恋表现文化大革命的遗风和固执的乡村民间文化和现代观念的冲突。

白：80 年代以前的新中国，应该是文学的一个重要话题，但这是一个缺少中国当代文学深刻关注的时代。这一点，西方文学对“二战”的关注是我们的一面镜子。关于“二战”，西方作家写出了多少震撼人心的好作品呀，可是目前关于我们那个时代的中国当代文学，所涉及的都是一些皮毛，没有进入到那个时代的本质里去。比如文化大革命，我认为文化大革命只有在中国的文化土壤里才会发生的。为什么？就是说中国的皇权意识存在于民间，文化大革命之所以发生，那就是和我们每一个中国人都有着直接的关系，和我们身上的奴性有关，和我们赖以生存的处处扼杀个性的文化土壤有关。存在于那个时代的人都应该对文化大革命的发生负有不可推卸的责任。因为那个时候我们都不知道自己是谁。

龚：据我所知，你的阅读非常广博、视野非常开阔。西方文学、西方电影、西方绘画你都有很深的涉足，而且对你影响很深，能谈谈这方面的感想吗?

白：首先我认为阅读是一种有重量的精神运动。一个作家应该站在人类的精神高度来看自己的处境，这样会使自己的写作更清醒。罗曼·罗兰曾经说过，所有的光明不是在黑暗之外，而在光明之中。所以一个作家不能故步自封，自以为是。广泛的阅读能改变一个人顽固的旧观念，这对一个作家极其重要。

龚：我喜欢读你的随笔，你的随笔和你的小说一样充满玄思，如何理解这种“玄”？

白：我没有想到这个话题，但很有意思。这可能和我的叙事观念有关，用小说的叙事方式来写随笔，有动感、有悬念。这个话题我想得不是太清楚，大概是这个意思。

龚：从你的个人角度而言，你作品的主人公都非常孤独和忧郁，我的理解可能是和你这个人一样，你的作品似乎和生命的终结有着不解之缘。

白：因为人的终极现实的存在，任何人都无法摆脱这种孤独和忧郁。我们每一个在现实生活中存在的人，没有谁能真正知道你在想什么，就连你最熟悉的那个人，你也不知道他的潜意识里存在着什么。也就是说，我们无法打开人的精神世界，而一个人的精神世界恰恰是浩瀚的，像大海一样。很多人都处在孤独之中，处在精神的忧伤之中。你所说的我作品中的这种孤独我觉得恰恰是我所追求的东西。

龚：在文学与影像纷纷联姻的当下，而你依然在创作中坚守着自己的文学观念，文学的形式和技巧固然是作家认识世界的方法，但在当下消费主义文化和大众读图时代，这种叙述实验对读者的接受来说，是否距离太远?

白：上面我已经说过，任何形式和技巧都是为了更好地表达我们自己脚下的土地。但是文学仍然存在着创新的问题。小说到了21世纪，单单讲一个故事，远远不是小说的本质。21世纪的小说，小说里的故事应该只是一个叙事单元，故事应该和小说结构、叙述语言、小说的哲学意味、小说的个性化和艺术的真实一起，成为构成小说的一种元素，使小说这种文学形式更丰富。我觉得文学呈现的东西是任何东西无法代替的。文学应该是培养一个民族精神品位的很重要的一环，我们每个人都要有使自己成为精神贵族的愿望。在我看来，精神贵族其实就是高度的精神自由，一个人的精神自由是非常重要的。因此需要培养自己的人生境界，任何时候好的东西都是在塔顶上的。人类的精神是一座金字塔。人只有卸掉背负的世俗的利益和荣誉，才能往精神的高峰攀登。

龚：最后问一个文学外的问题，当初为什么把笔名称为“墨白”？

“墨”和“白”是自然界中两种最靓丽的色彩。同时，这两个字在我看来又是充满矛盾的黑白分明，也就是说，这个笔名本身含有诗意的、对立性的味道，是富有张力、使人过目难忘的。

白：这是个非常有意思的话题。墨白两字所包含的意义当初我没有想到，根据后来我的理解，“墨”是绘画上最极致最美的颜色，“墨”和“白”构成了宇宙中的白天和黑夜。再一个，道家的最高境界是“无”，当墨变成白的时候就是无。道家的太极就是“黑”与“白”的构图，黑中有白，白中有黑，并通过这两种元素来概括自然的存在。但是，这些都与我的笔名无关。我当时起这个笔名就是为了简单好记，是无意识的。

作家面对经验世界的时候该如何表达自己和周遭人群的理性诉求，该如何通过艺术的建构传递人间的真善美与邪与恶，因为时间关系，这些都不能作太久的访谈。但回望我和墨白先生的对话，使我认识到，他是一个在自己的经验世界里担负起责任的作家。是的，作家的责任是一个作家进行文学创作的根基与灵魂，市场经济固然重要，但是在嬗变与阵痛中作家应该坚守自己的灵魂与信念，那就是通过文学创作裨益于我们的时代与社会，墨白无疑就是这样一位优秀的作家，他用自己的文学解剖刀穿透人性与社会的变异和蜕变，呐喊成为他微言大义的原动力。在这篇访谈中我们更清楚地看到，丰富的经验累积、深度的阅读思索以及音律绘画艺术底蕴造就了墨白作品艺术的独特性，童年经验、个人经历、生存体验、人生记忆、历史阐释、叙事实验等这些构成了他小说创作的母题，并使他作品呈现出一种斑斓多彩的姿态。

附录

墨白著作系年

江媛　整理

说明：本系年按写作时间先后编次，如写作时间不明，则按发表时年月排列。专集、选集及转载和再次发表根据出版和发表时间排在当年作品的后面。

一九八四年

《画像》（短篇小说）
载《南风》1984 年 1 月 15 日；
《小小说选刊》2000 年第 3 期转载；
收入《小小说选刊·小小说大家珍品》2001 年增刊；
收入长江文艺出版社 2003 年版《小小说三百篇》。
《远行》（短篇小说）
载《个旧文艺》1984 年第 1 期。
《模特儿》（短篇小说）
载《百花园》1984 年第 8 期。

一九八五年

《尹先生》（短篇小说），2 月 3 日作。

收入 1994 年 1 月河南人民出版社版《孤独者》。
《命的船》(短篇小说),3 月作。
载《奔流》1985 年第 12 期。
《复苏》(短篇小说),5 月作。
载《百花园》1985 年第 8 期。
《绿色邮车》(短篇小说)
载《广州文艺》1985 年第 6 期。
《摆脱》(短篇小说)
载《躬耕》1985 年第 3、4 期合刊。
《命运》(短篇小说)
载《百花园》1985 年第 11 期(发表时题为《称呼》)。
《母亲》(短篇小说),8 月作。
收入《神秘电话》,吉林出版集团有限责任公司,2010 年 5 月版;
收入《带着感激上路》,地震出版社,2013 年 2 月版。
《声音》(短篇小说),9 月作。
收入《神秘电话》,吉林出版集团有限责任公司,2010 年 5 月版。
《信仰》(短篇小说),9 月作。
收入《神秘电话》,吉林出版集团有限责任公司,2010 年 5 月版。

一九八六年

《等待》(短篇小说),1 月 4 日作。
载《百花园》1991 年第 2 期;
《小小说选刊》1995 年第 9 期转载;
收入新华出版社 1996 年版《中国当代小小说精品库》。
《狂犬》(短篇小说),2 月作。
载《百花园》1989 年第 2 期。
《光》(短篇小说),3 月 14 日作。
载《当代小说》1987 年第 2 期;
载《朔方》1987 年第 5 期;

《小小说选刊》1987 年 7 期转载；

收入山东文艺出版社 1989 年 10 版《1985—1987 年全国优秀小小说选》。

《红月亮》（短篇小说），3 月 16 日作。

载《朔方》1987 年第 5 期；

载《延河》2004 年第 8 期。

《岸的影》（短篇小说），5 月作。

载《河北文学》1987 年第 6 期。

《油菜花飘香的季节》（短篇小说）

载《淮河》1986 年 5 · 6 月号。

《苗林中的红房子》（短篇小说）

载《淮河》1986 年 11 · 12 月号。

《老蚌生珠》（短篇小说），8 月作。

收入 1994 年 1 月河南人民出版社版《孤独者》。

一九八七年

《精神病患者》（短篇小说），1 月作。

载《延河》1994 年第 11 期。

《面临黄昏》（短篇小说），1 月作。

载《延河》1994 年第 11 期。

《情与仇》（中篇小说），3 月作。

载《百花洲》1990 年第 4 期（发表时题为《世仇》）。

《冬暖》（短篇小说）

载《辽河》1987 年第 3 期。

《受害者》（短篇小说）

载《东京文学》1987 年第 5 期（发表时题为《面目全非》）。

《祝寿》（短篇小说）

载《辽河》1988 年第 1 期。

《真相》（短篇小说），8 月作。

载《山西文学》1988 年第 10 期。

《灾难》（短篇小说），8 月作。

载《飞天》1988 年第 10 期。

《红陶》（短篇小说），9 月 5 日作。

载《希望》1989 年第 1 期；

载《延河》2004 年第 8 期。

《兽医、屠夫和牛》（中篇小说），11 月作。

载《清明》1989 年第 3 期（发表时题为《牛》）；

载《文学界》2006 年第 4 期；

获得“清明”文学奖。

《记忆是蓝色的》（短篇小说），11 月作。

载《金潮》1995 年第 3 期。

《埋葬》（短篇小说），12 月作。

载《奔流》1988 年第 6 期。

一九八八年

《红房间》（中篇小说），1 月作。

载《花城》1991 年第 2 期。

《寒秋》（短篇小说），6 月作。

载《钟山》1989 年第 4 期。

《黑房间》（中篇小说），7 月作。

载《收获》1989 年第 5 期。

《月光的墓园》（中篇小说），10 月作。

载《当代作家》1991 年第 6 期（发表时题为《第九十九种冰轮》）；

收入《堂吉诃德军团还在前进——中国先锋小说选》，江苏文艺出版社，2013 年 11 月版。

《流行死亡》（短篇小说），10 月作。

载《山东文学》1989 年第 7 期。

《老篾匠》（短篇小说），10 月作。

原载《社会保障报》1988年12月2日。

《鹅魂》(短篇小说)，11月作。

载《百花园》1989年第1期。

《影子》(短篇小说)，12月作。

载《天津文学》1994年第4期；

载《花城》2004年第4期；

收入《守望先锋——2000—2010年中国先锋小说选》，江苏文艺出版社，2011年11月版。

一九八九年

《灰色时光》(短篇小说)，2月作。

载《作家》1990年第4期。

《过程》(短篇小说)，3月作。

载《小说林》1990年第3期；

载《绿洲》2009年第7期。

《蟾蜍》(短篇小说)，3月作。

载《百花园》1990年8期；

载《绿洲》2009年第7期。

《穿过玄色的门洞》(短篇小说)，3月作。

载《小说林》1994年第3期；

载《辽河》2006年第10期。

《透明框架里的画像》(短篇小说)，3月作。

载《小说林》1995年第1期。

《酒神》(短篇小说)，4月作。

载《小说林》1994年第3期。

《红雨伞》(短篇小说)，3月10日作。

载《延河》2004年第8期。

《苦涩的旅程》(中篇小说)，7月作。

载《长城》1991年第3期(发表时题为《生命之舞》)。

《夜游症患者》(短篇小说)，7 月 25 日作。

载《小小说月报》1996 年第 12 期。

《七步诗》(中篇小说)，8 月作。

载《当代作家》1995 年第 1 期 (发表时题为《瞬间真实》)；

载《山花》2005 年第 5 期。

《苍凉之旅》(中篇小说)，9 月作。

载《飞天》1994 年第 7 期；

载《山花》2011 年第 7 期。

《谋杀案》(短篇小说)，10 月 10 日作。

载《短篇小说》1999 年第 11 期；

《小小说选刊》2000 年第 2 期转载；

收入《小小说选刊·小小说大家珍品》2001 年增刊；

收入长江文艺出版社 2003 年版《小小说三百篇》；

收入海天出版社 2000 年 6 月版《创意，创异——微型小说猜读续写》；

收入漓江出版社 2005 年 10 月版《六十六个纯情唯美故事》；

《新世纪文学选刊》2005 年第 5 期转载；

收入地质出版社 2012 年 9 月版《一个女孩的天荒地老》；

收入四川文艺出版社 2012 年 2 月版《六十年间》。

《秋夜》(短篇小说)，10 月 18 日作。

载《百花园》1990 年第 5 期；

《小小说选刊》1990 年第 8 期转载；

获《小小说选刊》1989—1990 年度全国小小说佳作奖；

收入青海人民出版社 1995 年版《梦化结·名家精品小小说》；

收入长江文艺出版社 2001 年版《小小说选刊十五年获奖作品精选》；

收入《微型小说百年经典》，湖南少儿出版社，2011 年 3 月版。

《舞轿者》(短篇小说)，10 月 20 日作。

载《百花园》1990 年第 5 期；

收入长江文艺出版社 1995 年版《当代小小说作家代表作》。

《蒙难记》(中篇小说)，12 月作。

载《清明》1990 年第 5 期 (发表时题为《青春宣言》)；

载《绿洲》2010年第4期。

一九九〇年

《秋日辉煌》(短篇小说)，3月作。

载《萌芽》1991年第1期；

收入《中国短篇小说100家》，何锐主编，江苏凤凰文艺出版社，2015年2月版。

《红色作坊》(短篇小说)，4月作。

载《莽原》1991年第6期。

《同胞》(中篇小说)，6月作。

载《收获》1991年第1期。

《爱神与颅骨》(中篇小说)，8月5日写完。

载《莽原》1991年第2期(发表时题为《唢呐声咽》)。

《仲夏小调》(中篇小说)，8月20日写完。

载《莽原》1992年第3期；

载《大地文学》卷36（2016年)。

《逃亡者》(中篇小说)，9月作。

载《百花园》1992年第11期(发表时题为《逃亡》)。

《六十年间》(短篇小说)，10月14日作。

载《百花园》1991年2期；

《小小说选刊》1991年4期转载。

《洗产包的老人》(短篇小说)，10月15日作。

载《百花园》1991年第2期。

《小小说选刊》1991年第4期转载；

《小说月报》1991年第8期转载；

获《小小说选刊》1991—1992年度全国小小说优秀作品奖；

收入河南人民出版社1992年版《小小说百家代表作》；

收入国际文化出版社1995年版《文豪精品》；

《中国小小说大王·创刊号》2002年8月转载；

《小小说读者》2004年第8期转载；

收入2008年上海文艺出版社《中国新文学大系·微型小说卷》。

《寻找乐园》（中篇小说），10月作。

载《山西文学》1992年第11期。

《失踪》（短篇小说），11月作。

载《人民文学》1991年第9期；

收入浙江文艺出版社1993年版《中国当代最新小说文库·新历史小说选》；

收入大众文艺出版社1996年版《1978——1995河南文苑英华短篇小说卷》；

《莽原》2004年第3期转载；

收入《名家名篇进校园·短篇小说选·中学卷（第2辑）》，花山文艺出版社，2013年5月版。

一九九一年

《内科大夫》（短篇小说）

载《百花园》1991年第2期（发表时题为《癌症》）。

《蜡烛》（短篇小说），3月17日作。

载《百花园》1991年7期；

《微型小说选刊》1997年第12期转载。

收入百花洲文艺出版社1999年版《微型小说三百篇》；

收入敦煌文艺出版社2002年1月版《微型小说二百篇》；

收入《三百六十个妈妈》，地震出版社，2013年3月版。

《幽玄之门》（中篇小说），3月作。

载《收获》1992年第5期；

收入大众文艺出版社1996年版《1978～1995河南文苑英华中篇小说卷》。

《魔术师》（短篇小说）

载《星火》1991年第5期（发表时题为《测验》）。

《白色病室》（中篇小说），6月作。

载《花城》1993年第2期；

收入敦煌文艺社出版社1994年版《当代潮流·后现代主义经典丛书·小说卷》。

《母亲的信仰》（中篇小说），8月作。

载《清明》1992年第4期（发表时题为《永远真诚》）；

载《上海文学》2005年第2期；

收入文化艺术出版社2006年1月版《2005年中篇小说新选》；

收入北京大学出版社2006年4月版《2005年最佳小说选·点评本》。

《风车》（中篇小说），9月作。

载《当代作家》1993年第2期；

载《花城》2002年第1期；

收入蓝天出版社2003年7月版《2002年中国文学最佳排行榜》；

收入《中国小说家代表作集》，北京燕山出版社，2014年版。

《太阳》（短篇小说），10月作。

载《延河》1992第2期。

《偶然》（短篇小说），10月2日作。

载《太湖》1993年第11期。

《风景》（短篇小说），10月作。

载《洛阳日报》1993年8月29日；

载《小小说选刊》1994年第2期；

获《小小说选刊》1993—1994年度全国小小说优秀作品奖；

收入《小小说选刊》1995年增刊号获奖作品赏析；

收入新华出版社1996年版《中国当代小小说精品库》；

收入长江文艺出版社2001年版《小小说选刊十五年获奖作品精选》；

收入南方出版社2002年8月版《时文选粹》（第三辑）；

收入《语文教学与研究：读写天地》，2002年第4期；

收入外文出版社2005年《熊猫丛书·中国小小说选集·英文版》；

收入九州出版社2005年8月版《轻风的月夜·感动中学生的100个传奇故事》；

《小小说选刊》2005 年第 23 期转载；

收入《最受小学生喜爱的100篇文章》中国和平出版社2006年4月版；

收入《作文之友：小学版》2009 年第 1 期；

收入《新中国 60 年文学作品精选 · 小小说卷》长江文艺出版社 2009 年版；

收入《中国微型小说名家名作百年经典》(第 8 卷)，吉林出版集团有限责任公司 2011 年 2 月版。

收入《带着感激上路》，地震出版社 2013 年 2 月版。

一九九二年

《神秘电话》(短篇小说)，2 月作。

载《太阳》1996 年第 6 期。

《冬景》(短篇小说)，3 月作。

载《百花园》1992 年第 7 期；

收入中国戏剧出版社 2000 年 1 月版《中国当代小小说佳作欣赏》。

《井》(短篇小说)，3 月作。

载《百花园》1992 年第 9 期。

《琳的现实及其以后的生活》(短篇小说)，3 月作。

载《鸭绿江》1996 年第 12 期。

《俄式别墅》(中篇小说)，7 月作。

载《花城》1994 年第 5 期。

《父亲的黄昏》(中篇小说)，8 月作。

载《清明》1993 年第 4 期 (发表时题为《远道而来》)；

载《山花》2004 年第 4 期；

《小说选刊》2004 年第 6 期转载。

收入北京大学出版社 2005 年 5 月版《2004 年最佳小说选 · 点评本》。

《寒冷》(中篇小说) 作于 1988 年 1 月与 1992 年 3 月间。

共包括如下短篇小说：《饥饿》《吃大户》《围困》(以上载《当代作家》1999 年第 6 期)；

《尘根》《杀戮》《挣夺》《最后清醒的时光》（以上载《小说林》2000 年第 3 期）。

载《红豆》2004 年第 8 期。

《异地》（短篇小说）

载《太湖》1992 年第 11 期。

《进入城市》（中篇小说），11 作。

载《峨眉》1993 年第 4 期。

《生命之体验》（随笔）

收入河南人民出版社 1992 年版《小小说百家创作谈》。

一九九三年

《雨中的墓园》（中篇小说），1 月作。

载《小说林》1993 年第 5 期（发表时题为《青台》）；

载《山花》2001 年第 11 期；

收入《守望先锋：先锋小说 10 年选》，江苏文艺出版社 2010 年 9 月版；

收入《名家名篇进校园 · 短篇小说选 · 中学卷（第 1 辑）》，花山文艺出版社 2013 年 5 月版。

《人性与写实》（随笔）

载《文学自由谈》1993 年第 2 期。

《民间使者》（中篇小说），3 月作。

载《江南》1994 年第 4 期。

《鼠王》（短篇小说），6 月作。

载《东海》1984 年第 8 期；

载《山花》1995 年第 2 期。

收入中国文学出版社 2001 年版《天衣无缝》。

《孤独者》（短篇小说），6 月作。

载《百花园》1993 年第 11 期。

《小小说选刊》1994 年第 2 期转载。

载《山花》1995 年第 2 期。

收入中国文学出版社 2001 年版《天衣无缝》。

《现实的颠覆》(短篇小说)，6 月作。

载《百花园》1993 年第 11 期；

载《山花》1995 年第 2 期。

收入中国文学出版社 2001 年版《天衣无缝》。

《小小说选刊》2014 年第 7 期转载。

收入《2014 中国年度小小说》，漓江出版社 2015 年 1 月版。

《哑巴》(短篇小说)，7 月作。

载《萌芽》1994 年第 5 期。

《小说月报》1994 年第 10 期转载。

收入《地铁站台》(《萌芽》50 周年精华本)，二十一世纪出版社 2006 年 4 月版；

收入《中国当代微型小说方阵——河南卷》，华东师大出版社 2010 年 5 月版。

《最后》(短篇小说)，7 月作。

载《萌芽》1994 年第 1 期。

《小小说选刊》1994 年第 2 期转载。

收入青海人民出版社 1995 年版《梦花结 · 名家精品小小说》。

《飘失》(短篇小说)，7 月作。

载《延河》2004 年第 3 期；

《微型小说选刊》1997 年第 3 期转载。

《挂在树枝上的烙馍》(随笔)

载《小小说研究报》1995 年第 5 期；

载《中国艺术报》2012 年 1 月 16 日。

《汪曾祺的淡泊》(随笔)

载《中华读书报》2012 年 2 月 1 日。

一九九四年

《孤独者》(短篇小说集)

1994 年 1 月河南人民出版社出版。

目次：《红月亮》《六十年间》《画像》《洗产包的老人》《舞轿》《秋夜》《蜡烛》《老长的周末》《难得糊涂》《等待》《鞋的幽灵》《心声》《风景》《红陶》《井》《龙》《鹅魂》《冬景》《测验》《复苏》《面目全非》《魔方》《光》《癌症》《重逢》《鼠王》《现实的颠覆》《孤独者》《结果》《神秘电话》《面临黄昏》《精神病患者》《偶然》《最后》《哑巴》《红雨伞》《飘失》。

《画匠 · 艺术家》（随笔）

载《小小说选刊》1994 年第 2 期。

《第二百九十六封是祭文》（随笔）

载《短篇小说》2000 年第 2 期。

《手的十种语言》（短篇小说集）

1994 年 1 月河南人民出版社出版。

目次：《远行》《模特儿》《绿色邮车》《摆脱》《油菜花飘香的季节》《苗林中的红房子》《冬暖》《祝寿》。

《重访锦城》（中篇小说），3 月作。

载《收获》1995 年第 1 期。

《某种自杀的方法》（短篇小说），7 月作。

载《春风》1995 年第 7 期；

载《花城》2005 年第 4 期；

载《莽原》2009 年第 4 期；

收入《世界的罅隙——中国先锋小说选》，江苏文艺出版社 2012 年 10 月版。

《航行与梦想》（中篇小说），11 月作。

载《钟山》1995 年第 5 期。

一九九五年

《怀念拥有阳光的日子》（短篇小说）

载《中国红十字报》1995 年 10 月 6 日；

载《小小说选刊》1996 年第 1 期；

获《小小说选刊》1995—1996 年度全国小小说优秀作品奖；

收入新华出版社 1996 年版《中国当代小小说精品库》；

收入长江文艺出版社 2001 年版《小小说选刊十五年获奖作品精选》；

《百花园》2004 年第 10 期转载；

收入 2005 年《小小说选刊 · 增刊 · 精品鉴赏》；

收入上海辞书出版社 2006 年 4 月版《微型小说鉴赏辞典》；

收入《中国新文学大系 1976—2000 · 第十六集 · 微型小说卷》。上海辞书出版社，2008 年 11 月版；

收入《中国当代小小说大系》，河南文艺出版社，2009 年 5 月版；

收入《最好的小小说 · 大全集》，中国华侨出版社，2010 年 11 月版；

《新课程报 · 语文导刊》，2010 年 10 月 5 日转载；

《小小说选刊》2011 年第 15 期转载；

收入《微型小说百年经典》，湖南少儿出版社 2011 年 3 月版；

收入《一只浪漫主义的鸟》，地震出版社 2012 年 5 月版；

收入《中国微型小说名家名作百年经典》（第 3 卷），吉林出版集团有限责任公司 2011 年 2 月版；

收入《小小说 30 年精华本》——中国当代最具有影响力的 120 篇小小说，武汉出版社 2011 年 11 月版。

《霍乱》（中篇小说），2 月作。

载《莽原》1996 年第 6 期；

载《花城》2003 年第 6 期；

《小说月报》2004 年增刊转载。

《迷失者》（中篇小说），8 月作。

载《四川文学》1997 年 6 期（发表时题为《走进你胸膛中的梦游者》）；

载《黄河》2002 年第 5 期；

载《作品》2011 年第 6 期。

《错误之境》（中篇小说），8 月作。

载《漓江》1997 年第 6 期；

收入群众出版社 1999 年版《讯问笔录》；

载《山花》2010 年第 5 期。

《局部麻醉》(中篇小说)，9 月作。

载《花城》1998 年第 1 期。

《寻找旧书的主人》(中篇小说)，10 月作。

载《作品》1996 年第 9 期；

载《山花》2003 年第 6 期(发表时题为《来访的陌生人》)。

收入新世纪出版社 2004 年 5 月版《2003 年中国文学金榜作品》。

《恐惧》(短篇小说)，11 月作。

载《延河》2004 年第 3 期。

《老鼠》(短篇小说)，11 月作。

载《创作》2001 年第 11 期。

《从乡村到京城的路途》(中篇小说)，12 月作。

载《江南》1999 年第 6 期。

《街道》(短篇小说)，12 月作。

载《漓江》1996 年第 3 期；

《小说选刊》1996 年第 8 期转载；

《莽原》2004 年第 3 期转载；

收入黑龙江教育出版社 2003 年 8 月版《中国当代爱情小说选·俄文版》。

《回忆某段时光》(随笔)

载《短篇小说》1995 年第 12 期 。

一九九六年

《倾听一种声音》(随笔)

载《周口日报》1996 年 1 月 15 日。

《语言的权力》(随笔)

载《小小说选刊》1996 年第 1 期。

《纪念》(短篇小说)，1 月作。

载《飞天》1996 年第 7 期；

载《东京文学》2012 年第 2 期。

《讨债者》（中篇小说），2 月作。

载《花城》1997 年第 3 期；

载《长江文艺·好小说》2016 年第 3 期。

《惜别阳光》（短篇小说），2 月作。

载《小说林》1998 年第 1 期；

载《创作》2002 年第 2 期。

《梦游症患者》（长篇小说），4 月完成。

载《大家》1998 年第 6 期。

2002 年 3 月河南文艺出版社出版。

《终点》（短篇小说），5 月 3 日作。

载《天津文学》1996 年第 10 期。

《小小说选刊》1997 年第 1 期转载。

收入《中国当代微型小说方阵——河南卷》华东师大出版社 2010 年 5 月版。

《小小说选刊》2014 年第 7 期转载。

《飞翔》（短篇小说），5 月 4 日作。

载《天津文学》1996 年第 10 期。

《微型小说选刊》1997 年第 12 期转载。

收入百花洲文艺出版社 1999 年版《微型小说三百篇》；

收入敦煌文艺出版社 2002 年 1 月版《微型小说二百篇》。

《嚎叫》（短篇小说），5 月 5 日作。

载《天津文学》1996 年第 10 期；

《寻找》（短篇小说），5 月 6 日作。

载《天津文学》1996 年第 10 期；

收入漓江出版社 2006 年 1 月版《2005 中国年度微型小说》；

《新世纪文学选刊》2005 年第 6 期转载；

收入《三百六十个妈妈》，地震出版社 2013 年 3 月版。

《船家现代情仇录》（21 集电视连续剧）

河南电视台拍摄，1996 年 9 月在周口开机。

《夏日往事》（短篇小说），11 月作。

载《时代文学》1999 年第 6 期。

《阳光》(短篇小说)，11 月作。

载《天津文学》1999 年第 2 期。

一九九七年

《丧失》(短篇小说)，第 1 月作。

载《天津文学》1998 年第 1 期；

《结构》(短篇小说)，1 月作。

载《天津文学》1998 年第 1 期。

收入《中国当代微型小说方阵——河南卷》，华东师大出版社 2010 年 5 月版。

《特案 A 组》(20 集电视连续剧)

河南电视台拍摄，3 月在郑州开机。

《一夜风流》(中篇小说)，6 月作。

载《广州文艺》1998 年第 5 期。

《天河之恋》(电影剧本)

长春电影制片厂 2009 年 6 月在新乡拍摄。

《映在镜子里的时光》(长篇小说)，12 月完成。

1999 年 6 月长江文艺出版社初版(初版题目为《寻找外景地》)；

2004 年 1 月群众出版社再版。

《梦中的乡村》(随笔)，11 月作。

载《中国艺术报》2012 年 1 月 16 日。

《复调》(随笔)，11 月作。

载《中国艺术报》2012 年 1 月 16 日。

一九九八年

《阳台》(短篇小说)，1 月作。

载《广州文艺》1998 年第 12 期。

《米兰》(短篇小说)，1 月作。

载《广州文艺》1998 年第 12 期；

《小小说选刊》2004 年第 4 期转载；

收入郑州大学出版社 2004 年 5 月版《普通人的 N 种生活》。

《打赌》(短篇小说)，2 月作。

载《天津文学》1999 年 2 期。

《门》(短篇小说)，2 月作。

载《天津文学》1999 年第 2 期；

《小小说选刊》1998 年第 21 期转载；

《微型小说选刊》1999 年第 12 期转载；

收入漓江出版社 2003 年版《中国当代小小说排行榜》；

收入长江文艺出版社 2003 年版《小小说三百篇》；

收入漓江出版社 2004 年 9 月版《中国当代微型小说排行榜》。

《光荣院》(中篇小说)，4 月作。

载《花城》1999 年第 2 期；

《世界日报·小说世界》1999 年 3 月、4 月连载；

《长江文艺·好小说》2014 年第 1 期选载；

收入《周口文学 60 年精品大系·文学评论卷》，河南文艺出版社，2014 年 11 月版。

《特警 110》(18 集电视连续剧)

河南电视台拍摄，5 月在郑州开机。

《以个人言说辐射历史与现实》(与张钧对话)，1998 年 5 月 22 日。

载《当代作家》1999 年第 1 期；

收入《小说的立场——新生代作家访谈录》，广西师范大学出版社，2002 年 2 月版；

收入《爱情的面孔》，花山文艺出版社 2000 年 2 月版；

《我们为什么而动容》(随笔)

载《作家》1998 年第 11 期。

《怀念小人书》(随笔)

载《南方都市报》1998 年 9 月 2 日。

《我为什么写作》（随笔）

载《小小说选刊》1998年第21期。

一九九九年

《事实真相》（中篇小说），2月作。

载《花城》1999年第6期。

《爱情的面孔》（中篇小说），5月作。

载《东海》1999年第12期。

《创作札记》（随笔）

载《短篇小说》1999年第1期。

《穿越时空的力量》（随笔）

载《广西日报》1999年8月20日。

《我的大哥孙方友》（随笔）

载《短篇小说》1999年第9、10期；

载《热风》2001年第8期；

收入《小镇人物·〈巫女〉》卷，河南文艺出版社2009年8月版；

载《时代文学》2010年第5期；

载《阳光》2010年第10期；

载《散文选刊》2011·下半月第3期；

入选《2010我最喜爱的散文》，大众文艺出版社2011年3月版。

《书的孤本》（随笔）

载《百花园》1999年增刊；

载《中华读书报》2011年4月20日。

《书的诱惑》（随笔），10月作。

载《中华读书报》2011年11月23日。

《村夫图》（短篇小说），10月作。

包括十个单独的短篇小说：

《锔匠》《张奶奶》《染坊》《自来笑》（载《大家》2000年第1期）；

《陈祥云》《赤脚医生》《队长袁鳖》（载《大家》2000年第2期）；

《恩舅》《二叔》《剃头匠老梅》(载《朔方》2001 年第 3 期)。

载《红豆》2006 年第 1 期；

《染坊》载《中国文学》2000 年第 3 期；

《染坊》载《中国文学 · 英文版》2000 年第 3 期；

《染坊》载《散文选刊》2000 年第 7 期；

《染坊》收入文心出版社 2016 年 5 月版《爱在刨花中盛开》。

《赤脚医生》收入上海文艺出版社 2002 年版《世界华文微型小说 2000—2001 年双年选》。

载《牡丹》2009 年 8 月号。

《赤脚医生》收入大象出版社 2013 年 10 月版《本草中国》；

《赤脚医生》收入文心出版社 2016 年 5 月版《一贴灵中药铺》。

《锔匠》《染坊》《恩舅》收入大象出版社 2013 年 10 月版《手艺中国》。

《村夫图》，收入《牡丹花开》，河南文艺出版社 2012 年版；

《村夫图》，载《厦门文学》2016 年第 1 期。

《二叔》载《小小说选刊》2016 年第 11 期。

《剃头匠老梅》载《小小说选刊》2009 年第 21 期；

《剃头匠老梅》载《小小说选刊》2016 年第 10 期；

《剃头匠老梅》收入《2016 中国年度小小说》，漓江出版社 2017 年第 1 月版。

《模拟表演》(短篇小说)，11 月作。

载《广西文学》2000 年第 4 期。

二〇〇〇年

《面对死亡》(随笔)

载《大河报》2000 年 1 月 7 日。

《爱情的面孔》(中篇小说集 · 突围丛书)

2000 年 2 月，花山文艺出版社出版。

目次：《寻找旧书的主人》《讨债者》《航行与梦想》《爱情的面孔》《民间使者》《一夜风流》。

《书架的变迁》(随笔)

载《时代文学》2000 年第 3 期。

《告密者》(中篇小说),6 月作。

载《收获》2001 第 2 期。

《自序 · 与本书相关的几个词语》(序言),6 月 6 日作。

收入 2000 年 11 月长江文艺出版社版《重访锦城》。

《逛旧书摊》(散文)

载《解放军报》2000 年 6 月 2 日;

载《中华读书报》2012 年 1 月 11 日。

《读与写》(随笔)

载《青年文学》2000 年第 7 期。

《重访锦城》(中篇小说集 · 橄榄树丛书)

2000 年 11 月,长江文艺出版社出版。

目次:《错误之境》《从乡村到京城的路途》《重访锦城》《局部麻醉》《俄式别墅》《进入城市》《白色病室》。

《欲望与恐惧》(长篇小说),12 月写完。

2002 年 1 月长江文艺出版社出版。

《别人的房间》(中篇小说)

载《芙蓉》2009 年第 1 期。

《中华文学选刊》2009 年第 4 期转载。

《与写作有关的几个片段》(随笔)

载《青年文学》2000 年第 12 期

《〈梦游症患者〉· 后记》(随笔),12 月作。

收入《梦游症患者》2002 年 3 月,河南文艺出版社出版。

二〇〇一年

《自序 · 我为什么而动容》(序言),1 月 20 日。

收入四川文艺出版社 2001 年 5 月版《事实真相》。

《以梦境颠覆现实》(与林舟对话),2001 年 2 月。

载《花城》2001 年第 5 期。

《事实真相》(中短篇小说集 · 公牛丛书)

2001 年 5 月，四川文艺出版社出版。

目次:《事实真相》《幽玄之门》《寻找乐园》《红房间》《模拟表演》《夏日往事》。

《来访的陌生人》(长篇小说)

载《特区文学》第 4 期 (发表时题为《谁是幕后人》)。

2003 年 7 月河南文艺出版社出版。

《刘佑全》(4 集电视连续剧)

河南电视台拍摄，8 月在河南夏邑开机。

《民间美食》(散文)

收入学苑出版社 2001 年 10 月版《平民百姓的宴席情节》。

《胡言乱语》(中篇小说)，10 月作。

载《电影 · 电视 · 文学》2002 年第 1 期;

载《芙蓉》2009 年第 6 期。

《谋杀者》(中篇小说)

载《传奇故事》2001 年第 12 期。

二〇〇二年

《伍尔夫批评散文》(随笔)

载《大河报》2002 年 2 月 21 日。

《当家人》(8 集电视连续剧)

中央电视台、河南电视台拍摄，10 月在濮阳开机。2004 年 6 月 6 日在中央一套黄金时间首播。

获得第 25 届电视剧“飞天奖”优秀中篇奖、第 25 届电视剧“飞天奖”优秀编剧奖;

《回家，我们从清晨一直走到黄昏》(短篇小说)，春作。

载《莽原》2004 年第 3 期。

《〈来访的陌生人〉后记》(随笔)，12 月作。

收入河南文艺出版社 2003 年 7 月版《来访的陌生人》。

二〇〇三年

《写作的精神实质》(随笔)，3 月 27 日作。

载《作品》2011 年第 6 期；

载《莽原》2012 年第 5 期。

《森林警察》(6 集电视连续剧)，5 月作。

《对文本的探索》(与雷霆对话)

载《山花》2003 年第 6 期。

二〇〇四年

《一个人，一座小镇和一条河流》(序言)，2 月 2 日作。

收入 2004 年 7 月群众出版社版《霍乱》。

《鸟与梦飞行》(散文)，4 月作。

收入新世纪出版社 2004 年 4 月版《中国作家教子报告》。

《重逢》(短篇小说)，4 月作。

载《百花园》2008 年第 12 期。

《〈怀念拥有阳光的日子〉后记》(随笔)，4 月 25 日作。

收入 2006 年 5 月河南文艺出版社版《怀念拥有阳光的日子》。

《霍乱》(中篇小说集·地域小说丛书)

2004 年 7 月群众出版社出版。

目次:《霍乱》《雨中的墓园》《光荣院》《告密者》《母亲的信仰》《同胞》《父亲的黄昏》《黑房间》。

《与陌生人同行》(26 集电视连续剧) 2004 年 8 月写完。

《精神的家园》(随笔)

载《红豆》2004 年第 8 期。

《对短篇小说写作的训练》(随笔)，10 月 29 日。

载《东京文学》2012 年第 2 期；

载《莽原》2012年第5期。

《写作与历史的关系》(随笔)，11月16日作。

载《作品》2011年第6期；

载《莽原》2012年第5期；

载2014年3月12日《中华读书报》

《〈写在前面〉·中国当代名家小小说自选集序言》(序言)，12月作。

收入2005年1月河南文艺出版社版《冯骥才自选集》《许行自选集》《阿成自选集》。

收入2006年4月河南文艺出版社版《美人展》《紫绡帘》《黑夜的老拳击手》《怀念拥有阳光的日子》。

二〇〇五年

《有一个叫颍河镇的地方》(与刘海燕对话)，2005年2月7日。

载《莽原》2006年第3期；

收入《理智之年的叙事》(刘海燕著)，作家出版社2007年5月版。

《残雪小说的后现代特征》(评论)

载《莽原》2005年第4期。

《关于电视剧〈当家人〉的写作》(随笔)

载《首播》2005年第七期。

《有话想说》(26集电视连续剧)2005年10月完成。

《梦境·幻想与记忆》(随笔)

载《山花》2005年第5期。

《来访的陌生人》(电影剧本)

河南银杏树文化传播2005年第5期。

二〇〇六年

《中国当代名家小小说精粹·怀念拥有阳光的日子》(短篇小说集)

2006年4月河南文艺出版社出版。

目次：第一辑　《画像》《复苏》《等待》《光》《红月亮》《红陶》《面临黄昏》《精神病患者》《吃大户》《尘根》《杀戮》《围困》《挣夺》《鹅魂》《红雨伞》《夜游症患者》《秋夜》《舞桥》《六十年间》《洗产包的老人》

第二辑　《风景》《偶然》《蜡烛》《神秘电话》《井》《冬景》《哑巴》《鼠王》《最后》《飘失》《现实的颠覆》《孤独者》《怀念拥有阳光的日子》《老鼠》《恐惧》《寻找》《嚎叫》《阳光》《飞翔》《终点》。

第三辑　《结构》《丧失》《门》《米兰》《打赌》《阳台》《赤脚医生》《张奶奶》《队长袁鳖》《自来笑》《陈祥云》《二叔》《剃头匠老梅》《恩舅》《锔匠》《染坊》《重逢》

附录：《与写作有关的一些断片》《画匠·艺术家》《语言的权力》《海浪》《穿越时空的力量》《复调》《挂在树枝上的烙馍》《永远的财富》《梦中的乡村》《梦境·幻想与记忆》《精神的家园》。

《铜山湖记》（散文），4 月 4 日作。

载《文化时报》2006 年 4 月 14 日；

载《山花》（下半月）2009 年第 9 期。

《大伾山摩崖石佛记》（散文），4 月 21 日作。

载《大河报》2006 年 4 月 27 日；

载《山花》（下半月）2009 年第 9 期。

收入《中国历史文化名城浚县》，中州古籍出版社，2006 年版。

《一面穿透历史和人性的镜子》（评论）

载《文化时报》2005 年 4 月 28 日。

《黄河人家》（20 集电视连续剧）

2006 年 9 月完成。

《梦想是人类的翅膀》（评论）

载《大河报》2006 年 10 月 26 日。

《三个内容相关的梦境》（随笔）

载《世界文学》2006 年第 2 期。

《最后一节车厢》（短篇小说），5 月 9 日写完。

载《花城》2006 年第 5 期；

收入《火锅子》·华语人物（15）2010 年（晚秋）卷。

《老二黑结婚》（电影剧本）

中央电视台电影频道 2006 年 10 月在吉林通化拍摄。

《生命在时间里燃烧》（随笔），12 月 6 日作。

载《莽原》2012 年第 5 期；

《小小说选刊》2014 年第 7 期转载。

《旅欧散记》（散文），11 月作。

载《莽原》2007 年第 2 期。

二〇〇七年

《〈生命在时间里燃烧〉· 补后记》（随笔）

2007 年 1 月 16 日作。

《〈洛丽塔〉的灵与肉》（随笔），1 月作。

载《莽原》2008 年第 3 期。

《〈陈州笔记〉序言》（序言），1 月 28 日作。

分别收入 2008 年 1 月河南文艺出版社版《陈州笔记》（孙方友著 · 八卷本）；

载《红豆》2011 年第 4 期。

《阅读之梦与写作之梦》（和刘海燕对话），2007 年 2 月 6 日。

载《文学界》2008 年第 8 期。

《廊台上的风景》（散文），3 月作。

收入《信阳赋》，内蒙古人民出版社 2007 年 11 月版；

载《山花》（下半月）2009 年第 9 期；

收入《周口文学 60 年精品大系 · 文学评论卷》，河南文艺出版社，2014 年 11 月版；

《裸奔的年代》（长篇小说），5 月完成。

2009 年 1 月花城出版社出版。

载《十月 · 长篇小说》2007 年第 6 期；

《隔壁的声音》（中篇小说），6 月作。

载《山花》2007 年第 10 期。

《我们应该怎样叙事》(和张晓雪对话)

收入《墨白作品精选》，长江文艺出版社 2007 年 10 月版；

载《天津文学》2008 年第 8 期。

《阳光下的海滩》(短篇小说)，6 月作。

载《山花》2008 年第 1 期。

《莽原》2014 年第 6 期转载。

收入《周口文学 60 年精品大系·文学评论卷》，河南文艺出版社，2014 年 11 月版。

《墨白作品精选》(中短篇小说集·跨世纪文丛精选)

2007 年 10 月长江文艺出版社出版。

目次:《街道》《风车》《光荣院》《最后一节车厢》《某种自杀的方法》《穿过玄色的门洞》《镜框里的画像》《秋日辉煌》《红色作坊》《寒秋》《影子》《惜别阳光》《月光的墓园》《七步诗》。

《家园》(21 集电视连续剧)

10 月完成。中央电视台中国电视剧制作中心拍摄，2008 年 4 月 12 日在河北省保定市开机；2010 年 11 月 23 日央视八套首播。

《真正的小说，是叙事的艺术》(和刘小逡对话)

载 2007 年 10 月 24 日《东方今报》；

载《文学界》2008 年第 8 期。

二〇〇八年

《道德的焦虑和生命的迷惘》(和黄轶对话)，2 月 22 日。

收入《裸奔的年代》，2009 年 1 月花城出版社出版。

载《广州文艺》2009 年第六期。

《没过门的媳妇》(电影剧本)，3 月完成。

《黄河边的村庄》(30 集电视连续剧)，7 月完成。

《〈姐姐的村庄〉点评与点评后记》(评论)

载《莽原》2008 年第 5 期。

《从思想禁锢，到精神自由》(随笔)，8 月完成。

原载《东方家庭报》；

载 2014 年 2 月 12 日《中华读书报》。

《梦中之梦》(随笔)，9 月完成。

原载《山花》(下半月) 2009 年第 12 期。

《杨七郎打擂》(随笔)，9 月完成。

原载《中学生阅读》(初中版) 2014 年第 7—8 期。

二〇〇九年

《历史的真相》(评论)，2 月 2 日作。

载《中国图书商报》2009 年 3 月 17 日；

载《大河报》2009 年 12 月 18 日。

《尖叫的碎片》(中篇小说)，2 月 21 日完成。

载《山花》2009 年第 5 期。

《〈小镇人物〉序言》(随笔)，3 月 10 日作。

分别收入 2008 年 8 月、10 月河南文艺出版社版的《小镇人物》(孙方友著·六卷本)。

载《红豆》2011 年第 4 期。

《答〈芙蓉〉杂志读者信》(随笔)，4 月 8 日作。

载《芙蓉》杂志 2009 年第 3 期。

《博尔赫斯的宫殿》(随笔)，5 月 4 日写完。

载《花城》杂志 2010 年第 1 期。

《追逃》(电影剧本)

2009 年 6 月完成。

《〈灵魂孤筏的泅渡〉序》(序言)，6 月 11 日作。

收入《灵魂孤筏的泅渡》(王庆杰著)，中国戏剧出版社，2009 年 10 月版。

《经验·历史·责任·创作》(和龚奎林对话)，6 月 12 日。

载《西湖》杂志 2009 年第 12 期。

《地狱 25 天》(纪实文学)，8 月 16 日写完。

贵州人民出版社，2009 年 12 月版。

《颍河镇地图》（随笔），10 月 30 日写完。

载《小说评论》，2010 年第 3 期。

《精神自由与人格独立》（与高俊林对话），11 月 16 日写完。

载《小说评论》，2010 年第 3 期。

《生日快乐》（散文），12 月 8 日写完。

载《中学生阅读》，2010 年第 4 期。

二〇一〇年

《〈墙上的鱼耳朵〉点评与点评后记》（评论）

载《莽原》2010 年第 2 期。

《中国的犹大们》（评论）

2010 年 3 月 16 日写完。

《灵魂栖居的地方》（与江媛对话）（随笔）

2010 年 4 月 13 日写完。

收入《墨白研究》，大象出版社 2013 年 10 月版。

《精神蜕变与人格尊严》（随笔）

2010 年 4 月 22 日写完。

载《莽原》2012 年第 5 期。

《小说的叙事语言》（随笔）

载《作品》2011 年第 6 期；

载《莽原》2012 年第 5 期。

《颍河镇与世界的关系》（随笔）

2010 年 4 月 27 日写完。

载《莽原》2012 年第 5 期；

载《中华读书报》2013 年 2 月 6 日。

《神秘电话》（短篇小说集）

吉林出版集团有限责任公司，2010 年 5 月版。

《君子之交》（散文）

2010年6月24日。

《〈三炷香〉序》(序言)

2010年8月8日写完。

收入《历史行色与他乡叙事·三炷香》(陈峻峰著),新华出版社,2011年10月版。

《人文环境与文学精神》(与张延文对话)

2010年8月30日写完。

载《山花》,2010年第10期。

《小说的传播是靠自身的力量》(与张延文对话)

2010年9月3日写完。

《小说的精神世界——关于田中禾〈父亲和她们〉的对话》

2010年9月25日写完。

载《文学报》,2010年10月4日;

收入《在自己心中迷失》,田中禾著,河南大学出版社2012年3月版。

《文学是修正自身的理想图像》(评论)

2010年10月21日写完。

《重现的时光之影》(随笔)

2010年10月31日写完。

载《莽原》2012年第5期;

载《中华读书报》2013年1月23日。

《一个做梦的人》(短篇小说)

2010年11月16日写完。

载《花城》2011年第2期;

载《创作与评论》2014年3月号(上半月·创作)。

二〇一一年

《梦游症患者》再版后记(随笔),1月15日。

《罗镜泉绘画中的荷》(随笔),2月8日。

载《大河报》2011年9月27日。

《小说的多维镜像》(与江媛对话)(随笔)

2011 年 2 月 18 日。

载《时代文学》,2012 年第 2 期。

《关于〈怀念拥有阳光的日子〉》(随笔)

2011 年 6 月。载《小小说选刊》2011 年第 15 期。

《手的十种语言》(长篇小说)

2011 年 9 月 20 日完成。作家出版社,2012 年 4 月版。

《〈欲望〉三部曲后记》(随笔)

2011 年 9 月 22 日。

收入《手的十种语言》,作家出版社,2012 年 3 月版。

载 2012 年 5 月 21 日《文艺报》。

《〈曙光〉序言》(序言)

2011 年 9 月 29 日。

《曙光》(王婕著),河南文艺出版社,2011 年 12 月版。

《我们·历史》(短篇小说)

2011 年 9 月底完成:《陪法场的人》《法医》《枪手》《真相》《护士》《记者》《天使》《弹孔》《上访者》《大师》等 10 篇小说;

《真相》《天使》《大师》载《时代文学》上半月·2012 年第 3 期。

《大师》载《红豆》2012 年第 6 期;

《真相》,《小小说选刊》2014 年第 7 期转载。

二〇一二年

《叙事的核心:时间与记忆》(与苗梅玲对话),2012 年 1 月 16 日。

载《东京文学》,2012 年第 2 期。

《谁为情种——〈红楼梦〉精神生态论》序(序言)

2012 年 1 月 26 日。

载 2013 年 7 月 21 日《郑州日报》;

收入《谁为情种——〈红楼梦〉精神生态论》(王庆杰著),中国书籍出版社 2013 年 1 月版。

《六十年间》（短篇小说集）

四川文艺出版社，2012 年 3 月版。

《游子心中的故乡〈喀什诗稿〉· 序》（序言）

2012 年 6 月 1 日。

收入《喀什诗稿》（江媛著），光明日报出版社 2013 年 3 月版。

《先锋从来都没有退场》（与孔会侠对话）2012 年 7 月 3 日。

载《创作与评论》，2014 年第 2 期。

收入《堂吉诃德军团还在前进——中国先锋小说选》，江苏文艺出版社 2013 年 11 月版。

《网络时代，我们怎样做上帝》（随笔）2012 年 7 月。

载《中华读书报》，2013 年 11 月 20 日。

《老酸奶》（短篇小说）

载《花城》2013 年第 1 期；

载《绿洲》2012 年第 6 期。

《葬礼》（短篇小说）

载《花城》2013 年第 1 期；

载《绿洲》2012 年第 6 期。

《胡杨林》（短篇小说）

载《花城》2013 年第 1 期；

载《绿洲》2012 年第 6 期。

《银匠》（短篇小说）

载《花城》2013 年第 1 期；

载《绿洲》2012 年第 6 期。

《寻找歌手》（短篇小说）

载《花城》2013 年第 1 期；

载《绿洲》2012 年第 6 期。

《行为艺术》（短篇小说）

载《花城》2013 年第 1 期；

载《绿洲》2012 年第 6 期。

《首长》（短篇小说）

载《星火》2012年第4期；

载《作品》2013年第3期。

《按摩师》（短篇小说）

载《星火》2012年第4期；

载《作品》2013年第3期；

载《绿洲》2012年第6期。

《赌玉》（短篇小说）

载《星火》2012年第4期；

载《作品》2013年第3期；

载《绿洲》2012年第6期。

《纪念牌》（短篇小说）

载《星火》2012年第4期；

载《作品》2013年第3期。

《流放地》（短篇小说）

载《作品》2013年第3期；

载《星火》2012年第4期；

载《绿洲》2012年第6期。

《追捕者》（短篇小说）

载《星火》2012年第4期；

载《作品》2013年第3期。

《诗人》（短篇小说）

载《星火》2012年第4期；

载《作品》2013年第3期。

《教育家》（短篇小说）

收入《癫狂艺术家》，河南文艺出版社2013年12月版。

《困兽》（短篇小说）

载《小小说选刊》2014年第24期。

《弑父者》（短篇小说）

收入《癫狂艺术家》，河南文艺出版社2013年12月版。

《失语者》（短篇小说）

收入《癫狂艺术家》，河南文艺出版社 2013 年 12 月版。

《癫狂艺术家》(短篇小说)

收入《癫狂艺术家》，河南文艺出版社 2013 年 12 月版。

《墨白：用记忆为故乡着色》(《文艺报》记者访谈) 2012年8月27日。

载《文艺报》，2012 年 9 月 3 日。

《失忆症患者》(中篇小说·《漂移的大陆·第二部》中的一个章节) 2012 年 12 月 18 日。

载《作品》2014 年第 3 期。

二〇一三年

《意念在呼吸中痉挛》(随笔) 1 月 25 日作。

载《大河报》，2013 年 2 月 19 日。

《小说叙事和阅读的差异性》(与孙青瑜对话)，2013 年 2 月 15 日。

载《文学报》2013 年 3 月 14 日。

《中国现代派文学的土壤》(与张延文对话)，3 月。

载《天涯》2013 年第 5 期。

《凝固的历史》(随笔) 4 月 5 日。

载《大河报》，2013 年 5 月 9 日。

《生命的瞬间》(随笔) 4 月 22 日。

载《郑州晚报》，2013 年 5 月 13 日。

《梦境、幻想与后记》后记 (随笔) 4 月 25 日。

收入《梦境、幻想与记忆》，河南大学出版社，2013 年 11 月版。

《退稿记》(随笔) 5 月 20 日。

载《中华读书报》，2014 年 1 月。

《前景广阔的小说家》

——《一个人的豫北乡下·序》(序言) 5 月 25 日。

载《岁月》2013 年第 11 期。

《欲望》(长篇小说·简装本·57 万字)，湖南文艺出版社，2013 年 4 月版；

《欲望》（长篇小说·精装本·57万字），湖南文艺出版社，2013年8月版；

《梦境、幻想与记忆》（新人文·自选集，50万字），河南大学出版社，2013年11月版；

目次：中篇小说《风车》《幽玄之门》《父亲的黄昏》《雨中的墓园》《局部麻醉》《讨债者》《光荣院》；长篇小说《梦游症患者》随笔《我为什么而动容》《〈梦游症患者〉后记》《〈怀念拥有阳光的日子〉后记》《一个人，一座小镇和一条河流》《梦境、幻想与记忆》《小说的叙事语言》《生命在时间里燃烧》《写作的精神实质》《精神蜕变与人格尊严》《写作与历史的关系》《颍河镇与世界的关系》《三个内容相关的梦境》《〈洛丽塔〉的灵与肉》《博尔赫斯的宫殿》

《癫狂艺术家》（第六届小小说金麻雀奖·获奖作家自选集），河南文艺出版社，2013年12月版；

目次：《癫狂艺术家》《困兽》《陪法场的人》《枪手》《银匠》《法医》《弑父者》《葬礼》《胡杨林》《失语者》《寻找歌手》《护士》《真相》《首长》《记者》《按摩师》《赌玉》《弹孔》《追捕者》《天使》《纪念碑》《上访者》《流放地》《教育家》《诗人》《老酸奶》《大师》《行为艺术》《鼠王》《孤独者》《现实的颠覆》《哑巴》《最后》《飘逝》《终点》《飞翔》《寻找》《阳光》《丧失》《结构》

《我所知道的刘恪先生》（随笔）12月26日。

二〇一四年

《〈陈州笔记〉的价值与意义》（序言）2月10日。

收入《孙方友笔记小说全集》（八卷本），河南文艺出版社，2014年12月版；

收入《孙方友研究》，河南大学出版社，2017年6月版。

《〈梨园新曲〉序》（序言）3月8日。

《小说的叙事差异》（创作谈）3月15日。

收入《中国短篇小说100篇》，江苏凤凰文艺出版社，2015年2月版。

《〈佛鼓〉评点》(随笔) 3 月 20 日。

载《散文选刊》2014 年第 5 期。

《小说的语言风格》(创作谈) 3 月 21 日。

原载《小小说选刊》2014 年第 24 期。

《我编辑过的文学期刊》(随笔) 3 月 30 日。

原载 2014 年 10 月 8 日《中华读书报》。

《小说的建筑样式》(创作谈) 4 月 16 日。

原载 2014 年 9 月 11 日《文学报》。

《迁徙的村庄》(散文) 7 月 15 日写完。

原载《大观》2015 年第一期。

收入《温都不令：正在迁徙的村庄》，中国民族摄影艺术出版社 2016 年 9 月版。

《在生与死之间——我与〈中华读书报〉》(散文) 8 月 12 日写完。

原载 2014 年 8 月 20 日《中华读书报》。

《论〈书法菩提〉的叙事艺术》(随笔) 11 月 6 日写完。

原载《大观》2014 年第 12 期。

《孤独的风铃》(散文) 11 月 19 日写完。

原载 2014 年 11 月 29 日《中国文化报》、2014 年 12 月 3 日《焦作日报》。

二〇一五年

《生活从来就不是容易的事》(随笔) 1 月 16 日。

原载 2015 年 2 月 4 日《河南日报》；

原载 2015 年 3 月 11 日《中华读书报》。

载《山花》2015 年第 7 期。

《做一个气质高贵的人》(随笔) 1 月 18 日。

原载 2015 年 2 月 25 日《中华读书报》；

载《山花》2015 年第 7 期。

《普洱的茶气、韵味及其他》(创作谈) 2 月 9 日。

《小说的诞生过程》(创作谈) 2 月 16 日。

《超越现实的力量》(随笔) 4 月 10 日。

《伊畔听风 · 序》(随笔) 5 月 31 日。

收入《伊畔听风》，张相正著，中州古籍出版社，2016 年 3 月版。

《奚同发小说序言》(随笔) 6 月 14 日。

《序言：写作的意义》(随笔) 9 月 10 日。

《郑国春秋》(30 集电视连续剧) 故事梗概 10 月 4 日。

原载《信阳文学》2017 年第 2 期。

《作家与批评家的关系》(随笔) 12 月。

原载 2015 年 12 月 8 日《大河报》；

载 2016 年 1 月 28 日《文学报》。

《书籍的迷宫》(随笔) 12 月。

原载 2015 年 12 月 11 日《文艺报》。

《南丁先生》(随笔) 12 月 9 日。

原载 2015 年 12 月 30 日《大河报》

载 2016 年 1 月 20 日《文艺报》；

载 2016 年 2 月 3 日《中华读书报》。

《雪中之豹朝我扑来》(随笔) 12 月 31 日。

原载 2016 年 1 月 6 日《河南日报》。

二〇一六年

《孤独感像夜色一样从四处漫过来》(随笔) 1 月 10 日。

原载 2016 年 1 月 21 日《河南日报》。

《冯杰〈驴皮记〉序》(随笔) 1 月 20 日。

原载 2017 年 3 月 8 日《河南日报》；

载 2017 年 3 月 15 日《中华读书报》；

收入《驴皮记》，河南人民出版社，2016 年 9 月版。

《当下这一刻，就是我们生命的总和》(随笔) 3 月 9 日。

原载 2016 年 8 月 10 日《中华读书报》。

《洛克的目光》(随笔) 4 月 4 日。

原载《大观》2016 年第 7 期；

载《山花》2016 年第 11 期。

《克洛代尔与北洋政府的档案》

——《鸡公山史海淘金》(序言) 5 月 2 日。

《父亲》(微电影剧本) 5 月 18 日。

《祝寿》(微电影剧本) 6 月 10 日。

《内山书店》(随笔) 8 月 29 日。

原载 2016 年 12 月 3 日《郑州日报》；

原载 2016 年 12 月 7 日《中华读书报》。

《在〈幻河〉背面写字》(随笔) 9 月 5 日。

原载 2016 年 9 月 14 日《中华读书报》。

《鸡公山文化》卷首语 (随笔) 9 月 29 日。

原载 2016 年秋季号《鸡公山文化》。

《重叠的身影》(随笔) 10 月 6 日。

原载《大地文学》卷 37 (2016 年)。

《中国乡村传统社会结构的瓦解》(随笔) 11 月 8 日。

原载《作家通讯》2017 年第 2 期。

《小说的多维镜像》(访谈录)

云南人民出版社，2016 年 4 月版。

目次:《以个人言说的方式辐射历史和现实》《以梦境颠覆现实》《对文本的探索》《有一个叫颍河镇的地方》《阅读之梦与写作之梦》《我们应该怎样叙事》《道德的焦虑与生命的迷惘》《历史、经验、责任与创作》《精神自由与人格独立》《地域、文化、精神》《在小说的内部构建历史》《小说的传播是靠自身的力量》《小说的多维镜像》《叙事的核心：时间与记忆》《先锋从来就没有退场》《小说叙事与阅读的差异性》《中国社会产生现代派文学的土壤》

《光荣院》(中篇小说集)

文化发展出版社，2016 年 9 月版。

目次:《光荣院》《雨中的墓园》《局部麻醉》《讨债者》。

《鸟与梦飞行》(散文集)

河南文艺出版社，2016 年 8 月版。

目次：《迁徙的村庄》《旅欧散记》《精神的家园》《海浪》《穿越时空的力量》《铜山湖记》《风铃的孤独》《梦中之梦》《鸟与梦飞行》《我的大哥孙方友》《回忆某段时光》《生日快乐》《君子之交》《我编辑过的文学期刊》《南丁先生》《孤独感像夜色一样从四处漫过来》《面对死亡》《民间美食》《在生与死之间》《网络时代，我们怎样做上帝》《做一个气质高贵的人》《生活从来就不是容易的事》《小说的建筑样式》《小说的叙事差异》《小说的语言风格》《语言的权力》《普洱的茶气、韵味及其他》《评论是对文本的发现》《退稿记》《答读者问》

二〇一七年

《孙方友小说研究·序言》（随笔）1 月 9 日作。

收入《孙方友小说研究》，武汉大学出版社，2017 年 7 月版。

《宋潜的问题·序言》（随笔）2 月 22 日。

《答〈图书馆报〉记者祝愿问》（访谈）1 月 9 日。

载 2017 年 3 月 24 日《图书馆报》。

《给老乔的三炷香》（随笔）5 月 8 日。

原载 2017 年 5 月 24 日《中华读书报》。

《记忆是蓝色的》（短篇小说集）

北岳文艺出版社，2017 年 5 月版。

目次：《街道 》《最后一节车厢》《阳台》《米兰》《惜别阳光》《最后》《飘逝》《怀念拥有阳光的日子》《记忆是蓝色的》《灾难》《油菜花飘香的季节》《光》《绿色邮车》《模特儿》《红色作坊》《秋夜》《某种自杀的方法》

《告密者》（中短篇小说集）

河南文艺出版社，2017 年 6 月版。

目次：《事实真相》《告密者》《尖叫的碎片》《隔壁的声音》《模拟表演》《夏日往事》《阳光下的海滩》《一个做梦的人》

代跋

追求梦想的人

校园记者　邱晶晶

这是一个关于梦想、现实、激情和奋斗的故事。

龚奎林老师人称老龚，已在井冈山大学工作了四个年头，今年是2013年，老龚告别了他的第一届学生，今年老龚做了爸爸，所以这一年必定是老龚人生中最忙碌最辛苦又最幸福的一年。整个五月龚老师的档期都是满满的，我和龚老师的这次访谈是在预约了三周后进行的，龚老师忙汉语言文学专业升为一本专业的专业规划，忙毕业生的毕业论文修改，忙饯别一批自己看着长大的孩子，忙当好一个奶爸。但在采访的过程中，我丝毫看不出龚老师因忙碌而带来的疲惫，他依旧那么充满激情和活力，龚老师说他现在依然青春。

后来我们又先后谈到了梦想、求学和感恩，从中我发现他身上这种始终积极乐观的心态和由内而外的亲切感是学生们之所以那么喜欢他的重要原因。

在龚老师身上我看到，梦想并不见得是多么高不可攀遥不可及的东西，根植现实的梦想才最让人踏实。

梦想是随着人的成熟逐渐清晰起来的，龚老师在湛江师范学院教书的时候想要做到尽一个老师的本分，好好把书教好，有一份吃饱饭的收入就好。梦想是基于现实的，让我不要把他的梦想看得太崇高。其实我并不觉得梦想可以用崇高与否来划分等级，每个人只要能把本分的事做好，我想这个世界就和谐了，可是又有几人能真正做到做好自己的本分呢？这也让我重新认识了梦想，梦想不是一个多么遥远触手不及的词，梦想可以很真实。正如龚老师所说，他小时候吃不饱饭的时候梦想是吃上一顿美味，初中时期的梦想是做副业，办个养猪场搞个草药种植基地，高中时期的梦想是考上大学。每个人的梦想都不一样，每个人每个阶段的梦想也都不一样，但是最终的想法就是想要减轻家庭的负担。梦想这东西不见得天生就多崇高，虽然自己小时候没想过会当大学老师，现在的状况似乎是冥冥之中的，走着走着就收获了，付出着付出着以后的路就愈加清晰了。现在对于目前的状况，不论是工作还是生活，龚老师还是很满意的。龚老师说，现在大学教师的工作才是最适合自己的，因为大学校园很单纯，符合他对生活的追求，龚老师喜欢文学的那种空灵澄澈的美，不喜欢社会的复杂，在校园这个单纯的环境里从事单纯的教学工作，接触青春活力的学生这让龚老师的生活也格外充满活力。

继续深造是因自我提高的追求也是生存的需要。

龚老师硕士毕业后在湛江师范学院已经工作了三年，完全可以过上安稳的生活了，可他为什么还要继续读博呢？因为大学老师需要更高的学历才能做得更优秀，也才有更广博的学识去教导他的学生，龚老师本身也热爱大学教师这一职业，而且他的哥哥也是一名博士，身边的很多同事朋友也都读了博士，以上种种让龚老师决定攻读博士继续学习。现在提起在河南大学读博的经历，龚老师依旧历历在目，他回忆说“河南大学是一所非常有历史文化底蕴的老校，河大所在的开封市也是一个古朴厚重美丽的城市，这里的环境很适合学习和做研究”。在河南大学博士毕业后，龚老师回到了家乡吉安，担任井冈山大学人文学院老师，这也是龚老师非常满意的归宿，现在龚老师工作顺利、家庭幸福，龚老师通过自己的努力换来今天的一切，所以他很是欣慰。

感恩父母，是我们一辈子不能割舍的情怀。

多和父母交流，倾听父母的心声，老师在湛江工作的时候，他的父亲曾去看过他两次，每次陪父亲外出散步，老师都会搂着父亲的肩膀，但就是这不经意的小小一搂让父亲感到非常幸福。可能平时我们自己觉得很平常很普通的事，在父母眼里就是很幸福很温暖很特别的事。

因为我的父亲和龚老师有很多相似点，长相相似，甚至有过类似的人生经历，他们的性格也是出奇地相似，只是不同的是，由于生活的打磨，我父亲的梦想已经被生活磨得面目全非，而龚老师过的是自己想要的生活。我的父亲是86年的中专生，读了畜牧专业，我看过父亲十八岁时的日记，上面写着他对未来的憧憬，写着一个少年的满腔热血和豪情壮志，父亲做过五年民办教师，后来做了两年兽医，父亲最初的梦想是为建设新型现代化畜牧业出一分力，为国家建设现代化农业做出贡献，后来由于形势所迫，父亲不得不放弃自己最初的梦想，现在父亲从事的工作和他少年时的梦想完全没有关系，甚至和他读了22年的书关系也不大，但我知道，他的心里一直有这颗梦的种子。

而在龚老师身上，我看到父亲梦想的影子，龚老师乐观亲切善谈，对生活和工作都充满激情和热爱，和他接触过的每个同学都觉得他是一个可亲可爱的老师。他的课堂幽默风趣，他写给爱人的那句情诗“我握着你的名字取暖，赠你一粒红豆作为归家的盘缠”更是成为在学生中流传的佳句。这样一位积极乐观的老师传递给学生的是浓浓的正能量。

在问到龚老师哪件事让他突然成熟时，他说道，当看到自己瘦弱的父母在田间割稻子背稻子时而自己却无力帮他们扛下这份辛劳时是自己最难忘的记忆，那时就想自己快快长大，扛下这个家，不让父母这么辛苦，后来读书龚老师也是申请的助学贷款读的书，想减轻家里的负担。由于在采访中我一直提到我的父亲，提到他少年的梦想和他现在的处境，提到他曾经的乐观善谈和现在的沉默少言，于是我认为父亲现在是不幸福不快乐的，龚老师一直劝导我，也许我父亲虽然没有实现他儿时的梦想，但是大家的梦想都是变动的，也许现在看他的孩子们健康快乐地成长就是他最大的梦想，就是他现在的幸福，我觉得老师说得对，我有好久没有和父亲促膝长谈了，这次和龚老师的谈话不仅让我了解他，也教会了我如何与父亲相处。

龚老师是一个很恋家的人，我们从他很多诗作中都能看到故乡的题材，故乡不仅有童年，故乡还有我们的至亲、我们的父母。龚老师曾在《学会感恩》中写下如下的句子，表达他对父母的感恩，对家乡的眷恋：

很多时候，朋友说我是个流浪的行者，诚然，在四川读研，在广东工作，在河南读博，一晃就是十年，但最后还是回到了故乡，回到了离亲人较近的地方。我曾经写了一首诗《故乡》:“漂泊的游子，总是 / 在报纸上，网络里，/ 寻找老家土墙上那一方记忆 / 露水打湿了我涩涩的眼睛 // 我们属于故乡 / 有自己的群山、木屋和一抔黄土 / 炊烟，悬挂在天空 / 微笑，是我幸福的开始 // 异地的寂寞，繁华不属于自己 / 水是一首长长的歌谣 / 映照故乡的明月 / 月光下，一只洞箫横吹 // 当云彩搽亮天空 / 我将带着爱人，走上归家的旅程 / 村旁的大树下，坐着两个黑影 / 一个老人，一条黄狗”。是的，在我成长的过程中，父母是我最好的老师，尽管他们是文盲，但他们善良，他们勤劳，他们愿意吃亏，这就是人格的魅力，正是在这样的言传身教和无形熏陶下，我们几个儿子懂得了父母之爱的伟大，更懂得了感恩，所以，我们都很努力，很上进，相继读了博士，都在高校教书，这在我们四面环山的山区还是有着不小的影响。正是在父母的影响之下，我们更加愿意踏实做事，诚实做人。

乐观积极是快乐的源泉和永葆青春的法宝。

龚老师的空间动态、博客动态时常更新，和大家分享生活分享感悟和我们这些大学生的生活没什么太大差别。龚老师走路风风火火看起来就感觉有一股精气神，龚老师做事很有热情和激情，这在他 37 岁的同龄人中该是很少有的吧，龚老师的诗让人觉得美好，龚老师的评论也源自他丰富的阅历和独到的生活体验，龚老师还积极组织开展各种学术交流、文学探讨活动，这些都让人感受到他的活力和蓬勃的张力。最近龚老师在组织井冈山大学诗歌创作大赛暨《吉安十年诗歌精选》的征稿活动，为校园诗歌爱好者提供展现自我的机会，龚老师让更多的学生学会写诗并爱上诗。

龚老师就是这样一个朴实无华、真实快乐的人，他的乐观和对生活的热情将继续感染着他一批又一批学生，愿龚老师永远健康快乐幸福地生活。

写于 2013 年 6 月

后记

本书能够出版，首先要感谢我的博导、郑州师范学院校长孙先科教授，感谢研究对象作家墨白先生，正是他们坚定的支持，本书才能与读者见面。同时，本书也为笔者主持的江西省高等学校教学改革省级课题《新型教学伦理的构建》（课题编号：JXJG-10-15-18）和笔者参研的刘晓鑫教授主持的江西省普通本科高等学校专业综合改革试点项目“井冈山大学汉语言文学专业”综合改革及彭保荣副教授主持的江西省高等学校教学改革省级课题《基于大学生创新能力培养的文科专业实践教学改革》（课题编号：JXJG-13-9-1）的阶段性成果。

接触墨白的作品，是我在河南大学读博士的时候。有一天，先科老师要我和同门张舟子关注一下墨白的作品。墨白和他的胞兄孙方友虽同为中国当代著名作家，但风格迥然不同。于是，我俩就开始阅读墨白的作品，逐渐地，一个丰富的文本世界就呈现在我们面前。

墨白先生是个博学的作家，视野开阔、知识丰富，再加上从乡村小学教师通过风格独特的文学创作，从家乡一步一步坚实地走向外部世界，他坚持不懈地勤勉、丰富的生命体验无疑加深了他的自我认识和文本的深邃厚度。所以，我一边阅读他的小说，一边阅读他的人。他的小说围绕着颍河镇的历史风云和日常生活展开，充斥着欲望与人性的纠缠、幽暗与戾气的渗透，这与他性格的随和、沉思、内敛形成了鲜明的反差。我喜欢读他的作品，也喜欢读他的随笔、散文，也许这与我内心中隐藏的某种幽暗与缺失有关。我甚至有时候觉得他的随笔、散文写得比小说还好，不仅理论思辨强，极富哲理性，还处处闪耀着智慧的灵光。

博士毕业后，我从中原回到了家乡井冈山大学工作，开始指导学生一起阅读和分析作品。这种阅读和分析是受岭南师范学院（前身为广东湛江师院）刘海涛教授的影响，因为当时我在湛江师院工作，刘教授视野前瞻，运用博客、华文写作在线网络等新式教学载体指导学生进行研究性学习。因此，我不仅继续关注墨白的小说创作，还让我的学生一同参与阅读墨白的小说，指导他们进行研究性学习，也取得了一些成果。

在教学过程中，我感觉学生的主体性创造更具爆发力。在上课的时候，我有意引导学生阅读文本，撰写评论，进行学术演说，给予他们正能量的鼓励，让他们认识到课程的乐趣、课堂的情趣和创造的意趣；而在课外，我则通过毕业论文、学年论文、课程作业以及研讨读书会和专业课程文艺晚会等载体进行引导，让学生积极参与教学的每一个环节，推荐他们的研究性论文进行公开发布，让他们的名字在报纸和电视媒体上出现，使他们感受到在校读书的乐趣和成功的喜悦。这对我来说有点累，因为我要付出更多，要更忙碌，但是，学生得到的也更多，于是我释然了。而本书无疑就是一路走来与学生合作的见证，其中罗玉旭、毛元平、涂序团、叶静、王青、王升满、张悦、施彩霞、陈丹等很多同学思考的精彩内容让我都大吃一惊。这些学生都是我指导的优秀学生，他们都有作品发表，也加入了吉安市作家协会，更有不少同学考上了研究生和公务员以及国编教师。我的学生、河南籍邱晶晶同学是校园记者，作为我第二故乡河南的老家人，她提出采访要求我自然不会拒绝，我把她采写的《追求梦想的人》作为代跋放在文后，以此作为纪念，感谢晶晶同学。还要感谢我任教过的09汉本2班、11汉本1班、12汉本1班、13汉本2班和15汉本3班等的同学。你们的支持与宽容不仅使我度过了愉快而又难忘的青春时光，更是我前进的动力。本书中部分同学已经毕业，在新的岗位上勤奋工作，他们分别是：王雨恬（浙江师大在读研究生）；朱剑东（吉水县八都司法所）；李梨（吉安市兴桥中学）；王友粮（成都市教育局）；涂序团（南昌市赣江新区管委会）；王青（江西师大在读研究生）。

在本书写作和教学过程中，先后得到了刘晓鑫、欧阳杰、邓声国、邱斌、康永等领导和廖伦忠、马玉红、赵庆超、郑乃勇、汪剑豪、郑建军、张明华等教研室同人的帮助，在此一并表示感谢。

感谢我的家人，这一年在中国人民大学访学，我的妻子黄梅和我的岳父母承担起照顾幼女的重任，让我心存愧疚。我也要用此书献给我劳累一辈子的父亲母亲，母亲瘦小的身影、羸弱的双肩和坚韧的情怀总是不断鞭策着我前进，愿她在天堂里幸福平安。二哥经常打电话关心我，如今他既拿到了国家社科基金又评上了教授，衷心祝贺他。

最后，感谢出版社，感谢责任编辑，正是你们的辛勤劳动和细致缜密的工作，减少了本书的不少讹误，在此表示衷心的感谢。本书中部分内容已经在《山花》《莽原》《文学教育》《西湖》《平顶山学院学报》《中州大学学报》《郑州师范教育》等刊物发表或收入《颍河镇的地域性与世界性》等论文集，感谢这些刊物及其编辑的厚爱。

龚奎林，2017 年 5 月